Dochters van de ti

Armando Lucas Correa bij Boekerij:

Het Duitse meisje
De verloren dochter
Dochters van de tijd

boekerij.nl

Armando Lucas Correa

Dochters van de tijd

Vier vrouwen, samengebracht door liefde,
in een wereld verscheurd door oorlog

Vertaald door Maya Denneman en Daniëlle Stensen

BOEKERIJ

ISBN 978-90-225-9706-4
ISBN 978-94-023-1969-9 (e-book)
NUR 302

Oorspronkelijke titel: *The Night Travelers*
Omslagontwerp: © Laura Klynstra, bewerkt door DPS Design and Prepress Studio
Omslagbeeld: © Adobestock, DepositPhoto
Zetwerk: Mat-Zet bv, Huizen

Voor Emma, Anna en Lucas

Nachtreizigers hebben licht in overvloed.

Rumi

EERSTE BEDRIJF

1

Berlijn, maart 1931

In de nacht dat Lilith werd geboren, woedden er midden in de lente winterse stormen.

De ramen waren gesloten. De gordijnen dichtgetrokken. Ally Keller kronkelde van de pijn op de vochtige lakens. De vroedvrouw greep Ally's enkels beet.

'Nu komt het echt.'

Na deze wee, de allerlaatste, zou haar leven veranderen. Marcus, dacht Ally. Ze wilde zijn naam uitschreeuwen.

Marcus kon niet reageren. Hij was ver weg. Ze hadden alleen nog af en toe contact per brief. Ally was al bijna vergeten hoe hij rook. Zelfs zijn gezicht was tijdelijk in het donker verdwenen. Ze keek naar zichzelf op het bed alsof ze een andere vrouw was, alsof het lichaam dat daar aan het bevallen was niet van haar was.

'Marcus,' zei ze hardop. Haar gedachten werden steeds woeliger.

Na alles wat ze samen hadden doorstaan, na alles wat ze hadden gezegd en gedeeld, was Marcus een schaduw voor haar geworden. Hun kind zou opgroeien zonder vader. Misschien had haar vader haar eigenlijk nooit echt gewild. Misschien had dit altijd het lot van haar dochter moeten zijn. Welk recht had ze om zich erin te mengen?

In de nacht dat Lilith werd geboren, dacht Ally aan haar eigen moeder. Ze kon zich geen enkel slaapliedje herinneren, geen knuffel, geen kus. Haar hele jeugd had ze een gouvernante gehad. Ze perfectioneerde haar handschrift en taalgebruik, breidde haar woordenschat uit en leerde juiste grammaticale constructies. Getallen waren een nachtmerrie, natuur- en scheikunde waren saai en van aardrijkskunde raakte ze gedesoriënteerd. Het enige waar ze van hield, was ontsnappen in zelfverzonnen verhalen die haar meevoerden op reis terug in de tijd.

'Kom je weer bij ons in de echte wereld?' zei haar moeder vaak. 'Het leven is geen sprookje.'

Haar moeder liet haar haar gang gaan. Ze had aangevoeld hoe Ally's leven zou verlopen en hoe machteloos ze was om dat tegen te houden. Gezien de kant die Duitsland op ging wist ze dat haar opstandige, koppige dochter een verloren zaak was. Achteraf gezien besefte Ally dat haar moeder altijd al gelijk had gehad.

'Niet in slaap vallen.' Haar gedachten werden onderbroken door de geërgerde stem van de vroedvrouw, wier handen onder een gelige vloeistof zaten. 'Concentreer je, dan is het snel voorbij.'

De vroedvrouw was gepokt en gemazeld: ze kon prat gaan op de vereiste negenhonderd uur scholing en had meer dan honderd baby's ter wereld geholpen.

'Zonder één dode baby, geen enkele. Of moeder, ook geen enkele,' had ze tegen Ally gezegd toen die haar inhuurde.

'Ze behoort tot de top,' had het bureau haar verzekerd.

'Op een dag zal er een wet komen die bepaalt dat alle baby's die in ons land worden geboren door een Duitse vroedvrouw worden gehaald,' had de vrouw van het bureau eraan toegevoegd. Ze ging steeds harder praten. 'Zuiverheid voor zuivere baby's.'

Misschien had ik er eentje zonder ervaring moeten zoeken, die geen idee had hoe ze een baby ter wereld moest brengen, dacht Ally.

'Kijk me aan!' beet de vroedvrouw haar toe. 'Als jij jouw deel niet doet, kan ik mijn werk niet goed doen. Dan bezorg je me een slechte naam.'

Ally begon te trillen. De vroedvrouw had blijkbaar haast. Misschien wachtte er wel een andere zwangere vrouw op haar. Ze bleef er maar aan denken dat de vingers, de handen van deze vrouw in haar rondwroetten. Ze redden het ene leven en vernietigden het andere.

In de nacht dat Lilith werd geboren, deed Ally haar best zich voor te stellen dat ze weer met Marcus in het appartement aan de oever van de rivier was: zij tweeën, verborgen in het maanlicht, plannen makend voor een leven als gezin, alsof dat überhaupt mogelijk was. Ze werden altijd overvallen door het ochtendlicht. Overrompeld sloten ze dan de ramen en trokken de gordijnen dicht. Zo konden ze in het donker blijven, waarvan ze hun toevluchtsoord hadden gemaakt.

'Eigenlijk moeten we vertrekken,' zei ze op een keer tegen Marcus toen ze lekker tegen elkaar aan in bed lagen.

Ze wachtte zwijgend op zijn reactie, wetend dat er voor Marcus maar één antwoord mogelijk was. Niemand kon hem van het tegendeel overtuigen.

'De situatie hier is al slecht voor ons, laat staan hoe het in Amerika zou zijn,' zei hij dan. 'Met elke dag die verstrijkt zien meer mensen ons als de vijand.'

Ally vond Marcus' angst abstract. Die hield zich schuil in verborgen krachten, als een vloedgolf die ze niet konden zien, maar die hen blijkbaar op een dag allemaal zou verzwelgen. Dus koos ze ervoor de akelige voorgevoelens van Marcus en zijn kunstenaarsvrienden te negeren; ze hoopte dat de storm voorbij zou trekken. Marcus droomde ervan in films te acteren. Hij had al meegedaan in een film, in een bijrol als muzikant, en hij had gezegd dat ze met hem mee moest gaan naar Parijs, waar hij hoopte voor een andere film gecast te worden. Maar toen werd ze zwanger en werd alles anders.

Haar ouders waren buiten zinnen. Ze stuurden haar naar hun lege appartement in Mitte, een wijk in het centrum van Berlijn, om hun schaamte te verbergen. Ze zeiden dat dit het laatste was wat ze voor haar zouden doen. Hoe ze nu zou gaan leven was haar probleem, niet dat van hen. In de brief van haar moeder hoorde ze haar ferme, vastbesloten stem met de zangerige, Beierse klank. Daarna had Ally niets meer van haar gehoord.

Ally kwam erachter dat haar vader dood was door een overlijdensbericht in de krant. Dezelfde dag kreeg ze ook een brief over een kleine erfenis van haar vader. Ze stelde zich voor dat er in München gebeden zou worden, weesgegroetjes zouden worden gezegd, de gordijnen dichtgetrokken zouden zijn en er gekunstelde gesprekken gevoerd zouden worden die eindigden in gemompel. Ze dacht aan haar in rouw gehulde moeder, een rouw die op de dag van Ally's vertrek was begonnen. Ally was ervan overtuigd dat als haar moeder stierf, ze had bepaald dat het nieuws van haar dood niet openbaar gemaakt mocht worden, zodat haar dood onopgemerkt zou blijven en haar dochter niet de kans kreeg om om haar te huilen. Zelfs dat verdiende Ally niet. Haar moeders wraak zou stilte zijn.

Ze dacht terug aan hoe eenzaam ze zich had gevoeld in het enorme appartement in Mitte, dat ze verdwaalde in de gangen, dat de fletsgroen geschilderde kamers vol schaduwen waren, die haar zouden verslinden. En toen begonnen de brieven van Marcus te komen. *Dit land wil ik niet voor mijn kind, kom niet terug naar Düsseldorf, het leven wordt hier met de dag moeilijker. In Amerika willen ze ons ook niet. Niemand wil ons.* Soms waren het niet eens reacties op haar eigen brieven, maar hele schotschriften.

Een gil weerklonk door de kamer. Die kwam uit haar borstkas, haar dichtgeknepen keel, haar verstijfde armen. Ze had het gevoel dat ze in tweeën werd gescheurd. De stekende pijn in haar buik breidde zich uit naar haar hele lichaam en ze klampte zich wanhopig vast aan de spijlen van het bed.

'Marcus!' Haar brul, diep uit haar keel, liet de vroedvrouw schrikken.

'Wie is Marcus? De vader? Er is hier niemand. Kom op, niet stoppen, je bent er bijna. Nog één keer persen en je bent er!'

Haar lichaam verstijfde en toen trok er een rilling door haar heen. Haar lippen trilden en waren droog. Haar buik spande zich tot hij in een punt omhoogstak en kromp toen, alsof het levende wezen in haar was opgelost. Ze had een storm veroorzaakt. Ze voelde de windvlagen en de striemende regen. Donderklappen en hagelstenen beukten op haar in. Ze scheurde open. Haar buik trok samen. Ze spreidde haar steeds zwaarder wordende benen en toen kwam er iets uit haar, een soort weekdier. De geur van roest verspreidde zich door de stinkende kamer. Het lijfje had alle warmte van haar buik met zich meegenomen. Ze rilde.

Een lange stilte. Ally legde haar benen neer en deed haar ogen dicht. Tranen vermengden zich met zweet. De vroedvrouw pakte de nauwelijks bewegende baby bij de voeten en knipte de navelstreng door. Met de andere hand gooide ze de placenta in een schaal bloederig water, en ze waste op een hoekje van het bed de pasgeborene met lauw water.

'Het is een meisje.' De stem van de vroedvrouw weergalmde door de kamer, waar het voor de rest dreigend stil was.

Wat is er gebeurd? Waarom huilt ze niet? Ze leeft niet, dacht ze.

Haar keel brandde nog, haar buik bonsde. Ze voelde haar benen niet meer.

Op dat moment kermde de baby zachtjes, als een gewond diertje. Langzaam maar zeker werd het gekerm gehuil. Uiteindelijk werd het gebrul. Ally reageerde niet.

Intussen wreef de vroedvrouw de baby droog, meer ontspannen nu haar werk gedaan was. Toen ze de blauwachtige tint van het schone gezichtje zag, werd ze weer ongerust. Gebrek aan zuurstof, concludeerde ze. Voorzichtig deed ze de mond van de baby open en inspecteerde het paarse tandvlees. Ze vreesde dat er iets in de luchtpijp zat en stak haar wijsvinger in de piepkleine keel van de pasgeborene. Ze keek naar de baby en toen naar Ally, die haar ogen nog steeds gesloten had.

Het baby'tje bleef maar huilen, terwijl de vroedvrouw haar ruw in een schoon laken wikkelde. Alleen haar gezicht kwam er bovenuit. De vroedvrouw perste haar lippen op elkaar en gaf de baby aan Ally alsof ze een onbekend voorwerp afgaf.

'Het is een *Rijnlandbastaard.* Je hebt een *Mischling* ter wereld gebracht. Dit meisje is niet Duits, ze is zwart.'

Ally ging zitten en nam de baby op schoot. De pasgeborene werd onmiddellijk rustig.

'Lilith,' mompelde Ally. 'Haar naam betekent "licht".'

2

Zeven jaar later
Berlijn, maart 1938

Schemering.

'Rennen, Lilith! Rennen, en kijk niet om!' riep Ally met haar ogen stijf dicht. 'Gewoon blijven lopen, niet langzamer gaan.'

De straatlantaarns wierpen zilverachtige stralen op de bankjes van hout en brons in Tiergarten. Ally draaide met gestrekte armen pirouettes en veroorzaakte zo een wervelwind van blaadjes. Heel even had ze de wereld tot stilstand gebracht en een beschermende wolk om zich heen gecreëerd. Toen ze haar ogen opendeed draaide het park; de bomen bogen zich naar haar toe en ze kon niet stevig blijven staan. Ze had het gevoel dat ze zou flauwvallen.

In het donker was Tiergarten, midden in Berlijn, net een labyrint.

'Lilith?' fluisterde Ally.

Haar dochter had het spelletje perfect gespeeld: ze was niet te zien.

Met de brede laan voor zich en de bomen achter zich slaakte Ally een zucht. Ze dacht dat ze alleen was, buiten de lichtkring van de straatlantaarn, maar toen ze zich omdraaide stond er een groepje in grijs uniform geklede jongemannen voor haar. Ze voelde de angst prikken. Misschien lukte het haar de tranen terug te dringen, haar mondhoeken omhoog te krullen, haar trillende benen en vochtige handpalmen te verbergen, maar de angst was er altijd. Die sijpelde op een of andere manier naar de oppervlakte en verzwakte haar. De jager ruikt angst. Maar de geüniformeerde jongens glimlachten naar haar en hieven hun rechterarm als groet. Ze was het schoolvoorbeeld van een vitale, perfecte Duitse vrouw.

'*Sieg heil!*'

Ze moesten eens weten, dacht ze.

De wolken werden uiteen geblazen door een windvlaag. Het licht van de maan bescheen haar, haar blonde haar en porseleinen huid. Ally straalde. Een van de jongens draaide zich om en keek naar haar, alsof ze een magische verschijning in Tiergarten was, een walkure op weg naar haar lot. De jongemannen marcheerden weg. Ze was weer alleen, in het donker.

'Mama?' Door de stem van Lilith ontwaakte ze uit haar verdoving. 'Deed ik het goed?'

Zonder omlaag te kijken streek Ally met haar handen over het krullerige haar van haar dochter, die mee draafde naast haar. Alleen Ally baadde in het licht. Lilith bevond zich in de schaduw.

'Kom, we gaan naar huis.'

'Maar deed ik het nou goed, mama?'

'Natuurlijk, Lilith, zoals elke keer. Je wordt alsmaar beter.'

In het donker liepen ze onopgemerkt verder. De voorbijgangers negeerden hen, niemand keek hen vol verbazing aan, perste zijn lippen vol walging opeen of sloeg zijn ogen medelijdend neer. Niemand gooide stenen of beledigde hen, en de kinderen renden niet achter hen aan, beschermd door hun zuiverheid, liedjes schreeuwend over de jungle of chimpansees.

Zodra het donker werd voelden ze zich vrij.

'In het donker hebben we allemaal dezelfde kleur,' mompelde Ally onder het lopen vaak tegen haar dochter, alsof ze een van haar gedichten voordroeg.

Ally was altijd aan het schrijven, waar ze ook was. Ze had geen pen of papier nodig; haar geest werkte sneller dan haar handen, zei ze altijd tegen Lilith. Ze droeg gedichten aan haar voor, gedichten met een muzikaal ritme, waar Lilith heel blij van werd.

'Hoe bedoel je, mama?'

'Ik bedoel dat de nacht aan ons toebehoort, aan jou en mij. Het donker is van ons.'

***

Zo rond Liliths zevende verjaardag begonnen Ally's nachtmerries. Wat voor moeder droomt er nou dat haar kind doodgaat? dacht ze. Ze kon alleen zichzelf de schuld geven, omdat ze haar op de wereld had gezet. Omdat ze voortdurend op de vlucht waren.

In hun appartementencomplex, verborgen in een beschaduwde, doodlopende straat in Mitte, namen ze nooit de lift, maar altijd het donkere trappenhuis, zodat ze geen buren tegen het lijf liepen. Ze had de Strassers, die in hetzelfde blok woonden, horen klagen en de triomfen uit het verleden horen ophalen. De dag dat ze in het appartement trok, nog voor Lilith was geboren, hadden ze haar uitgenodigd voor een kopje koffie. De kamers stonden vol trofeeën die ze uit verre landen hadden meegenomen: sfinxen, fragmenten van stenen gezichten, wapens van klei en van marmer. Ze hielden van ruïnes. Frau Strasser ging verstikt door een korset door het leven, zodat ze altijd nijdig was en iedereen die zich niet kleedde zoals zij en haar schitterende kroost met de nek aankeek. Al na een paar passen snakte ze naar adem, en zelfs in de winter werd ze geplaagd door zweetdruppels die haar make-up dreigden te verpesten. Ze had twee dochters, allebei zo perfect als de zon. Het vrouwelijk ideaal, dat vaak de omslag sierde van *Das Deutsche Mädel*, het blad van de door iedereen vereerde Bund Deutscher Mädel.

Sinds de geboorte van Lilith ontliepen ze Ally. Op een dag had Herr Strasser zelfs het lef om naar haar te spugen toen ze elkaar op straat voor het appartementencomplex passeerden. Ally's tas met fruit was op de grond gevallen; de appels rolden over de stoep en werden donker van het natte stof.

'Die appels zijn nog schoner dan jij,' zei Herr Strasser nadat zijn fluim bij haar voeten was beland.

Beledigingen werden niet langer verhuld. Ally was door de deur van brons en hout het gebouw binnen gegaan dat niet langer haar toevluchtsoord was. Ze zag haar buren, de Herzogs, met een bange blik appartement 1B binnengaan. Ze waren getuige geweest van haar vernedering en hadden waarschijnlijk medelijden met haar. Zij waren ook al heel vaak beledigd.

De Herzogs hadden een lampenwinkeltje bij metrostation Hackescher Markt. Ally had een keer overwogen de winkel binnen te gaan om te schuilen voor een ijskoude stortbui, maar had het uiteindelijk niet gedaan: op de etalage van de winkel zag ze de zespuntige ster, met in het midden het meest aanstootgevende woord waarmee iemand op dat moment beschreven kon worden, *Jude*. Ze boog haar hoofd en liep nat en rillend verder. Toen ze laatst uit de metro kwam, bekeek ze van een afstandje de restanten van het winkeltje. De ramen waren ingeslagen en alle lampen waren vernield. Overal lag glas. Het was onmogelijk om er niet op te trappen. Ze huiverde toen het onder haar voeten versplinterde; het maakte deel uit van de symfonie van de stad. Bij elke voetstap werden de fragmentjes tot stof vermalen, tot ze verdwenen waren. In Berlijn heeft niemand meer verlichting nodig, dacht ze en ze draaide zich om. Vanaf nu leven we allemaal in de schaduw, vermoed ik.

Ally was niet eens geschokt; niets raakte haar nog. Woorden maakten haar niet bang, evenmin als het spuug van Herr Strasser dat deed; dat was slechts sneu en hinderlijk.

Gelukkig was ze die dag alleen, zoals bijna elke middag. Ze had Lilith achtergelaten bij Herr Professor, haar buurman en leraar. Hij heette Bruno Bormann, maar ze noemden hem opa. Dat vond hij eerst niet leuk. 'Ben ik zo oud dat je me opa kunt noemen?' zei hij dan. Maar nu kondigde hij zijn komst in het appartement altijd aan met: 'Opa is moe,' 'Opa heeft honger,' 'Opa wil dat iemand voor hem zingt,' of: 'Heb je nog een kus en knuffel voor opa?'

'Weet je, Lilith,' zei Herr Professor tegen haar toen ze samen lazen en ze vragen stelde over het lot, 'je bent ouder dan opa. Je hebt een oude ziel.'

Ze aten bijna elke avond met z'n drieën, tenzij Herr Professor had afgesproken met zijn vroegere collega's van de universiteit, waar hij ruim twintig jaar lang literatuurwetenschappen had gedoceerd. Er waren er niet veel over. Sommigen waren overleden, anderen waren naar Amerika gevlucht om te ontsnappen aan de afschuw en schaamte over wat er in hun land gebeurde. Herr Professor werd vroeger bewonderd; toegewijde studenten citeerden zijn literaire mijmeringen vaak. Toen hij docent werd, stelde hij zich voor dat hij ook met een bos grijs haar en een wandelstok nog steeds les zou geven en hij was vastbesloten daarmee door te gaan tot zijn laatste ademtocht. Maar de tijden waren veranderd. Angst en beschuldigingen waren binnengeslopen en hij vertrouwde de hoogleraren die waren gebleven en de nieuwe studenten niet. Deze boze jonge mensen besloten nu wat er in de heilige Duitse academie onderwezen zou worden en wat er voor altijd van het curriculum zou verdwijnen. De hoogleraren, faculteitsvoorzitters en zelfs de rector van de universiteit waren net zo bang om door een student gewraakt te worden als om door een verdwaalde kogel geraakt te worden. Op een ochtend trof hij na aankomst bij de universiteit een aantal lege boekenkasten aan in de bibliotheek; eerste edities lagen overal op de vloer en waren vertrapt.

'In dit land worden boeken niet langer als nuttig beschouwd,' zei hij tegen Ally. 'Wie maalt tegenwoordig nog om het lezen van de klassieken? Hoelang gaat dit nog door, mijn lieve Ally? Jij en ik zijn overlevenden; we behoren tot een ander tijdperk. De nieuwe generatie wil alleen maar naar de toespraken, de tirades, van de Führer luisteren.'

Herr Professor, met zijn zachtaardige karakter en perfecte formuleringen, had een stem die resoneerde zonder dat hij hem hoefde te verheffen, en was in elke hoek van het huis te horen. Hij was

Liliths docent. Dankzij hem kon het meisje op haar vijfde al verbazingwekkend vloeiend lezen en schrijven. Ze verslond boeken die ze niet volledig begreep en onderstreepte woorden op de pagina's van boeken die ze, zonder toestemming te vragen, uit de enorme bibliotheek van Herr Professor pakte.

De voordeuren van Ally en Herr Professor, die naast elkaar lagen, zaten zelden op slot.

'Eigenlijk moeten we de muur tussen onze appartementen doorbreken. Dan zou opa niet bij jullie op bezoek hoeven komen,' had Herr Professor een keertje plagend gezegd.

Lilith had geglimlacht bij dat idee toen ze bedacht dat ze dan naar believen in zijn bibliotheek kon struinen, niet alleen nadat de duisternis was ingevallen. Alleen dan mocht ze het appartement verlaten, waarbij ze ervoor moest zorgen dat de spoken – hun benaming voor de buren – haar niet zagen.

Ally wist maar weinig over het leven dat Herr Professor had geleid voordat ze elkaar hadden ontmoet, maar ze zag hem als een onmisbaar onderdeel van het hare. Ze wist dat hij een keer, in zijn woorden, 'een stomme fout had begaan'. Dat wilde zeggen: verliefd was geworden. Ze had hem nooit uitgehoord om details te weten te komen.

'Zulke fouten kunnen de loop van je leven veranderen, maar gelukkig worden we normaal gesproken niet twee keer verliefd. Eén keer is genoeg,' had de oude man gezegd.

Op dit moment was Lilith verdiept in een in leer gebonden boek, dat in een raadselachtige taal was geschreven en de titel *Eugenics* droeg, een woord dat ze niet hardop durfde te zeggen. Ze keek aandachtig naar de illustraties van menselijke lichamen, ziektes, misvormingen, perfectie en imperfectie en bleef hangen bij het smetteloze gezicht van een meisje.

'Opa, ik wil dat je me Engels leert. Vandaag, nu.'

'Als ik jou Engels leer, is dat niet zodat jij dat boek kunt lezen, maar zodat je de grootste Engelse dichter kunt lezen.'

Die avond lazen ze voor het eerst hardop Shakespeares sonnetten, die in ouderwets Engels waren geschreven, zonder te proberen de betekenis te doorgronden.

'Om een taal te leren moet je als eerste de muzikaliteit ervan bevatten, je tong uit de knoop halen, je gezichtsspieren ontspannen,' legde Herr Professor uit. 'Dan volgt de rest te zijner tijd.'

Lilith begon te stralen, opgewonden door deze spannende nieuwe wereld die zich zojuist voor haar had geopend. 'Kom, we gaan mama zoeken, zodat ze naar ons kan luisteren!'

'We kunnen je moeder beter met rust laten. Ze moet heel veel schrijven. Dat doet haar goed, vooral als ze moe is.'

'Het is mijn schuld dat mama niet slaapt.'

'Nee, Lilith. Het is de schuld van de Führer, doordat hij gelooft dat hij Odin is. Jij hebt er niets mee te maken.'

'Mama vindt het niet fijn als we zijn naam noemen...'

Vanaf het moment dat ze wakker werd, bracht Lilith bijna al haar tijd met Herr Professor door. Ze lunchten samen, en het meisje werd betoverd door zijn verhalen, die varieerden van de gloriën van het oude Babylon tot de Griekse mythologie; eindeloze toespraken over goden en halfgoden, of de Dorische tempels van de Akropolis, die plotseling in de Perzische oorlogen konden eindigen. Herr Professor praatte net zo lief over Aphrodite, Hephaistos en Ares en hun plek in de tempel voor de twaalf Olympische goden, als over de strijd tussen de Nubiërs en de Assyriërs.

Op een middag trof Herr Professor Lilith aan voor de spiegel in de badkamer, de enige plek in zijn appartement zonder boeken. Het meisje boog zich dichter naar het glas toe, alsof ze een oplossing probeerde te vinden voor haar twijfels terwijl ze langzaam over haar haar en wenkbrauwen streek. Toen ze doorkreeg dat Herr Professor naar haar keek, schrok ze.

'Mama is heel knap.'

'Jij ook.'

'Maar ik lijk niet op haar. Ik wil op haar lijken.'

'Je hebt hetzelfde profiel, dezelfde lippen, je ogen hebben dezelfde vorm.'

'Maar mijn huid...'

'Je huid is prachtig. Moet je eens zien hoe mooi hij straalt vergeleken met die van mij.'

Ze gingen samen voor de spiegel staan. Lilith maakte haar krullen los. Herr Professor streek de grijze haren van zijn voorhoofd en bewoog zijn hand over zijn buik.

'Ik moet iets aan deze buik gaan doen, hij wordt met de dag dikker. Ik ben dan wel oud, maar ik heb in elk geval al mijn haar nog!'

Ze moesten lachen. Lilith vond Herr Professor net een vriendelijke reus die over hen waakte.

Op sommige dagen beklom hij de houten ladder naast de kleerkast in het kamertje naast de keuken. Staand op de bovenste tree gaf hij dozen aan die bekleed waren met rood fluweel. Daar bewaarde hij de familiefoto's in die zijn moeder, een lange, robuuste vrouw, in haar laatste jaren had gesorteerd. Lilith vond het heerlijk om door de foto's van onbekenden te snuffelen, mensen van zo lang geleden dat zelfs Herr Professor hun namen niet meer wist.

'De kleine Bruno was bang voor het donker,' zei hij op een keer en hij wees naar een foto van zichzelf als peuter. 'Zo dapper zijn we helemaal niet, hè, Lilith?'

Het meisje barstte in lachen uit toen ze op een van de foto's een kale, mollige baby zag die op een kanten kussen was neergezet.

'Je hebt al een knorrig gezicht sinds je geboorte! Dat kan niemand anders zijn dan jij.'

'We zijn allemaal baby's geweest, en voordat we sterven gaan we terug naar die tijd, en worden we afhankelijk van iemand die alles voor ons doet.'

'Maak je maar geen zorgen, opa. Ik zorg wel voor je.'

's Avonds laat, als Lilith naar bed was, zetten Ally en Herr Professor altijd een pot thee om de slaap nog even op afstand te houden. Ze zwegen; ze hadden geen behoefte aan woorden om met elkaar te communiceren. Na een paar minuten legde Ally dan haar hoofd op zijn schoot en streelde hij haar haar, dat in het donker dof grijs was.

'We vinden wel een uitweg, echt waar,' zei hij dan. 'Lilith is een slim meisje. Ze is een wonderkind, heel bijzonder.'

'Opa, we hebben niet veel tijd meer. Lilith is bijna zeven jaar,' zei Ally met stokkende ademhaling.

'We kunnen Franz vertrouwen.' De handen van Herr Professor trilden.

Franz Bouhler was een voormalige student van Herr Professor. Zijn moeder had erop aangedrongen dat hij scheikunde zou gaan studeren, zodat hij in het laboratorium van zijn neef Philipp kon gaan werken. Philipp was begonnen met een onderzoek dat volgens Franz de manier waarop ze de wereld zagen zou veranderen. Maar zijn echte passie lag bij literatuur. Hij schreef gedichten en had zich ingeschreven voor de colleges literatuurwetenschappen van Herr Professor. Nadat Herr Professor met pensioen was gegaan bleef Franz hem bezoeken en zijn schrijfsels delen.

'Franz is een dromer,' zei Ally.

'Dat zijn we allemaal,' zei Herr Professor. '*Ik ontwaakte huilend en wilde verder dromen.*'

Sinds Franz hen was gaan bezoeken, was hij hun enige contact met de buitenwereld. Lilith groeide snel op en het werd elke dag duidelijker dat ze een Mischling was, een Rijnlandbastaard, die volgens de wet gesteriliseerd moest worden om in het nieuwe Duitsland te overleven. Ze luisterden niet naar het nieuws op de radio en in hun huizen waren geen kranten. Als ze 's avonds naar buiten gingen, sloegen ze hun blik neer om de stortvloed aan triomfantelijke witte, rode en zwarte posters die de stad overspoelde niet te zien.

Soms redigeerde Herr Professor Franz' hoogdravende gedichten, die bol stonden van hoop, in tegenstelling tot de donkere, pessimistische lyriek van Ally's gedichten. De frisse, jeugdige geest van Franz, die vier jaar jonger was dan Ally, was de reden dat ze beschutting bij hem zocht. De woensdagmiddagen waren van hen. Ally voelde zich naast de lange man, met zijn potige armen en onhandige bewegingen, maar met een zachtaardigheid waardoor hij bijna een kind leek, veilig genoeg om door de straatjes van Mitte te wandelen. Hij droeg altijd grijs flanel en zij een wollen trenchcoat in roodtinten die van kleur veranderden naarmate het daglicht anders werd.

Franz las toegewijd Ally's gedichten. Hij bewonderde de eenvoud van haar dichtregels. Hij was in zijn werk voortdurend op zoek naar steeds ingewikkelder constructies om een idee over te brengen dat dan altijd binnen vierentwintig uur banaal bleek te zijn. Ally probeerde de teksten van Franz, zijn retoriek, te begrijpen, maar werd overweldigd door zijn woordenstorm. Ze schreef het toe aan zijn onschuld.

In Liliths ogen was Franz iets tussen een Griekse god en een grote broer in. Als hij aankwam, stortte ze zich in zijn armen en begroef ze haar gezicht in zijn hals, en dan tilde hij haar op en hield haar in de lucht.

'Wat heb je vandaag voor me, Lichtstraaltje?' vroeg Franz dan aan haar. 'Je mag me alles vragen.'

Ze konden urenlang de tijd verdrijven met elkaar vertellen wat ze die dag hadden gedaan: voor haar bestond die uit opstaan, haar gezicht wassen, water drinken, lezen met Herr Professor, naar bed gaan en lachen; voor hem bestond die uit het bestuderen van enorme boeken over de delen van het lichaam en het prachtigste gedicht schrijven dat een Duitser ooit had gecreëerd, en dat ze binnenkort zelf zou kunnen lezen. Dit kwam voor Franz het dichtst bij een thuis. Hij ontliep het avondeten bij hem thuis, met zijn moeder, een weduwe die alleen maar bevelen gaf. Ze zag het als een zwakte dat hij gedichten schreef die hem niets zouden brengen en dat hij boeken las die op een dag in het vuur zouden belanden.

'Duitsland heeft niet nog meer schrijvers nodig,' had zijn moeder tegen hem gezegd. 'Duitsland heeft soldaten nodig die hun land willen dienen.'

Het viel de jongeman op dat Ally's huis het enige was waar geen portret van de Führer boven de schoorsteenmantel hing. En het meisje zag dat wanneer Franz er was, haar moeder gelukkig was. Als hij er was, waren ze niet bang voor spoken of voor de Führer. Niemand kon hen iets aandoen. Franz was een barricade.

Toen begonnen ze aan de voorbereidingen voor Liliths zevende verjaardag. Dat getal hield hen 's nachts wakker. Er werd niet meer gelachen, ze reciteerden niet langer gedichten in het donker. Het avondeten vond weer in stilte plaats.

'Zeven,' herhaalde Lilith, alsof het getal haar gevangenisstraf was geworden.

3

Acht jaar eerder
Düsseldorf, juni 1929

'Als je niet opschiet, komen we te laat!' riep Ally, die bij de voordeur stond.

Ze giechelde toen ze Stella uit de badkamer zag komen.

'Rood? En met zo'n decolleté? Waar denk je dat we naartoe gaan?'

'Ergens waar we plezier gaan maken!' zei Stella.

'Als je rood draagt, trek je de aandacht van de Vampier.'

Ze lachten en liepen snel de trap af.

Het was pas acht uur 's avonds en het was stil in de stad. De dagen waren aan het lengen en de straatlantaarns waren nog steeds niet aan. Ze staken lege boulevards over, waarbij ze de plassen ontweken die door een aarzelend zomerbuitje waren veroorzaakt.

Toen ze bij het metrostation op de Altstadt-lijn kwamen, was het perron verlaten. Het leek wel alsof de plaag die de wereld tien jaar geleden had geteisterd was teruggekeerd.

'Iedereen schenkt veel te veel aandacht aan de koppen in de krant,' zei Ally.

'Eng hoor, de Vampier van Düsseldorf ligt op de loer,' spotte Stella. 'Ik heb ergens het idee dat wij niet zijn ideale prooi zijn.'

'Ideaal? Volgens mij is die vampier niet zo kieskeurig. Zijn slachtoffer is gewoon het eerste meisje dat hij tegenkomt.'

'Ach nou ja, wij zijn de straat opgegaan om plezier te hebben.'

Ze waren de enige passagiers in hun treinstel. Aan een van de deuren hing een poster waarop een beloning werd beloofd aan degene die de Vampier pakte: tienduizend rijksmark. Ze keken elkaar verbaasd aan en zwegen de rest van de rit. Ze waren nooit eerder bang geweest, maar nu waren ze verontrust, hoewel ze dat niet durfden toe te geven. Over een paar minuten zouden ze hun halte bereiken en rond Brauerei Schumacher krioelde het vast van de mensen. Ze hadden een paar straten verder afgesproken met Marcus en Tom. Waarom zou je op zaterdagavond in de zomer thuisblijven? Ze hadden besloten dat geen enkele vampier, echt of denkbeeldig, hen ervan zou weerhouden te doen wat ze wilden. De bruut – die meisjes, vrouwen, oude dames en zelfs mannen in het gebied rond de Rijn verkrachtte en daarna doodstak – stond op de voorpagina van elke Duitse krant. De politie, eigenaren van bedrijven en het publiek waren erg op hun hoede. Dat gold ook voor Ally en Stella.

Het meest recente slachtoffer was in de buurt van het Centraal Station gevonden, naakt op een matras in een hotelkamer. Ze was gewurgd, maar op haar lichaam waren geen andere tekenen van geweld aangetroffen, en er waren geen bloedsporen. Sommige mensen twijfelden of het het werk was van dezelfde moordenaar.

Sinds Ally en Stella samen van München naar Düsseldorf waren verhuisd, hadden ze zichzelf beloofd dat ze onafhankelijk zouden zijn. Hoewel ze hulp kregen van hun familie, werkten ze allebei 's middags in een warenhuis in het centrum, waar ze parfum verkochten. 'Iedereen verbergt zich achter een geurtje,' zei Ally altijd. Berlijn was hun uiteindelijke doel, maar vanwege de muziek besloten ze een tijdje in de stad aan de oever van de Rijn te blijven. Stella wilde danseres worden, Ally schrijfster.

Elke zaterdagochtend schreef Ally lange gedichten, terwijl Stella sliep. Ze hadden dichter bij het centrum willen wonen, in een appartement met twee slaapkamers, maar na verloop van tijd waren ze eraan gewend geraakt dat ze zo dicht op elkaar gepakt woonden.

Op de doordeweekse middagen probeerden ze de ingrediënten te onthouden van de parfums, die in met de hand gemaakte flesjes zaten, gemaakt door mannen die blijkbaar geobsedeerd waren door eeuwige passie. Achter de toonbank van een parfumerie die meer op een apotheek leek hadden ze het als experts over anijszaad, oosterse theeën, kalmoes, granaatappel, mirte, cipres en gedroogde Bulgaarse rozenblaadjes.

Op zaterdagavond doorkruisten ze de stad, helemaal naar het variétérestaurant waar ze met Marcus en Tom hadden afgesproken, om te genieten van ritmes die hun ouders verafschuwd zouden hebben.

'Als onze ouders wisten dat we uitgingen met zwarte muzikanten zouden ze ons verstoten,' zei Stella giechelend.

'Marcus is Duits,' verbeterde Ally haar.

'En Tom is Amerikaans,' voegde Stella eraan toe. 'Maar ze zijn allebei zwart.'

Ze baanden zich een weg door de menigte vol mensen die er net als zij voor hadden gekozen de Vampier te negeren. De muur van de populaire brouwerij hing vol met posters waarop de beloning werd uitgeloofd. 'Tienduizend,' hoorden ze tussen gelach en flarden van gesprekken door, als een litanie. Iedereen wilde de Vampier pakken en hield zijn ogen open, in een poging een verdachte te ontdekken. Sommige mensen probeerden zichzelf als lokaas in te zetten. Er werd gezegd dat je, als je met zijn tweeën samenwerkte, de meest gevreesde en gewilde man van Duitsland te pakken kon krijgen.

Gesprekken vermengden zich tot lawaai. Mensen schreeuwden naar elkaar, en Stella voerde Ally snel mee, die tegen voorbijgangers botste, omdat ze uit haar evenwicht werd gebracht door zinnen die haar raakten als vuistslagen.

'Ik wil wedden dat het een gore Jood is. Die moeten we voor eens en voor altijd uit de weg ruimen.'

'Volgens mij is het een van de zwarten die dankzij de Joden de stad hebben overgenomen.'

'Eerder dankzij de Fransen. Die hebben hun leger volgestopt met zwarten.'

'Wat zou je met tienduizend rijksmark doen?' hoorde Ally een meisje aan haar vriendje vragen.

'Daarmee zouden we naar Berlijn gaan,' antwoordde hij.

Berlijn, dacht Ally. Marcus en ik zouden naar Berlijn kunnen.

Ally zag Marcus in de doorgang onder het zachte licht van de zijdeur van Schall und Rauch, en haar hart begon te bonken. Hij lachte toen hij haar zag en maakte een handgebaar om haar aan te sporen. Ally rende bij Stella vandaan naar hem toe.

'Je hebt me uren laten wachten,' fluisterde hij in haar oor.

'Niet zo overdrijven,' zei ze en ze zoende hem.

Marcus deed de deur open om Stella binnen te laten. Hij bleef in het licht van de deuropening staan, met Ally in zijn armen. Bewegingloos en vredig.

'We moeten naar binnen,' zei ze.

'Je bent er nu. Het maakt mij niet uit of we te laat opkomen.'

Hij deed een stap achteruit en nam haar gretig in zich op.

'Je kijkt naar me alsof ik op elk moment in rook kan opgaan.'

Hij moest lachen, pakte haar hand en ze gingen de donkere gang in. Toen ze de trap naar het podium op liepen, voelden ze de bedrijvigheid in de coulissen. Sigarettenrook vermengd met de geur van bier. Toen Ally langs de zware gordijnen liep, streek ze erlangs, waardoor een wolk stofdeeltjes opdwarrelde die licht leken te geven.

Ze hoorden fragmenten dissonante muziek van het podium komen. De stem van de komiek klonk als gebrul van protest boven het gelach van het publiek uit.

'Nu ga jij op, om ze te kalmeren,' zei Ally tegen Marcus toen ze eindelijk in de kleedkamer waren.

Het was er klein, een soort zolderkamertje, met kleding en muziekinstrumenten overal op de knoestige houten vloer. Door de hele kamer stonden lege bierflesjes, een whiskyfles, overal glazen, er lagen stapels kranten. Er hingen wat foto's aan de muren. Op een van de afbeeldingen herkende ze Marcus, met achter hem de Eiffeltoren. Hij had zijn armen gespreid en aan zijn voeten lag zijn saxofoon.

Marcus pakte zijn instrument, gaf Ally een kus en liet haar achter in de kleedkamer. Ze liep naar een foto van Marcus die in de spiegel was gestoken, en net toen ze hem wilde aanraken werd ze gestoord door Stella.

'Blijf je hier de hele avond of wil je naar ze luisteren? Kom, we gaan.'

Ze vonden een tafeltje in de buurt van het podium, maar dan aan de zijkant, vanwaar ze de muzikanten en het publiek konden zien. Op hun plek hoorden ze de muziek vervormd. Maar Ally, die de jazzmuziek pas kortgeleden door Marcus had leren kennen, genoot van de ritmes. Slechts een paar mensen in het publiek luisterden aandachtig. Het was achtergrondmuziek, bedoeld om de tijd te vullen tot de volgende komiek opkwam, gevolgd door de dansers met hun blote buik. In het publiek zaten vrouwen op tafels. In een hoek dansten een paar vrouwen. Een luidruchtig groepje verzon zo te horen een lied over de Duitse voortreffelijkheid. Aan een van de tafeltjes in het midden zaten drie jongemannen met opgemaakt gezicht, paarsrode lippen en strak achterovergekamd haar. Ally's verbaasde blik bleef op een tafeltje achterin rusten, waaraan zes mannen in pak en met een zwarte stropdas zaten. Ze hadden hun hoed nog op. Met gespannen gezicht keken ze strak naar het podium.

'Wie zijn dat?' vroeg Ally aan Stella, en ze gebaarde stiekem naar hen.

'Dat?' vroeg Stella, al wijzend. 'Geen idee, maar ik wil wedden dat het geen leuke lui zijn.'

Toen de muziek afgelopen was, gingen de spotlights zoekend door de club, van de muzikanten naar het applaudisserende publiek. Het licht stopte bij Ally. Een van de mannen deed zijn hoed af en keek haar strak aan.

Terwijl het podium in het donker gehuld bleef, klonk er een stem door de luidsprekers.

'Dames en heren, het ogenblik waarop u allemaal hebt gewacht. Onze illustere spreekstalmeester...'

Tromgeroffel, een lange pauze, en toen verlichtten de lampen een man die volledig was opgemaakt, met een niet-dichtgeknoopt wit overhemd, geen broek, maar een jarretelgordel, jarretelles en naaldhakken. Hij nam zijn hoge hoed af, maakte een knicks en viel onder luid bekkengeroffel voorover op de grond. Het publiek brulde. Vanuit de schaduw rende een witte hond met een enorme roze chiffon strik naar hem toe en nestelde zich tegen zijn benen.

'Kun je niet proberen wat minder op te vallen?' fluisterde de spreekstalmeester luid tegen de hond, waarmee hij weer gelach uitlokte.

Met een angstaanjagende uitdrukking op zijn gezicht aaide de spreekstalmeester de hond. Ze wachtten in stilte op een signaal van het orkest, een dissonante noot. Toen stond de man met tegenzin op en werd het podium weer in duisternis gehuld. Een paar tellen later verlichtte een smalle lichtbundel een klein gedeelte van het podium. Op een vrolijk deuntje werd de lichtbundel steeds breder, waardoor de blote billen van de spreekstalmeester, en die van de hond, zichtbaar werden. Een trompet schetterde en het publiek klapte en juichte.

De voorstelling ging verder, maar Ally schonk er niet veel aandacht aan, omdat ze in gedachten verzonken was. Toen ze ineens opschrok door luid gekletter op het podium, merkte ze dat ze in haar eentje aan tafel zat. Ally keek de club rond en vroeg zich af waar Stella was. De mannen die aan de tafel achterin hadden gezeten waren ook verdwenen. Ally stond op en liep achter de schermen, waar ze zich tussen de dansers doorworstelde om de kleedkamer te bereiken. Toen ze binnenkwam, werd ze overvallen door de stilte. Ze zag Stella, radeloos, in Toms armen. Marcus pakte zijn saxofoon in.

'Ze hebben Lonnie meegenomen naar het politiebureau aan de Mühlenstrasse,' zei Stella, en ze onderdrukte een snik. 'Die saai uitziende mannen achterin waren van de politie.'

'Maar waarom hebben ze Lonnie meegenomen?' vroeg Ally.

Er kwam geen antwoord.

'Kom, we moeten gaan,' zei Marcus en hij pakte haar hand. Ze vertrokken uit het variététheater zonder afscheid van iemand te nemen.

Met gebogen hoofd liepen ze een flinke tijd door. Ally hoopte dat Marcus het gesprek zou beginnen, maar gaf uiteindelijk het wachten op.

'Waar beschuldigen ze Lonnie van? Kun je het in elk geval uitleggen? Gaan we gewoon weg, zonder iets te doen?'

'We kunnen niets doen, Ally. Zíj hebben de macht.'

'Ik begrijp het niet,' zei Ally.

'Je hoeft nergens schuldig aan te zijn, ze kunnen je gewoon in de gevangenis gooien. Lonnie is zwart. Alleen daardoor al is hij schuldig. Morgen kan ik het zijn. De week erna, Tom.'

'Ze moeten toch een reden hebben gehad om hem mee te nemen,' hield Ally vol.

'Doe niet zo naïef. Hij was een week niet in de club. Daarom hebben ze hem meegenomen.'

'Waarom bemoeit de politie zich daarmee?'

'In de week dat hij vrij was is er een vrouw gevonden langs de rivier. En je weet al dat als de Vampier echt bestaat, hij wel zwart moet zijn. We zijn altijd de eersten naar wie wordt gewezen. Wij zijn de schuldigen. De wilden, de moordenaars. Een van de blanke muzikanten had dezelfde dagen vrij. Hij is niet eens verhoord.'

Ally wist niet wat ze moest zeggen en leunde dicht tegen hem aan om hem te troosten. Zijn vriend was meegenomen en hij wist dat hij dat net zo goed had kunnen zijn. Marcus had geluk gehad.

'Als er niet weer een lijk wordt gevonden, laten ze hem niet vrij. Wat hen betreft is hij schuldig.'

Hij was niet de eerste die vastgezet werd. Hun buurtslager had een paar maanden geleden in de krant gestaan. Omdat hij Joods was en slager van beroep, was hij de perfecte verdachte van de moorden. Er stonden karikaturen van hem in bladen en kranten.

Uiteindelijk maakte de slager in de gevangenis een eind aan zijn leven. Hij hing zich op aan zijn lakens. De rechter oordeelde dat het een duidelijk bewijs van zijn schuld was. Meisjes, vrouwen en oude dames konden weer lekker slapen, iedereen kon weer naar het park en in het maanlicht langs de Düssel lopen. De vrede keerde terug in een stad die in doodsangst gedompeld was geweest. In een hoofdartikel in de krant waagde een gemeenteraadslid het zelfs om te zeggen dat dit een teken was dat ze van alle Joden af moesten, niet alleen in de stad die werd geplaagd door zo veel moorden, maar in het hele land. Duitsland moest zijn grootsheid opnieuw ontdekken. Geen vampiers meer. Toen publiceerde de *Volksstimme* een anonieme brief die aan de politie was gestuurd. De echte Vampier wilde de schijnwerpers op zich gericht houden: `Vandaag zal net voor middernacht het volgende slachtoffer worden gevonden.`

Die avond werd het naakte lichaam van een vrouw ontdekt op een van de pleinen. De Vampier had haar op de rivieroever verkracht. Haar lichaam werd gevonden door een dronkenlap, die onmiddellijk verdacht werd.

In die zomer koelde de Vampier zijn razernij op alles en iedereen. Een paar uur na het eerste incident werd een man neergestoken die op een bankje in het park de krant zat te lezen, een vrouw werd meerdere keren in de ribben gestoken terwijl ze op klaarlichte dag aan het wandelen was.

Ally en Marcus durfden pas 's avonds hand in hand te lopen, als ze beschermd werden door de schaduwen. Overdag liepen ze achter elkaar, Marcus voorop en Ally erachter. Ze wisten dat als ze het andersom deden, hij gearresteerd kon worden op verdenking van het achtervolgen van een weerloze vrouw. Ze waren er intussen aan gewend, het was de enige manier waarop ze samen konden zijn. Het maakte Ally niet uit of ze overdag met hem gezien werd. Ze had hem in het openbaar durven kussen, omhelzen, als hij het had toegestaan, maar Marcus ging met haar over straat alsof ze samenzweerders waren. Hij wist dat iedereen de zwarte man altijd als de schuldige zou zien, als de dreiging. Zij zou altijd het slachtoffer zijn.

Stella daarentegen was alleen met Tom samen in het kamertje waar de meisjes woonden, waarvan ze altijd zei dat het er met twee mensen al vol was. Ze durfde niet met hem de straat op en vond Ally roekeloos omdat ze zich met Marcus vertoonde. Plezier hebben en zich vermaken in het variététheater was één, verliefd worden en dromen van een leven samen was iets heel anders. Stella zei voortdurend tegen haar dat zoiets nooit geaccepteerd zou worden in Düsseldorf, of waar dan ook in Duitsland.

Maar na verloop van tijd lukte het Ally haar ervan te doordringen dat ze echt een gezin met Marcus wilde stichten. Zijn gebrek aan eerbied, opstandige geest en enorme talent betoverden haar. Ze voelde zich veilig bij hem. Samen konden ze de wereld aan, dacht ze. Omdat ze alleen 's avonds uitgingen en elkaar in de buurt van het theater troffen, waren de feestelijke sfeer, muziek en rook net een beschermende deken voor hen. Sommige mensen zagen haar als 'losbandige vrouw', zoals hun hospita haar een keer had omschreven toen ze Ally op een avond ondanks de waarschuwingen van de politie in haar eentje naar buiten zag gaan. Als vrouwen haar samen met Marcus zagen, joeg hen dat angst aan. Ze bekeken haar gezicht aandachtig om te zien of ze gedwongen werd of dat ze uit eigen vrije wil met dit vreemde wezen samen was. Mannen kleedden haar uit met hun ogen, dat voelde ze. Maar de mensen voor wie ze echt bang was, waren de bruinhemden. Van hen liepen de rillingen haar over de rug, en er waren er elke dag meer, alsof die ellendige plaag was teruggekeerd en het land weer te gronde richtte.

Toen ze die avond bij Marcus' appartement aan de Ellerstrasse kwamen, trok hij eerst zijn schoenen uit en daarna zijn jack, dat hij over de stoel bij het raam gooide. Vanavond hing hij het niet zorgvuldig in de kleerkast om te voorkomen dat het kreukte. Hij stapte in bed. Toen Ally toenadering zocht, rolde hij van haar weg.

'Wil je dat ik wegga?' vroeg Ally vermoeid.

'Natuurlijk niet. We moeten slapen. Morgen weten we meer.'

Ally stelde geen vragen meer. Ze keek de kamer rond, die ze elke dag iets huiselijker probeerde te maken: het bronskleurige lijstje met de foto van Marcus' Duitse grootouders, die hij nooit had gekend; een olieverfschilderij van zijn ouderlijk huis bij de grens met de Elzas, dat hij ook nooit had bezocht; een poster van de revue *Chocolate Kiddies*, toen het orkest van Sam Wooding in Berlijn optrad; en de enige foto van zijn moeder met haar blonde haar en futloze ogen, op het nachtkastje waaraan een poot ontbrak.

Er lag een stapel exemplaren van *Der Artist* in een hoek van de kamer, met op een ervan een kop in rode letters: *Schesbend*. Ook lagen er bladmuziek van Dvořák en een door Sam Wooding gesigneerd programmaboekje van het optreden in het Admiralspalast in Berlijn drie jaar daarvoor, de eerste keer dat Marcus de muziek van Duke Ellington had gehoord. Er waren geen foto's van zijn vader. Marcus' moeder had hem in Frankrijk ontmoet en was in haar eentje van hun zoon bevallen, in Düsseldorf, ver van haar familie. Niet lang na de geboorte van de baby was ze weer aan het werk gegaan als inwonende dienstmeid, en de familie die haar had aangenomen zag al snel dat haar zoontje muzikaal talent had. Vanaf Marcus' vierde jaar betaalden ze muzieklessen voor hem.

Als tiener ging Marcus naar Parijs, misschien in de hoop de man te vinden die niet meer dan een beeld was, een schaduw zonder gezicht. Zijn vader. Daar begon hij piano en saxofoon te spelen in cafés waar mensen naartoe gingen om te praten, niet om naar muziek te luisteren, en daar ontmoette hij andere kunstenaars zoals hijzelf. Hij kon elk instrument dat hij oppakte bespelen. Op een winterdag kreeg hij een brief van de familie waarbij hij was opgegroeid, de familie die hem had geaccepteerd: zijn moeder was gestorven, geveld door de griep die het land teisterde. Gebroken ging hij terug naar Düsseldorf met een saxofoon die hij van een muziekvriend had gekregen die genoeg had van de slechte avonden en nog slechtere betaling, en Marcus begon zijn nachtleven als muzikant in de stad waar hij was geboren. In Schall und Rauch ontmoette hij Tom en Lonnie, en al snel vormden ze een onafscheidelijk trio.

Ally schrok toen Marcus plotseling overeind kwam en op de rand van het bed ging zitten.

'Ik weet waar Lonnie de hele week was,' zei hij ernstig.

'Nou, dan gaan we naar de politie om hem te redden.'

Marcus schudde zijn hoofd en keek haar somber aan.

'Dat kan ik niet.'

'Waarom niet? Het is de enige manier om Lonnie te helpen.'

Marcus keek Ally aan. 'Ik kan niets doen. Als ze de waarheid wisten, zou de situatie alleen maar verergeren.'

4

Vier jaar later
Düsseldorf, maart 1934

In de nacht dat Lilith werd geboren, dacht Ally dat ze nooit meer poëzie zou schrijven. Wat had het voor zin om vellen wit papier vol te schrijven met nietszeggende gedichten als ze niet bij Marcus kon zijn om samen hun dochter op te voeden? Lilith zou alle aandacht van haar moeder nodig hebben. Ally's notitieboekje verdween in het laatje van haar nachtkastje, en ze lag niet langer in bed coupletten te bedenken of met woorden te spelen zoals ze vroeger deed. Maar toen de kleine Lilith begon te praten, merkte Ally dat haar eigen woorden langzamerhand terugkwamen.

Ze herlas Marcus' brieven steeds maar weer, in de hoop dat hij hen op een dag zou komen verrassen.

Na de verkiezingen in 1933 was Marcus gestopt met schrijven. In dat ellendige najaar boekten de nazi's een overwinning: Marcus was officieel een vijand van de staat geworden. Toen Ally anderhalve maand niets van hem had gehoord, besloot ze een brief te schrijven aan haar oude vriendin Stella in Düsseldorf. Toen werden de inwoners van de stad doodsbang door een brand in de Rijksdag in het centrum van Berlijn. Iedereen was verdacht. Er werden nog meer verkiezingen gehouden, novenen voor een republiek die al op sterven na dood was, maar toch bleef Ally hoop houden. 'Het land zal weer bij zinnen komen,' zei ze. 'We zullen weer onszelf worden.'

Het was nooit Ally's bedoeling geweest om in Berlijn te blijven.

Sinds ze er zwanger was gearriveerd stond haar koffer altijd gepakt klaar, het huis was opgeruimd, de boeken zaten nog in dozen, de typemachine stond in de hoek naast een lege kast. Het meisje sliep in een met kant en linten bekleed wiegje naast het bed van Ally, die de gedachte dat ze de babykamer moest klaarmaken bleef wegduwen, alsof ze door Lilith naar haar eigen kamertje te brengen zou toegeven dat ze nooit naar Düsseldorf terug zou gaan en een echt gezin met Marcus zou vormen.

Op de dag van Liliths tweede verjaardag zei Ally dat ze een treinreisje gingen maken om het te vieren. Het meisje keek haar verbaasd aan. Ze wilde alleen maar slagroomtaart met twee kaarsjes om in het donker uit te blazen.

'Pas maar op wat je wenst,' had Herr Professor gezegd, maar hij knipoogde er speels bij om de waarschuwing te verzachten. 'Wensen kunnen heel gevaarlijk zijn...'

De gepakte koffers stonden maanden in het halletje. Ally kon maar geen beslissing nemen. Elke avond zei ze tegen Herr Professor dat ze zouden gaan, maar de volgende dag stelde ze de reis weer uit. Alle brieven die ze aan Marcus stuurde werden ongeopend geretourneerd. Ze bewaarde ze in de la waar ze haar gedichten verstopte.

Op een avond niet lang voor haar dochters derde verjaardag kondigde Ally toen ze met z'n drieën bij het uitdovende haardvuur zaten aan dat ze een beslissing had genomen. De volgende ochtend namen ze de trein.

's Ochtends keek Herr Professor Ally verbijsterd aan toen hij zag dat ze echt van plan was om te vertrekken.

'Ik heb al tegen Stella gezegd dat we eraan komen. Ze haalt ons op van het station,' zei Ally tegen Herr Professor.

'Weet je het zeker?' vroeg hij haar zachtjes. 'Als je dit echt wilt, breng ik jullie naar het station.'

Toen ze bij de wagon stonden was Lilith gefascineerd door de stoom van de locomotieven en het constante gefluit van de treinen.

'Zorg goed voor je mama,' zei Herr Professor tegen haar toen hij haar op het perron optilde om afscheid te nemen. 'Ze heeft je nodig.'

'Zo meteen missen we de trein nog,' zei Ally. 'We moeten instappen.'

'Maak je geen zorgen, kindje, je bent maar een paar dagen weg,' zei hij tegen Lilith.

Ally keek Herr Professor strak aan. Er lag een smekende blik in haar ogen.

'Ik zorg wel voor de planten en de post. Als ik nieuws heb...'

'Over papa?' vroeg Lilith.

'Als er nieuws is over papa, dan is dat in Düsseldorf te vinden, niet hier. Klim maar omhoog, anders mis je de trein.'

Nieuws over hem vinden, niet hem vinden, dacht Ally. Ze klommen de wagon in. Lilith ging als eerste en probeerde haar moeder te helpen met de koffer.

'Hij is te zwaar voor jou,' hoorde Herr Professor Ally zeggen.

Lilith was vastbesloten haar moeder te helpen. Ze perste haar lippen opeen en elke keer als ze de koffer probeerde op te tillen, spande ze haar hele lijfje aan. Voordat ze in de wagon verdwenen, hield ze haar hoofd scheef en zocht haar opa. Ze nam afscheid met een gestrekte rechterarm en een brede lach op haar gezicht.

Opa zwaaide naar haar ten afscheid.

Ally sliep de hele treinreis. Toen ze haar ogen opendeed, zag ze Lilith bij het halfopen raam zitten. Ze was verkleumd, haar ogen waren rood van de wind. Ally had gedroomd en probeerde zich te herinneren of het nou een nachtmerrie was geweest of niet. Marcus zou op het perron op hen staan wachten. Hij zou Lilith optillen en tegen haar zeggen: 'Zonnestraaltje van me.' Hij zou in Ally's oor fluisteren: 'Wat heeft de prachtigste vrouw ter wereld me te vertellen?' Dezelfde vraag als waarmee hij haar wakker maakte als ze de nacht samen hadden doorgebracht. Hij zou de koffer pakken en hen meenemen naar een appartement vol licht met uitzicht op de Düssel. Ze zouden samen dineren, over muziek, haar gedichten, vrienden praten. Ze zouden vroeg naar bed gaan en ze zou in zijn armen slapen, beschermd tegen de stormen die de stad, het land deden trillen.

De uren die Berlijn van Düsseldorf scheidden leken voor Ally maar een paar minuten te duren.

Een ouder stel keek verbaasd naar Lilith. Toen ze zag dat haar moeder wakker was, rende het meisje naar haar toe. De oude mensen konden hun blik niet van haar afwenden en Lilith stopte onhandig haar krullen onder haar hoedje. Ally gaf haar een kus en keek uit het raam. De trein was langzamer gaan rijden. Ze reden het station in. Ze liet haar blik over het perron glijden en keek naar de mensen die uitkeken naar hun familie. Ze zocht Stella in de menigte en huiverde toen ze soldaten zag.

Ze gingen het station in dat zo bekend was voor Ally, maar plotseling had ze het gevoel dat ze terug was in Berlijn, dat de afstand was uitgewist. Net als in de hoofdstad hingen overal, in elke hoek van het station, vlaggen met hakenkruisen, alsof de verkiezingen niet voorbij waren, alsof ze in een nooit eindigende verkiezingscampagne leefden die voor de voortdurende overwinning van de grote verleider moest zorgen. Een fanfarekorps speelde een mars. De muziek klonk dissonant, ordinair. De instrumenten vielen haar aan. Ze leken te roepen: 'We willen je hier niet!'

Ze zag Stella, die onbeweeglijk in de jachtige menigte stond. Ally en Lilith liepen snel naar haar toe. Stella droeg een lange, staalblauwe overjas, haar golvende haar was opgestoken, zodat haar voorhoofd onbedekt was, en haar lippen waren felrood gestift.

'Stella,' fluisterde Ally opgelucht.

Stella boog voorover en begroette Lilith het eerst.

'Dan moet jij de beroemde en briljante Lilith zijn.'

Lilith stak haar hand uit, heel serieus, met opengesperde ogen.

'Geef tante Stella maar een kus, ze is een goede vriendin van mama.'

Stella bloosde.

'We nemen een taxi,' zei Stella. 'Het zou wel eens kunnen gaan regenen. Kom, geef me je koffer maar.'

'Dat hoeft niet, het lukt wel. Toch, Lilith?'

Lilith knikte en glimlachte. Ze waren dicht bij de koperblazers, die de laatste maten van een opzwepende mars speelden. Achter hen hing een enorme kleurenfoto van de Führer. Een groep jongeren zong een lied dat Ally herkende. Het zingen klonk steeds harder en Ally begon te trillen toen ze een van de coupletten hoorde: *Denn heute gehört uns Deutschland, und morgen die ganze Welt.* Want vandaag is Duitsland van ons, en morgen de hele wereld.

De taxi reed weg van de feestelijke chaos, de posters, het intimiderende stemmenkoor.

'Kijk eens, Lilith. Hier gingen tante Stella en ik voor je geboorte altijd wandelen,' zei ze en ze keek naar het zijriviertje van de Rijn. 'Soms gingen we doordeweeks naar het Neandertal. In het weekend deden we dat niet, dan gingen we in Schall und Rauch naar je vader kijken. Alles ziet er nu heel anders uit.'

'We zijn allemaal veranderd,' legde Stella uit. 'We leven in een nieuw Duitsland, Ally. Het wordt tijd dat je wakker wordt. Je kunt niet overal doorheen slapen.'

Ally bleef zwijgen tot ze uit de taxi stapten. Ze herkende haar vriendin bijna niet meer. Als kind hadden Ally en Stella een verbond gesloten om samen in Berlijn te gaan studeren, waar ze in hetzelfde appartement zouden wonen totdat ze gingen trouwen, en dat ze een dubbele bruiloft zouden hebben. Ze zouden samen naar het altaar gaan. Ze zouden naast elkaar een huis bouwen, hun kinderen zouden tegelijk geboren worden en zouden net als zij hun leven lang beste vrienden zijn.

'Had ik je al verteld dat ik contact heb kunnen krijgen met Tom?' vroeg Ally toen ze achter Stella aan de trap opliep.

'Het verbaast me dat hij nog niet vertrokken is.'

'Hij gaat zo snel mogelijk terug naar New York. Hij is bang.'

'Dat is het beste wat hij kan doen. Het heeft geen zin om terug te kijken, Ally. Daar hebben we allemaal niets aan.'

'We hebben vanavond afgesproken, voordat hij vertrekt.'

Stella zuchtte en schudde haar hoofd. 'Je weet waarschijnlijk heel goed waar je je in begeeft.'

Stella's elegante appartement lag op de derde verdieping. In de woonkamer hingen donkere, zijden gordijnen. Toen ze er een opendeed, viel er een zwak licht naar binnen. Lilith rende naar het raam.

'Kijk mama, de rivier.'

'Nemen jullie mijn slaapkamer maar. Ik slaap wel in de studeerkamer.'

'Wat een prachtig appartement. Woon je samen?'

'Ja, maar hij is een paar weken op reis.'

'Maak je geen zorgen. Over een paar dagen zijn we weer weg.'

'Je mag blijven zolang het nodig is, Ally. Maar ik denk dat je op dit moment niet veel antwoorden zult vinden.'

'Ik wil alleen maar weten waar hij is.'

Stella's blik bleef op het meisje rusten.

'Ze luistert mee.'

'Ze weet dat we hierheen zijn gekomen om haar vader te zoeken.'

'Ally, Marcus is al meer dan een jaar geleden vertrokken. Dat heb je me zelf gezegd.'

'Hij is niet vertrokken, Stella. Ze hebben hem meegenomen. Net zoals ze Lonnie hebben meegenomen. Of weet je dat niet meer? Hoe erg je erom moest huilen?'

'Ik ga een kopje thee voor ons zetten. Daar heb je vast behoefte aan.'

Ze gingen aan de eettafel zitten, naast een boekenkast met een afbeelding van de Führer in een bronzen lijstje met in de hoek een rood lintje gebonden.

Stella zag dat Ally zich onprettig voelde bij de foto en sloot haar ogen.

'Ik weet niet in wat voor wereld je leeft,' zei ze, en ze schonk de thee in en bood Lilith een glacékoekje aan. 'Ze zijn heerlijk, Lilith. Je mama en ik waren er dol op toen we zo oud waren als jij.'

Lilith nam het koekje aan en ging terug naar het raam.

Ally dronk langzaam van haar thee. Ze was in het huis van een totale onbekende. Het was halfdonker in de kamer en het leek wel alsof er een dunne glazen plaat tussen hen was. Stella rook zelfs anders. Ze voelde dat de woorden die ze uitspraken condenseerden met de damp van haar thee.

'Ik weet niet hoe het daar is, maar hier is alles anders,' vervolgde Stella.

'In Berlijn is het ook niet meer hetzelfde.'

'Ga terug naar Berlijn, voor je dochter.' Stella klonk afgemeten. 'Hier zul je niets vinden. Denk aan Lilith.'

'Moet ik bang zijn?' vroeg Ally half ironisch.

'Ja, hoezo zou je dat niet zijn?' Stella ging harder praten. 'Ik zou bang zijn als ik jou was. Met een...'

'Een Rijnlandbastaard?'

'Je weet best wat ik bedoel. Je dochter–'

'Ze is mijn dochter en ze is net zo Duits als jij.'

'Ze is anders. We hadden ons nooit moeten inlaten met die muzikanten. Het was gewoon voor de lol. Maar jij–'

'Stella, ik hield van Marcus,' onderbrak Ally haar weer. Toen tot haar doordrong dat ze in de verleden tijd sprak, stotterde ze: 'Hij... Hij is de vader van mijn kind.' Nu klonk haar stem zwak.

'Ze is in elk geval niet zo donker geworden als haar vader en ze heeft jouw gelaatstrekken. Maar haar haar is wel een probleem.'

'Stella, Lilith is mijn dochter.'

Ally dronk haar thee op en pakte haar jas en tas uit de slaapkamer. Ze liep naar Lilith en knielde om haar een knuffel te geven.

'Geen gekke dingen doen. Je blijft een paar uur bij tante Stella. Geef mama eens een kus.'

Lilith sloeg haar armen om haar nek, knuffelde haar stevig, en Ally tilde haar op.

'Wat word je zwaar. Over een paar maanden kan ik je niet meer optillen.'

'Doe voorzichtig, Ally. Ik zorg wel voor Lilith, maak je maar geen zorgen,' zei Stella.

Ally liep voorzichtig de trap af. Ze telde elke stap, alsof ze niet echt zin had om haar bestemming te bereiken. Ze bleef staan bij de ingang en keek achterom naar de gebouwen van rode en gele baksteen. Bloemetjesgordijnen achter de ramen, smetteloze deuren, het gepoetste koper van de huisnummers. Mijlenver verwijderd van het uitgeleefde gebouw waar Stella en zij ooit samen in een vochtige, schemerige kamer hadden gewoond.

Ze ging met de metro naar het centrum. Op dit uur van de avond waren de treinstellen vol. Er jaagden geen vampiers meer op vrouwen zoals zij, nu waren overal soldaten. Ze keek naar de gezichten van de jongemannen, allemaal blij en doelgericht. Ze bekeek de insignes op het jack van een jongeman en hij keek haar stralend van trots aan. De rillingen liepen haar over de rug toen ze zijn euforie zag.

Ze ging omhoog naar straatniveau, liet het station achter zich en liep naar het variététheater. Er stonden geen lange rijen, buiten hingen geen stelletjes rond om te roken. Er ontbraken lampen aan het bord boven de club. De laatste 'L' en de 'R' waren niet verlicht. De woorden sloegen nergens meer op.

Ze ging naar binnen en zag dat alle lampen aan waren. Ze miste het donker. Een man met wit haar en een gekreukt pak zat in zijn eentje aan een tafeltje bier te drinken. Dicht bij het podium zaten twee vrouwen. Alle andere tafeltjes waren leeg. Terwijl ze de ruimte door liep zwaaide een barman met kleine tanden groetend op een manier die bekend aanvoelde. Ze herkende hem niet. Ze hoorde voetstappen op het podium, het getik van de hakken klonk als geweerschoten. De spotjes stonden niet aan. Een man liep op zijn gemak naar de kast met rekwisieten. Ze hoorde het bekende *Dames en heren…* en bad om een wonder.

Maar Marcus kwam het podium niet op.

Ze liep naar de coulissen links van het podium en opende een van de geheime deuren die naar de kleedkamers leidden. De felle lampen in elke hoek van het podium doorboorden de gordijnen met lichtbundels. Er waren geen dansers die zich haastten om op te gaan. Ze liep naar de kleedkamer waar Marcus en de andere muzikanten altijd bijeenkwamen. Tom stond bij de deur op haar te wachten. Hij gebaarde dat ze binnen kon komen en gaf haar een snelle knuffel. Ze herkende geen van de andere muzikanten en zag dat Tom de enige zwarte man in de kamer was. Niemand nam de moeite haar te begroeten.

Ze zag Marcus' saxofoon in een hoek onder het stof staan, precies zoals hij hem blijkbaar had achtergelaten. Ally was op zoek naar aanwijzingen, tekens, alles wat haar naar hem kon leiden.

Ze liep naar het instrument en pakte het op. Ze keek Tom smekend aan en hij bracht de koffer naar haar toe. Het instrument was het enige voorwerp van Marcus dat ze kon verdragen te zien. Tom deed de saxofoon in de koffer, met daarop allemaal plaatjes van de Eiffeltoren, het Vrijheidsbeeld en de Brandenburger Tor.

Er viel niets te vragen. Wat deed ze daar? Ze voelde dat ze begon in te storten en leunde huilend tegen Tom aan. Ze wist dat ze Marcus nooit zou vinden. Plotseling kwam het in haar op dat ze, als ze de saxofoon zagen, zouden beseffen dat hij slechts een muzikant was, en dan ook nog eentje die in een Duitse film had gespeeld. Marcus was Duits, net zo Duits als zij.

'Marcus heeft zijn saxofoon nodig,' zei Ally tussen haar op elkaar geklemde tanden door. Ze vocht tegen de tranen, jammerde bijna.

Tom had een bundeltje brieven vast die netjes bijeengebonden waren met een rood touwtje. 'Deze heb ik voor je bewaard, ze zijn van jou.'

Ally keek naar de brieven die ze had geschreven. Ze waren allemaal opengemaakt en gelezen. Het was een vervreemdend gevoel om ze vast te houden. Het leek wel alsof ze door iemand anders waren geschreven. Het drong tot haar door dat Tom al gewend was geraakt aan het verlies van Marcus, Lonnie en wie weet hoeveel anderen. Nu was het aan haar om hetzelfde te doen.

Tom vertelde dat de politie een paar exemplaren van een clandestien politiek tijdschrift bij Marcus had gevonden. Een tijdschrift waarbij hun vriend Lonnie betrokken zou zijn. Ook al hadden ze geen bewijs, ze besloten dat Marcus sommige van de anonieme artikelen had geschreven.

Ally wist dat Lonnie en Marcus niet de eersten waren die werden meegenomen, en dat ze niet de laatsten zouden zijn. Als Tom nu niet vertrok, was hij de volgende.

Ally en Tom gingen weg uit het variététheater, waarbij Tom Marcus' saxofoonkoffer droeg. In het donker bleven ze onder de luifel staan.

'Marcus zei altijd tegen me dat onze relatie niet zou standhouden. Hij wist dat ze ons nooit zouden accepteren, maar ik bleef hoop houden. Het maakte me niet uit of mensen ons samen zagen.'

'Hij beschermde je. Hij maakte zich erg ongerust om jou en de baby, hij wist dat je hier weg moest, maar hij vond het ook geweldig dat hij vader werd.'

Ally's ogen werden groot.

'Bedoel je dat hij instemde met het idee van mijn ouders om me naar Berlijn te sturen?'

'Je kon niet hier bij hem blijven, dat was te gevaarlijk.'

'En Berlijn was niet gevaarlijk?'

'In Berlijn had je een appartement. Waar had je hier moeten wonen?'

'Bij Marcus.'

'Niemand zou een appartement hebben verhuurd aan een stel zoals jullie.'

Ally boog haar hoofd, ze voelde zich leeg.

'Je bent moe. Je moet naar huis. Ik denk niet dat het een goed idee is om met je mee te lopen. In je eentje ben je veiliger.'

'Vroeger, toen Stella en ik 's avonds in ons eentje uitgingen, waren we bang voor de Vampier. Nu ben ik elke minuut van de dag bang, ook als er iemand bij me is.'

Ally keek strak naar de saxofoonkoffer. Ze was ondersteboven, verstrikt in haar eigen angst. Ze wist dat ze Tom nooit meer zou zien, evenmin als Lonnie en Marcus. Maar Tom zou zichzelf in elk geval in veiligheid brengen.

Ze liepen een klein stukje in stilte, met gebogen hoofd, en telden hun passen.

Een politieman kwam naar haar toe, hield haar tegen en greep haar arm.

'Is alles goed met u?' De man keek naar Tom. 'Wat vreet deze gore zwarte uit? Doet hij u pijn?'

'U doet me pijn!' antwoordde ze boos. 'Laat me met rust.'

Ze schudde zijn hand van haar arm en zonder om te kijken renden ze naar de metro. Huilend omhelsde ze Tom en stapte toen alleen in de trein. Dit was een afscheid.

Toen ze bij Stella's appartement aankwam, liep ze direct door naar de slaapkamer en ging naast de slapende Lilith liggen. Even voor zonsopkomst stond ze op en kleedde zich aan. Ze keek uit over de stad, het kalme geruis, de koude mist. Over een paar uur zou de drukte beginnen, de hordes jongeren zouden het nieuwe Duitsland verder opbouwen, waarin geen plek was voor haar en haar dochter.

Ze ging met het stapeltje brieven naar de tafel en spreidde ze uit. Ze herkende haar handschrift, maar niet wat ze had geschreven. Ze nam ze een voor een door en herlas vreemde zinnen die steeds weer opdoken.

Wacht op mij, ik kom terug.

Ze heeft jouw ogen en mijn glimlach. Lilith zal ons de weg wijzen.

Ik hoor je voordat ik mijn ogen dichtdoe, maar je stem wordt elke dag zwakker. Blijf bij me.

Wat is er van ons geworden, Marcus?

Kom bij ons langs. Lilith heeft je nodig.

Ze zei eerder 'papa' dan 'mama'.

De nacht... Ik wacht altijd tot de nacht valt.

'Mama...' Lilith kwam naar haar toe, haar haar zat helemaal in de war.

'Wat ziet je haar eruit! Ik moet het voor je uit de knoop halen, maar we moeten stil zijn, tante Stella slaapt nog.'

Ally liep naar de slaapkamer. Ze zocht een kam, deed de kleerkast open en vond er een in de bovenste la. Ernaast lagen militaire insignes, metalen stempels met hakenkruisen en een revolver in een leren foedraal. Ze zag allemaal uniformen hangen. Ze deed de kleerkast dicht en liep terug naar Lilith.

'Het is tijd om onze spullen te pakken, we gaan hier weg.' Geschokt begon ze Liliths haar te ontwarren.

'Gaan we naar een hotel?'

'Nee, we gaan terug naar Berlijn.'

Lilith vroeg niet verder. Ze wist niet waar ze wakker was geworden, of wat haar moeder bedoelde. Of ze haar vader nou had gevonden of niet. Ze wilde huilen, maar drong haar tranen uit alle macht terug. Dit was niet het moment om een hulpeloos meisje te zijn.

***

Met haar drie jaar had Lilith al geaccepteerd dat ze haar vader nooit kon leren kennen. Dat jaar, en elk jaar erna, wenste ze als ze de kaarsjes uitblies op haar verjaardagstaart niet iets voor zichzelf, maar voor haar moeder. Voor haar moeder was het nodig om hem te vinden. Lilith vond het prima om zich te verstoppen. Wat kon ze meer wensen dan zich verliezen in de boeken van Herr Professor, of de avondwandelingen door het prachtige park dat tijdens die uren alleen van hen was?

Met Liliths handje in haar ene hand en de koffer in haar andere vertrok Ally vanuit Düsseldorf naar Berlijn, zonder afscheid te nemen van Stella of van de stad, alsof die nooit deel hadden uitgemaakt van haar leven, alsof Marcus nooit bestaan had. Het enige wat voor haar belangrijk was, was het hier en nu. Haar geheugen was geen schild meer. Ze was haar schuilplaats kwijt; Lilith was haar heden. Deze reis was anders gelopen dan ze had gewild, maar was wel precies wat ze nodig had. Ze begreep eindelijk dat Marcus voor altijd uit hun leven was verdwenen.

5

Twee jaar later
Berlijn, augustus 1936

'Mama! Nu komt Jesse!' riep het meisje, en Ally en Herr Professor liepen snel naar de radio.

Lilith zat in kleermakerszit op de houten vloer en niet op het kleed, waar ze jeuk van kreeg. Haar moeder en Herr Professor kwamen bij haar zitten om te genieten van het enige contact dat ze met de buitenwereld hadden: een magisch houten doosje met gouden sierranden.

Voor de vijfjarige Lilith was de radio een soort heilige tempel met een vrouwengezicht. Ze zag ogen, een neus, een lachende mond en erbovenop een ovale kroon. Haar moeder had haar vaak met de radio horen praten, alsof het een trouwe vriendin was. Lilith viel graag in slaap bij het geluid na afloop van de uitzendingen. Het geruis, wat in haar oren meer als gefluit klonk, was haar lievelingsslaapliedje geworden.

Tweeduizendvijfhonderd duiven in de lucht boven Berlijn. De kanonnen worden klaargemaakt om het symbool van Duitse Olympische glorie te verwelkomen. De stem van Paul Laven, die het meisje bewonderde, weerklonk door het gebouw. Heel Duitsland was in gespannen verwachting.

Vanuit de Reichs-Rundfunk-Gesellschaft zenden we uit over de hele wereld, kondigde de radiopresentator enthousiast aan. *Er luisteren vandaag miljoenen mensen hier in het nieuwe Duitsland. En dit is het moment waarop we allemaal hebben gewacht: de honderd meter sprint.*

Ally en Herr Professor grepen elkaars hand, met hun blik op Lilith gericht, die strak naar de magische doos staarde. Ze hielden alle drie hun adem in en deden hun ogen dicht. Ze hoopten allemaal. Jesse Owens, de zwarte Amerikaanse hardloper die drie gouden medailles had gewonnen in het grootste en beroemdste sportevenement ter wereld, had de kans om een record te breken en een vierde medaille te winnen.

Er was een jaar verstreken sinds de invoering van de *Nürnberger Gesetze*. De nieuwe rassenwetten, vastgesteld tijdens een bespreking in Neurenberg, waren in *Der Stürmer* gepubliceerd. De boodschap was duidelijk: in Duitsland moest rassenzuiverheid heersen. De vraag of een indo, kleurling, Mischling of Jood zou overleven, hing af van de zuiverheid van hun bloed. Aan de hand van een schema dat in de krant werd afgedrukt konden mensen bepalen of de mix, de fout, van de eerste of de tweede graad was. Er werd rekening gehouden met huidskleur, hoofdomvang, grootte van het voorhoofd, de neus en ogen, en lichamelijke en geestelijke vermogens. Vanaf de dag dat de Wet ter bescherming van het Duitse bloed en de Duitse eer ondertekend werd, werd het ras van elke burger bepaald en werden de resultaten vastgelegd in een register. Onzuiveren mochten niet trouwen of zich voortplanten. Ook mochten ze niet in een bedrijf of op de universiteit werken. Overtreding van de wet werd bestraft met gevangenisstraf, een boete of dwangarbeid. Het was onmogelijk om uit Duitsland te vertrekken. Daarvoor was een uitreispas nodig, een visum en een sponsor. Het was de dag waarop Ally haar wake begon.

'Jesse gaat winnen, jullie zullen het zien,' zei Lilith met haar ogen stijf dicht. 'Heb vertrouwen in hem.'

'Lilith, hij heeft al drie medailles gewonnen,' bracht Ally haar in herinnering. 'Hij hoeft niets meer te bewijzen. Hij is een fantastische sporter.'

'De vierde! We hebben de vierde nodig!'

Lilith had haar moeder kortgeleden verteld dat ze atlete wilde worden, langeafstandloper. Ze had hetzelfde bloed als Jesse, zei ze, en over een paar jaar zou ze ook net zo lang zijn als hij. Als ze 's avonds naar Tiergarten gingen, sprintte Lilith heen en weer tot ze buiten adem was. Toen ze haar enkel verstuikte en er een ijskompres op moest, lag ze een aantal dagen wakker en liep met gesloten ogen hard, dromend over tactieken en trucjes waardoor ze haar adem kon inhouden en precies genoeg zuurstof in haar aderen kon bewaren om de eindstreep te halen: eerst haar neus, dan haar voorhoofd, hoofd, schouders en romp. Ze wist dat ze met diepe inademingen moest beginnen, dan haar adem moest inhouden, en dat ritme moest behouden. Drie passen, inademen. Drie passen, uitademen.

Ze luisterde urenlang naar haar moeder die haar voorlas en soms dwaalden haar gedachten af naar verre plekken, waar ze zichzelf zag op de hardloopbaan in een verlaten Olympisch Stadion. In die periode las haar moeder een biografie voor van Abraham Lincoln, geschreven door Emil Ludwig. Omdat ze voortdurend wakker waren, leerden ze Napoleon, Cleopatra, Goethe, allemaal tot leven gebracht door Ludwigs woorden, kennen. Voor het meisje waren de verhalen over deze historische personen geweldige avonturen. Ally durfde Lilith haar eigen gedichten niet voor te lezen, die in een literair universiteitsblad gepubliceerd waren. Toen Herr Professor een keer een aantal exemplaren meenam waarin haar gedichten stonden afgedrukt, werd Ally bleek.

'Hierdoor raken we in de problemen. Mijn gedichten zijn geen ode aan het nieuwe Duitsland.'

'Er zal je niks gebeuren. Ik denk niet dat ze met dit blaadje veel mensen bereiken,' zei Herr Professor.

'Maar het lijkt wel alsof ik de gedichten heb gepubliceerd in reactie op de rassenwetten,' zei Ally.

'De mensen op de universiteit weten dat deze gedichten al een tijd geleden zijn geschreven. Niets wordt op zo'n korte termijn gepubliceerd. Maar ik denk wel dat we deze tijdschriften weg moeten houden bij Lilith, en zelfs bij Franz.'

'Ik had ze niet moeten publiceren. Ik kan het me op dit moment niet veroorloven aandacht te trekken.'

'Er gaat echt niks gebeuren. Niet met jou en niet met Lilith. We hoeven ons geen zorgen te maken, vandaag in elk geval niet.'

Een paar dagen later besloten Ally en Herr Professor uit voorzorg mogelijk belastende boeken uit hun kasten te halen. Lilith hielp hen met tegenzin.

'Emils boeken houden we,' zei Herr Professor.

'Op een dag zal Emil over Jesse schrijven, dat zul je zien,' zei Lilith.

Emil en Jesse werden haar nieuwe denkbeeldige vrienden. Ze voerde gesprekken met hen alsof ze op de leunstoel in de woonkamer zaten, of aan het bureau zaten te schrijven, moe doordat ze zich zo moesten concentreren.

'Ik wil een foto van Jesse in mijn slaapkamer,' zei ze tegen haar moeder, met de biografie van Napoleon in haar armen geklemd.

'Voorzichtig met dat boek,' antwoordde Ally. 'Zet het maar terug in de kast.'

'Iemand kan misschien wel een krant voor ons kopen waar Jesse in staat. Misschien kan Franz...'

'Dat lijkt me geen goed idee,' onderbrak Ally haar, met een blik op Herr Professor voor steun.

'Voor ons is Jesse dan misschien een held, maar ik vraag me af of ze in zijn eigen land ook zo'n hoge dunk van hem hebben. Als hardloper misschien, als medaillewinnaar zeker. Maar of ze hem ook als held zien...'

Herr Professor lachte Lilith toe. Toen hij zag hoe opgewonden ze was door de wedstrijden vertrouwde hij haar toe dat hij in zijn jonge jaren een veelbelovend atleet was. Hij kreeg belangstelling voor atletiek en werd uiteindelijk langeafstandsloper. Hij kwam natuurlijk niet in de buurt van Jesse Owen, maar hij was goed genoeg om mee te doen aan wedstrijden met scholen uit andere steden.

'En heb je ooit aan de Olympische Spelen meegedaan?' vroeg Lilith gretig.

'Mijn liefde voor boeken won het algauw van mijn liefde voor sport. En trouwens, Lilith, nu ik Owens zie snap ik dat het voor mij gewoon iets was wat ik als kind graag deed. Ik denk zelfs dat ik alleen maar sportte om mijn vader een plezier te doen. Weet je waar ik van hield? Vakanties aan de Noordzeekust. Op een dag gaan we daarheen en verdwalen we in de duinen...'

De diepe stem van de omroeper weerklonk luid, toen hij vertelde over de prachtige dingen waar hij getuige van was.

Het Olympisch Stadion, het grootste gebouw dat de mens zich kan voorstellen, zit helemaal vol. Er zijn hier meer dan honderdduizend toeschouwers aanwezig om onze Duitse sporters aan te moedigen. Dankzij de Führer gaat ons land nu prat op het beste stadion ter wereld.

'Kunnen we een keer 's avonds naar het Olympisch Stadion gaan?'

''s Avonds is het dicht, maar we kunnen er wel van buitenaf naar kijken,' antwoordde Ally.

De menigte was gespannen. De oppervlakkige ademhaling van de presentator was goed te horen. Plotseling schrok Lilith door het geroep van *Sieg heil! Sieg heil!*

'Daar is hij,' zei Herr Professor. 'Ze hoeven hem niet eens aan te kondigen.'

Er is maar één superieur ras, en dat zal nu gedemonstreerd worden, vervolgde de presentator. *Het wezen van de Olympische Spelen is in essentie Duits.*

'Ik denk dat ze vandaag wel eens verrast zouden kunnen worden,' zei Herr Professor tussen zijn op elkaar geklemde tanden door.

Lilith gebaarde dat ze stil moesten zijn. Ze wilde zich concentreren. Ze wist dat de wedstrijd kort was, bijna als een zucht. Afgeleid worden, knipperen met je ogen of niezen, en dan zouden ze het missen.

'Drie passen, inademen,' zei Lilith tot verbazing van de anderen. 'Drie passen, uitademen.'

En daar komen ze. We zien de lopers de baan opkomen, één voor één. Ze staan op hun plaatsen. Dit worden de langste seconden in de geschiedenis van de Duitse Olympische sport. We voelen de bries. We hopen dat we de wind in de rug hebben.

Pauze. Weer een te lange stilte op de radio.

Ze zijn klaar. Daar is het startpistool! De zwarte is als eerste weg!

Het gejuich overstemt de presentator, die zo in beslag wordt genomen door de wedstrijd dat hij vergeet hem te beschrijven. Misschien verloopt die niet zoals verwacht. En het gebeurt allemaal voor de ogen van de Führer, voor de ogen van de mensen. Het superieure ras mag niet verliezen. Rustig blijven. Nog één seconde.

Het is O-vens, Metcalfe en Osendarp.

Paul Laven heeft geen adem meer en geeft de microfoon aan een andere presentator.

Dat was het voor vandaag.

Lilith, Ally en Herr Professor reageren niet. Lilith kijkt eerst naar Ally en dan naar Herr Professor, waarna ze haar aandacht weer op de radio richt. Ze wil Jesses naam horen: O-vens. Ze wilde dat Paul Laven zijn naam uitsprak. Niemand heeft hem uitgeroepen tot winnaar. Een vierde medaille. Hij hoefde alleen maar een vierde medaille te hebben om onsterfelijk te zijn. Ze staan alle drie op, houden in een kringetje elkaars handen vast en springen van vreugde in het rond.

Ze horen gejuich uit het magische doosje: 'O-vens! O-vens!'

6

Twee jaar later
Berlijn, oktober 1938

Op haar vijfde kon Lilith de stelling van Pythagoras juist toepassen. Ze had het vol verwondering over rechthoekige driehoeken, alsof ze de formule voor het eerst ontdekte.

'We hebben een genie in de familie,' zei Herr Professor.

Ally negeerde de frequente verhandelingen van het meisje, die haar in het begin hadden geamuseerd, maar die ze na verloop van tijd verontrustend vond. Ze wist niet of haar talenten voor of tegen haar zouden werken. Herr Professor vond de kennis van het meisje juist het perfecte antwoord voor degenen die haar als inferieur wezen wilden zien.

Lilith was zes toen ze op een ochtend wakker werd en tijdens het ontbijt fotosynthese uitlegde met de stembuigingen van iemand die de gedichten van Heine, Ally's lievelingsdichter, opzei. Het stofwisselingsproces van cellen en autotrofe organismen die aan zonlicht werden blootgesteld kon omgekeerd worden toegepast op het leven dat ze leidden, zei ze. Volgens Lilith was zij het levende bewijs dat maanlicht net zo'n bron van energie en voeding was als de zon.

'Moeten we beperken wat ze mag lezen?' vroeg Herr Professor overdonderd.

'Het is jouw schuld, of liever gezegd de schuld van je bibliotheek,' antwoordde Ally glimlachend.

'Niemand mag een boek ontzegd worden,' onderbrak Lilith haar.

'Er bestaan geen ongepaste boeken. Elk boek kan ons iets leren.'

Geconfronteerd met deze gevatte opmerkingen keken Ally en Herr Professor elkaar aan en beten op hun lip om niet te hoeven lachen. Lilith, die nog nooit een voet in een school had gezet, was het bewijs dat superieure of inferieure rassen niet bestonden, hield Ally zich voor als ze de verontrustende nieuwsverhalen las.

Ally voelde zich vaak schuldig. Ze had haar dochter van haar jeugd beroofd, haar gedwongen op te groeien, volwassen te worden, terwijl de dagen in een paar seconden voorbij vlogen. Ze hadden geen tijd te verliezen. Op sommige momenten wou ze dat ze terug kon in de tijd, naar Liliths verloren jeugd. Maar ze wist dat ze op dit moment munt moest slaan uit de briljante geest van het meisje. Die was haar troefkaart.

Met hulp van Franz hadden ze een afspraak gemaakt bij de Tiergartenstrasse 4, waar hij werkte met zijn neef, een expert in de nieuwe rassenwetten. Als Lilith goedgekeurd werd door de commissie, als ze werd beoordeeld als niet-inferieur, hoefde ze niet door middel van röntgenstraling gesteriliseerd te worden. Het was tijd om aan te tonen dat Lilith bijzonder was, dat de kleur van haar huid, de textuur van haar haar, de afmetingen van haar hoofd en gezicht geen belemmeringen waren voor een voorspoedig leven. Ally greep de arm van Herr Professor beet en hij klopte op de voordeur van de villa. Ze was er al zo vaak langs gelopen zonder te stoppen.

'Hier woonden vrienden van mijn ouders, en als kind ging ik vaak met hen mee,' zei Herr Professor. 'Ik weet nog dat ik het gevoel had dat ik een museum binnenging. Ik mocht niet rennen en ik mocht niets aanraken. Onoplettendheid zou een ramp veroorzaken. Volgens mij is het nog eigendom van een stel antiquairs geweest voordat het in bezit werd genomen door de overheid.'

Hij hoopte dat hij met zijn gebabbel de spanning op Ally's gezicht kon verzachten, maar ze leek niets te horen. Een vrouw deed de deur open en gaf hun, zonder hun naam te vragen of te informeren met wie ze een afspraak hadden, de opdracht haar te volgen. Zo te zien ontvingen ze niet veel gasten.

De kamers waren leeg, alsof er niemand anders in de villa was. De werkkamers bevonden zich blijkbaar op de bovenverdiepingen. Aan één kant zagen ze de eetkamer, waar in het midden een enorme kroonluchter met peervormige kristallen hing. Ze liepen helemaal tot aan de bibliotheek achter het dienstmeisje aan. Ze gebaarde dat ze naar binnen mochten en liep toen weg. De boekenkasten stonden vol met talloze in leer gebonden boeken, die allemaal even groot waren en in bedwang werden gehouden door bronzen boekensteunen. Egyptische beeldjes – bustes, potten, sfinxen – stonden op een rechthoekige, donkergroene marmeren tafel. Herr Professor liet zijn blik over elk beeldje glijden, alsof hij ze in zijn geheugen probeerde te prenten. Ally keek strak naar de deuropening, ze wachtte op Franz. Ze namen plaats zonder hun jas uit te trekken, erop rekenend dat het een kort bezoek zou zijn.

Binnen deze vier muren zou een beslissing worden genomen over de toekomst van haar dochter.

'We hebben geluk dat we op Franz kunnen rekenen,' zei Herr Professor.

Ally richtte haar blik op de wandkleden met hun landelijke taferelen, scènes van Arcadië bewoond door schattige cherubijntjes. Ze hoorde voetstappen en haar wangen werden rood. Ze glimlachte. Ze was hoopvol. Toen Franz binnenkwam, had Ally het gevoel dat de bibliotheek oplichtte. Ze stond op en omhelsde hem. Hij gaf haar afwezig een klopje op de rug.

'Ally, vergeet niet dat Franz op zijn werk is.'

'Mijn neef,' verbeterde Franz ferm. 'Mijn neef Philipp werkt hier. Kom, we gaan.'

Philipp Bouhler had filosofie gestudeerd en stukken geschreven voor de krant *Völkischer Beobachter*. 'Een humanist op zoek naar perfectie,' zei Herr Professor ironisch toen Franz zijn neef prees. Toen hij *Reichsleiter* was geworden, had hij de instructie gekregen om de rassenwetten te implementeren, die niet strikt gevolgd werden door alle artsen. Nu werd het Aktion T4-programma, dat zijn naam ontleende aan de straat waaraan de villa lag, in elk ziekenhuis in het land in de praktijk gebracht. Oorspronkelijk was het bedoeld om het doorgeven van erfelijke afwijkingen, waaronder lichamelijke en geestelijke imperfecties, te voorkomen, maar de wet werd uiteindelijk ook van toepassing verklaard op rassenonzuiverheid.

'Sorry dat ik jullie heb gevraagd te komen, helaas kan mijn neef ons nu niet ontvangen,' zei Franz zonder hen aan te kijken. 'We kunnen er niet aan ontkomen: Lilith moet het examen van de commissie halen.'

Franz liep met de zelfverzekerdheid van een bewoner met hen mee door de imposante ruimtes. Hij wist duidelijk goed hoe hij de antieke grendel op de tuindeur moest hanteren; hij maakte hem open en ze verlieten het gebouw. Tiergarten strekte zich voor hen uit, de bladerdaken van de bomen verdwenen in tinkleurige wolken. Er was regen op komst en door de lucht in de tuin leefde Ally helemaal op. Ze wilde gewoon van Franz horen wat ze moest doen. Ze zou zijn instructies tot in detail opvolgen. Dat was de enige manier om te ontsnappen.

Vrouwen duwden kinderwagens met raszuivere baby's over de goed onderhouden paden. Vlaggen wapperden triomfantelijk in de wind. In de verte rolden trams door de stad alsof het een willekeurige vredige decemberdag was. Voor haar was de dreigende storm al opgestoken.

'Een commissie kan haar veroordelen,' zei Franz zachtjes.

'Lilith haalt dat examen wel,' verklaarde Herr Professor.

Franz zweeg. Ally had de hoop gehad dat zijn nauwe verwantschap met Philipp en zijn bewondering voor zijn neef haar van haar kwelling zouden bevrijden. Toch had Lilith alle kwaliteiten die ze nodig had om zichzelf te redden. Ze was in Duitsland geboren, uit een Duitse moeder, en werd omringd door Duitse cultuur en tradities. Ze had nooit contact gehad met haar vader of diens familie. Ze wist niet echt wie hij was of hoe hij was. Lilith was het kind van een geest, een illusie.

'Je zult geen ander kind vinden dat zo slim is als onze Lilith,' pochte Herr Professor enthousiast.

'Lilith is briljant,' stemde Ally glimlachend met hem in. 'Nog voordat ze kon lezen of schrijven tekende ze al getallen. Het leek wel alsof ze een of andere ingewikkelde formule aan het uitwerken was. Lilith leert alles waar ze haar zinnen op zet.'

'Ze moeten controleren of Lilith geen misvormingen heeft,' vervolgde Franz.

'Misvormingen?' vroeg Ally gespannen.

'Ik bedoel de vorm van haar hoofd. Of haar neus niet buiten proportie is, of haar lippen. Gelukkig is haar huid niet gebarsten of glanzend. Hij is ook niet heel donker, maar nog wel donker genoeg om te worden afgewezen. En haar haar... Dat verraadt haar ook.'

Herr Professor en Ally bleven kalm. Ally hapte met droge mond naar adem. Ze wilde niet begrijpen wat ze hoorde. Ze had het gevoel alsof ze het over een gewond paard hadden, dat doodgeschoten moest worden om uit zijn lijden te worden verlost. Haar dochter was een ontbrekende schakel in een dierentuin, een specimen dat bestudeerd moest worden.

'Er moeten drie commissies overtuigd worden,' legde Franz uit. 'Zij verklaren of je een Rijnlandbastaard bent. Ze analyseren welk percentage kan worden doorgegeven aan je afstammelingen. Afhankelijk van hun bevindingen beslissen ze of je gesteriliseerd moet worden.'

'Dat weten we al, Franz. Mijn dochter wordt niet gesteriliseerd.'

'Ik bedoel niet...'

'We kwamen hierheen in de hoop dat je neef mijn dochter kon redden, niet om haar aan het oordeel van een commissie te onderwerpen die haar kan afkeuren,' onderbrak Ally hem, met een kilte die Herr Professor en Franz nog nooit bij haar hadden gezien. 'Wat maakt haar bloed anders dan het mijne of het jouwe?'

'De een stijgt door schuld, door deugd moet de ander vallen,' reciteerde Herr Professor somber.

Terneergeslagen voelde Ally de zware wolken op haar neerdrukken. Ze wilde Franz nog een keer uitleggen dat een commissie haar dochter niet zou goedkeuren. Hoe briljant ze ook was, het meisje zou door de commissieleden worden gezien als een vlek op het Germaanse ras en op de toekomst van het land. Om te voorkomen dat Lilith nog meer schade kon veroorzaken, wilden ze haar steriliseren zodat haar onzuivere baarmoeder nooit vrucht kon dragen.

Ze liepen naar de Brandenburger Tor. Ally begreep nu dat de villa aan Tiergartenstrasse 4 hun niet de benodigde hulp zou bieden. Hun redding lag niet in de handen van Philipp Bouhler. Aktion T4 kon hun dochter alleen maar veroordelen.

Het begon te regenen. Door de koude regendruppels werd Ally opgeschrikt uit haar geestelijke labyrint. Ze moest ophouden zo te denken. Ze wilde bij haar dochter zijn, en nooit door iets of iemand van haar gescheiden worden.

Ze staken net Unter den Linden over op weg naar de Spree toen Herr Professor hen tot staan bracht.

'De Herzogs!' zei hij triomfantelijk.

'Ik denk niet dat die ons kunnen helpen,' zei Ally. 'Ze zijn zo ongeveer alles kwijtgeraakt. Ze zijn geruïneerd.'

'Wie zijn dat?' vroeg Franz.

'Mijn Joodse buren,' antwoordde Ally. 'Op de begane grond, zodra je binnenkomt links.'

'Ik heb ze nog nooit gezien.'

'Nadat hun lampenwinkel vernield was, hebben ze zich opgesloten,' legde Herr Professor uit. 'Hun enige zoon is op transport gesteld naar Sachsenhausen. Daarna hebben ze hem niet meer gezien.'

'Ik ken ze helemaal niet goed,' zei Ally beschaamd. 'Wat vreselijk. Ik wist het niet van hun zoon.'

'Ze zijn alles kwijt en nu weten ze niet hoe ze hier weg kunnen,' vervolgde Herr Professor. 'Ze hebben te lang gewacht. Ze wilden niet weggaan en hun zoon achterlaten. Ze zoeken een land waar ze naartoe kunnen verhuizen, heel ver weg hiervandaan.'

'Lilith,' zei Franz.

'Wat heeft Lilith met de Herzogs te maken?' Ally was in de war.

'We zouden de Herzogs kunnen helpen vluchten, en dan zou Lilith met hen mee kunnen gaan,' legde Franz uit. 'Ze zou best voor een Joodse kunnen doorgaan, toch? Ze heeft wel een donkere huid, maar niet te donker. Als we haar haar bedekken… Ik zou aan tickets kunnen komen voor een boot die vanuit Hamburg vertrekt.'

'Waarheen?' vroeg Herr Professor plotseling hoopvol. 'Ik heb gehoord dat sommige mensen naar Palestina gaan. Zelfs Engeland heeft er een heleboel opgenomen.'

'Waar hebben jullie het over? Ik laat mijn dochter niet in de steek!'

'Wat heb je liever?' vroeg Herr Professor gespannen. 'Dat ze blootgesteld wordt aan stralen die haar kunnen doden? Als we nou zeker wisten dat ze er alleen maar onvruchtbaar door zou worden, maar die stralen…'

Franz en Herr Professor hielden op met praten toen ze zagen dat Ally's ogen rood waren en ze schokkerig ademhaalde. Ze wisten niet of ze huilde of dat haar gezicht nat was van de regen.

Na een lange pauze herpakte Ally zich. 'Kom, Lilith wacht op ons,' zei ze en ze pakte Franz bij zijn arm. 'Het is bijna winter.'

Ze versnelden hun pas niet, maar liepen langzaam verder in de motregen. Ze hadden Lilith alleen gelaten en nu zou ze hen intussen wel thuis verwachten, kijkend naar de regendruppels die over de ruit gleden. 'Zeven jaar,' herhaalde Ally. 'Zeven jaar…' Ze sloegen de hoek om de Anklamer Strasse in en Ally keek naar het raam van haar appartement, dat ver weg leek te zijn. Zelfs van deze afstand kon ze het blije gezicht van haar dochter onderscheiden.

Lilith en Ally verlangden altijd naar regenachtige dagen, zoals de meeste mensen na een lange winter op de eerste warme dag vol zonneschijn wachten. Andere mensen zochten snel beschutting, maar zij voelden zich vrij in de koude druppels. Alleen wanneer het regende behoorde de dag hun toe. Dan sprong Lilith in haar regenjas met capuchon over de plassen op de gekasseide straten in Mitte, en rende Ally achter haar aan, buiten adem maar vrij. Doornat sprongen ze op de bankjes in Tiergarten. Hun gelach werd overstemd door het lawaai van de stortbui, van de tikkende voetstappen van de mensen die op een drafje een schuilplaats zochten en van de auto's die langzaam door de regen reden. De politie was verdwenen: er was niemand over voor wie ze moesten uitkijken. Wie zou hen uitschelden? Iedereen schuilde, behalve zij.

Ze deden de voordeur open en keken alle drie naar appartement 1B. Rechts op de deurpost was schuin een smalle cilinder gemonteerd. Dit was de eerste keer dat Ally de mezoeza naast de deur van de Herzogs zag.

'Moeten we nu met de Herzogs gaan praten?' vroeg Herr Professor vastberaden. 'We hoeven nog geen beslissing te nemen. We kunnen vertellen dat we hen willen helpen en de mogelijkheid openlaten. Het is een optie die we niet moeten uitsluiten.'

'Later. We kunnen Lilith niet laten wachten, ze heeft ons al gezien.'

Franz deed de voordeur dicht en toen stonden ze in het amberkleurige licht bij de lift.

'Ik neem de trap wel,' zei Ally.

'Dan ga ik met je mee.' Franz nam haar bij de arm.

'Ik zie jullie boven,' zei Herr Professor. 'Op mijn leeftijd kan ik mijn benen maar het best zo min mogelijk gebruiken.'

Voordat ze naar boven liep, streek Ally heimelijk over de mezoeza van de Herzogs, zodat Franz het niet zag. Herr Professor glimlachte.

Toen ze bij de derde verdieping aankwamen, stond Lilith al in de gang op hen te wachten.

'Kom, nu gaan we plezier maken,' zei Ally vrolijk.

Lilith gaf Franz een knuffel en hij haalde een lappenpopje uit de binnenzak van zijn overjas.

'Is dat voor mij?' vroeg Lilith verbaasd. 'Heb ik dat verdiend?'

Franz gaf haar een knuffel terug.

'Ze heet Nadine,' fluisterde hij in haar oor.

Het meisje keek naar het popje. Ze had gele wollen vlechten en een blauwe jurk. Haar naam was met rood draad in piepkleine letters op haar witte schort geborduurd.

Lilith klemde het popje stevig vast en gaf het toen terug aan Franz omdat ze naar buiten wilde, de regen in. Ze liep de trap af.

'Ik blijf hier met Herr Professor,' zei Franz met een blik naar Ally. 'Tot zo.'

Hij gaf haar een kus op haar wang en ze sloeg haar armen om hem heen. Zo bleven ze staan tot de deuren van de lift opengingen.

'Lilith staat waarschijnlijk al op de stoep,' onderbrak Herr Professor hen. 'Dat meisje staat altijd te popelen om de regen in te gaan.'

7

Drie maanden later
Brandenburg-Görden, januari 1939

Ally werd bij het eerste daglicht al moe wakker. Ze had het gevoel dat de dag van morgen al voorbij was. Een mens kan zijn gevoel voor tijd kwijtraken, net zoals hij zijn zicht, reuk of tast kan kwijtraken. Ze stond op, kleedde zich langzaam aan, stiftte haar lippen en zag Lilith naast zich. Maar ze leek op een grotere afstand te zijn, zo ver weg dat ze haar gezicht niet herkende. Ze vulde haar longen met zuurstof, maar kon geen enkel deeltje van haar dochter bespeuren. Ze was al haar zintuigen kwijtgeraakt.

Lilith was klaar; ze was altijd klaar. Soms had Ally liever een dochter gehad die ze een standje kon geven, de les kon lezen, bij wie ze moest zeuren om haar taken te doen. Iemand die eraan herinnerd moest worden om te lezen, netjes te eten, mensen te begroeten met 'goedemorgen' en afscheid te nemen met 'tot ziens'. Afscheid nemen was essentieel.

Ze namen de trein en stapten op klaarlichte dag uit bij de tuinstad Brandenburg-Görden, waar minuscule hagelkorreltjes smolten terwijl ze uit de lucht vielen. Ze werden overweldigd door de drukkende lucht en het felle licht. Zo dicht bij Berlijn en toch zo anders, dacht Lilith. Een windvlaag blies hen bijna omver. Lilith rende naar haar moeder en klampte zich aan haar vast.

'Waarom hebben we niet 's nachts gereisd?' vroeg Lilith huiverend.

'Nou, zoals je ziet zijn er niet veel mensen buiten,' zei haar moeder, die haar best deed zich te oriënteren.

Ze staken de grote laan over. Het was vroeg in de ochtend en er stond alleen een oude dame op een straathoek. Een auto reed snel voorbij. De oude dame stak boos haar vuist in de lucht.

'Waar is iedereen?' vroeg het meisje achterdochtig.

'Neuendorfer Strasse 90c,' zei Ally hardop zonder naar Lilith te kijken. 'We moeten op zoek naar het eerste gebouw. Franz heeft alles geregeld. Ze willen je alleen maar een paar vragen stellen en je onderzoeken, net als wanneer je naar de dokter gaat.'

Ally geloofde haar eigen woorden niet. Ze deed datgene waarvan ze tegen Franz had gezegd dat ze het nooit zou doen: Lilith voor een commissie laten verschijnen om beoordeeld te worden. Ze volgde Franz' aanwijzingen op met een kalmte die Lilith verontrustte. Het meisje had het gevoel dat ze in Berlijn hadden moeten blijven, opgejaagd maar veilig, tussen hun boeken, met de gordijnen dicht. Het donker was hun bondgenoot. Wat deden ze hier op klaarlichte dag in een vreemde stad?

'Ik hoop dat die rare dokters geen koude handen hebben,' zei Ally glimlachend, in een poging Lilith op te vrolijken.

'Ik ben niet bang voor de kou.'

Het meisje was weer bijgetrokken, ze pakte haar moeders hand en ze staken samen de verlaten straat over.

De stad sliep nog. Er waren geen soldaten, geen vlaggen. Er waren geen ingeslagen ramen. Geen marsen of triomfliederen. Ze hadden geen saluut gezien, geen *Sieg heil!* gehoord. Ze werden nerveus van de vredigheid. Toen ze uit de trein waren gestapt, hadden ze door een open landschap gelopen en waren de zogenoemde tuinstad binnengegaan alsof ze een onbekende dimensie betraden. Franz had tegen Ally gezegd dat hij ervan overtuigd was dat als de commissie Lilith zou beoordelen, het meisje vrijgepleit zou worden, dat ze gezien zou worden als aanwinst voor de rassenhygiëne. 'Hygiëne', dat woord hield Ally de hele nacht wakker, en Lilith trof haar vaak aan in de bibliotheek, waar ze de boeken opnieuw in de kasten zette, nadat ze het stof had weggehaald dat door de muren van haar almaar zwakker wordende koninkrijk naar binnen dwarrelde.

De gespecialiseerde commissie die Liliths uiterlijk en intelligentie zou beoordelen zetelde niet in de tot ziekenhuis omgebouwde gevangenis, maar een van de artsen werkte daar, en hij zou helpen met de evaluatie van de zuiverheid en geestelijke ontwikkeling van het meisje in haar achtste levensjaar. Ally vormde nog meer bewijs van haar zuiverheid. In de familie Keller was geen druppel Joods of zwart bloed te vinden, noch van enig ander ras. Ook kwam er geen alcoholisme of verslaving voor. Niemand rookte, ze aten allang geen vlees meer en er was geen geschiedenis van stoornissen als schizofrenie, epilepsie of depressie. Echt Duits bloed, dat verschillende generaties terugging. Daarbij kwam dat ze katholiek waren en nooit waren overgegaan naar het lutherse protestantisme waarvoor de meeste mensen waren bezweken. Daardoor werden Liliths eventuele zonden haar vergeven. Ze had van Ally een zuiverheid geërfd waarop maar zeer weinig Duitsers op dat moment konden bogen, in het nieuwe Duitsland waarin een vergissing, een kleine misstap of onzeker verleden iemand het vinden van een nieuwe baan heel moeilijk of zelfs onmogelijk kon maken.

'We zouden hierheen moeten verhuizen, mama.'

'Je moet niet alles geloven wat je ziet. Er is niet veel verschil tussen Brandenburg en Berlijn. Het is allemaal hetzelfde, lieve Lilith.'

Er stonden vier dezelfde, schijnbaar onbewoonde, gebouwen met een geelgroene kleur, waarvan de kleine ramen allemaal dicht waren. Uit de schoorsteen van een ervan steeg een witte rookzuil op. Ze liepen een kleine verhoging op en zagen een gehelmde soldaat, die gewapend was met een geweer. Hij liep naar hen toe. Ally was gebiologeerd door de geurloze witte rook die hen omringde. Lilith wendde haar blik niet af van het wapen van de man en trok aan de jas van haar moeder om haar aandacht te trekken.

Ally begroette de soldaat en gaf hem een opgevouwen document. Hij bestudeerde het gezicht en het haar van het meisje.

'Loop maar mee,' beval hij.

Ze lieten de hoofdgebouwen achter zich. Lilith draaide zich om naar het blok waaruit de rookzuil oprees tot hij gewoon weer een wolk werd, alsof hij de lucht voedde. De bewaker bracht hen naar een op zichzelf staand gebouw van twee verdiepingen met een rode deur. Hij bleef in de deuropening staan en na een paar seconden verscheen een man in een witte jas. Eronder droeg hij een zwarte stropdas, een grijze ribbroek en glanzend gepoetste leren schoenen.

'Welkom,' zei hij en hij stak zijn hand uit naar Ally.

De rillingen liepen over Ally's rug toen ze zijn zachte handen voelde. De man had een diepe, prettige stem. Hij had glad, naar achteren gekamd haar en een bleke huid. Ally zag zijn matte blik. Toen ze binnen waren, pakte de man een bril met zwart montuur uit zijn zak, zette hem op en bestudeerde het meisje aandachtig, zo minutieus als een detective, alsof ze een uniek exemplaar was, een bijzonder specimen dat met de uiterste zorg behandeld moest worden.

Ze liepen de grote hal in. Op een tafel in het midden stond een vaas witte rozen, waarvan de stelen met elkaar om perfectie streden. Ze liepen door een tweede deur, waarvan de luidruchtige scharnieren kreunden en geluid toevoegden aan het gekraak van de houten vloer van de donkere kamer. Aan het andere eind zaten drie artsen, in een witte jas en met een stethoscoop om hun nek. Ze keken allemaal tegelijk op, met hun armen rustend op een glanzend gepoetst zwarthouten bureau. Hun gezicht was vaag in de gloed van de bureaulamp met zijn goudkleurige basis en groene kap. Voor hen, midden op de vloer aan de andere kant van het bureau, gaf een lichtstraal de plek aan waar Lilith moest gaan zitten, alsof het een choreografie was. De grootte van de kamer verbijsterde Ally en Lilith.

'Dr. Heinze,' klonk een stem van achter uit de kamer.

De rechter arts kwam naar voren en gebaarde naar de lichtstraal.

In deze kamer leek het plafond bijna tot aan de hemel te reiken, de bronzen lampen gingen verloren in de hoogte, zodat het licht uit niet veel meer bestond dan uit schaduwen die op de rode fluwelen gordijnen werden geworpen als opgedroogd bloed. Waar ben ik? Ik sta voor een tribunaal dat mijn dochter gaat executeren, dacht ze. En ze was de enige getuige à décharge.

Ally liep langzaam achter dr. Heinze aan, die Lilith meenam de kamer door.

'Dat is niet nodig,' hoorde ze dezelfde stem achter zich zeggen.

Ally begreep dat dit aan haar gericht was, maar hoorde niet wie het zei. Ze had het gevoel alsof de woorden uit de hemel kwamen, als een bevel van God.

'Wacht hier,' zei de heilige stem.

Een vrouw gebaarde dat ze kon plaatsnemen in de tegenovergelegen hoek. Uit het gebaar bleek duidelijk dat het geen verzoek was.

Er stond een stoel in het donker en Ally ging naar de enige plek waar ze mocht wachten. Ja, het was absoluut een bevel geweest. Haar dochter moest de examens op eigen kracht halen. Ze hadden geweten dat het zo zou gaan en waren erop voorbereid.

Er kwam een andere vrouw de kamer binnen, ook in een witte jas en met allerlei papieren. Haar voetstappen tikten hard op de houten vloer. Lilith glimlachte in een poging vriendelijk over te komen. De vrouw maakte geen oogcontact met het meisje.

'Dr. Hallervorden,' zei de vrouw en ze gaf de documenten aan de arts die er het oudste uitzag, het meest ervaren.

De vrouw ging onmiddellijk weer weg door de deur het dichtst bij het bureau.

Met haar ogen dicht kon Lilith wegzweven naar verre landen. In een oogwenk bevond ze zich in een zonnige tuin of een bos, in het heldere daglicht. Als ze ervoor koos, kon ze haar lichaam verlaten en van bovenaf op zichzelf neerkijken, vliegend over de stad, verborgen tussen de wolken. Opa had haar dat bijgebracht toen ze leerde lezen.

'Als we onze ogen dichtdoen, kunnen we onze eigen ondoordringbare muur bouwen. Als we onze ogen dichtdoen, kan geen enkele kracht ter wereld ons vernietigen.' Lilith was er zeker van dat ze, als ze haar aandacht erop richtte, honger of kou kon overwinnen. Ze zou niet naar de wc hoeven en geen water hoeven drinken. Met gesloten ogen trotseerde ze in deze kamer, waar ze werd omringd door reuzen in witte jassen, de onmetelijkheid van de situatie.

Ze voelde dat een van de mannen uiterst voorzichtig haar jas uittrok. Hij liet haar een voet optillen, toen de andere. Nu was ze blootsvoets. Onhandige handen probeerden haar jurk open te knopen. Ze voelde dat de parelmoeren knopen één voor één uit de knoopsgaten gleden. Haar jurk ging open en gleed op de grond, in een hoopje om haar voeten, alsof hij gesmolten was. Iemand tilde haar op aan haar armen. Haar lichaam was willoos, krachteloos, gewichtloos. De persoon liet haar langzaam zakken en toen voelde ze de warmte van het hout weer aan haar voetzolen.

Met haar ogen dicht liep ze niet het gevaar een traan te plengen, een zucht te slaken. Lilith stond naakt midden in de kamer, voor onbekenden. En haar moeder? Aan haar kon ze maar beter niet denken. Ze voelde zich krachtiger dan alle mensen om zich heen. De tijd stond stil. Ze was er niet.

Ally keek naar Lilith in de verte, een piepklein puntje in de lichtstraal. Toen ze zag dat Lilith naakt was, begon ze in haar plaats te trillen. Dat was de enige manier om de kou, angst, pijn en het afgrijzen te absorberen. Lilith hield zich sterk, ze hield zich zo stijf, dat Ally heel even dacht dat haar dochter in de lucht hing.

Terwijl Lilith werd uitgekleed, las een van de artsen een document voor. Ally hoorde een datum, ponden, onsen en een tijd die tot op de minuut klopte. De gegevens van haar dochters geboorte. Ze hadden gewoon moeten zeggen dat ze in de donkerste nacht van het seizoen was geboren, in Berlijn. Dat haar kind een kind van de nacht was. Een Rijnlandbastaard, hoorde ze in het verslag van de vroedvrouw.

Een arts liep met een puntig houten instrument naar het meisje toe en mat haar schedel op. Hij concentreerde zich eerst op haar voorhoofd en toen op haar neus. De laatste arts stond op van het bureau en ging met een glanzende zilverkleurige schaar naar Lilith toe. Met dat wapen in zijn hand onderzocht hij Liliths hoofd en knipte een lokje haar in haar nek af. Lilith schrok toen ze het metaal hoorde knippen.

Dr. Heinze maakte, nauwkeurig observerend, een aantekening. *Er is maar een millimeter nodig om ons af te scheiden van de anderen.* Ally zag dat dr. Hallervorden Liliths hoofd naar achteren duwde, alsof hij het afbrak.

'Doe je ogen open,' beval hij.

Lilith reageerde niet. Haar lichaam was er, naakt, maar ze was ontsnapt naar de in duisternis gehulde Tiergarten.

Terwijl haar hoofd naar achteren gekanteld was en het licht in haar gezicht scheen, werd haar rechterooglid opengetrokken door de arts. Nu de iris niet meer bedekt werd, trok hij samen. De arts hield er een kaart naast met plaatjes van ogen van verschillende afmetingen, vormen en kleuren, en vergeleek die met Liliths oog.

Door de lichtbundel sprongen de tranen haar in de ogen. Toen ze haar hoofd weer rechtop deed, gleed er een over haar wang. Ze zag een andere arts met een puntig instrument naar zich toe komen. Ze dacht dat ze haar zouden doorboren, om te analyseren of haar organen menselijk of dierlijk waren en sloot haar ogen weer. Ze wilde de pijn niet zien.

Het instrument werd over haar ruggengraat gehaald, van haar nek tot haar middel, en daarna van het ene schouderblad naar het andere. De vorm van een kruis bleef achter op haar huid. Lilith voelde dat de arts naast haar stond. Ze deed haar ogen open. Hij maakte aantekeningen.

'Kleed je maar weer aan,' zei de dokter na een lange pauze.

Toen Lilith weer om zich heen keek, begon ze zich steeds onprettiger te voelen. Ze pakte haar jurk op en hield die voor zich. Ze draaide zich om en zag Ally voorovergebogen in de stoel zitten, met haar gezicht in haar handen. Ze wilde tegen haar zeggen dat ze niet had gehuild, dat haar oog alleen maar traande door het licht.

Toen ze een deur hoorde dichtslaan, vermande Ally zich. De lichtstraal was verdwenen, en daarmee haar dochter en de vier artsen. Ze was alleen in de enorme kamer. Moest ze roepen? Daar had ze de energie niet voor. Huilen? Om wie? Waarom? Had ze dit niet zelf gewild?

Ze liet zich op de vloer glijden, maar haar lichaam was nu gewichtloos. Ze maakte geen geluid of wanhopige bewegingen, het was niet meer dan een doffe bonk. Ze slaakte een kreet, een niet te onderdrukken kreun. Zo bleef ze een aantal minuten liggen, opgerold tot een balletje. Ze verwachtte een schop, een klap die haar uit haar bewegingloosheid zou opschrikken. Nog een tel en ze zou in slaap vallen. Dat wilde ze het liefst van alles. Slapen totdat de nachtmerrie voorbij was. Wakker was ze veroordeeld tot een eindeloos delirium.

Toen ze haar ogen opendeed – hoelang had ze op de vloer gelegen? – zag Ally de vrouw die het verslag van de vroedvrouw had gebracht.

'Wacht buiten maar,' zei de vrouw en ze draaide zich om.

Toen Ally niet antwoordde, praatte ze verder.

'Het meisje moet lichamelijke onderzoeken ondergaan, haar uithoudingsvermogen wordt getest. Daarna moet ze vragen beantwoorden.'

'Hoelang duurt het nog?' vroeg Ally, die met grote moeite opstond.

'Dat hangt van haarzelf af. Sommige kinderen laten ze na de eerste ronde gaan. Sommigen halen de tweede ronde. Heel zelden halen ze de derde en vierde. Ze is pas zeven en ze gaat niet naar school. Ik vermoed dat ze niet goed kan lezen en schrijven.'

Ally stond op en ging terug naar de grote hal, met een glimlach op haar gezicht. Hoe langer haar dochter daar werd gehouden, hoe meer stadia ze had gehaald. Ze wist zeker dat Lilith al die artsen versteld zou doen staan met haar intelligentie. Op dit moment was dat haar enige garantie. Ze wist dat als ze haar na de eerste ronde lieten gaan, zoals de vrouw had gezegd, Lilith veroordeeld was.

Ally voelde zich net een insect toen ze de hal verliet. De rozen waren te perfect, dacht ze toen ze de voordeur opendeed. Ze werd even verblind door het licht en voelde zich vrolijk toen ze diep inademde. Maar de geur van verbrande olie maakte haar misselijk. Ze liep bij het geelgroene gebouw vandaan en klom het heuveltje op. Er waren geen bomen, er was geen beschutting. Rechts in de verte, naast het gebouwencomplex, zag ze een groep artsen in hun witte jas met een rij mannen en vrouwen zonder jas. Ze bestudeerde de artsen. Geen van hen was in de kamer bij haar dochter geweest. Ze liep het heuveltje af en toen ze dichterbij kwam bekeek ze de gezichten van de andere mensen aandachtig. Velen van hen hadden een wezenloze blik in hun ogen. Sommigen liepen mank, een vrouw miste een arm, het hoofd van een oude vrouw schudde, een jonge man krabde dwangmatig aan zijn voorhoofd, een man duimde, een andere spuugde. Ze waren op weg naar het gebouw met de schoorsteen waaruit witte rook kwam.

Ally plofte neer op het gras. Het was de beste plek om te wachten, en ze begon de mensen zonder jas te tellen. Een, twee, drie, vier… Hoeveel millimeter waren ze van perfectie verwijderd? Een foutje, een schaduw, een onevenwichtigheid, een asymmetrie. Eén foutje was genoeg om een van de anderen te worden.

'Je kunt hier niet blijven,' zei de soldaat die hen vanochtend had binnengelaten.

Ally stak haar rechterarm uit en de soldaat hielp haar omhoog. Ze zag hem voor de eerste keer glimlachen.

'Blijven jullie vannacht in de stad?'

Het was de eerste keer dat iemand haar echt had aangesproken.

Ze was niet simpelweg een geest, iemand zonder jas die beschutting zocht aan de voet van een schoorsteen waaruit witte rook kwam.

'We nemen de laatste trein, voordat de avond valt.'

'Er zijn hier elke dag minder mensen. Het is altijd fijn om een mooie vrouw te zien.'

'Bedankt,' zei ze blozend.

Ik leef, dacht ze.

De soldaat beval het restaurant naast het hotel aan. Het was nog een lange wandeling naar het treinstation. Misschien kon ze beter tot morgen wachten om terug te gaan. Wie wist hoelang het hier nog zou duren? Hij zat duidelijk om een praatje verlegen. Hij was vast uren wakker geweest om te voorkomen dat de krankzinnigen afdwaalden van het hun toegewezen pad.

Ze luisterde zwijgend naar hem.

'De artsen nemen de tijd.' De soldaat wilde haar aan het praten krijgen, zodat ze wat langer bij hem zou blijven.

'Ja, en soms is het maar goed dat ze de tijd nemen...'

'Waar komt dat zwarte meisje vandaan? Er komen hier ongelooflijk veel mensen naartoe die zich Afro-Duitsers noemen. Wie denken ze daarmee voor de gek te houden?'

Ally's gezicht verstrakte en ze moest haar best doen om te blijven lachen. 'Ik moet terug naar de grote hal, misschien zoeken ze me wel.'

Ze liep weg van de heuvel, de soldaat, het gebouw met de witte rook. Ze deed de rode deur open alsof het haar eigen huis was en ging naast de prachtige rozen zitten. Ze bekeek de ene na de andere.

Wat maakt jou beter dan een andere bloem? Binnenkort ben je verwelkt en word je weggegooid, dacht ze.

Ze keek aandachtig naar de sproeten op haar handen, haar gescheurde nagels. Ze bracht een koude handpalm naar haar gezicht. Als ze alleen was, neigde ze er altijd naar elke mogelijke uitkomst door te nemen. De enige optie waar ze niet over na wilde denken was dat ze haar moest opgeven, ook al was er een flardje hoop dat ze elkaar weer zouden kunnen vinden.

Ze wist dat nu haar dochter zeven was geworden, ze alleen na sterilisatie in de Duitse maatschappij zou worden geaccepteerd. Dan zou ze nooit meer gezien worden als gevaar, als besmettelijke parasiet. Maar hoe kon ze haar dochter zo'n agressieve behandeling laten ondergaan? Ze hadden wel uitgelegd dat röntgenstralen omkeerbaar waren, dat ze in Amerika werden gebruikt voor tijdelijke sterilisatie, dat het allemaal afhing van de dosis. Ze zou een meelevende arts kunnen vinden die misschien medelijden met haar had en zou verklaren dat Lilith gebombardeerd was met voldoende straling om haar voor het leven te steriliseren. Voor mannen was het makkelijker. Bij hen hoefde je alleen een leidinkje door te snijden. Maar straling? Zou haar dochter niet verminkt worden door de elektromagnetische straling?

Ze was bang dat ze niet zouden stoppen bij de röntgenstralen. Ze had gehoord dat ze van elkaar gescheiden konden worden. Dat Lilith weggehaald zou worden en naar een gesticht voor krankzinnigen en geesteszieken gebracht zou worden, 'idioten' zoals ze werden genoemd in de kranten, die hun alternatieve werkelijkheid verspreidden en betoogden dat Duitsland grondig gezuiverd moest worden.

De vrouw in de witte jas, die nu een donkerblauwe jurk en een parelketting droeg, leek vriendelijker. Het was alsof de hardvochtigheid door het wit was veroorzaakt. Ze had een glimlachende Lilith aan de hand.

'Je dochter heeft zich heel goed gedragen,' zei ze.

Ze was geslaagd voor de test, het was tot hen doorgedrongen dat Lilith even Duits was als zij, even intelligent en welbespraakt. Lilith was volwassener dan kinderen van haar leeftijd. Ally wilde dat de vrouw dat uitsprak. Ze wilde een document dat bevestigde dat Lilith geen gevaar was voor de maatschappij, een 'kankergezwel' zoals in de rassenwetten van Neurenberg stond.

Lilith en Ally vertrokken zonder afscheid te nemen, zonder achterom te kijken. Lilith wilde het gebouw vergeten, de rode deur, de stad, de artsen, de vragen die ze hadden gesteld. In haar gedachten stond ze nog steeds naakt voor hen.

De soldaat keek naar hen toen ze vertrokken. Toen ze langs hem liepen, legde Ally haar arm om haar dochter heen en drukte een kus op haar hoofd. Haar dochter was geslaagd voor de eerste, tweede, derde en wie weet hoeveel meer tests die ze haar hadden afgenomen. Haar dochter was intelligenter dan die perfecte, deugdzame soldaat, die door zijn klassieke profiel en lichtblauwe ogen schijnbaar superieur was. De soldaat die haar dan wel mooi kon vinden, maar haar dochter niet. Die beschouwde hij als een fout.

Ze liepen snel langs de gebouwen.

'Ik ben moe, mama. We hoeven ons niet meer te haasten.'

Toen ze bij het station kwamen, konden ze bijna direct in de trein naar Berlijn stappen. Ally zag nergens een klok en had geen idee wanneer ze zouden aankomen. Toen de trein in beweging kwam, viel ze in slaap. Lilith genoot ervan het prachtige gezicht van haar moeder in rust te bestuderen. Door de energieke wandeling had ze weer kleur gekregen. Lilith bekeek haar roze wangen, het nog steeds intense rood van haar lippen. Op dit tijdstip van de dag waren de grijstinten uitgewist. Lilith stelde zich haar moeder voor voordat ze een kind kreeg. Toen was ze vast nog veel mooier.

Ally deed haar ogen open en zei: 'Het is een lange reis. Slaap, Lilith, ga maar slapen.'

Het meisje werd wakker toen de conducteur omriep dat ze hun bestemming hadden bereikt. Ze deed haar ogen open en slaakte een paniekerige gil. Het was nog dag.

'Mama?'

Zenuwachtig trok Ally Liliths gebreide kapje strak over haar krullen, ze pakte haar bij de hand en ze stapten samen uit de trein.

Niemand zou op hen letten. Ze waren gewoon twee transparante schaduwen. Wie gaf er nou iets om een moeder en haar dochter? Ze liepen het Centraal Station uit en lieten zich opnemen in het gewoel van de stad, alsof ze daar hoorden. Ze waren veilig, bleef Ally tegen zichzelf zeggen. Niemand kon hen bedreigen. Ze gingen niet met de metro, die was voorbehouden aan de zuiveren. Ze zouden naar huis lopen en Unter den Linden, de dure hotels en de drukke restaurants vermijden. Zou het niet al avond moeten zijn? De winterdagen zouden toch al korter moeten worden.

In de verte lag Tiergarten, waar het nog steeds druk en lawaaierig was. Ze staken het Rosenthaler Platz over en zagen een groepje luidruchtige jongens aan de overkant, die naar hen toe slenterden en hen in zich opnamen. Ze kwamen steeds dichterbij. 'Dronken. Ze hebben vast de hele dag gedronken,' mompelde Ally, die stevig in de hand van haar dochter kneep. Het meisje keek naar haar op. Ally begon sneller te lopen en voelde ineens een ademtocht in haar nek.

Moeten we proberen om hen heen te lopen? Ons in een café verstoppen? Niemand zou hen aanvallen in het bijzijn van klanten die van een vredige avond genoten. Zouden ze haar binnenlaten? Niemand zou voor hen opkomen. Zwarten en Joden mochten niet naar school, ze mochten geen krant kopen, niet telefoneren of naar de radio luisteren. Ze mochten niet op een bankje in het park zitten. Ze mochten alleen de sneltramwagon gebruiken die voor hen bedoeld was. Op sommige lijnen waren er niet eens wagons voor hen. Ally kende de wetten. Ze zei ze op en probeerde een maas te vinden, een manier waarop ze zich konden aanpassen zonder als schuldige gezien te worden.

'Doe eens een aap na!' zei iemand met een stem die door alle zenuwuiteinden van haar lichaam zinderde.

Ally draaide zich om en zag de jonge bruinhemd. In die ene seconde was een jongen met roze wangen en een engelengezicht uitgegroeid tot een heel leger.

'Ik denk dat dat zwarte meisje niet eens kan praten,' klonk de zangerige stem van de bruinhemd luid.

De jongen spreidde zijn armen wijd, alsof hij een toespraak wilde houden voor zijn vrienden.

Ally ging nog sneller lopen, een angstig kijkende Lilith met zich mee trekkend.

'Zoals ik al zei, het is een inferieur ras. Als ze ons blijven besmetten, slepen ze de rest van ons met zich mee!'

Doordat ze zo'n haast had, struikelde Ally en ze viel hard op de stoep. Toen ze probeerde op te staan, ging een van de jongens voor haar staan en ze rolde naar de straat. Nu lag ze op de kinderkopjes. Een stel liep langs zonder naar haar te kijken, zonder erom te geven dat een vrouw zo blank als zijzelf langs de kant van de weg lag. Ally zocht Lilith verwoed met haar blik. Ze kon haar niet vinden.

'Dit is de eerste keer dat ik een zwart meisje zie,' hoorde ze in de verte.

Lilith stond onverschrokken naast een lantaarnpaal en volgde elk gebaar, elk woord. Ally probeerde weer op te staan.

'Mama!'

'Dus jij houdt van zwarten?' vroeg de bruinhemd in Ally's oor, zo dichtbij dat ze zijn vochtige lippen op haar gezicht, haar hals, over haar hele lichaam voelde.

Ally snoof zijn adem op; misschien rook ze wel een spoor van alcohol. Dat was er niet.

'Heb je ervan genoten?'

Uiteindelijk lukte het haar om op te staan, maar ze bleef naar de grond kijken. Een van de jongens hield haar met zijn been tegen en deed net alsof hij struikelde, zodat zij weer op straat viel. Ally rolde zich op tot een balletje en beschermde haar hoofd met haar armen. De jongen schopte haar in haar buik. Haar buikspieren spanden zich van de pijn. Ze herinnerde zich wat ze tegen haar dochter had gezegd te doen als ze werd aangevallen: bescherm altijd je hoofd.

‘O, sorry,’ zei de jongen lachend. ‘Moet je huilen? Ik wil je graag zien huilen.’

Nog één schop, tegen haar nek of voorhoofd, en ze zou bewusteloos raken, dan zou ze in slaap vallen en zou deze gruwelijke ervaring haar bespaard worden. Haar ogen prikten, ze zag wazig. Ze voelde zich licht in het hoofd. Ze tilde haar hoofd weer op om te kijken waar Lilith was, maar ze zag weer alleen een jongen die als een muur haar zicht blokkeerde. Een geschoren hoofd, dunne lippen, zijn perfect geproportioneerde neus kaarsrecht. Ze had nog nooit van haar leven iemand gezien die zo symmetrisch was. De jongen glimlachte. Zijn blauwe ogen waren intens doordringend. Ally besefte dat ze de Duitse schoonheid weerzinwekkend vond.

Uiteindelijk zag ze Lilith in het halfdonker bij de ijzeren lantaarnpaal staan. Ze lag nog steeds op de kinderkopjes en voelde het vochtige stof van de straat op haar lippen. ‘Rennen, Lilith, rennen,’ wilde ze haar smeken, maar het straatvuil was net vergif, het verlamde haar. Misschien was het haar tijd om te sterven. Hoe vaak kan iemand in zijn leven sterven? vroeg ze zich af. Dit was een van die momenten, daar was ze zeker van. Het zou beter zijn om nooit meer wakker te worden, dat zou zo makkelijk zijn.

De jongen rende naar het meisje. Hij trok haar wollen muts af en greep haar bij haar haar.

Lilith gilde en Ally verzamelde al haar krachten, ze stond op en stortte zich op de lachende jongen met het engelengezicht in het bruine overhemd.

‘Rustig maar,’ zei de jongen, die bijna zijn evenwicht verloor. ‘Je mag haar houden.’

In de verte klonk een fluitje. De jongens renden weg.

Ally nam Lilith in haar armen. Ze wilde terug naar de tijd dat haar dochter veilig in haar zat. Ze wilde haar niet in de ogen kijken en wachtte tot ze weer in elkaar werd geslagen, ze verwachtte dat ze verzwolgen zou worden. Maar deze keer waren ze samen. Ze wilde nog een laatste harde klap, zo een die zich verspreidt als een golf en je van binnenuit vernietigt. Ze brandde van schaamte omdat ze haar dochter niet kon beschermen. Als een moeder haar kind niet kan verdedigen, heeft ze geen reden meer om te bestaan. Het was tijd om te verdwijnen, zei Ally tegen zichzelf, beschut door de schemering. De zon ging onder.

'Het wordt donker, we zijn veilig,' zei Lilith zachtjes. Alleen Ally kon haar horen.

'Jij ziet de nacht al voordat iemand anders dat kan,' zei Ally tegen haar en ze keek naar de lucht. Er was nog een glimp licht te zien. 'Nog eventjes, Lilith. Nog een paar minuten en dan kan niemand ons meer zien.'

'Sorry, mama.' Lilith begon te huilen. 'Het is mijn schuld. Sorry...'

'O, Lilith, wat heb ik je aangedaan, mijn liefje...'

Ze wachtten tot de laatste lichtstraal verdwenen was. Langzaam maar zeker kwamen ze bij. Ally voelde iets samenknijpen in haar buik, net als de weeën waardoor ze in die allerdonkerste nacht in Berlijn korte tijd had verlangd naar de dood. Maar deze keer werd ze blij van de kramp in haar buik. Ze zag zichzelf weer in bed liggen, met de vroedvrouw naast zich, terwijl de pijn wegtrok, alsof ze voor de tweede keer beviel van haar dochter. Als zij haar niet beschermde, wie dan wel? Ja, het was de hoogste tijd.

'Je gaat de Herzogs ontmoeten,' zei ze, alsof ze al thuis waren, met z'n tweeën. 'Die zullen je redden. Je gaat naar een plek hier ver vandaan, waar je naar school kunt, een andere taal zult leren en kunt blijven lezen. En op een dag, misschien over niet al te lange tijd, zijn we weer samen, in een wereld zonder Duitsers. Kun je je dat voorstellen?'

Lilith luisterde doodsbang naar haar, maar ze wilde haar niet tegenspreken. Ze deed haar ogen dicht. Deze droom bood haar moeder veiligheid. Toen Lilith haar ogen weer opende, zag ze een oude vrouw voor zich staan met een gezicht vol rimpels en grijs haar, die klein was, even klein als Lilith. Ze gaf haar een knuffel. Nu was het haar beurt om haar moeder te beschermen.

'Kom, we gaan,' zei Lilith.

Ze had geen licht nodig.

8

Een maand later
Berlijn, februari 1939

De woensdag was haar dag geworden, het enige moment dat ze zich niet opgejaagd voelde, dat ze een paar uur vrij was van de verplichting voor bescherming te zorgen, dat ze zich warm voelde, ook al was het winter. Op woensdag vond ze geluk in Franz' armen, het waren momenten dat ze zichzelf even kon vergeten. Op veel van die woensdagen droomde ze, als haar lichaam één werd met het zijne, van de perfecte ontsnapping: zij drieën op een eiland midden in de Stille Zuidzee, ver van de vampiers en spoken. Op hun eiland, omringd door water en zonder grenzen, zouden ze andere mensen worden en al het andere vergeten.

Elke week was er een woensdag, totdat hij op een dag ophield te bestaan. Die middag kwam Ally thuis uit Franz' armen, en toen ze de deur opendeed trof ze Lilith trillend naast Herr Professor aan. Er sprak doodsangst uit hun ogen.

'Ze waren hier,' zei hij.

Sinds ze het leven had geschonken aan Lilith had Ally geleerd om met een voortdurende dreiging te leven. Met elk jaar dat verstreek werd het gevaar dreigender. Ze wist dat het haar straf was, maar ze kon de reikwijdte ervan niet inschatten. Hoelang moest ze ervoor boeten dat ze een kind op de wereld had gezet dat anders was?

Ze was er bijna aan gewend geraakt dat de gruwelijke beslissing boven haar hoofd hing. Wat voorheen geen optie was geweest, leek nu de enige mogelijkheid. Ze was gewend geraakt aan de verschrikkingen. Elke dag verraste ze zichzelf meer. Toen ze die woensdag Liliths blik zag, twijfelde ze niet meer.

Toen Ally het appartement binnenkwam, rende Lilith niet naar haar toe. Ze begon vanuit de hoek waar ze stond te beschrijven wat er was gebeurd. Ze dreunde het op zonder naar woorden te hoeven zoeken. Ze sprak alsof ze een verhaal opzei dat ze al heel vaak had verteld. Het altijd in gevaar zijn had ook Lilith uitgeput.

Eerst was er hard aangeklopt. Lilith was net terug van het appartement van Herr Professor. Ze stond als verstijfd te luisteren en probeerde te bedenken wie het kon zijn. Weer een harde klop. Het klonk anders dan de klop waaraan ze gewend was: Herr Professor klopte normaal gesproken drie keer zachtjes aan. De postbode schoof de brieven onder de deur door en liep dan verder, waarbij zijn voetstappen harder waren dan zijn klopje. Franz drukte zijn vuist tegen het hout aan alsof hij het onvermijdelijke lawaai wilde dempen.

De derde klop klonk als een ontploffing. Toen ze die hoorde, rende Lilith naar haar moeders slaapkamer. Ze hield haar adem in en ontweek de krakende vloerplanken om geen geluid te maken.

In Ally's kamer voelde ze zich veilig. Als ze daar was, konden ze haar vanuit de gang niet horen. Ze liet haar ingehouden adem los en ademde rustiger verder. Ze voelde haar hart bonken en toen ze haar hand tegen haar borst legde om het te kalmeren, hoorde ze de scharnieren van de voordeur piepen. De enige die de deur uit zichzelf zou openen was Herr Professor. Het waren de anderen, daar was ze van overtuigd. Ze kwamen haar halen.

Als Lilith bang was, kalmeerde ze zichzelf altijd door liedjes te fluisteren of haar moeders gedichten op te zeggen, de oude gedichten, die Ally had geschreven toen ze achter Liliths vader, altijd achter hem, langs de Düssel liep. Dat had Lilith haar moeder nooit verteld. Die zou geïrriteerd zijn als ze wist dat Lilith in de laden met vergeten papieren had gerommeld. Lilith hoorde nu voetstappen in de woonkamer en ze vermoedde dat ze bij de open haard stonden. Het waren er meer dan een. Twee, misschien drie. Ze liepen alsof ze op jacht waren. Ze wisten dat hun prooi dichtbij was, binnen hun bereik. Angst kan niet alleen worden gezien, maar ook gevoeld en geroken.

Er was geen tijd te verliezen. Haar moeder had haar getraind. Als ze in het park waren, hoefde ze alleen maar te rennen, zoals ze had geleerd van Jesse Owens. Ze had zijn start, zijn starthouding steeds maar weer bestudeerd. Alles draaide om de start. Als je je niet concentreert, verlies je. Als ze al achter haar aankwamen of haar omsingelden, moest ze zich oprollen tot een balletje en haar hoofd beschermen met haar armen. Als ze erin slaagden het huis in te komen, moest ze zonder geluid te maken wegglippen, de slaapkamer in. Als ze daar was, moest ze op een inademing de kleerkast opendoen. Dan moest ze het geheime deurtje achter de hangende kleren openen. Ze moest niet vergeten dat ze de jurken niet opzij mocht schuiven, zodat ze de verstopplek aan het oog zouden onttrekken en er alleen een bakstenen muur te zien zou zijn. Als ze binnen was, moest ze een stipje worden en altijd haar hoofd blijven beschermen. Ze moest niet vergeten diep adem te halen, zo veel mogelijk lucht in haar longen te krijgen, en dan weer helemaal uit te ademen. Zo zou ze kalmeren, haar angst vergeten, en zouden zelfs de jachthonden haar angst niet kunnen ruiken.

Eén man kwam de slaapkamer binnen. Hij liep erdoorheen en ging naar het raam. Lilith hoorde dat hij de gordijnen opentrok. Ze telde een, twee, drie, een aantal seconden, tot hij naar de kleerkast toe kwam en daar bleef staan, alsof hij zichzelf bekeek in het glas. Het was een soldaat en Lilith wilde geloven dat hij gewoon op zoek was naar een spiegel om te zien hoe perfect hij eruitzag in zijn smetteloze uniform. Maar de spiegel van haar moeders kleerkast ontbrak al sinds lang voor Liliths geboorte. Er waren geen spiegels in het appartement, behalve een kleine op het planchet boven de wastafel in de badkamer. Ze had medelijden met de man, die zijn spiegelbeeld zocht. Hij deed de deur van de kleerkast open en er scheen licht door de spleten tussen de cederhouten planken door. Lilith had het gevoel dat ze door de kier van de geheime deur heen werd verlicht.

Ze hoorde stemmen. De man liet de deur van de kleerkast open, en de gordijnen ook. Hij gaf er niet om of hij ontdekt werd. In deze tijden hoefde niemand de wet aan zijn kant te hebben. Zíj waren het gezag. Zij ondermijnde dat gezag. Ze kon hen niet verstaan. Haar hart klopte zo snel dat de slagen samensmolten tot één enkele bonk. Ze had het tot zwijgen willen brengen, ze had de echo willen stoppen, haar hart voor eens en voor altijd willen laten ophouden. Ze hoorde dat iemand anders de woonkamer binnenkwam. Was het haar moeder? Voetstappen op de vloerplanken vermengden zich met het geluid van haar hartslag.

Het was niet haar moeder; ze hoorde dat de soldaten naar haar vroegen. Toen herkende ze tot haar opluchting de stem van Herr Professor. Fräulein Keller woonde alleen, verzekerde hij hen. Er was geen meisje. Een Mischling? Hij had nog nooit een gekleurd meisje in het gebouw gezien. Ally Keller was een jonge vrouw. Ze was zijn studente geweest, legde hij uit. Hij overtuigde hen. Het was een opluchting dat er geen foto's in het appartement hingen. Maar waarom gingen ze niet weg? Liliths lichaam trilde. Als ze bleef trillen, vonden ze haar misschien.

Toen viel er een nog langere stilte. Ze stelde zich een strijd van blikken en gebaren voor, om te bepalen wie er macht over wie had. Maar toen werd het stil. De onderhandelingen waren voorbij en ze kwamen haar halen. Ze wist dat ze de instructies van haar moeder moest opvolgen. Als ze dat niet deed, waar was al het oefenen dan goed voor geweest, al dat rennen nergens naartoe in Tiergarten? Ze moest haar hoofd beschermen. Haar armen vormden een perfect schild, haar knieën trok ze op tot haar buik. Ze was onzichtbaar, een piepklein balletje, achter een onzichtbare deur die alleen haar moeder en opa konden zien.

'Lilith?'

De stem van Herr Professor kalmeerde haar altijd. Langzaam, nog steeds aarzelend, deed ze de deur open. Toen ze de bordeauxrode kamerjas zag, kwam ze uit haar grot en stortte zich op hem. Ze hield hem stevig vast.

Ally luisterde kalm naar het verhaal van haar dochter en ging toen naar de slaapkamer. Ze was van haar stuk gebracht. De geur van de soldaten hing nog steeds in de lucht. Een vreemde had aan haar gordijnen gezeten en haar kleerkast geopend. Ze keek naar het bed en stelde zich voor dat hij de lakens had gestreeld. Ze was misselijk. Ze ging terug naar de woonkamer en nam Lilith in haar armen.

'Je hebt het fantastisch gedaan,' zei ze tegen het meisje, dat bijna in tranen was. 'Het is allemaal voorbij. Kom, we gaan koken. De Herzogs komen bij ons eten.'

Albert en Beatrice Herzog kwamen een halfuur voordat ze aan tafel gingen. Ally deed de deur voor hen open in de absolute overtuiging dat zij Liliths enige hoop op redding waren. Het stel bleef angstig op de drempel staan. Ze wist dat Herr Professor hun het plan had uitgelegd dat hen en Lilith kon redden, maar ze wist niet of ze ermee instemden. Nu ze daar zo bij haar voor de deur stonden leken ze klein in haar ogen, ze leken wel twee schaduwen. Achter het dikke glas van Alfreds bril zag Ally de ogen van een man die alle hoop was verloren. Het was de eerste keer dat de Herzogs werden uitgenodigd door een van hun buren. Vroeger hadden ze niet alleen de buurt verlicht, maar – daar was Ally van overtuigd – ook de hele stad. De lampen, peertjes, kroonluchters en zelfs de kaarsen van de inwoners van Berlijn waren gekocht in de winkel van de Herzogs. Ze had hun zoon een keer peertjes zien draaien in de luifel van de schouwburg Friedrichstadt-Palast.

Nu werden de Herzogs gezien als besmettelijke wormen, een schande, en een gevaar. Op de dag dat hun zoon werd meegenomen hielden mensen op hen te begroeten, en het stel hield zich bezig met hun breekbare lampen om maar iets omhanden te hebben. We hebben allemaal licht nodig, dachten ze hoopvol. Toen hun winkel was vernield, sloten de Herzogs zich op. Ze gingen alleen af en toe naar buiten om naar de markt te gaan of naar het politiebureau, om te vragen waar hun zoon was. Op een dag kregen ze een brief uit Sachsenhausen: hij was gestorven aan een longontsteking. Toen ze het lichaam zagen, zat er opgedroogd bloed op zijn polsen en een dunne, paarse streep om zijn nek. Zijn lippen waren gezwollen en zijn tong was alleen nog een stuk droog vlees. Vanaf die dag verzonken de Herzogs in een ijltoestand.

'We lijken wel dieren die hun eigen soort opeten,' zei Albert nu, starend naar de kom dampende soep die Ally voor hem had neergezet.

'En het ergste is dat we er uiteindelijk aan gewend raken.' Ally's stem klonk bijna onhoorbaar.

Ze woonden onder hetzelfde dak, waren elkaar talloze keren gepasseerd in de gang en nu, bij het diner in het flakkerende kaarslicht, hadden ze dezelfde uitdrukking vol smart op hun gezicht. Ally besefte dat de Herzogs de naam van hun zoon de hele avond niet hadden genoemd en ontzet beloofde ze zichzelf dat Lilith altijd zo zou heten, waar ze haar ook naartoe stuurden. Ze zou altijd Lilith zijn, voor zichzelf en voor alle anderen.

Het meisje bleef in haar kamer, waar ze Nadine aan- en uitkleedde. Ze maakte de vlechten en wollen strikken los, alsof ze probeerde haar te herscheppen, meer als zichzelf. Ze was nog steeds getraumatiseerd door het bezoek van de soldaten. Ze gaf de pop instructies hoe ze zich tegen andere mensen moest beschermen en herhaalde die eindeloos. De Herzogs hadden Lilith een paar keer gezien en wisten dat ze anders was, net zo anders als zij volgens anderen waren. Toen Herr Professor met hen over Lilith praatte, benadrukte hij haar extreme intelligentie, haar talenknobbel, haar obsessie met getallen, haar uitgebreide woordenschat...

'Een klein genie, dat doelloos ronddrijft. Ze is Berlijn ontgroeid,' vertelde hij hun.

De Herzogs keken elkaar zwijgend aan, alsof ze vonden dat hij overdreef, zoals een liefhebbende vader zou doen. Hoe kon zo'n jong meisje zo briljant zijn?

Ze waren al klaar met eten toen Franz het appartement binnenkwam. Zijn stem ging hem vooruit: sterk, krachtig, zijn woorden hadden een vriendelijke echo.

'Ik hoop dat jullie een fijne avond hebben gehad,' zei hij als begroeting.

Alleen zijn gezicht werd verlicht, waardoor zijn blauwe ogen aangenaam grijs werden. Ook al droeg hij zijn uniform, toch bracht Franz een gevoel van vrede mee. Albert en Herr Professor stonden op. Beatrice plukte nerveus aan het sierlijk geborduurde witte linnen servet en bekeek aandachtig elke steek. Met het zelfvertrouwen van de man des huizes nam Franz plaats aan het hoofd van de tafel. Aan het andere eind lachte Ally met een vleug hoop in haar ogen. Omdat ze niets van de gespecialiseerde commissie had gehoord, was ze ervan overtuigd dat de enige mogelijkheid om Lilith te redden was door haar naar een ander continent te sturen, haar op te geven. Haar dochter had de drie onderzoeksniveaus niet gehaald, haar intelligentie was als wapen niet effectief genoeg. Eén druppel onzuiver bloed was genoeg om haar te veroordelen.

Ally's gedachten schoten alle kanten op. Haar maag verkrampte en ze was bang dat ze misselijk zou worden. Ze excuseerde zich, rende naar de badkamer, liep naar de wastafel en keek in het spiegeltje, de enige spiegel in haar huis. Doordat het rookglas was en er geen zilveren laagje overheen zat, gaf het geen eerlijk beeld. Ze deed het licht aan en zag dat de schaduwen haar gezicht weer aanvielen. Ze was ouder geworden. Ze was een erbarmelijke oude vrouw geworden. Wanhoop maakte haar beroerd. Angst had haar verpest. Ze was ook gewoon een domkop.

Met een vermoeide blik ging ze terug naar de tafel. Franz glimlachte. Franz was de enige hoop. Franz was de redder. Ze zou haar hele leven bij hem in het krijt staan, hoe kort of lang dat ook mocht zijn.

'Ze waren hier,' zei Ally. 'Franz, ze kwamen haar halen. Ze wilden haar meenemen.'

'Er is één mogelijkheid,' zei Franz. 'Er is een land...'

'Het is zelfs niet meer veilig om 's avonds naar buiten te gaan,' vervolgde Ally. 'Ze kunnen haar zo bij me weggrissen.'

'Cuba,' zei Franz.

'Cuba? Moet ze naar Cuba? Hoe bedoel je?' vroeg Ally.

'Ik heb hun vergunningen om aan land te mogen al, van het Cubaanse ministerie van Werkgelegenheid. Met die vergunningen heb ik een aanvraag gedaan voor een paspoort voor Lilith. Dat is over een paar weken klaar.'

'Zomaar? Is het zo eenvoudig? Ik dacht misschien aan Engeland.'

'Naar een eiland,' zei Franz in een poging haar te sussen. 'Het is een veilige plek.'

De oceaan zou de grens vormen, de muren van het fort. De oceaan was onoverwinnelijk.

'Na de gebeurtenissen van vandaag en na wat jou een maand geleden is overkomen...' Herr Professor zweeg, omdat hij het gevoel had dat hij voor zijn beurt praatte.

Iedereen zweeg. Toen praatte Franz verder tegen de Herzogs.

'Jullie zouden vanuit Hamburg vertrekken. De reis duurt ongeveer twee weken. Jullie zouden heel comfortabel reizen op het lijnschip, in eersteklashutten...' Franz' stem stierf weg.

'Een Cubaans schip?' was de enige vraag die Albert durfde te stellen.

Het duurde een paar seconden voordat Franz antwoordde. Voordat hij wat zei, keek hij naar de anderen.

'Een schip onder de Duitse vlag, maar maak je daar maar geen zorgen over.'

'Waarom zouden ze veilig zijn op een Duits schip?' vroeg Herr Professor. 'Wat voor belang hebben zij erbij om hen te redden?'

Geen antwoorden, alleen stilte. Ally's gezicht stond berustend.

De vertrekdatum van het schip stond al vast. Ze zouden over drie maanden afvaren, op de avond van zaterdag 13 mei.

'Twee maanden na Liliths achtste verjaardag,' zei Ally en ze stond op.

Met trillende handen pakte ze de soepterrine en bracht hem naar de keuken. 'Het is koud als je de open zee bereikt. Lilith zal haar winterjas nodig hebben,' zei ze.

Beatrice hielp Ally met afruimen. Ze stapelde de porseleinen borden uiterst zorgvuldig op. Ze wisselden geen woord met elkaar. Beatrice keek af bij Ally en borg de borden, het bestek en de glazen op in de keuken. Ally bleef staan om naar haar te kijken en zag zichzelf in de oudere vrouw. Zou zij net als Beatrice kunnen overleven zonder haar kind? Zou ze elke dag wakker worden en de seconden tellen tot het avondeten, de tafel afruimen en weer naar bed gaan om tot de volgende dag te slapen? Er was geen gisteren, vandaag of morgen. Haar koninkrijk was al aan het wegglippen.

Toen Ally Beatrice' voorzichtigheid zag, pakte ze haar handen. Die waren koud, klam.

'Franz helpt ons. Je kunt hem vertrouwen. Hij is een goede man, Beatrice. Er zijn nog een paar fatsoenlijke Duitsers over.'

Beatrice knikte, maar hield haar blik neergeslagen.

Ally liep terug naar de eetkamer. Beatrice kwam achter haar aan met een stijve glimlach om haar lippen. Ze namen allebei afscheid van Herr Professor. Ally knuffelde en kuste de oude man alsof het de laatste keer was. Hij vertrok met gebogen hoofd, zich ervan bewust dat het einde snel naderde. Hoe zou zijn leven zijn zonder Lilith? Franz ging naar de woonkamer en liet zich op de bank vallen.

Toen Ally terugkwam in de woonkamer stonden de Herzogs al bij de deur. Beatrice draaide zich om en omhelsde haar.

'Paul. Hij heette Paul,' fluisterde Beatrice in Ally's oor.

Haar ogen lichtten op toen ze over haar zoon sprak, en ze pakte de arm van haar man. Toen de Herzogs vertrokken, ging Ally snel naar Liliths slaapkamer, zo haastig alsof ze bang was dat ze iets kostbaars was kwijtgeraakt en het wanhopig zocht. Daar was Lilith, ze sliep, met het licht aan.

Ally ging terug naar de woonkamer, getroost nu ze wist dat haar dochter veilig in de kamer ernaast lag. Ze was nu alleen met Franz en liet zich aan het andere eind van de bank vallen, ver bij hem vandaan. Ze deed haar ogen dicht en probeerde zich, wegzinkend in de kussens en de staalblauwe deken die ooit van haar moeder was geweest, te herinneren wanneer de pijn van het verlies van Marcus minder was geworden, en ze probeerde te bedenken of het net zo lang zou duren om over het opgeven van haar enige dochter heen te komen. De dappere jonge vrouw die langs de oever van de Düssel had gewandeld met een man met wie ze zou zijn weggelopen, die ze in het openbaar had omhelsd en gekust, was nu een geestverschijning geworden.

Franz deed de woonkamerlamp uit en kleedde Ally voorzichtig uit. Ze was bijna doorschijnend in het donker. Ze had het gevoel dat ze dankbaar moest zijn. Voor wat hoort wat. Het idee dat hij haar aantrekkelijk vond, op een of andere manier van haar hield, bezorgde haar op een bepaalde manier plezier. Ze liet zich meevoeren door zijn liefkozingen, door de warmte van zijn zoenen. Elke keer dat hij zich tegen haar aandrukte, gingen haar gedachten naar andere plekken. Ze zag zichzelf midden op de oceaan, doelloos drijvend in het donker. In het ondoordringbare water kon ze Marcus vergeten, Lilith. Het was het enige moment dat ze ophield te bestaan, en op dat vluchtige moment was ze gelukkig.

9

Een maand later
Berlijn, maart 1939

Er was een taart met acht witte kaarsjes.

De Herzogs, Franz, Herr Professor en Ally stonden samen aan één kant van de ovale tafel naar Lilith te kijken. Zij stond aan de andere kant, met haar lappenpop in haar armen en haar ogen strak op de kaarsjes gericht, te wachten tot ze werden aangestoken. De rest van de kamer was in duisternis gehuld.

Er was een roze envelopje zonder opschrift.

'Als ik de kaarsjes uitblaas, mag ik dan één laatste wens doen?' vroeg Lilith, verdiept in haar gedachten.

Haar eerdere wensen waren nooit uitgekomen, maar ze moest het nog één keer proberen.

Er was ook een indigoblauw doosje, zo groot als haar vuist.

'Natuurlijk,' zei Beatrice. 'Wens maar honderdtwintig jaar geluk.'

'Probeer er deze keer eens eentje die binnen bereik is,' stelde Herr Professor voor. 'Vraag niet om de maan, want die is van iedereen. Hoe kan ik nou vragen of hij alleen voor jou schijnt?'

'Wat vind je dan van een hond? Dat is toch makkelijk?' zei Lilith.

'Wat voor hond zou je willen? Een Duitse herder?' stelde Herr Professor voor.

'Waarom zou ze een Duitse hond willen?' vroeg Albert. 'Een kat zou beter zijn, om het even welke kat.'

'Ja, dat is een goed idee.' De professor speelde het spelletje mee. 'Katten maken minder lawaai, ze zijn minder veeleisend. Je kunt ze hun eigen gang laten gaan, ze hebben geen mensen nodig die de hele tijd voor hen zorgen.'

'Ik wil een kat zijn!' zei Lilith.

'Dat is helemaal geen slecht idee. Laten we allemaal in katten veranderen! Kom op, Ally. Vanaf nu zijn we allemaal katten. Sluit je ogen en wens het maar.'

Ally had de hele avond niets gezegd, alsof ze haar dochter al probeerde te laten wennen aan een leven zonder haar.

Ze bleven met zijn zessen een tijdje in het donker zitten staren naar de gedoofde kaarsjes en de rookkringels. Toen ging plotseling de telefoon. Die had al heel lang niet gerinkeld. Ally reageerde niet. Beatrice schrok. Iedereen verstijfde en bewoog zich niet tot het rinkelen was weggestorven, alsof het geluid uit een ander appartement was gekomen.

Lilith pakte Franz' hand en ging met hem de kamer uit. In het halletje keek ze hem in de ogen.

'Maak je maar geen zorgen,' zei Franz tegen haar en hij streek een paar opstandige krulletjes van haar voorhoofd.

'Ik wil mijn paspoort zien.'

'Dat heeft je moeder. Ze geeft het binnenkort wel aan Albert.'

'Laat het me zien,' zei ze.

'Oké. Dan gaan we weer naar binnen en vragen het je moeder.'

'Nee. Ga het maar halen en laat het me zien, alsjeblieft.'

Franz keek verbaasd en ging de woonkamer weer in. Door het lamplicht had de kamer de kleur van as gekregen. Lilith wachtte op hem en voelde zich alsof ze in een andere dimensie was beland. Ze voelde zich helemaal alleen.

Op haar achtste verjaardag wilde Lilith zich voelen alsof ze opnieuw geboren werd. Het was het begin van het afscheid, de enige manier waarop haar moeder weer vredig kon ademen. Lilith begreep dat ze niet voor eeuwig verstopt konden blijven. Ze had ermee ingestemd zich te onderwerpen aan de naspeuringen, verhoren en medische onderzoeken omdat ze niet tegen haar moeder en opa in wilde gaan, maar vanaf de dag dat ze zeven was geworden wist Lilith al wat haar lot zou zijn. Haar eerste overlijden was begonnen. Had haar moeder niet in een gedicht geschreven dat je alleen maar wordt geboren om vele keren te sterven? Een kat. Ze had graag willen gaan slapen en dan wakker willen worden als kat.

Ze had nooit begrepen waarom ze geen land konden vinden dat hen allemaal zou accepteren. Waar ze met haar moeder, Franz en opa een nieuw leven kon beginnen, ver van de Germaanse idealen van perfectie. Ze zouden een nieuwe taal leren, of zo veel talen als nodig was, en konden zelfs hun eigen taal vergeten als ze dat wilden. Waarom zouden ze Duits nodig hebben? Ze kon de achternaam van haar held, Owens, al in perfect Engels uitspreken, niet als O-vens zoals degenen die hem in het Olympisch Stadion hadden toegejuicht.

Nu was ze, in plaats van een Keller te blijven, toegetreden tot een andere stam, had ze tegen Herr Professor gezegd. Plotsklaps was ze een Herzog geworden. Ze was niet langer een zwarte Duitse, ze was een Joodse. Op welke van deze twee zonden stond de grootste straf?

Ze zou op een eiland gaan wonen, met een nieuwe identiteit en een nieuwe familie. Ze zou een nieuwe taal leren, deel gaan uitmaken van een nieuwe cultuur en het verleden volledig uitwissen. Morgen bestond niet meer voor Lilith, en vanaf deze avond begon ze een geheim plan te smeden. Ze wilde er niet over dromen, om te voorkomen dat ze het vernietigde; één misstap kon haar verraden.

'Alsjeblieft.' Franz onderbrak haar gedachten en gaf haar het paspoort met het hakenkruis op de heilige adelaar.

Ze deed het voorzichtig open, alsof het een vals document was, waarvan de inkt misschien verdween als ze eroverheen streek. Ze herkende zichzelf niet in de foto op de groenige pagina's. Ze las de dag, de stad en het land van haar geboorte, en uiteindelijk ook haar naam: Lilith Herzog. Eronder stond een grote rode letter gestempeld: 'J'.

Ze gaf het paspoort aan Franz terug met een glimlach zo breed als die op de foto en gaf hem een knuffel. Hier was de bevestiging: de drie commissieleden hadden blijkbaar besloten dat ze tot een inferieur ras behoorde.

'Lichtstraaltje van me,' mompelde hij.

'Tijd voor taart,' zei ze. Ze draaide zich om en ging terug naar de woonkamer.

Lilith pakte een bordje en nam een hapje van de slagroomtaart, maar het smaakte haar niet.

Eindelijk was het tijd om cadeautjes open te maken. Dat verwachtten ze van haar, hoewel ze het liever in haar eentje had gedaan zodat ze niet hoefde te glimlachen, geen vriendelijke gebaartjes hoefde te maken en niet iedereen met knuffels en kussen hoefde te bedanken.

Ze pakte het indigoblauwe doosje op en deed er een paar minuten over om het open te maken. Iedereen keek naar haar. Ze pakte er een gouden ketting met een kruisbeeldje uit. In het centrum van het kruis zat een robijn. In de achterkant zat een inscriptie: Lilith Keller. Het was een cadeau van opa.

'Zodat je nooit vergeet wie je bent.'

'Soms is het beter om het te vergeten,' onderbrak Ally.

'Ik denk niet dat ze het om moet hebben op de dag dat we vertrekken,' zei Albert. 'Of als we op Cuba zijn...'

'Ze kan het in haar koffer bewaren,' vond Herr Professor ook. 'Het zal je amulet zijn,' zei hij tegen Lilith.

Het meisje legde de ketting weer in het doosje en maakte de roze envelop open. Er zat een gedicht in. Ze las de titel: *De nachtreiziger*. Ze vouwde het papier weer dicht en stopte het terug in de envelop. Die deed ze bij de cadeautjes in de zak van haar jurk.

Ze liep naar haar moeder, gaf haar een knuffel en een kus.

'Ik zal het gedicht lezen als ik naar bed ga,' fluisterde ze in haar oor.

Ally liep al redderend heen en weer naar de keuken. Ze ontweek Beatrice' ogen; de oudere vrouw zag er verloren uit.

Ja, het tijdstip van verlies is vastgesteld, dacht Ally.

Ally en Beatrice ruimden de tafel af en maakten de keuken schoon. Lilith ging naast Herr Professor op de bank zitten. Albert nam afscheid en ging terug naar zijn appartement.

'We moeten even gaan wandelen,' zei Ally tegen Franz, en ze trok haar jas aan.

'En Lilith dan?'

'Ze is druk met haar opa. God weet waar ze over discussiëren.'

Ze liepen samen met Beatrice de trap af, en Ally nam afscheid van haar.

'Ik zal je voor altijd dankbaar zijn,' zei Ally.

'Je moet Franz bedanken, hij heeft het allemaal geregeld,' zei Beatrice.

Beatrice stapte de drempel van haar appartement over met haar blik strak op de mezoeza gericht, maar deze keer streek ze er niet overheen met haar vinger. Niets of niemand kon haar beschermen. Ze zou haar thuis verliezen.

'Ik heb frisse lucht nodig,' zei Ally, en ze opende de voordeur.

Er hing nog steeds een rookwolk onder de Berlijnse hemel. De lucht was bijna verzadigd van kruit, as, de geur van leer en metaal. De straten lagen nog steeds bezaaid met glasscherven. Ze liep arm in arm met Franz. Naast hem voelde ze zich vrij. Als het erop aankwam, was ze haar eigen vijand, hield ze zichzelf voor. Het was haar eigen beslissing geweest om haar dochter met twee onbekenden naar een eiland te sturen en te hopen dat ze voor haar zouden zorgen.

Met hun blik op de grond gericht staken Franz en Ally de Oranienburgstrasse over, die in dikke mist was gehuld. De rook hing er altijd, alsof het vuur dat een van de imposante gebouwen had vernietigd weigerde te doven. Ally voelde plotseling dat de stad een ruïne was geworden, belegerd werd, in oorlog was. Ze smeedde plannen voor haar afscheid, dat een soort overgave was geworden. Haar dochter was onder de Berlijnse hemel geboren; ze had haar onder de bomen van Tiergarten verborgen. De nacht was altijd van hen geweest, maar dat was niet langer zo.

'Moeten we niet terug?' vroeg Franz teder.

'Hoe ver terug kunnen we?' antwoordde Ally met een trieste glimlach.

Plotseling had ze de aandrang om naar het huis van Franz' moeder in Weissensee te gaan, om de stoïcijnse weduwe Frau Bouhler een bezoekje te brengen. Ze zou tegen haar zeggen dat haar zoon veilig was, dat zijn vriendin haar vergissing van de hand zou doen, dat haar zoon niet langer bang hoefde te zijn om geschorst te worden van de universiteit, of afgewezen, of veroordeeld tot de andere kant, dat Lilith zou ophouden te bestaan. De avond waarop ze kennismaakte met Marie Bouhler had ze de verrukking op het gezicht van de vrouw gezien; ze had haar geaccepteerd op het moment dat ze de woonkamer met donker luthers meubilair binnenliep. Haar zoon was verliefd op een Arische vrouw die heldhaftige soldaten kon voortbrengen om de Führer te dienen.

Tijdens het avondeten dat ze die avond samen genoten, straalden haar ogen omdat ze bij haar zoon was. Ze herinnerde zich die keer dat ze samen naar het Berlin Sportpalast waren geweest en voor het eerst in levenden lijve de man hadden gezien die voorbestemd was om zijn land uit de ellende te trekken, om Duitsland te redden. Een seconde in aanwezigheid van Hem was voldoende om voor altijd getransformeerd te zijn, zei ze. Hij had haar aangesproken, haar in de ogen gekeken als een goede vriend die op bezoek kwam, alsof haar geweten tegen haar praatte, alsof iemand anders haar gedachten onder woorden bracht. Frau Bouhler wist nog wat ze die dag droeg. Ja, het was koud, maar ze was direct opgewarmd. Ze hadden urenlang gewacht, te midden van gejuich en marsen. Het was een emotionele avond. Zijn eerste toespraak als rijkskanselier, een onvergetelijk moment in de geschiedenis. Echte Duitsers, degenen die op Hem hadden gestemd, het volk, hadden die dag naar de Führer geluisterd. Frau Bouhler kon zelfs uit haar hoofd zinnen uit die toespraak opzeggen: *Er was een tijd dat een Duitser alleen maar trots kon zijn op zijn verleden; toen het heden niets dan schaamte veroorzaakte.*

'Ziet u, Fräulein Keller? Had Hij geen gelijk? Tegenwoordig kunnen we trots zijn op het nieuwe Duitsland, en mijn zoon maakt daar deel van uit.'

Ally stak net een stukje brood in haar mond en richtte zich erop de ingrediënten te ontcijferen: de hoeveelheid bloem, vet, gist. Er zat iets te veel gist in. Ze probeerde zich te herinneren waar ze die 10e februari was geweest, welke jurk ze droeg. Ze vermoedde dat ze Lilith had voorgelezen, waarschijnlijk een legende, een verhaal over elfjes en betoverde bossen. Of over hoog in de lucht wegvliegen. Maar ze wist het niet meer. Haar geest was wazig.

Frau Bouhler daarentegen herinnerde zich nog elke seconde. Ze zag zichzelf weer te midden van de euforie, met de duizenden uitzinnige mensen waarmee het Sportpalast was gevuld en die elk woord van Hem, elk gebaar van Hem gretig in zich opnamen. Ze zei dat elke adempauze gevuld werd met kreten. Dat elke keer dat Hij zweeg, iedereen zijn arm in de lucht had gestoken met een *Heil!* Dat er een rode vlag hing met een witte cirkel en daarin een zwart hakenkruis. Dat de mensen beschermd werden door de soldaten, dat de soldaten het volk waren, dat Hij had beloofd dat er geen ongelijkheid meer zou zijn, dat ze niets meer te vrezen zouden hebben. Dat niemand hun kinderen zou weghalen, hun bedrijf zou overnemen, hun fortuin zou stelen. Dat er een eind zou komen aan honger en dat iedereen een thuis zou kunnen opbouwen. Dat vrouwen in alle vrijheid de beste vruchten uit hun zuivere en gezonde schoot zouden kunnen voortbrengen.

Vóór die dag was Frau Bouhler nooit geïnteresseerd geweest in politiek. Ze was nooit naar een bijeenkomst of demonstratie geweest. Ze had nog nooit een toespraak van een leider helemaal afgeluisterd. Was ze nog maar jong, zei ze, had ze maar opnieuw kunnen beginnen, herhaalde ze en ze liet met glazige ogen die zin in de lucht hangen. Maar in elk geval had ze haar zoon. Het was een fantastische kans voor een hele generatie.

'Ik droom ervan dat mijn zoon in de voetstappen van zijn vader treedt,' zei Frau Bouhler. 'Ik droom ervan dat hij een dappere soldaat wordt, een eerzaam lid van de Partij. Dat is het minste wat we kunnen doen voor de man die Duitsland heeft gered,' vervolgde de vrouw, terwijl Franz Ally's hand pakte.

Franz besefte dat Ally mijlenver weg was. Ze kwam slaperig over. Haar bewegingen waren traag, bedachtzaam. Op dat moment stelde Ally zich voor naast Marcus, zij aan zij, terwijl ze zonder praten communiceerden: een aanraking, een glimlach was genoeg. Marcus? riep ze hem in stilte toe. Hoe zou haar leven zijn geweest met Marcus? Stel dat ze een vergunning hadden gekregen om het land te verlaten, een visum. Maar voor hen was er geen uitweg. Ze waren gedoemd. Alleen voor Joden waren vluchtelingenquota. Alleen Joden konden een vergunning krijgen om uit het land te vertrekken, maar er waren maar weinig plekken waar ze welkom waren.

'Ik hou van je, Ally.' Franz' stem bracht haar terug naar het he den.

Ally keek hem liefdevol aan. Zei hij nou voor het eerst dat hij van haar hield?

'Ik hou van jou,' antwoordde ze. 'Hoe zou ik niet van je kunnen houden?'

Ze bewonderde de jongeman die het risico nam een relatie te hebben met een vrouw met een Mischling. Maar ze was ervan overtuigd dat Franz nooit een toekomst met haar zou hebben, en zij had geen toekomst zonder haar dochter.

***

Ally stelde zich voor dat ze over twee maanden, op de dag van vertrek, zou baden in jasmijnwater; de geur zou een blijvende herinnering zijn. Ze zouden in verschillende auto's op weg gaan. De Herzogs en Lilith in de ene, zij en Herr Professor in de andere. Ze zouden haar vanuit de auto zien vertrekken. Lilith zou zich omdraaien, naar haar kijken en lachen. Zo zou ze haar voor de laatste keer zien: ze hield Beatrice' hand vast, het koffertje sleepte bijna over de grond en bevatte alles wat ze nodig had om de oceaan over te steken, namelijk de ketting met het kruisbeeld, haar moeders gedicht en Nadine, de lappenpop.

Wanneer het moment zou aanbreken dat ze over de loopplank naar boven moesten gaan, zou Ally overweldigd worden door emoties en van de auto naar haar dochter rennen, omdat ze wist dat ze haar nooit kon opgeven. Lilith zou weer blij zijn, dankbaar. Ze zouden het paspoort verscheuren waarin ze een Herzog werd genoemd, en het in zee gooien. Ja, ze zouden met een knuffel en een kus afscheid nemen van Beatrice. Albert zou al op het dek zijn. Beatrice zou heel even aarzelen. Zou ze weggaan, of hier blijven, bij het stoffelijk overschot van haar zoon?

Ally en Lilith zouden samen teruglopen naar de auto. Ze zouden achterin gaan zitten, naast Herr Professor. Ze zouden weer een gezin zijn en aan de gruwelen ontsnappen. Ze zouden met de trein gaan, rivieren en bergen oversteken, ver weg van het land waar ze ooit deel van hadden uitgemaakt. Als ze konden, zouden ze het Kanaal naar Engeland oversteken, zouden ze zich door de zee laten bevrijden.

Maar het meisje in dit verhaal had niet Liliths gezicht. En de oude man was niet Herr Professor. Er waren geen treinen. Ally was gewoon iemand in een zee van onbekenden.

Je droomt van vrijheid zoals je droomt over God, zei ze tegen zichzelf. Dromen over God verleidt ons ertoe te geloven dat we het onverdraaglijke kunnen verdragen.

Maar dromen, en God, waren betekenisloos geworden voor haar.

Haar dochter zou vertrekken. Het schip zou wegvaren uit de haven. Ze zou in de auto met Herr Professor terugkeren naar Berlijn. Er zouden geen knuffels of kussen zijn. Niemand zou een traan laten.

10

Twee maanden later
Hamburg, mei 1939

Avond. Schijnwerpers op de drie beambten die achter een tafel naast het looppad zaten. Albert Herzog gaf hun de documenten, één voor één: paspoort, Cubaanse inreisvergunning, reçu voor de bagage, vervoersbewijzen, de drie biljetten van tien Reichsmark. In de gloed van de lampen zagen Alberts wenkbrauwen er borstelig uit, zijn ogen waren bijna verdwenen. Het was niet te zien of ze vochtig waren van de tranen. Lilith had de ketting en haar lappenpop. Niemand vroeg naar het gedicht dat ze verstopt had in de rechterzak van haar wollen overjas. Die jas zou ze op Cuba niet nodig hebben, daar was ze zeker van. Voor Lilith leefde het gedicht, had het een hartslag. Ze voelde het door de stof heen.

Niemand lette op de kleur van haar huid. In het donker hebben we allemaal dezelfde kleur, zei ze tegen zichzelf, en zo probeerde ze kalm te blijven. Ze wist dat haar angst haar kon verraden. Het hier en nu kon oplossen door een vergissing. En dan was ze gedoemd. Met haar haar strak achterover en bedekt met een zwarte wollen muts verdacht geen van de beambten haar. Lilith had altijd geprobeerd in de schaduw te blijven. Ze was een Herzog, het rode stempel op de eerste bladzij van haar paspoort: de 'J'.

Lilith zong, of eigenlijk neuriede ze een melodie die de anderen niet herkenden en ze pakte Beatrice' koude hand. Die voelde kapot, alsof alle botten in haar lichaam versplinterd waren. Ze keek op en zag dat mevrouw Herzog rode vlekken in haar nek kreeg. Ze stort in, dacht ze. Ze gaat huilen. Ze valt flauw.

'Mama.' Het was de eerste keer dat ze haar zo noemde. 'Wanneer worden we naar onze hut gebracht?'

Lilith wilde klinken als een braaf meisje, met goede manieren. Een lief meisje dat net had leren lezen. Ze klemde haar lappenpop – blank, blond, in het blauw gekleed – onder haar arm. De naam Nadine was in het rood op het witte schortje geborduurd. Mevrouw Herzog hoorde haar niet. Ze was verstrikt in haar eigen doodsangst.

'Dit is het grootste schip dat ik ooit heb gezien,' praatte het meisje verder.

De beambte met de doorzichtige ogen gaf de paspoorten terug aan Albert, zonder een blik op de vrouw of het meisje te werpen. Ze waren zijn schaduw. Soms maakt angst je onzichtbaar. Dan is het een manier om jezelf uit te wissen. Maar één misstap en ze konden worden tegengehouden.

Ze moesten verder, weg van de priemende blikken van de anderen. Lilith telde haar stappen, één voor één. Ze hadden haar nog steeds niet opgemerkt. Lilith liep achter Beatrice aan. De beambte hoorde haar stem, haar Duitse accent, haar beschaafde zinnen. Ze moest een grammaticaal foutje maken, ze moest spreken als een dom meisje om geen achterdocht te wekken. Ja, iedereen keek naar haar.

'Eén stap, twee stap, helemaal de loopplank op!' zong Lilith. Welk gedicht zou Herr Professor op zo'n moment opzeggen? dacht ze.

Ze wilde net de scheidslijn overstappen, die eeuwigdurend was en voortdurend veranderde, toen ze plotseling het gevoel had dat ze gevolgd werden. Ze kon niet zien wie er achter haar was. Maar ze konden ongetwijfeld een Rijnlandbastaard herkennen, een smerige Mischling, misschien door hoe ze liep of door haar maniertjes. De beambten herkenden haar; de bedriegster, de zwarte. Er was nog steeds weinig licht. Lilith verschool zich in het donker. Onzichtbaar kwam ze boven.

Haar hart klopte met een oorverdovende snelheid. Iedereen om haar heen kon haar angst bespeuren, kon eindelijk de echte kleur van haar huid zien, haar vervloekte haar verstopt onder een wollen muts die zo donker was dat haar gezicht er lichter door leek. Alles was tot in het kleinste detail uitgedacht door haar redders, degenen die besloten haar de afgrond in te sturen. Uiteindelijk waren de maskers toch niet genoeg. Iedereen die zich erop toelegde, heel even bleef staan om naar haar te kijken, had direct geweten dat ze geen Herzog was. Beatrice' gepijnigde ogen, Alberts tegenzin, en de afstand tussen Lilith en haar denkbeeldige ouders zouden al het bewijs zijn dat de beambten nodig hadden.

Als het eiland onder een eindeloze zon lag, zou ze daar haar echte schaduw vinden. Ze zou een grote boom zoeken en daarvan voor altijd haar thuis maken.

Toen ze bovenaan was en het dek op stapte, draaide Lilith zich om en botste tegen de kapitein aan. Deze elegante man, gekleed in wit en zwart, lichtte zijn pet en boog voor haar. Hij was heel anders dan de kapitein uit het verhaaltje voor het slapengaan dat haar moeder en opa haar hadden verteld. Deze kapitein ontvoerde geen verdwaalde kinderen, bond geen prinsessen vast aan rotsen in lagunes en gooide hen niet midden op zee overboord.

'Welkom op de St. Louis,' zei Kapitein-zonder-haak.

Lilith slaakte een zucht en keek even waar de vijanden waren. De beambten zaten nog op het controlepunt, waar ze de rode 'J' als een onuitwisbaar litteken in de paspoorten stempelden. Andere gezinnen klommen aan boord.

'Mama?' wilde ze roepen toen ze naar de haven keek. De anderen waren daar beneden, verloren in eeuwige verlatenheid. Ze keek naar degenen die afscheid namen op de kade, het voorzichtige zwaaien, ervan overtuigd dat niemand hen kon zien, dat ze al uit het geheugen waren gewist van degenen die hen redden, terwijl zij op het trans-Atlantische lijnschip ontsnapten naar het beloofde eiland.

De vorige avond had ze op de bank tussen haar moeder en opa in gezeten. Ze staarden met z'n drieën naar de asresten van het vuur.

'We zien elkaar weer,' zei opa met overslaande stem. 'Ergens op de wereld.'

Lilith had het gevoel dat ze hem nooit meer zou zien, dat dit hun laatste avond was. Ze gaf hem een stevige knuffel om hem te troosten.

'Kleintje,' zei opa, en Ally begon te huilen.

'Mama...'

Lilith zweeg. Ze had de energie niet meer om hen te troosten. Haar lippen begonnen te trillen. Ze had het koud, ze was bang.

Die laatste nacht sliep ze niet. Ze zou pas weer gaan slapen als het schip op volle zee was.

Ze deed haar ogen open en zag dat ze bij de reling van het schip stond. Onder haar waren mannen en vrouwen druk aan het gebaren. Ze namen afscheid van haar, dacht ze. Lilith zwaaide een laatste keer met haar rechterhand, maar nu was zij degene die niet gezien kon worden. Ze verdween in de mensenmassa op het dek. Ze zwaaide heftig, tevergeefs hopend dat haar moeder haar zou zien.

Ze was alleen. De Herzogs hadden zich omgedraaid. Het was tijd om haar plan uit te voeren. Niemand zou op een meisje letten. Iedereen was druk bezig afscheid te nemen van degenen die ze hadden verloren. Ze liep naar stuurboord, waar minder passagiers waren. Daar zou ze een plekje zoeken, uit de buurt van de reddingsboten. Met haar armen in de lucht zou ze op het ritme van haar hartslag tot tien tellen, waarna ze zich in de leegte zou storten. Door de hoogte zou ze onder water verdwijnen, naar de plek waar het het donkerste was. Ze zou alle lucht die ze in haar longen had gezogen loslaten en zou op het ritme van de bellen naar het oppervlak stijgen. Ze zou naar de kade zwemmen en het controlepunt ontwijken waar sommige passagiers nog steeds op registratie wachtten. Ze zou weer op adem komen en wachten op het pistoolschot dat de start van de belangrijkste wedstrijd van haar leven zou aangeven. Net als Jesse zou ze op haar plaats gaan staan, zich klaarmaken: eerst haar voorhoofd, dan haar schouders en borstkas, en dan zou ze met de wind in de rug gaan rennen en niet omkijken, zodat ze niet in een zoutpilaar zou veranderen. Het enige probleem was dat ze niet kon zwemmen. Ze zou zich tot in de oneindigheid moeten laten zakken, tot daar waar zelfs het maanlicht niet komt, met haar rug naar het wateroppervlak.

Haar moeder was intussen een stipje in de verte geworden, net zo ver weg als haar leven in Berlijn. Voor Ally was het zwart-wit-rode trans-Atlantische lijnschip een enorme dodenstad. Er was een voor en een na. In grafstenen werden twee data uitgehakt, de grenzen die de omvang van het graf bepaalden: je geboortedag en je sterfdag. In deze beperkte periode gebeurde alles. De behoefte om de pijn van een ander op je te nemen om je eigen pijn af te weren was heel sterk. Er is altijd iemand slechter af dan jij, zei ze tegen zichzelf. Liefde overwint alles. Iets anders dan gemeenplaatsen had ze niet meer.

Lilith herinnerde zich het afscheid niet, ook al was het er wel geweest. Voor haar was de laatste keer dat ze haar moeder had gezien in bed, waar ze samen verhaaltjes voor het slapengaan lazen. Waarom zou ze zich willen herinneren hoe ze eruitzag in de haven, of toen ze huilend op de bank zat? Ally en opa vervaagden al in haar geheugen.

Lilith wierp zichzelf niet overboord, maar begaf zich naar een andere afgrond: die van de hutten. Ze wurmde zich langs mensen heen die nog steeds strak naar de haven keken. Ze zag dat de lucht helemaal leeg was; de wolken, de sterren, zelfs de maan had haar verlaten.

'Nu ben ik alleen met de nacht.'

Haar woorden verdronken in de rivier.

In hun hut hoorden de Herzogs de lange stoot op de scheepshoorn die hun vertrek naar het grootste eiland van het Caraïbisch gebied aangaf. Ze kropen in bed en hielden elkaars hand vast. Toen Lilith door de patrijspoort keek, rook ze de geur van jasmijn. Ze werd licht in het hoofd. Het schip voer langzaam weg van de kade.

Al snel werd de haven in de verte kleiner. Ze wist dat ze eerst over een rivier zouden varen, dan de zee op zouden gaan en uiteindelijk de oceaan.

'Van de Elbe naar de Noordzee,' zei ze hardop en ze stelde zich haar opa voor als kind, die vakantie vierde in de duinen aan de rand van een eindeloze oceaan.

Op de Noordzee besproeiden de golven die tegen de metalen romp sloegen het dek met zout water. Ze keek op naar de hemel, maar kon geen enkele ster ontwaren. Ze kneep haar ogen dicht, zoals het doek na een toneelstuk door zijn eigen gewicht tot op het podium zakt. Ze was gered.

Ze was duisternis.

T W E E D E   B E D R I J F

11

Drie jaar later
Havana

'Ze zijn hier, ze zijn overal,' hoorde Lilith Beatrice zeggen toen ze de trap af kwam. 'Waar kunnen we ons verstoppen?'

'Ze hebben hem al doodgeschoten. Er zal ons niets gebeuren.' Albert klonk onvermurwbaar.

Toen Lilith de keuken in kwam, lachten ze allebei en zetten de radio af.

'Ze hebben die Duitse spion doodgeschoten,' zei Lilith, om te laten zien dat ze wist waar ze het over hadden. 'Ik hoorde het op het nieuws. De president heeft hem geen gratie verleend.'

'We zijn omringd door Duitse onderzeeërs...' Beatrice trilde. 'Hoeveel spionnen zitten hier nog meer verstopt?'

'Ze gaan ze allemaal vinden,' stelde Albert haar gerust.

'Waarom viel hij ons lastig?' vroeg Beatrice verdrietig. 'Enrique...'

'Hij heette August,' verbeterde Lilith haar. 'Ik vond het al vreemd dat hij zich elke keer dat we Duits spraken omdraaide en naar ons keek. Een Duitse spion...'

August Luning kwam regelmatig naar het bedrijf van de Herzogs om rollen stof te kopen en bleef dan af en toe koffiedrinken en in perfect Engels met hen kletsen. De Herzogs spraken maar een mondje Spaans. Luning had hun verteld dat hij oorspronkelijk uit Honduras kwam en dat hij uit Spanje was vertrokken om een familiebedrijf te openen op Cuba, een land dat met de dag welvarender werd. Hij had ook gezegd dat hij in Duitsland had gewoond en in Engeland. En inderdaad, een paar maanden na zijn aankomst had hij aan de Calle Industria een kleermakerij geopend, La Estampa. Luning sprak vriendelijk en aarzelend, hij was lang, had een rond gezicht, donker haar en een gebruinde huid. De Herzogs zouden nooit hebben geloofd dat de chaotische en chronisch te laat komende zakenman, die zijn aan- en verkopen niet helemaal in de vingers had en niet kon onderhandelen over een goede prijs, eigenlijk een Duitser was.

Een jaar geleden had Cuba eerst Japan de oorlog verklaard en daarna Duitsland, en had schepen gestuurd om de geallieerden bij te staan. Twee van deze schepen waren volgens de kranten op het eiland, die Albert uit het zicht van zijn vrouw probeerde te houden, voor de oostkust van Cuba tot zinken gebracht door Duitse onderzeeërs. Ondanks de oorlog floreerde hun stoffenwinkel aan de Calle Muralla, en de Herzogs leverden aan de warenhuizen van de stad.

Een paar maanden geleden was er een verplichte verduistering in Havana. Die dag hadden Beatrice en Lilith zich opgesloten in Alberts kantoor, opgekruld in een hoekje, bedekt met kussens. Zo hadden ze die nacht geslapen, toen zelfs de vuurtoren bij het Castillo de Moro, bij de ingang van de baai, voor het eerst werd uitgeschakeld. Via Radio Berlin had Duitsland gedreigd de Cubaanse hoofdstad te bombarderen. De alarmtoestand hield de hele stad in zijn greep en de autoriteiten gaven het bevel tot verduistering langs de hele kustlijn van Havana.

Voor Beatrice waren de dagen vol verschrikkingen teruggekeerd.

'Ze duiken zelfs hier op,' zei ze trillend. 'We zullen nooit van hen bevrijd zijn.'

Vanaf dat moment moest Lilith zich samen met Beatrice opsluiten in het kantoor en mocht ze niet eens de tuin in, totdat ze hoorden dat de Duitse spion, die het had gewaagd contact met hen te leggen, gearresteerd was.

Albert had Luning een keer bezocht, in zijn appartement op de eerste verdieping van een pension aan de Calle Teniente Rey. Hij woonde daar omringd door allerlei gekleurde vogels in kooien, die strategisch waren neergezet in elk raam van de twee kamers die hij bewoonde. Toen Albert binnenkwam, kreeg hij meteen de indruk dat hij in een kleine jungle was, deels vanwege de hitte en vochtigheid die de niet-geschilderde muren afgaven. De hoge plafonds zaten onder de spinnenwebben en alles was stoffig, waardoor het een onbewoonde kamer leek die Luning op het laatste moment had betrokken, net voordat hij zijn gasten ontving. Toen ze een paar bestellingen voor stof ondertekenden en Luning een aanbetaling deed, kreeg Albert medelijden met de man zonder familie, een vluchteling net zoals hij, die zijn uiterste best deed om zijn zaken te laten slagen. Hij overwoog zelfs hem te eten te vragen toen ze naar het huis in Vedado verhuisden, maar dat deed hij nooit.

Dankzij een werknemer van Luning had Beatrice een brief uit Berlijn gekregen. Preciezer gezegd: een document, dat er ruim drie maanden over had gedaan om in Havana aan te komen. De werknemer had voor de oorlog zakengedaan met een Duits stoffenbedrijf en hij had er nog steeds goede vrienden, dus vroeg Beatrice hem om hulp nadat ze op de radio had gehoord dat de Duitsers optrokken door allerlei Europese landen. Beatrice zei tegen hem dat ze wilde weten hoe het met haar broers en zussen was, en met Liliths moeder en professor Bormann, die ze als familie zag. Beatrice was het contact verloren met haar broers en zussen. Ze wist dat ze gedeporteerd waren, maar had geen idee waar ze naartoe waren gestuurd. Wat Ally betrof, begreep Beatrice niet waarom ze niet antwoordde op haar brieven, waarom ze geen contact meer met hen opnam, haar dochter helemaal opgaf, hoewel ze zichzelf soms voorhield dat vergeten ook een manier was om te overleven.

Sinds Beatrice' aankomst in Havana had ze Ally elke maand een brief geschreven om haar over de vooruitgang van haar dochter te vertellen. Dat ze het Spaans makkelijk oppikte; dat ze een expert was geworden in tafzijde, flanel, tule, brokaat, gabardine en natuurlijk alle verschillende soorten linnen; dat ze populair was op het eiland; dat ze op de nieuwe Amerikaanse school waar ze een klas hoger werd geplaatst een vriend had gemaakt, Martín, die haar aan zijn beste vriend Oscar had voorgesteld; dat ze naar een nieuw huis waren verhuisd op enige afstand van de zaak, in een buurt waar Lilith veilig kon opgroeien. Het meisje had zich aangepast aan de zon en de hitte, vertelde ze haar, maar voor hen was het vermoeiender. Ze voelden zich elke dag ouder worden, de dagen leken wel maanden en de maanden wel jaren. Lilith daarentegen had een toekomst op het eiland, en op een dag, als de oorlog voorbij was, kon Ally hierheen komen en weer samen met haar zijn. Beatrice vertelde haar dat Lilith haar gebaren en uitdrukkingen had geërfd. Ze zag haar opgroeien, een vrouw worden, elke dag meer op haar moeder gaan lijken. Net toen ze achter in de winkel deze brief aan het schrijven was, kwam Lunings werknemer binnen met het document en een sombere blik op zijn gezicht.

'Het spijt me,' zei hij. Het was de eerste keer dat hij haar in het Duits had aangesproken.

Beatrice nam het document aan en maakte het open in aanwezigheid van Albert, die het nieuws van haar gezicht kon aflezen. Ze gaf het papier aan haar man en liep terug naar achteren. Ze pakte de brief waar ze al dagen mee bezig was en verscheurde hem, alsof ze hierdoor het nieuws kon vernietigen dat ze had ontvangen, het niet waar kon laten zijn.

In het document stond dat Ally Keller en Bruno Bormann op 17 juni 1939 naar Sachsenhausen waren gestuurd. Herr Bormann kreeg niet lang na aankomst een hartaanval, die hij niet had overleefd. Zeven maanden later bloedde Ally dood.

'Ik vind dat we het niet tegen Lilith moeten zeggen,' zei Albert.

'Wat winnen we ermee door tegen haar te liegen?'

'Ze is hier gelukkig, ze is vergeten wat er in Berlijn is gebeurd.'

'Op een dag komt ze erachter,' zei Beatrice met nadruk, hoewel haar lippen trilden. 'Als we het haar nu niet vertellen, vergeeft ze het ons nooit.'

'Laten we dan in elk geval op het juiste moment wachten.'

Al snel verspreidde het nieuws van de spion zich over het eiland en wisten ze dat het een kwestie van tijd was voordat er vragen gesteld zouden worden over Beatrice' contact met de medewerker van de spion. Na Lunings arrestatie gingen de Herzogs bij Lilith zitten, en na een lange stilte besloot Beatrice het haar zonder omwegen te vertellen. Albert staarde zijn vrouw aan, hij begreep niet dat ze een meisje kon vertellen dat ze de enige familie die ze ooit had gehad was verloren. Hij wilde vloeken, met zijn vuist op tafel slaan, het uitbrullen van woede. Hij had het gevoel dat hij bijna ontplofte, de tranen sprongen hem in de ogen.

'Niet lang nadat we uit Duitsland vertrokken zijn je moeder en de professor naar hetzelfde werkkamp gestuurd waar ze mijn zoon hebben vermoord. Ze zijn allebei dood. Ik vind het heel erg voor je.'

Lilith stelde geen vragen, ze wilde niet eens weten hoe ze gestorven waren of hoe de Herzogs dit te horen hadden gekregen. Ze huilde gewoon, onbeweeglijk zittend. De Herzogs gingen naar haar toe. Beatrice knuffelde en kuste haar voor de eerste keer. Ze toonde niet vaak lichamelijk haar genegenheid. Albert liep met gebogen hoofd de kamer uit.

'We overleven het wel, liefje, maar de pijn zal er altijd zijn,' zei Beatrice tegen Lilith. 'Je moeder is je nooit vergeten. Je was in haar hart tot haar laatste ademtocht. Zo zijn moeders.'

Lilith zat zwijgend in de eetkamer. Ze klemde haar handen samen alsof ze iets wilde voelen. Haar borst was verkrampt en ze voelde Beatrice' blik op haar rusten. Ze wilde alleen zijn, maar ze kon niet weglopen. Ze bleef huilen en voelde dat haar lichaam onbeheersbaar schokte. Ze was haar moeder jaren geleden toen ze in Hamburg aan boord van het schip ging al verloren, en nu brak haar hart omdat ze besefte dat ze haar gezicht begon te vergeten.

Tijdens het proces tegen de spion, waarin hij zijn misdaden zou hebben opgebiecht, verscheen er een rechercheur in de winkel, die hun grootboek wilde zien. Hierin stond de spion vermeld als Enrique Augusto Luní. De rechercheur zweette hevig, er vielen zweetdruppels op de toonbank. Terwijl hij aantekeningen maakte, gaf Beatrice hem het document dat ze uit Duitsland had gekregen.

'Dit heeft een werknemer van señor Luning ons een tijdje geleden gebracht,' zei ze. Toen ze beseften dat de rechercheur het Duits niet begreep, voegde ze eraan toe: 'Het is een bevestiging dat onze familieleden in een concentratiekamp zijn gestorven.'

Beatrice wilde duidelijk maken dat ze geen connectie hadden met Luning, dat ze geen reden hadden om Duitsland te helpen. Zij waren ook slachtoffers.

Tijdschriften en kranten wijdden wel honderd pagina's aan het werk van de spion op het eiland. Zijn executie door een vuurpeloton in de droge slotgracht van het Castillo del Príncipe verscheen op de voorpagina van een van de populairste bladen van Cuba. Er waren geen fotografen bij, maar een tekenaar herschiep het tafereel. Op één afbeelding stond de spion voor het vuurpeloton, op een andere was het levenloze lichaam van de Duitser afgebeeld.

Beatrice stopte met haar werk in hun winkel. Ze werd een kluizenaarster, en bracht haar tijd door met naar de radio luisteren. Ze ontcijferde het Spaans, dat ze steeds beter begon te begrijpen, maar dat ze nooit goed genoeg zou leren om een gesprek te voeren. 's Middags luisterde ze naar hoorspelen, romantische en avontuurlijke verhalen, en 's avonds naar een zender met klassieke muziek.

Op Cuba was een golf van woede tegen Duitsers ontbrand, en om te voorkomen dat zijn familie erin verstrikt raakte, verwijderde Albert zijn naam van zijn bedrijven. Hij had op de radio gehoord dat er in Palma, een dorp in het noorden van Camagüey dat niet eens op de kaart stond, een bloeiende Duitse gemeenschap was, en dat alle Duitse mannen naar Havana waren gebracht en gevangengezet in het Castillo del Moro.

'De nieuwe winkel heet nu Mueblería Luz,' zei Albert glimlachend. 'We hebben Luz eraan toegevoegd voor jou, Lilith, ons Lichtstraaltje.'

***

Op de dag dat Mueblería Luz opende aan de Calle Galiano gingen Liliths twee beste vrienden, Martín en Oscar, en hun ouders samen met haar naar de winkel.

De drie kinderen renden door de winkel, lieten zich vallen op meubels die nog naar verse lak roken en verstopten zich in mahoniehouten kleerkasten, terwijl hun ouders een glas champagne hieven om de opening van de meubelwinkel annex stoffeerderij te vieren. De meubels waren gemaakt van donker, zwaar hout, sommige met gouden sierlijsten, spiegels met een afgeschuinde rand, inlegwerk van parelmoer of ander materiaal, motieven van takken en guirlandes, marmeren en leren tafelbladen met gegraveerde bronzen details.

'Alleen al door naar deze meubels te kijken krijg ik het gevoel dat ik stik,' zei Lilith. 'Wisten jullie dat die nazispion een keer in de winkel is geweest?'

'Je kende de spion dus?' onderbrak Oscar haar.

'Het was een vreemde man, hij leek niet Duits.'

'Jij lijkt ook niet Duits, maar daarom ben je nog geen spion.'

'Ik had altijd het gevoel dat hij begreep wat we zeiden als ik met mijn ouders Duits praatte,' legde Lilith uit. 'Dan had hij een vreemde uitdrukking op zijn gezicht.'

'We zouden spionnen moeten gaan vangen,' zei Martín. 'Het moet hier wemelen van de nazi's. Jij kunt Duits, dus jij kunt ze helpen ontmaskeren.'

'Laten we spionnen gaan vangen!' riep Oscar, en hij rende weg.

Lilith en Martín haakten hun armen in elkaar en barstten in lachen uit.

Het lint was klaar. Lilith ging naar haar ouders en pakte de schaar in haar linkerhand. Toen ze zich omdraaide, zag ze Martín bij de anderen staan. De flits van de fotograaf verblindde haar toen ze het lint doorknipte.

Het was een gelukkige dag.

12

Anderhalf jaar later
Havana, april 1944

Op de dag dat Lilith dertien werd, glipte Martín Bernal stilletjes het huis in en besloop haar van achteren in de keuken. Hij sloeg zijn handen voor haar ogen en zei dat ze een wens mocht doen.

'Vertel hem niet aan mij, zeg hem in jezelf, zodat hij uitkomt.'

Lilith draaide zich om. Martín was zo dichtbij. Eén beweging en ze lagen in elkaars armen. Hij boog zich nerveus naar voren en drukte zijn lippen tegen Liliths wang. Hij ging voorzichtig te werk, tot ze haar hoofd iets naar achteren kantelde en hem een kus terug gaf.

Vanaf het moment dat ze buren waren geworden, hadden Lilith en Martín geen enkele aandacht besteed aan de grens tussen hun huizen. Ze sprongen over het metalen hek dat hun achtertuinen van elkaar scheidde tot ze op een dag de met een hangslot vastgemaakte ketting tussen hun huizen doorknipten. Een stenen muur scheidde de steegjes tussen de gebouwen. Als hij hier bovenop zat, kon Martín met Lilith praten via haar slaapkamerraam. Elke keer dat hij zijn vriendin wilde zien, sprong hij van het hoogste gedeelte van de muur en landde zo sierlijk als een lynx op de grond. Op een dag haalden ze stilletjes, zonder dat Martíns vader dat wist, het houten hek neer, en waren de tuinen voor altijd één. Hij strafte zijn zoon niet; hij wist dat als Martín dat niet had gedaan, hij op een dag op het hek zou zijn gevallen als hij naar beneden sprong.

'Op een dag gaan die kinderen met elkaar trouwen,' zei Helena, de vrouw die de Herzogs in de huishouding hielp, altijd als ze hen plannetjes zag smeden in de tuin.

Lilith en Martín bouwden een heel universum voor zichzelf in de mangobomen en oranjerode vlambomen, de wonderbomen met hun gele blaadjes, en de heg met rode en witte kerststerren die in het verkeerde seizoen bloeiden.

'We hebben ze in de war gemaakt,' zei Martín op een dag. 'Voor ons is het het hele jaar Kerstmis.'

Toen ze vijf jaar eerder in Havana aan land waren gegaan, hadden Lilith en de Herzogs een tijdje in het Hotel Nacional gelogeerd. Lilith herinnerde zich dat haar kamer uitzicht op zee had en dat ze misselijk werd als ze 's ochtends de ramen opendeed. Dan had ze het gevoel alsof haar maag bijna ontplofte, en de enige manier om hem tot rust te brengen was door zich voor te stellen dat op een dag haar moeder, Franz en haar opa hen zouden komen verrassen in een van de schepen die aanlegden in de haven. In de hotelkamer had ze hetzelfde gevoel als in de hut op zee.

Tijdens de oversteek op de St. Louis fantaseerde Lilith, bedwelmd door de bittere pillen tegen zeeziekte, haar maag gekrompen door het voortdurende overgeven, dat ze zou aankomen op een eiland met vleesetende planten die ze zou bestuderen, en wilde dieren die ze zou moeten ontwijken. Ze was ervan overtuigd dat ze, als ze zorgvuldig te werk ging, de eetlust van de planten tot rust zou kunnen brengen en dat ze een soort zoogdier zou adopteren dat als het opgroeide alles om zich heen zou verslinden, maar dat ze dankzij haar toewijding en onvermoeibare proces van domesticatie uiteindelijk zou vermenselijken. Dat wilde ze heel graag bewijzen, de wreedheid wegvagen van het aardoppervlak. Maar toen ze arriveerde, trof ze een prachtige stad aan die naast een kalme zee was gebouwd; een schone stad, vol elegant geklede mensen die van top tot teen bedekt waren om zich tegen de zonnestralen te beschermen. In plaats van naar het wilde eiland in haar verbeelding hadden ze haar naar een Europese stad gestuurd, zo neutraal als elke Duitse stad, maar dan veel zonniger en bewoond door mensen van alle kleuren en rassen.

In die tijd noemde Lilith haar nieuwe ouders 'Herr en Frau Herzog'. Later werden ze Albert en Beatrice. Pas toen ze de winkel aan de Calle Muralla kochten en het gezin besloot naar het appartement erboven te verhuizen tot het een bloeiende zaak zou zijn, werden ze mam en pap. Toen de winkel goed liep, kochten de Herzogs een huis in een rustige buurt dicht bij de zee. Dat kozen ze omdat het dicht bij de tweetalige St. George's School lag. De Herzogs hoopten dat het meisje daar goed Engels zou leren en in de maatschappij in Havana zou gaan passen, en ook haar Duitse accent in het Spaans zou kwijtraken.

Voor het eerst van haar leven woonde ze in een huis vol spiegels, en langzamerhand wende ze aan haar spiegelbeeld. Datgene wat haar moeder in haar huis in Berlijn had proberen te vermijden, dat Lilith ontdekte dat ze er anders uitzag, was geen gevaar meer. Ze leek totaal niet op haar ouders, maar buiten het fort waar ze woonden, beschermd tegen de zon en de hitte, was ze net als alle anderen. Op een eiland waar iedereen in de brandende zon leefde viel haar huidskleur niet op.

Toen ze in de tropen aankwam, hoefde Lilith haar intelligentie, haar talenknobbel, haar passie voor getallen aan niemand meer te bewijzen. Er was geen commissie om haar vermogen tot het leggen van verbanden en haar geheugen te analyseren. Ze had zelfs een tijdje geprobeerd boeken links te laten liggen, maar uiteindelijk kon ze niet zonder, vooral 's avonds laat als de uren voorbijkropen. Eindeloze nachten lang probeerde ze weer in slaap te vallen na verschrikkelijke nachtmerries.

Sinds ze naar het huis in Vedado waren verhuisd, woonde Helena van maandag tot vrijdag bij hen. Lilith praatte meer met Helena dan met haar adoptieouders. Helena – met een 'H', zoals ze altijd duidelijk maakte als ze aan iemand werd voorgesteld, 'een uitspatting van mijn moeder, die geobsedeerd was met romantische boeken uit de vorige eeuw' – was een vrouw die gehard was door verwaarlozing. Haar moeder had haar naar Havana gestuurd om haar te redden van de ellende in haar dorp. Ze was vertrokken uit haar buurt in het prachtige en vredige Cienfuegos, een stad waar ze nooit meer naar terugging, naar een stad waar voortdurend bedrijvigheid was. Ze trouwde met een man uit Galicië, die jaren later op een dag aan boord van een schip ging op zoek naar fortuin in de Verenigde Staten, waarna ze nooit meer iets van hem had gehoord. Het lot had ervoor gezorgd dat ze voor het gezin van andere mensen ging zorgen, die vaak gingen aanvoelen alsof het haar eigen gezin was. 'Het is afschuwelijk om enig kind te zijn, liefje, omdat je alleen overblijft als je ouders overlijden,' zei ze vaak tegen Lilith. 'Kijk maar naar mij, geen man en geen kinderen, in deze stad die nooit de mijne is geweest en het ook nooit zal worden.'

Het leek wel alsof Helena altijd verstikt werd, alsof haar neusgaten dichtzaten en ze met ademen niet genoeg zuurstof kreeg. Ze had een sombere gezichtsuitdrukking en het leek altijd alsof ze elk moment in tranen kon uitbarsten. Ze had een hekel aan mensenmassa's en klaagde dat ze dan het gevoel had dat ze niet kon ademen, dat de mensen alle zuurstof om haar heen inpikten, waardoor zij achterbleef in een atmosfeer die nog schraler was dan een woestijn.

Met haar kenmerkende kuchje, alsof ze voortdurend haar keel schraapte, dwaalde Helena rusteloos door het huis, waarbij ze af en toe even bleef staan om op adem te komen. 'In mijn familie is iedereen geboren met nutteloze longen,' zei ze dan. 'Mijn moeder en mijn opa ook, die zijn allebei gestorven aan longemfyseem dat hen al jaren aan het verslinden was. Dat is ook mijn lot, en ik kan er niets aan doen,' had ze Beatrice verteld. 'Blijkbaar heb ik mijn moeders zwakke longen geërfd en mijn vaders artritis. Mijn vingers zijn al zolang ik me kan herinneren vergroeid.'

Aanvankelijk waren de hoestbuien zo krachtig dat de doodsbange Beatrice naar beneden rende omdat ze dacht dat Helena stikte, waarna ze haar aantrof met een rookspoor achter zich, een sigaret in de ene hand en een kop zwarte koffie in de andere. Ze liepen samen door het huis en leerden elkaar kennen. Ze deelden mompelend hun kwellingen, omdat woorden niet meer waren dan geluiden. Ze begrepen niet wat de ander zei, maar ze reageerden op elkaar alsof ze dat wel deden. Ze waren net zussen, die hun laatste jaren samen doorbrachten.

Helena leerde Lilith hoe ze zich tegen de zon kon beschermen met parasols, hoedjes en jurken, die ze met tegenzin droeg. In het weekend masseerde Helena olijf- en kokosnootolie in haar haar en moest Lilith het kammen met een metalen kam die verwarmd was op het kookplaatje. Daarna behandelde ze haar haar met een zelfgemaakt smeersel van avocado, eierdooier en honing. 'Die krullen moeten worden verzorgd en getemd,' zei ze dan. Het ergste was het als er een schoolgala was. Dan wilde Helena per se met het strijkijzer dat ze boven hete kooltjes in de tuin verhitte Liliths haar steil maken. Dan kwam er een bijtende rook van Liliths haar af, waar ze een week misselijk van was.

'Je hebt een schoorsteen van me gemaakt!' zei Lilith dan lachend tegen Helena, terwijl Beatrice verbijsterd toekeek.

***

Na verloop van tijd vergat Lilith de warmte van de eiken vloer in Berlijn en begon ze de koelte van de tegelvloeren op prijs te stellen. Tijdens de rustige middagen op het eiland dompelde ze zich onder in een stapel boeken over de riddertijd, die ze hadden geërfd met het huis, of ze ging met haar moeder mee naar de begraafplaats in Guanabacoa om steentjes neer te leggen op de graven van allang verloren zielen, en om het stukje dat voor Beatrice en haar man was gereserveerd tot in de puntjes verzorgd te houden. Lilith zou niet hier eindigen. Ze wisten allebei dat haar graf op de Colónbegraafplaats zou zijn, tussen stoffelijke resten die vereerd werden met kruisen en bloemen in plaats van met steentjes.

Toen ze Lilith hadden aangemeld op de school waar ze Engels en Spaans zou leren, moest ze een aantal tests doen om te bepalen in welke klas ze zou komen. In Duitsland was ze nooit naar school geweest. Toen ze de week erna terugkeerden, werden ze ontvangen door de directrice en een Amerikaanse vrouw met een lang gezicht en een eeuwige glimlach.

'Ze gaat direct naar de middenschool,' zei de directrice in het Engels. Ze richtte haar opmerking aan Beatrice, ook al stond Lilith er gewoon bij. 'We kunnen haar niet hoger plaatsen.'

Beatrice wilde alleen maar een hoogwaardige opleiding voor Lilith, dus ze knikte. Engels zou nuttiger voor haar zijn dan Spaans, dacht ze, en het was hoog tijd dat het meisje met anderen omging en andere gezinnen leerde kennen, zodat ze er op een dag zelf een kon stichten.

'Ze is er al klaar voor om naar de universiteit te gaan,' vervolgde de directrice, die Lilith nog steeds negeerde, alsof ze het over iemand anders had. 'Maar die beslissing is niet aan mij. Ze is lang, dus niemand in de klas zal het verschil merken. Ze ziet er veel ouder uit.'

Lang voordat de lessen begonnen, had Lilith al besloten niet op te vallen op school, niet meer te leren dan haar onderwezen werd. De obsessie van haar moeder en opa, die haar het briljantste meisje ter wereld vonden, liet ze ver achter zich. Ze had het gevoel dat ze al alles had geleerd wat ze in het leven nodig zou hebben.

Op een middag ging Beatrice naar Lilith toe toen ze haar somber zag kijken nadat ze haar huiswerk had gemaakt. Ze ging naast haar zitten, pakte haar hand en zei tegen haar dat ze haar zou leren breien.

'De pijn gaat nooit weg, die zal er altijd zijn, maar breien heeft mij veel goed gedaan,' zei Beatrice tegen haar.

Op instructie van Beatrice stouwde Helena het huis vol met bollen wol van verschillende kleuren en diktes, en met lange en korte metalen breipennen die ze in de winkels aan de Calle Muralla kocht.

Na het avondeten breiden Beatrice en Lilith sjaals van verschillende kleuren en texturen die ze niet afmaakten.

Beatrice vertelde verhalen over familieleden die lang geleden leefden en over de broden die haar moeder bakte voor sabbat. Het was net alsof haar leven zich in het verleden afspeelde, alsof het heden en de toekomst voor haar niet van belang waren. En toch sprak ze nooit over haar zoon.

Als Lilith haar goedenacht wenste en naar bed ging, bracht Helena haar altijd nog een glas warme melk.

'Beatrice houdt van je, ook al laat ze het niet merken zoals ik,' zei Helena en ze bedolf haar onder de kussen en knuffels.

***

Op de eerste schooldag was Martín direct naar haar toe gekomen.

'Dus jij bent het Poolse meisje,' zei hij tegen haar in het Engels.

'Ik ben niet Pools, ik ben Duits.'

'Je bent nogal donker voor een Duitse.'

Martín sloeg zijn armen over elkaar en keek haar goedkeurend aan, waardoor ze wist dat hij haar aardig vond. Omdat ze anders was. Vanaf dat moment waren ze onafscheidelijk. Na school namen ze de lange weg naar huis, langs de met bomen omzoomde lanen in Vedado, om het moment uit te stellen waarop ze thuiskwamen en hun eigen weg weer moesten gaan. Ze spraken Engels en zij corrigeerde hem en leerde hem nieuwe woorden. Het duurde niet lang voordat Lilith bepaalde Spaanse zinnen met een Cubaans accent kon uitspreken.

'Je praat als een Amerikaanse,' zei hij dan grinnikend tegen haar.

Sinds deze plagende opmerking oefende ze elke dag haar Spaanse accent met hem en na een paar maanden sprak Lilith met een accent uit Havana.

'Nu klink je nog Cubaanser dan ik!'

Op de dag dat Martín dit zei borrelde Lilith over van trots.

'Het lijkt wel alsof jíj degene bent die hier niet vandaan komt,' antwoordde ze, en ze sloeg haar armen uit gewoonte over elkaar.

'En waar lijk ik dan vandaan te komen?'

'Je ziet er Duits uit. Ja, ik zou absoluut zeggen dat je uit het verre noorden kwam.'

Martín schudde lachend zijn hoofd. 'Nee, meisje... Wat je niet weet is dat Cubanen allemaal verschillende kleuren hebben. Er zijn blonde mensen, mensen met een olijfkleurige huid, zwarten, mulatten, Chinezen, Chinees-mulatten... En onze president heeft dezelfde huidskleur als jij.'

Martín was langer dan zij en had een lange nek, en als hij met haar praatte keek hij haar strak in de ogen en deed elke millimeter van zijn gezicht mee aan het gesprek, zodat het effect hypnotiserend was en ze wel moest opletten. Lilith voelde zich veilig in zijn zelfverzekerde aanwezigheid. Ze had het gevoel dat ze een bondgenoot had gevonden in Martín, iemand die haar begreep, zonder een oordeel over haar te vellen of naar haar verleden te vragen. Martín was de enige op het eiland die een poging deed haar naam correct uit te spreken. Vanaf het moment dat ze voet had gezet in Havana had iedereen haar Lili genoemd. Behalve hij.

Martín was net als zij een dromer. Vanaf hun eerste ontmoeting vertelde hij Lilith over zijn liefde voor vliegtuigen. Hij wist precies hoe vogels vlogen en praatte over het ontwerp van hun vleugels alsof duiven en mussen soorten waren die in een laboratorium waren gecreëerd.

'Op een dag laat ik je het eiland van boven zien. We kunnen in een paar uur van noord naar zuid vliegen. Dan zie je hoe mooi het is...'

Lilith zei niet tegen hem dat ze hoogtevrees had. Dat toen ze op het dek van de St. Louis was, de mensen die beneden op de kade afscheid namen wel mieren leken en de wereld hierdoor uit evenwicht raakte. De minste beweging, of alleen maar iets van bovenaf zien, maakte haar misselijk.

***

Die lente werd Martín haar beste vriend. Op school werd gezegd dat Martín alleen met zijn vader woonde, die minister was en bevriend met president Fulgencio Batista, omdat de moeder van de jongen er met een Europese aristocraat vandoor was gegaan naar Zwitserland. Anderen zeiden dat ze tijdens de bevalling was gestorven. De waarheid was, zoals Lilith wist, dat Martín zijn moeder was verloren toen hij nog jong was.

'Ze is overleden aan een ziekte,' had hij gezegd zonder er verder over uit te weiden, en Lilith was tevreden met zijn verklaring, waarna hij de rest van de dag wat stilletjes was geweest.

Lilith wist dat bepaalde soorten verdriet nooit weggaan.

Om hem te troosten durfde ze hem te vertellen dat haar vader ook was verdwenen voordat ze was geboren, maar ze was er nog niet aan toe om over haar echte moeder en haar opa te praten. Hun verlies bracht hen nader tot elkaar, alsof ze allebei hadden geleerd om over hetzelfde slingerende pad van pijn te navigeren.

Ze gingen samen op ontdekkingsreis door de stad. Hij ging met haar naar de rivier Almendares, de rotsstranden en de vliegschool waar hij op een dag naartoe hoopte te gaan. In het weekend gingen ze samen naar de bioscoop en keken naar sciencefiction, cowboyfilms, heren in smoking en vrouwen in dunne zijden jurkjes, gevechten met een goed einde, en doordeweeks haalden ze de radio's van hun familie uit elkaar om te begrijpen hoe ze werkten, waarna ze ze weer in elkaar zetten met de precisie van klokkenmakers.

Niemand anders deed mee aan hun gesprekken, hun wandelingen. In de ochtendpauze aten ze hun fruit samen op het schoolplein, ver van hun luidruchtige klasgenoten, totdat op een dag Oscar Ponce de Léon, een energiek jongetje dat Martín al kende sinds hij een klein kind was, het waagde om tussen hen in te gaan zitten, hun handen te pakken alsof hij hun grote broer was en hen meenam de school uit om over Avenida Línea te wandelen, die volhing met politieke posters omdat het verkiezingstijd was.

Oscar zat op een katholieke jongensschool om de hoek bij Martíns school, waar hij soms overdag wegglipte om tijd door te brengen met zijn vriend. Als hij Martín er niet van kon overtuigen mee te doen met zijn avonturen ging hij zwetend terug naar de klas met altijd hetzelfde excuus dat hij last van zijn maag had. De leraren zagen hem als een hopeloos geval. Hij had een tijdje in Parijs gewoond met zijn ouders, die diplomaten waren geweest voor de vorige regering en die na de verkiezingen een paar maanden naar New York waren verbannen. In die tijd stond er niemand op het eiland aan het roer en ze kwamen pas terug toen de rust en vrede hersteld waren. Martín vertelde Lilith dat toen Oscar terugkwam uit ballingschap zijn accent nog zwaarder was dan het hare. Oscar sprak Frans met een Britse tongval, Engels als een geboren en getogen Engelsman en Spaans als een bezetene.

'Jullie zijn net dag en nacht,' zei Oscar altijd tegen hen, niet vanwege een verschil in temperament, maar omdat Lilith donker haar had en een olijfkleurige huid en Martín bleek was, met krullen die goudkleurig werden in de zon.

Lilith vond juist dat Martín en Oscar tegenpolen waren. Martín was altijd aan het dagdromen, terwijl Oscar toespraken hield en overal een mening over had. Aan het begin luisterde ze altijd aandachtig, maar halverwege gaf ze het op, omdat de wereld volgens Oscar toch ten einde kwam en zij niet het geduld of de kracht had om opnieuw te beginnen.

'De eilanden zijn net een riool,' had Oscar een keer tegen Lilith gezegd. 'Hier belanden alleen nutteloze dingen. Het zit hier vol slecht opgeleide Spanjaarden, analfabete Afrikanen, verhongerende Chinezen en Joden zonder thuisland.'

'Let maar niet op hem, Lilith,' onderbrak Martín hem. 'Hij is gewoon verbitterd.'

'En voeg luie communisten, voortvluchtigen, oplichters en moordenaars maar aan dat lijstje toe,' vervolgde Oscar. 'Stop ze allemaal bij elkaar, roer ze flink om in een grote steelpan, en zo maak je een Cubaan. Cubanen rijzen elke dag op uit de ellende, net als de feniks, en storten dan door traagheid weer neer. Maar daarna staan ze op en stijgen weer op, in een vicieuze cirkel zonder uitweg. Het beste wat je op deze eilanden kunt doen is ontsnappen.'

Oscar praatte over politiek als een koning zonder troon. Hij was anarchist en geloofde dat democratieën niet gekopieerd konden worden. Hij zei altijd dat niemand iets kon zijn wat hij niet is.

'Mijn oma zei altijd dat een aap met een gouden ring nog steeds een aap is.'

Oscar verkondigde deze en andere van zulke uitspraken op heel hoogdravende toon.

Hij wist dat Martín en zijn vader veel bewondering hadden voor Fulgencio Batista, de huidige president, die door iedereen El Hombre werd genoemd. Oscar beschouwde El Hombre als een autodidactische boer die alleen maar in het leger was gegaan om te voorkomen dat hij honger leed, en die de politiek in was gegaan omdat hij hierdoor nog meer macht kon krijgen. De politiek was een manier om de massa's te hersenspoelen. Zelfs de kerk kon dat niet meer verhinderen, omdat iedereen door de Franse revolutie als vrij en gelijk werd gezien voor de wet.

Wat Oscar betrof was het enige goede wat Fulgencio Batista had gedaan ruimte geven aan anderen: de communisten, de vakbondsleden. Niet omdat El Hombre vond dat ze enig recht hadden om mee te regeren, maar eerder om de indruk te wekken dat Cuba een democratie was. Op dit punt onderbrak Martín hem om op te sommen wat El Hombre had bereikt. Dankzij de president was het minimumloon zo hoog als het sinds de onafhankelijkheid van het eiland nog nooit was geweest, en de Cubaanse valuta zou benijdenswaardig sterk zijn zodra zijn vader, op instructie van de president, goudstaven ter waarde van een aantal miljoen dollar als onderpand had verkregen. Oscar haalde zijn schouders op.

'Verkoop de huid niet,' zei hij tegen Martín. 'De goede tijden zijn aan het aflopen. Let maar op, jouw man pakt zijn spullen en zijn geld en zet het op een lopen. Mensen pikken het niet langer.'

Toen Lilith Oscar voor het eerst ontmoette, dacht ze dat hij veel jonger was dan Martín. Op basis van zijn lengte dacht ze dat hij tien of twaalf was, maar toen ze hem hoorde praten en zijn geoefende gebaartjes zag, besefte ze dat hij een jaar of twee ouder moest zijn dan Martín. Oscar was de welbespraaktste jongen die ze ooit had ontmoet. In een zomer, toen hij drie maanden naar een school in Zwitserland werd gestuurd, kreeg Oscar een groeispurt en toen hij thuiskwam was hij langer dan zij en Martín, hoewel hij nog net zo mager en sceptisch was als altijd.

Na die reis naar Zwitserland besloot Oscar dat hij na de oorlog aan de Sorbonne wilde studeren, om te ontsnappen aan de tropische hitte en politici die alleen hun eigen belang dienden.

'Jullie gaan er uiteindelijk ook vandoor, wacht maar,' zei Oscar tegen hen.

De drie vrienden deden mee aan leeswedstrijden: Lilith in het Engels, Martín in het Spaans en Oscar in het Frans. Ze begonnen met verhalen over dolende ridders. Daarna lazen ze biografieën van militaire leiders en uiteindelijk zelfs klassieke romantische boeken, waar Oscar altijd de draak mee stak.

'Welke idioot drinkt er nou azijn om er uitgemergeld uit te zien? Alleen een bourgeois Frans meisje, dat zich verveelt en ontrouw is.'

Bij Martín thuis probeerde Lilith allerlei Cubaanse gerechten, waaronder desserts zoals rijstpudding, vanillecustard en *torrejas*, recepten die ruim honderd jaar geleden de Atlantische Oceaan waren overgestoken. Bij haar thuis had Helena zich aangepast aan de eetgewoonten van de Herzogs, en ze vermeed de traditionele Cubaanse maaltijden die Lilith zo graag wilde proberen. Tot Beatrice' grote ongenoegen experimenteerde Helena soms toch. Dan smoorde ze de gekookte aardappels in knoflook, ui en komijn, ze braadde het vlees en verdronk de kip in pittige sauzen met anatto en laurier.

Lilith was niet zo'n grote eter, bromde Helena vaak. Maar waar ze wel van genoot, net als Martín, was van de koffie na het eten. Ze was geboeid door het kleine kopje met de diepzwarte inhoud, dik en geurend, tegelijkertijd zoet en bitter, en door de intense gebrande smaak. Ze vond het heerlijk om die samen met Martín in de tuin van een van hen beiden op te drinken. Op het eiland dronken zelfs zuigelingen koffie met veel melk voordat ze gingen slapen. Daarom waren Cubanen altijd zo alert, dacht ze.

Martín idealiseerde een Cuba dat, volgens Oscar, niet meer was dan een wazige luchtspiegeling. Oscar was ervan overtuigd dat de democratie nooit zou aanslaan op de eilanden, dat het zoiets was als in de tropen om sneeuw vragen. Politiek was een verslaving van de twee vrienden, maar Oscar vond dat Martín met zijn hoofd in de wolken leefde, gedreven door zijn vaders passie en verlangen naar een Cuba als ontwikkeld, democratisch land.

Sinds Lilith in zijn leven was gekomen, was Martíns wereld gekrompen. Hij ging niet meer naar de zoons van zijn vaders vrienden: de familie Mena, de Menocals en de familie Zayas-Bazán. Daar maakte señor Bernal zich enigszins zorgen om, hoewel hij wist dat zijn zoon niet eenzaam was. Hij had twee goede vrienden, studeerde vlijtig en droomde ervan piloot te worden.

Soms accepteerde Martín een uitnodiging van de Lobo's, een familie die de suikerindustrie in handen had, de belangrijkste economische motor van het land. Soms nam hij Lilith mee, die hij op een keer volslagen onverwachts voorstelde als zijn vriendinnetje. Maar Martín kreeg al snel genoeg van deze formele bijeenkomsten. Oscar daarentegen bewoog zich vlotjes door zulke sociale gebeurtenissen. Lilith snapte niet hoe zo'n rusteloze, opstandige en intelligente jongen gesprekken kon doorstaan die alleen maar gingen over de vraag of ze Kerstmis in New York zouden vieren, of welke suikerverwerkende planten ze moesten kopen en ontwikkelen.

'Er stroomt diplomatenbloed door zijn aderen,' zei Martín ooit. 'Hij is alleen zichzelf als hij bij ons is.'

Lilith ontliep de dochters van señor Lobo, die altijd om de liefde en goedkeuring van hun vader streden, die bekendstond als De Suikerkoning van Havana. Maar ze vond het wel fascinerend om de verhalen van de magnaat te horen, elke keer als hij een nieuw stuk verwierf voor zijn verzameling artefacten van de 'grootste militaire leider in de geschiedenis', Napoleon Bonaparte. Het verbaasde Lilith dat iemand hier, op een onbetekenend eiland midden in het Caraïbisch gebied, duizenden persoonlijke voorwerpen, meubels, wapens en zelfs het dodenmasker van de Franse keizer in bezit kon hebben.

'Op een dag help je me de telescoop van de Grote Corsicaan in handen te krijgen,' zei señor Lobo een keer tegen señor Bernal. 'Die hoort niet in handen van El Hombre te zijn.'

Señor Bernal glimlachte zwakjes, verontschuldigde zich en liet het aan zijn zoon, Lilith en Oscar over om verder te kletsen met señor Lobo. Martíns vader had Lilith al uitgelegd dat Batista werd afgekeurd door veel van de belangrijkste families op het eiland, die gewoon niet konden accepteren dat de machtigste man van het land een boerenzoon was van de oostkant van het eiland, alleen maar sergeant was geweest en, erger nog, een mulat was.

De eerste keer dat Lilith de president zag, was bij de familie Bernal thuis. Martín en Lilith kwamen net vanuit de tuin het huis in en werden in de gang tegengehouden door een lijfwacht.

'Geen zorgen,' fluisterde Martín in Liliths oor. 'Dat betekent dat El Hombre er is.'

Toen de lijfwacht Martín herkende, liet hij hen door.

Señor Bernal en El Hombre waren in de bibliotheek met Martha, die, ook al was ze Batista's vrouw, nog steeds niet werd gezien als First Lady, omdat hij bijna direct na de scheiding van zijn eerste vrouw met haar was getrouwd. Lilith wist niet goed hoe ze zich moest gedragen in aanwezigheid van een president. Ze had geen idee welk protocol ze moest volgen, of ze een buiging moest maken of een knicks.

'Dus dit is je vriendinnetje,' zei El Hombre.

Martín rende naar hem toe en omhelsde hem.

'Het is afschuwelijk wat er met de Joden gebeurt,' vervolgde Batista. 'Hier staat de deur voor hen open. Het zijn de beste zakenmensen ter wereld. Dat hebben we heel hard nodig op Cuba.'

Lilith wilde tegen de president zeggen dat ze niet Joods was, maar durfde het niet. Ze wist niet of ze hem moest bedanken omdat hij meer vluchtelingen toeliet op Cuba of uitleggen dat ze op de MS St. Louis was gearriveerd, een schip met meer dan negenhonderd Joden dat teruggestuurd was naar Europa, weggestuurd door zijn voorganger. Zij en de Herzogs waren een paar van de gelukkigen die in Havana aan land mochten.

Lilith keek strak naar het boek dat Batista vasthield.

'Emil Ludwig. De beste biograaf ter wereld,' zei hij. 'En hij is Duits, net als jij. Misschien kun je me helpen als hij naar Havana komt. Dan hebben we een tolk nodig.'

'Als klein meisje heb ik die biografie van Napoleon gelezen,' zei Lilith, verrast door de ongedwongenheid waarmee de president, voor wie zo veel mensen bang waren, haar aansprak.

'Je spreekt heel goed Spaans.'

'Haar Engels is nog beter,' zei Martín.

De tweede keer dat Lilith de president ontmoette, was in zijn ambtswoning aan de rand van Havana, een modernistisch huis omringd door palmen. Martha, die intussen wel als First Lady werd erkend, ontving hen met een slapende baby in haar armen.

'Je bent altijd welkom in deze familie,' zei Martha tegen Lilith.

Lilith zag veel mannen met een wit overhemd en zwarte bretels, en militairen die niet gewapend leken. In de verte zag ze koeien staan in een omheinde weide met welig groen gras. Ze leken wel huisdieren, bijna decoratief in hun onbeweeglijkheid.

Langs het pad naar het hoofdgebouw stond een rij palmen, die maar weinig schaduw bood. Je kon nergens schuilen voor de zon. Het verbaasde Lilith altijd hoezeer Cubanen op hun gemak waren in de zon. Zij zocht juist op elk tijdstip van de dag de schaduw op. In het Caraïbisch gebied brandt het zonlicht door elke kier, het dringt door de dikste gordijnen heen, infiltreert elke ruimte, verwarmt elke kamer. Met vleierij komt de zon overal binnen. Plotseling had Lilith dorst.

Martín en Lilith liepen rechtstreeks naar de bibliotheek. Daar was de president, in zijn eentje met één lijfwacht. Lilith zag een telescoop in de hoek staan. Dat is vast de kijker die señor Lobo in handen wil krijgen, dacht ze. Op het bureau lagen bouwplannen en een gouden telefoon, en op alle hoeken stonden bronzen bustes van mannen die ze niet herkende. Aan de muur hing een kaart van Cuba, met de bergketens in reliëf.

De lucht was fris, maar de kamer was vol schaduwen. *Hier mag de zon niet komen.* Bij die gedachte voelde Lilith zich veilig. Iemand deed de deuren naar de kamer ernaast open en er dreef religieuze muziek naar binnen. Was het een orgel? Ze had gehoord dat er een kapel op het landgoed was. In de hoek zat een man in uniform, bewegingloos maar duidelijk waakzaam. Twee vrouwen met een wit schort voor kwamen binnen, met glazen limonade vol ijsblokjes op een zilveren dienblad. Die boden ze de jongelui aan, waarna ze de kamer verlieten zonder hun ogen op te slaan, in een poging onzichtbaar te blijven. Overal stonden koffers en lege dozen. Er ontbraken boeken uit de kasten, alsof iemand de bibliotheek langzaam maar zeker leeghaalde. Lilith wilde er dichter naartoe, om te zien welke boeken er nog wel stonden en die misschien al jaren niet waren gelezen.

Ze was helemaal verdiept in de boeken toen de president naar haar toe kwam.

'Zeg het maar als je interesse hebt in een boek.'

Lilith zag dat hij een vermoeide blik in zijn ogen had. Zijn ambtstermijn liep ten einde. Martín had haar verteld dat de familie Batista naar Florida, in de Verenigde Staten, zou gaan verhuizen.

Martín zei altijd dat El Hombre goed van de tongriem was gesneden, en ze merkte dat dat waar was. Tussen slokjes limonade door praatte hij over verloren gevechten, strategieën van oude legers, de val van grote leiders. Hij vertelde ook over een stad die uit de as moest verrijzen. Hij ging van het verleden naar de toekomst, alsof het heden niet bestond. Tijd was de vijand, zei hij. Batista liet Lilith de gebouwen zien die over het hele eiland heen half afgebouwd zouden blijven, en sprak over zijn angst dat zijn erfenis verloren zou gaan als een andere politicus de macht greep. Hij wilde van Havana de beschaafdste stad van dit halfrond maken.

Een utopie, dacht Lilith, verrast door de uitgebreide kennis van deze man, die geen formele opleiding had gevolgd. Vanaf dat moment voelde ze zich met hem verwant. De zon vernietigt alles op dit eiland, wilde ze tegen de president zeggen.

De derde keer dat Lilith de president ontmoette, trad ze op als tolk. Een paar dagen daarvoor was ze met Martín en Oscar naar een lezing van Emil Ludwig geweest in de faculteit voor filosofie en kunsten aan de universiteit van Havana. Ludwigs toespraak was vertaald door Gonzalo de Quesada, een hoogleraar met veel aanzien van het Seminario Martiano. De president wilde dat ze naar het congres van haar favoriete Duitse biograaf ging, zodat ze daarna voor hem kon tolken tijdens een receptie. Die werd gehouden bij de voorzitter van de literatuurtafel van Havana's sociëteit thuis. In zijn lezing won Ludwig de Cubanen voor zich door met vurige bewondering te praten over hun nationale helden. Hij had het over Martí, de Apostel, en zei dat hoewel Duitsland wereldberoemd was vanwege zijn discipline, het land geen heldhaftige geest had, en voorspelde zelfs dat het land over een paar jaar verdwenen zou zijn.

Die avond luisterden Lilith en de Duitse schrijver hoe de sopraan Esther Borja zong, begeleid op de piano. De Cubaanse diva was klein, en als ze zong, deed ze haar ogen dicht, ze glimlachte een beetje en hield haar hoofd scheef, met haar armen tot borsthoogte geheven, net als de witte marmeren Mariabeelden in het huis van de familie Lobo. Eerst klonk haar stem zacht en laag, waarna ze hoger en snerpend ging zingen, doordringend. Haar stem vulde de ruimte en betoverde het publiek.

Na het korte recital ging Emil Ludwig naar de zangeres toe.

'Tientallen jaren geleden heb ik een laurier geplant in de tuin van mijn huis in Zwitserland,' zei hij in het Duits, en Lilith vertaalde. 'Ik heb altijd een paar blaadjes bij me, die ik af en toe cadeau geef aan kunstenaars of staatslieden. Ze zijn een soort geluksamulet voor mij. Als je erin gelooft, wil ik je er graag een geven. Je bent een geweldige kunstenares.'

Lilith was diep geroerd, net als de zangeres. De president keek van een afstandje verheugd toe.

Lilith deed haar ogen dicht en zag zichzelf als kind in haar moeders armen, dicht bij Herr Professor, terwijl ze haar om beurten voorlazen uit een van Ludwigs boeken. Het was een vredig moment. Ze had graag hun stemmen opgeroepen, maar dat lukte haar niet. Na het concert op die avond in april zag Martín dat Lilith, toen ze door de presidentiële chauffeur naar huis werden gebracht, tranen in haar ogen had. Hij pakte Liliths handen en kuste ze, want hij wist niet wat hij anders kon doen om haar te troosten.

13

Vier jaar later
Varadero, december 1948

Lilith had altijd koude handen. Martín zei vaak dat ze de winter had meegenomen naar Havana. Soms deden ze een sjaal om en klapperden met hun tanden, veinzend alsof de temperatuur met de seconde daalde.

Lilith droomde ervan op een winternacht met hem weg te lopen.

'In de tropen kun je niet nadenken,' zei Martín altijd. 'Door de hitte heb je alleen maar puf om op het zand te liggen, aan zee, in de zon. Er komt niets goeds van die hitte. Hier zullen we nooit iets bereiken.'

'En in de kou zullen we elkaar uiteindelijk vermoorden,' wierp Lilith tegen.

'Hier niet?'

Nadat El Hombre het land had verlaten, was Martín net zo pessimistisch als Oscar.

Ze gingen niet eens meer naar de bioscoop, omdat dat volgens Martín te gevaarlijk was. Er werden steeds vaker politiemensen aangevallen, en schietpartijen waren heel normaal in Havana, waar willekeurig geweld tegenwoordig aan de orde van de dag was.

Martín en Oscar hadden de universiteit verlaten te midden van chaotische taferelen van studenten die streden om een democratisch gekozen president af te zetten. Martín volgde avondlessen in wiskunde en aardrijkskunde en studeerde luchtvaarttechniek aan de Inter American Aviation School in de buurt van zijn huis. Hij begon vlieguren te maken, en hoopte geaccepteerd te worden door een instituut in de Verenigde Staten en te ontsnappen uit het land dat naar zijn mening uiteen was gevallen zonder het leiderschap van El Hombre. Oscar had zijn rechtenstudie opgegeven en las in plaats daarvan allerlei boeken en ging op reis met zijn vader, ervan overtuigd dat die hem op een dag aan een Europese universiteit zou laten studeren. Maar in Europa waren de verwoestingen door de oorlog nog maar nauwelijks aan het genezen, en Oscars moeder was bang dat er nog steeds nazi's rondliepen. Lilith daarentegen probeerde door te gaan met haar colleges literatuurwetenschappen en filosofie, maar kon door de politieke demonstraties vaak de trap van de universiteit niet eens op komen. Studenten gooiden stenen, de politie schoot terug, waarmee ze het risico liepen iemand te doden, wat inderdaad een keer gebeurde. Daarna bleef Lilith thuis om te lezen, terwijl Martín leerde vliegen in krakkemikkige tweedekkers.

'Op een dag verdwijnt die jongen gewoon, net als Matías Pérez in zijn luchtballon,' zei Helena.

Op heldere ochtenden reed Martín naar het vliegveld Chico aan de rand van Havana om vlieguren te maken. Zodra hij weer terug was, vertelde hij Lilith en Oscar hoe hij de zwaartekracht had getrotseerd in de Piper met twee zitplaatsen waar hij maar nauwelijks in paste, maar die met honderddertig kilometer per uur de Golf van Mexico kon oversteken om in de Florida Keys te landen.

Martíns vader bleef erbij dat de stabiliteit in het land alleen hersteld kon worden als Batista uit zijn comfortabele huis in Daytona Beach in Florida vertrok en een zetel in de Cubaanse senaat probeerde te bemachtigen. Men zei dat Batista op de hoogte bleef van de beproevingen van zijn land, de nieuwe politieke partijen en de laatste verkiezingen, hoewel hij geen enkel verlangen had zich ermee te bemoeien.

Het was een afschuwelijke tijd, niet alleen vanwege de gangsterachtige moorden, maar ook door een orkaan die van zuid naar noord over Havana trok en tientallen levens eiste.

Bij de verkiezingen van 1948 werd El Hombre, in een uitkomst die voor velen als een verrassing kwam, bij afwezigheid tot senator van het gebied Las Villas verkozen, om een partij te vertegenwoordigen waarvan Lilith nog nooit had gehoord. Batista kwam zonder ophef terug naar Cuba en Lilith hoopte dat ze weer toegang zou hebben tot de prachtige bibliotheek in het landhuis van de zojuist verkozen senator, dat sinds diens vertrek jaren eerder afgesloten was geweest. Martíns vader, señor Bernal, was uitgeput, nadat hij dagenlang niet had geslapen door het heen-en-weer reizen naar Florida. Hij was even oud als El Hombre, maar qua uiterlijk had Batista zijn zoon kunnen zijn. Martín hoopte dat de terugkeer van El Hombre naar Cuba zijn vader wat rust zou geven.

Martín en Lilith merkten dat ze minder tijd samen doorbrachten, dus sloten ze een pact dat ze elke mogelijkheid om elkaar te kunnen zien zouden uitbuiten. Soms voelde Lilith zich bij Martín zo gelukkig dat ze onvermijdelijk werd overmand door verdriet. Ze wilde niet de enige ter wereld die ze kon vertrouwen verliezen, maar het leven had haar geleerd dat ze niet in onveranderlijkheid moest geloven. Ze hield ook van Oscar, maar ze wist dat hij tot een andere dimensie behoorde. Oscar zou uit zichzelf vertrekken. Hij had onafhankelijkheid nodig. Martín daarentegen had haar nodig. Ze hadden elkaar nodig.

Martín hield vooral van Liliths vrijpostigheid. Hij kon met haar over politiek en belangrijke historische personen discussiëren of vluchtberekeningen uitvoeren, ze praatten over getallen en techniek, de invloed van de oorlog, nationalisme, communisme. Meisjes op school, de dochters van zijn vaders vrienden, dachten alleen maar aan trouwen en kinderen krijgen, zich kleden naar de laatste mode, uitgenodigd worden voor de beste feestjes. Als ze bij hem waren, lachten ze en keken hem aan met hertenogen. Maar wat hij met Lilith had, wat begonnen was als vriendschap, was in de loop der jaren geleidelijk veranderd. Ze betekende alles voor hem. Dat besefte hij op een middag toen hij haar aan de arm van Oscar zag, die hij als een broer beschouwde. Vanaf die dag kon hij het idee van Oscar en Lilith samen niet van zich afzetten. Hij besloot dat Lilith van hem en hem alleen zou zijn. Toen moest hij op een ochtend overgeven, hij kreeg koude rillingen, zijn benen werden van pap en hij moest weer naar bed. Zijn vader kwam verbaasd zijn kamer binnen, ging naast hem zitten en voelde aan zijn voorhoofd.

'Je hebt koorts,' zei hij. 'Vliegen wordt vandaag niks.'

Hij wilde Lilith vragen of ze zijn vriendinnetje wilde worden, maar was bang dat ze hem verkeerd zou begrijpen en de draak zou steken met zijn kinderachtige vraag, of iets zou antwoorden als: 'Waarom zou je willen dat ik je vriendinnetje word als je toch al de hele dag bij me bent? Je bent als een broer voor mij.' Hij zei liever niets, dan het risico te lopen dat hij werd afgewezen.

Maar Lilith had al door dat Martín verliefd op haar was.

Volgens Helena was die winter een van de koudste in tien jaar. Ze kreeg de griep waardoor al heel veel mensen in het ziekenhuis waren beland en die haar zwakke longen bedreigde. Helena zei altijd dat ze na de roodvonk waardoor ze als kind maanden in bed had gelegen, tyfus waardoor ze bijna kaal was en de mazelen waardoor haar huid onder de littekens zat, vatbaar was geworden voor elke ziekte die op het eiland heerste. Maar ze zei ook dat haar lichaam door ertegen te strijden weerstand had opgebouwd.

'Ik ben een taaie,' zei Helena tegen Lilith toen ze dokter Silva belde om langs te komen. 'Afgezien van mijn longen en de sigaret die aan mijn lippen plakt, beloof ik je dat Helena nog heel lang blijft leven.'

Lilith begreep niet waarom het hele eiland, Helena voorop, zich opsloot bij het eerste teken van een briesje. Mensen leken de kou al te vrezen voordat hij er überhaupt was. Ze bleef zich verbazen over hoe angstig mensen in de tropen waren voor wind, mist, motregen en zelfs dauw. Van op bedauwd gras staan kon je verkouden worden. Bij het kleinste briesje moest je je borst bedekken, je mocht niet naar buiten met nat haar, na een warme douche moesten de ramen dicht. Blijkbaar vereerden Cubanen de zon, net zo heftig als ze de maan en sneeuwstormen vreesden. Lilith leefde daarentegen nog steeds in harmonie met de nacht.

Toen Oscar zag dat zijn vriend weer beter was en zijn koorts was gezakt, vroeg hij Martín om een paar dagen met hem naar Varadero te gaan. Hij had zijn vader beloofd dat hij Villa Ponce, hun zomerhuis, zou klaarmaken voor de winter.

'Ik ga ook mee,' zei Lilith.

Toen Lilith haar plan thuis vertelde, slaakte Helena een gil en ze ging Beatrice zoeken om haar te steunen.

'Lilita, welke idioot gaat er nou in december naar Varadero?' vroeg ze. 'En dan ook nog met twee jongens, zonder chaperonne? Je bent niet goed bij je hoofd. Señora Beatrice, laat je haar echt gaan?'

Beatrice gaf geen antwoord. Ze keek niet eens op van het boek dat ze aan het lezen was. Ze wist dat Lilith volwassen was en vertrouwde haar.

Helena keek altijd vol afgrijzen toe als Lilith zich met Martín en Oscar opsloot in haar kamer en ze tegen elkaar praatten in talen die Helena niet begreep en waarvan ze hoofdpijn kreeg als ze probeerde ze te doorgronden. Bij die gelegenheden gooide Helena het raam open om elk misverstand te voorkomen, en dan stroomde de kamer vol met de geur van nachtjasmijn, een geur die Martín voor altijd met zijn vriendin zou associëren. Helena onderbrak hen elk half uur om glazen limonade, fruit en beboterde toast te brengen of onder welk voorwendsel dan ook de kamer binnen te komen, om hen er goed van te doordringen dat ze dat op elk onverwacht moment kon doen, zodat ze zich verplicht zouden voelen zich te gedragen. Als Lilith in het buurhuis op bezoek ging bij Martín, bad Helena vol overgave haar rozenkrans.

'In Duitsland is dit misschien normaal en fatsoenlijk,' had Helena gezegd, waarna ze haar lippen op elkaar perste. 'Maar hier, op Cuba, doen nette señorita's dat niet.'

Toen ze zag dat Lilith haar blauwe weekendtas inpakte om naar Varadero te gaan, liet Helena haar hoofd op haar handen zakken.

'Er gebeurt echt niks. Het zijn mijn vrienden.'

'Voor mannen geldt dat als ze alles makkelijk kunnen krijgen, ze eraan gewend raken en ze je niet meer ten huwelijk vragen. Waarom zouden ze dan nog? Je moet nadenken over wat je doet als je een ring van Martín wilt krijgen. Anders kan ik me niet ontspannen. Je bent alleen, meisjelief. Je moet trouwen en kinderen krijgen.'

Helena gaf haar een kus ten afscheid en Lilith vertrok voor het weekend. Ze wist dat sommige meisjes het in hun broek zouden doen als ze midden in de nacht weg waren met een jongen, en dat bepaalde maatschappelijke kringen waartoe ze absoluut niet wilde behoren haar gedrag zouden afkeuren. Ze was onvermurwbaar in haar opvatting dat ze niet meer vrienden nodig had. Martín en Oscar waren genoeg. En als ze zou eindigen als oude vrijster, het zij zo.

***

Voordat ze naar Varadero gingen, wilden Oscar en Martín naar het Chinatown van Havana gaan, en Lilith was geïrriteerd dat ze een avontuur zouden beleven zonder haar.

'Geen zorgen,' zei Martín tegen haar. 'We komen je later ophalen.'

'Geen sprake van,' zei Lilith. 'Ik ga ook mee.'

'Respectabele Cubaanse vrouwen gaan daar niet heen, Lilith,' zei Oscar.

'Ik kan toch doen alsof ik een Amerikaanse toerist ben?'

'Je ziet er Cubaanser uit dan wij,' antwoordde Oscar.

'Ik kan Engels met ze praten, of Duits.'

'Lilith, volgens mij gaan er gewoon geen vrouwen naar die buurt,' hield Martín vol. 'Alleen degenen die er werken, en die herken je van een kilometer afstand.'

'Dan trek ik een pak van jou aan!'

Oscar en Martín keken elkaar met open mond aan. Oscar gaf als eerste toe.

'Oké dan, we doen het. Kom op, Martín. We gaan plezier maken.'

Het zou een avontuur worden voor hen alle drie. Het enige wat Lilith over Chinatown wist, was dat er rode lampjes waren, naakte vrouwen en dronken mannen. Volgens Helena waren Chinatown, San Isidro en Colón het tropische equivalent van Sodom en Gomorra. Wat haar betreft mochten die van de kaart van het eiland geveegd worden. Lilith stelde zich een kamer voor met een laag plafond, met overal lichamen, mensen die sigaretten rookten, opium en alles wat ze te pakken konden krijgen. Een ode aan het makkelijke leven en vleselijk plezier. Opgemaakte gezichten, rode ogen, louche gedrag. Ze zou een pak van Oscar aantrekken: hij was slanker dan Martín, dat zou haar beter passen.

Om negen uur 's avonds stonden Oscar en Martín om de hoek in de Buick op haar te wachten, een paar passen verwijderd van het winkeltje dat werd gedreven door Ramón uit Galicië, die volgens Lilith altijd met een gretige blik naar haar keek. De motor van de auto liep, de lampen waren uit en de ramen open. Op dit tijdstip waren de straten in de buurt verlaten. Het enige licht was afkomstig van de winkel van de oude Ramón. Hij was waarschijnlijk zijn geld aan het tellen en een lijst aan het maken van degenen die hem morgen moesten betalen omdat ze spullen op krediet hadden gekregen.

'Jij mag alles wat je wilt gratis hebben,' had hij een keer tegen Lilith gezegd.

Oscar en Martín voelden zich niet op hun gemak. Lilith was nooit te laat. Ze wisten dat ze zoals gewoonlijk naar buiten moest sluipen. Dat was makkelijk voor haar; haar ouders gingen vroeg naar bed en Helena ging op vrijdag altijd bij zonsondergang weg zodat ze niet door de vochtige avond hoefde. Maar deze keer zou ze in vermomming zijn.

'U mag hier niet parkeren.'

Martín, die achter het stuur zat, schrok van de barse stem. Oscars gegniffel verraadde het. Het was Lilith, leunend in het open raam, in een mannenpak met haar haar onder een hoed met een brede rand gestopt.

'Ga je het portier nog voor me openhouden?' vroeg ze, deze keer met haar eigen stem.

'Zo, zo, als dat het Duitse meisje niet is,' zei Oscar, en hij stapte uit.

Lilith stond in het licht van de koplampen, met een hand in de zak van haar jasje. In de andere had ze haar weekendtas. Ze spreidde lachend haar armen zodat ze haar goed konden bekijken.

'Ook al heb je jezelf besprenkeld met een flinke plons aftershave, toch ruik ik nog steeds nachtjasmijn bij je,' zei Martín blozend.

Lilith stapte in de auto en gaf hem een kus op zijn wang.

'Jullie moeten wel uitkijken,' onderbrak Oscar hen, die op de voorbank naast Lilith ging zitten. 'Ze is nu gekleed als man.'

Ze waren alle drie nerveus. Als ze werden betrapt, werden hun ouders ingelicht. Maar waarom zou het iemand iets kunnen schelen of een meisje zich verkleedde als man? Misschien werd het als schande gezien, maar Lilith was er zeker van dat veel mensen die naar Chinatown gingen geen matrozen, toeristen of nieuwsgierige jongelui waren. Ze wist dat getrouwde mannen er ook heen gingen en dat ze hun uiterste best deden om niet ontdekt te worden.

Ze parkeerden de auto aan Avenida Zanja en liepen naar de Calle Manrique. Lilith bekeek de neon uithangborden in het Chinees bij de apotheekjes en de drukke restaurants. Op de hoek hing een bord met de aankondiging van het Shanghai Theater, waar twee films en een burlesk optreden werden vertoond. Ze kochten allemaal een kaartje. Oscar ging als eerste naar binnen. Lilith beende achter hem aan en Martín speelde voor lijfwacht achter haar. Oscars benen trilden. Ze liepen over het zijpad naar de stalles, waarbij ze langs tijdschriften kwamen die aan een touwtje hingen, met blote borsten op de cover. Ze gingen op de achterste rij zitten. Oscar en Martín zetten hun hoed af. Lilith hield de hare op.

De zaal was bijna donker. Sigarettenrook kringelde omhoog naar het plafond. Toen het podium verlicht werd, hoorden ze eerst een drumroffel, toen violen, een piano. Vier niet glimlachende meisjes op blote voeten en in een felrode cape kwamen dramatisch aan geparadeerd. Ze hadden heel dunne wenkbrauwen, dikke wimpers, hun lippen waren bijna zwart gestift. Ze hadden allemaal hetzelfde gezicht en waren even groot, maar de kleur van hun huid verschilde. Eentje had een porseleinen huid, een andere was inktzwart, weer een andere intens roze. Ze leken net geverfde poppen. Op de muziek van een trompet lieten ze hun cape vallen, ze zagen er in de schijnwerpers bijna vloeibaar uit. De meisjes stonden er met ontblote borsten en hielden onmiddellijk veren waaiers voor hun bekken en wapperden er onhandig mee. Lilith wierp een stiekeme blik op haar vrienden, die zowel gegeneerd als gefascineerd waren. Ze wilde een opmerking maken, een grapje, maar de jongens leken wel gehypnotiseerd: het lukte haar niet hun aandacht te trekken. De heupbewegingen van de meisjes waren niet in het ritme van de drums, alsof ze tegen een ritme streden dat ze niet herkenden. Het publiek zat er gefascineerd naar te staren. Op het moment dat de meisjes de waaiers in de lucht gooiden, gingen de schijnwerpers uit. Het was weer donker in het theater. Na een paar seconden begon het publiek te brullen.

Toen begon het gefluit. Een man naast hen schreeuwde vuile taal. Ze hoorde dat een groep Engels sprak. Een presentator kondigde de volgende vertoning aan: *Amores de Varadero.*

'We kunnen beter gaan,' fluisterde Lilith. Ze was niet in de stemming om een mannenstem op te zetten.

'Sorry dat we je hier mee naartoe hebben genomen,' zei Martín, die haar niet recht kon aankijken.

Martíns hart bonkte en hij was bang dat zijn vrienden zouden opmerken dat hij opgewonden was. Na een paar seconden pakte hij

Liliths hand; ze ontspande en hij boog zich steeds dichter naar haar toe tot hij haar bijna kon kussen. Hij keek in haar ogen en glimlachte nerveus.

Oscar onderbrak hen door op te staan en te gebaren dat ze met hem mee moesten komen.

Ze liepen zonder een woord te zeggen terug naar de auto. Martín ging achter het stuur zitten en ze scheurden weg.

'Precies op die hoek was vorige week een schietpartij,' zei Oscar.

'Gangsters,' zei Martín.

Lilith zette haar hoed af en schudde haar haar los.

Ze verlieten Havana, doortrokken van schaamte, iets waar geen van hen aan gewend was. Ook al kwam er steeds meer afstand tussen hen en het theater, toch hadden ze het gevoel dat ze nog steeds in het publiek zaten. Lilith vermoedde dat Martín en Oscar zich meer schaamden dan zij.

Snel reden ze naar de Carretera Central. Het was zo stil op straat dat het leek alsof er een avondklok was ingesteld voor de stad. Voor zonsopgang zouden ze Villa Ponce bereiken. Ze reden in stilte verder met de ramen open, en werden gekalmeerd door de bochten in de weg, de geur van de zee.

Toen ze Varadero bereikten, werd Lilith overrompeld door het stadje. Ze zag de nette huizen, bijna zonder tussenruimte, alsof ze elkaar nodig hadden om overeind te blijven, om te voorkomen dat ze door een krachtige wind werden weggeblazen. Het leek net een modelstadje dat op een leeg strand was gebouwd. Ze reden langzaam door het stadje heen en lieten het toen achter zich. Vervolgens reden ze vlak langs de kust aan de linkerkant van het schiereiland, tot ze een rotsachtige dagzoom zagen. In de verte stond een felverlicht landhuis boven op een heuvel.

'Weet je zeker dat we goed gaan?' vroeg Lilith, terwijl ze verder reden over een zandpad, dat bezaaid lag met stenen. 'Volgens mij zijn we verdwaald.'

'Ik herinner me dit pad nog,' verzekerde Oscar haar met vermoeide stem. 'Ik oriënteer me altijd aan de hand van het landhuis van DuPont. Net voordat je het bereikt, zijn we er. Wat is er, ons Duitse meisje is toch niet bang?'

Ze reden steeds dichter naar de kust toe. Toen ze langs de mangroves reden, zagen ze palmen en een weggetje dat naar de zee liep. Aan het eind stond een robuuste bungalow, aan het oog onttrokken door weelderige vegetatie, gebouwd om het stormachtige weer van de Golf van Mexico te weerstaan. Rechts ervan leek het hoge, witte landhuis van DuPont net een slapende reus.

De koplampen van de auto verlichtten een kant van het huis. Lilith sprong uit de auto en rende naar de waterlijn. Oscar liep achter haar aan en sloeg zijn armen vanachter om haar heen. Lilith voelde dat Martín zijn armen om hen allebei heen sloeg, alsof hij hen beschermde.

'Wie durft er de zee in te gaan?' vroeg Lilith.

'Je bent gek,' zei Oscar.

'Niemand gaat in deze tijd van het jaar de zee in,' voegde Martín eraan toe.

'We zijn niet niemand. Kom op, het water in!'

'Het is wel duidelijk dat je geen Cubaanse bent,' zei Martín. 'Ook al stikken we van de hitte, niemand gaat in de winter de zee in.'

'In de winter? Vind je dit winter?'

Ze draaiden zich om en liepen het donkere huis in. Oscar knipte een tafellamp in de vorm van een bos bloemen aan en maakte de aluminium deur aan de andere kant van de woonkamer open, die naar het terras leidde. Vanaf daar leek de zee wel een metalen plaat.

'Jullie kamers zijn rechts,' zei Oscar. 'Als je per se wilt, kunnen we wel gaan zwemmen.'

Lilith ging als eerste. Ze liet haar schoenen in de woonkamer staan. Op het terras trok ze, alsof ze een ritueel uitvoerde, haar jasje, broek en overhemd uit en ontdeed zich zo van haar vermomming. Ze draaide zich om, keek hen aan en kleedde zich verder uit tot ze naakt was. Ze baadde in het maanlicht. Oscar kwam langzaam achter haar aan en kleedde zich verlegen uit. Daarna kwam Martín, met zijn blik strak gericht op het pak dat Lilith had gedragen en dat nu verfrommeld op het terras lag. Hij durfde zijn ogen nog niet op te slaan. Hij zou haar voor het eerst naakt zien.

Martín en Lilith waren eerder heel dicht bij elkaar geweest, in de tenten die ze tot groot ongenoegen van Helena hadden gemaakt van brokaten meubelstoffen uit de kleerkasten van de Herzogs. Daar in de tuin omhelsden ze elkaar en ontweken de zonnestralen die tussen de takken door vielen. Niet lang nadat ze hierheen was verhuisd, in de periode dat ze niet las en de tijd leek stil te staan, had Lilith alle bomen een Duitse naam gegeven: Eckhardt, Georg, Gunther...

'Eigenlijk zouden we hier in winterslaap moeten gaan, maar dan omgekeerd,' zei ze een keer tegen Martín. 'Die hele stomme zomer slapen tot we worden gewekt door de oktoberstormen.'

Wat Lilith toen miste van Berlijn waren de avonden en de winters, rondrennen in een park dat haar privétuin was geworden.

Ze was gewend geraakt aan mensen die haar al veroordeelden voordat ze haar überhaupt aankeken, aan de dreigende scheiding van de mensen van wie ze hield. Toen ze aankwam op Cuba en merkte dat ze langer was dan alle meisjes bij haar in de klas en dan de meeste jongens, en ook slimmer, had ze voor het eerst van haar leven het gevoel gekregen dat ze ergens controle over had. Zich uitkleden voor de ogen van haar vrienden was nog een stap naar zelfvertrouwen.

In het donker stonden Martín en Oscar naar Liliths silhouet te kijken, alsof ze wachtten tot iemand hun opdroeg wat ze moesten doen. Maar Lilith keek niet achterom. Ze liep langzaam naar de kust en stapte in het kalme water, dat dik aanvoelde in het donker. Ze was een zilverachtige schaduw, die oploste toen ze de metalen zee instapte.

'Waar wachten jullie op?' riep ze over haar schouder.

Oscar stond daar in zijn blootje en keek als gehypnotiseerd naar de zee zonder dat hij erin wilde. Hij hoopte dat Lilith zich niet zou omdraaien. Hij wilde zich tot zijn hals bedekken, maar toen hij zich eindelijk toch het water in waagde, kwam het maar tot zijn knieën. Een paar minuten later liep Martín de zee in, maar bleef toen staan. Kalme golven schuimden om hem heen; hij had het gevoel dat het zoute water zijn poriën binnendrong. Door zijn zenuwen vergat hij de kou. Lilith zag hem huiveren.

'Hoe verder je bij de kust vandaan gaat, hoe warmer het water voelt.'

'Het is ijskoud!' riep Oscar.

Martín zag dat Oscar dichter naar Lilith toe liep, en zijn buikpijn kwam terug. Het laatste waar hij op zat te wachten was weer koorts krijgen en ziek zijn tijd in het strandhuis doorbrengen, terwijl Lilith en Oscar lol hadden. Hij ging bij Oscar staan en liep toen langzaam verder naar Lilith, die op haar rug dreef. De zilveren stralen schenen op haar borsten.

In de verte zagen ze her en der wat huizen, met de lichtjes aan.

Oscar streek met zijn arm langs Martín, maar zijn vriend reageerde niet, omdat hij zijn ogen strak op Liliths borsten gericht had. Nerveus wendde Martín zich tot Oscar en glimlachte gegeneerd. Oscar maakte een snelle beweging en streek bijna met zijn lippen over die van Martín.

'Ik denk dat we eruit moeten, als we morgen niet de hele dag ziek in bed willen liggen,' mompelde Oscar voordat hij terug zwom naar de kust.

Martín bleef naar Lilith kijken en ging steeds dichter naar haar toe. Ze tilde haar hoofd op en probeerde te blijven drijven.

'Ik kan hier de bodem niet voelen.'

'Je mag mij wel vasthouden,' zei Martín.

'Laten we naar de kust zwemmen, dan warmen we wel op.'

Lilith zag dat Martín nog steeds kon staan, omringd door aan- en wegrollende golven. Ze leunde op zijn schouders, trok zich omhoog naar zijn hals, deed haar ogen dicht en kuste hem voor de eerste keer op zijn lippen. Het duurde niet langer dan een tel, maar voor

Martín leek het wel een eeuwigheid. Lilith trok zich terug en zwom terug naar de kust. Hij bleef als versteend op zijn plek staan, in gedachten verzonken.

Op het terras stond Oscar, nu aangekleed, met een gigantische handdoek op haar te wachten. Toen ze dichterbij kwam, deed hij zijn ogen dicht. Toen gebaarde hij dat Martín terug moest komen naar het huis.

Martín kwam langzaam dichterbij, met zijn hoofd gebogen. Hij bleef bij de deur van het huis staan, alsof hij zich schaamde. Oscar sloeg een handdoek om hem heen.

'Je wordt nog verkouden,' zei hij.

Hij begon voorzichtig Martíns rug af te drogen, maar Martín pakte de handdoek zelf. Oscar bloosde en ze gingen het huis in.

De dag brak aan.

Ze wensten elkaar goedenacht zonder elkaar aan te kijken en gingen elk naar hun kamer. Oscar viel direct in slaap. Lilith wou dat Martín naar haar toe kwam, zodat ze samen in stilte wakker konden blijven, net als toen ze jonger waren en in hun tenten verdwenen. Met die hoop deed ze haar ogen dicht en droomde dat ze samenwoonden, een gezin hadden, en de eilanden verkenden in een boot. Martín was klaarwakker en stapte een aantal keer uit bed om naar Liliths slaapkamer te gaan. Maar elke keer kon hij zich er niet toe zetten bij haar aan te kloppen en ging hij stilletjes terug naar zijn eigen kamer.

***

's Ochtends was Lilith als laatste wakker. Ze douchte, kleedde zich aan en ging met nat haar op zoek naar haar vrienden. Ze zaten koffie te drinken in de keuken, vastgeplakt aan de radio.

'Het begint,' zei Oscar.

Lilith begreep het onmiddellijk. Het hele eiland was gebiologeerd door een hoorspel dat al acht maanden werd uitgezonden. Het ging over een jonge vrouw die haar zoon had opgegeven, en de zoektocht van haar vader naar zijn kleinkind toen hij erachter kwam wat ze had gedaan. De ster van het programma was een zeer populaire zwarte vrouw die Mamá Dolores heette. In de aflevering van die dag zou ze eindelijk haar zoon ontmoeten.

De aflevering was ongeveer tien minuten bezig, ze luisterden geboeid naar Mamá Dolores' theatrale gehuil, toen ze werden gestoord door de telefoon. Oscar ging snel naar de hal om op te nemen. Een paar tellen later stond hij weer in de deuropening van de keuken. Op de achtergrond klonk het lied 'El derecho de nacer'.

'Martín, we moeten naar huis,' meldde Oscar. 'Je vader heeft een hartaanval gehad.'

14

Tweeënhalf jaar later
Havana, juni 1951

Er waren zeven jaar voorbijgegaan sinds de ambtstermijn van El Hombre als verkozen president van Cuba was verstreken. Nu was hij als senator teruggekeerd naar het land en had hij zijn toevlucht gezocht op zijn landgoed, blijkbaar niet geïnteresseerd in het uitoefenen van uitvoerende macht. Maar toch had zijn terugkeer het ritme van de familie Bernal veranderd. Martíns vader, die sinds zijn hartaanval in een rolstoel zat, bracht meer tijd thuis door dan in het presidentiële paleis. Hij besteedde zijn tijd aan het organiseren van wat Oscar een triviale politieke campagne noemde en aan pogingen om senator Batista over te halen zich kandidaat te stellen voor het presidentschap.

Hoewel de wereldoorlog zes jaar daarvoor was afgelopen, gingen in Havana de explosies, aanvallen en wapengevechten tussen rivaliserende bendes eindeloos door. 'De ene oorlog leidt tot de andere. We weten niet hoe we in vrede moeten leven,' zei Lilith vaak hoofdschuddend tegen Oscar.

Voor haar betekende het einde van de oorlog niets, ze had degenen van wie ze het meest hield al verloren. Ze sprak nog steeds Duits met Beatrice en Albert en las de verhalen niet over massale vernietiging, concentratiekampen, stapels lijken en schedels waarmee de tijdschriften in Havana volstonden. Er werd van alles gevierd, maar zij had niets te vieren. Door de oorlog was haar familie uitgeroeid en had zij een andere naam, een ander land, een andere taal en een andere moeder gekregen. Ondanks Beatrice' eindeloze stroom brieven aan Europese vluchtelingenhulporganisaties en het Rode Kruis had ze geen thuis om naartoe te gaan. Beatrice wilde de wereld ervan op de hoogte stellen dat zij, haar man en Lilith nog steeds gestrand waren op een eiland dat voor hen altijd een plek van verbanning zou zijn. Haar brieven waren vervliegende rooksignalen, dacht Lilith. Hoeveel brieven waren er gewisseld, met de wens voor een onmogelijke hereniging? Het was een schrale troost om te weten dat ze in haar vaderland, waar ze zich vroeger had moeten verstoppen, niet meer bespuugd zou worden.

Toen de oorlog eindigde, vroeg een meisje op school aan Lilith of ze uit Cuba zou vertrekken.

'Waar zou ik naartoe moeten dan?' antwoordde ze.

'Lilith gaat nergens naartoe,' zei Martín. 'Ze is net zo Cubaans als jij en ik.'

Nu, zes jaar na het einde van de oorlog, bloeide de economie van het eiland. Gammele trams maakten plaats voor glanzende nieuwe bussen en er hing een sfeer van moderniteit. Mensen waren trots dat Cuba een van de landen was dat zijn buitenlandse schuld op tijd terugbetaalde. De Banco Nacional werd opgericht, die het land grote voorspoed bracht. Maar wat het leven van de familie Bernal echt veranderde was de komst van airconditioning. Martín en zijn vader dichtten het huis hermetisch af en installeerden een metalen kastje in elke kamer, behalve de badkamers en de keuken. Het hele huis trilde door de motoren, en door het lawaai leek het huis van de Bernals wel een voortdurend ronkende fabriek. Aan de buitenkant leek het wel alsof het huis huilde. Het vocht van de airco-units dat over de ramen droop vormde een rivier van tranen, die de tuin van de Herzogs in stroomde. Helena vervloekte die elektrische kastjes en klaagde dat als alle rijke families ze installeerden, Vedado een moeras zou worden.

Ook het huishouden van de Herzogs veranderde na het eind van de oorlog. Albert bracht al zijn tijd door in zijn werkkamer, waar hij oude overzeese – zo noemde hij alles wat met Duitsland te maken had – kranten las die hij kreeg van een klant van de meubelwinkel. Hij begon ook zijn bedrijven af te schalen.

'De oorlog is voorbij. Wat heeft het voor zin door te gaan als de enige plek waar we na ons vertrek naartoe gaan de begraafplaats is? We hebben meer dan genoeg geld om het uit te zingen.'

Albert noemde Lilith nog steeds 'het meisje', wat altijd een herinnering opriep die ze had aan hun tijd aan boord van de St. Louis. Toen ze een paar dagen onderweg waren, fluisterde hij in haar oor: 'Je bent een slim meisje. Je vindt wel een manier om verder te gaan. Niet alleen voor jezelf, maar ook voor je moeder.' Toen drukte hij een kus op haar voorhoofd. Albert had haar altijd gesteund, en stond zelfs aan haar kant tegenover Helena, die Lilith te onafhankelijk en koppig vond. 'Laat haar met rust, ze weet wat ze doet,' zei hij vaak.

Nu haar man zich schuilhield in zijn werkkamer ging Beatrice 's middags steeds vaker naar het Oude Havana, om in Hotel Raquel thee te drinken. Elke dag kwamen talloze vluchtelingen uit Europa aan. Sommigen vertoonden tekenen van vreselijke ondervoeding, en ze wilden doorgaans niet praten over wat ze hadden meegemaakt. De families die daarentegen arriveerden in het hotel aan de Calle Amargura op de hoek met San Ignacio waren mensen die erin geslaagd waren nog wat geld en een paar bezittingen te behouden. Beatrice koesterde nog steeds de hoop dat ze een buurman of buurvrouw zou treffen, of iemand uit het dorp waar haar familie had gewoond. Ze kwam elke dag bij zonsondergang met lege handen thuis en hulde zich in stilzwijgen.

In die tijd van het jaar was de hitte verstikkend en ze brachten het grootste deel van de dag door in de keuken, waar ze alle ramen naar de achtertuin konden opendoen, die werd overschaduwd door de bomen met Duitse namen. In de woonkamer was het 's middags niet te harden; dan viel de zon naar binnen en verzwolg hij de kleuren van de kleedjes en de schilderijen aan de muren. Lilith begon over de hitte te klagen, omdat ze hoopte eerst Helena en dan haar moeder ervan te overtuigen dat hun leven veel prettiger zou worden met airconditioning.

***

Oscar ging met zijn ouders op reis naar Europa en toen hij een paar maanden later terugkwam, verraste hij Martín en Lilith door hen voor te stellen aan een vriendin die hij had ontmoet op de oceaanstomer terug uit Barcelona. Ofelia Loynaz was achttien jaar oud en kwam uit een van de oudste en meest vooraanstaande families van het eiland. Tot haar voorvaderen behoorden helden uit de onafhankelijkheidsoorlog en presidenten van de Republiek, een erfenis waarover Oscars vader graag opschepte. Ofelia begon steeds vaker deel te nemen aan de avonturen van de drie vrienden.

Op een dag nam Martín Oscar mee voor een vliegles en stelde voor dat de twee jonge vrouwen de dag samen zouden doorbrengen. Oscar wilde dat Lilith en Ofelia elkaar beter leerden kennen en hoopte dat Lilith haar aardiger zou gaan vinden. Lilith vloog nooit mee met Martín, ze had hoogtevrees en werd misselijk van plotselinge bewegingen. Alleen al de gedachte om in zo'n lawaaierig vliegtuig te stappen bracht bij Lilith de duizeligheid en het overgeven terug die haar hadden geplaagd tijdens de eindeloze oversteek over de oceaan van Hamburg naar Havana. Ze vroegen het niet eens aan Ofelia, omdat ze zo klein en teer was, ze dachten dat ze op het moment dat het vliegtuig opsteeg zou flauwvallen.

Eerst begreep Lilith niet hoe Oscar een band had kunnen opbouwen met een vrouw die zo stilletjes en zwak was als zij. Ofelia praatte zo zachtjes dat Lilith vaak moeite had om haar te verstaan. Dat werd nog erger door haar trage, zangerige uitspraak van het Spaans en doordat ze de woorden van elkaar scheidde, stiltes liet vallen en haar s'en inslikte. Hij gebruikte haar naam niet eens, maar noemde

Ofelia gewoon 'zij' als hij het over haar had. Lilith vermoedde al heel lang dat Oscar verliefd was op Martín. Oscar was altijd zeer geboeid door Martíns verhalen over zijn roekeloze vluchten, en soms zag ze dat Oscars blik bleef rusten op Martíns krachtige handen, waarop de aderen duidelijk te zien waren. Ze dacht aan iets wat Helena ooit tegen haar had gezegd: niemand weet waar ons hart ons zal brengen.

Terwijl Oscar en Martín aan het vliegen waren, dronken Lilith en Ofelia koffie, en nadat ze er meer dan een uur van had genipt, vertelde Ofelia haar dat ze niet van plan was ooit te trouwen, omdat ze niet van feestjes hield en geen echtgenoot nodig had. Haar levensdoel was het aanbidden van Jezus, zei ze. Ofelia sprak zo intiem over Jezus – Hij was de enige die ze vertrouwde, ze was Hem volledig toegewijd – dat Lilith er zeker van was dat dit onbeholpen jonge meisje nooit een romantische relatie met Oscar zou krijgen, die altijd zei dat hij van dit eiland zou vertrekken.

Na de koffie ging Lilith met Ofelia mee naar de kerk om geld te doneren. Ofelia en zij liepen over de wandelweg in het midden van Avenida Paseo, onder de schaduw van de bomen, tot ze bij een enorm neogotisch gebouw met twee torens kwamen, dat de ruimte tussen twee zijstraten volledig besloeg. Op de ene hoek werd de constructie klassieker, alsof de architect zich had verveeld toen hij bezig was met de bouw van de kerk. Ofelia zei dat dit het klooster van Santa Catalina de Siena was. Ze liepen de bescheiden trap op en toen ze het gebouw binnengingen, stak Ofelia haar vingertoppen in een wijwaterbakje en sloeg met een knicksje een kruis.

Ofelia vertelde Lilith dat ze al sinds ze een klein meisje was non wilde worden. Niet zomaar een non, zei ze ademloos toen ze verder liepen, en ze af en toe het zweet van haar voorhoofd depte met een roze kanten zakdoekje. Sinds haar geboorte was ze al voorbestemd voor contemplatie en gebed, zei ze, en op een avond had ze voordat ze naar bed ging stilletjes een gelofte tot eeuwige afzondering afgelegd, die net zo geldig was als een gelofte die in het klooster wordt afgelegd voor de Heer. Haar ouders zagen het als een kinderlijke bevlieging, tot ze beseften dat ze een hechte band had opgebouwd met zuster Irene, een van de nonnen in het klooster, die zorgde voor melaatsen en die gezinnen zocht voor achtergelaten kinderen. Ofelia vond de rijke families die haar ouders bezochten egoïstisch en lichtzinnig als ze geen geld doneerden aan de goede doelen van de kerk. Toen haar vader zag hoe ze de echtgenotes van zijn vrienden onophoudelijk lastigviel, begreep hij dat Ofelia ondanks haar onderdanige verschijning best wel een rebel was. Ze was een oorlog op alle fronten begonnen namens een almachtig wezen, zei hij tegen de rest van de familie over zijn dochter.

'Op een dag kom je nog thuis met lepra en steek je je broertjes en je moeder aan,' schreeuwde hij een keer tegen haar.

'Vader, vergeef hem,' antwoordde Ofelia, en ze sloeg haar ogen ten hemel en mompelde een gebed.

Terwijl ze op zuster Irene wachtten, werd Lilith bijna gehypnotiseerd door de gezichten die ze kon onderscheiden in het donker achter het smeedijzeren hek bij het altaar, naast de gebrandschilderde ruiten. Dat zijn vast de slotzusters, die afgezonderd van de rest leven, dacht ze.

Zuster Irene was een lange, kloeke vrouw. Lilith had zich voorgesteld dat alle godvruchtige nonnen net zo waren als haar vriendin: klein, teer en volgzaam, maar ze trof een krachtige vrouw, vriendelijk en hartelijk, die Ofelia's handen in de minuten die ze met elkaar kletsten omklemde. Ofelia gaf haar een envelop met een donatie in contanten, en de non sloeg een kruis in de lucht.

Toen ze naar de zware zwart met witte gewaden keek die de non droeg, begreep Lilith niet hoe iemand zo'n wapenrusting kon verdragen in de tropische hitte. Ze stelde zich voor dat ze altijd in de schaduwen leefde, slechts verlicht door gebrandschilderde ramen, in een cel sliep waar alleen een houten bed stond en een kruisbeeld hing. Het was een beeld dat rechtstreeks afkomstig was uit de boeken die ze had gelezen, waarin vrouwen zich opsloten om te boeten voor hun schuldgevoel nadat ze de bons hadden gekregen van een geliefde en ze afstand hadden gedaan van al hun wereldse goederen.

Ofelia en zuster Irene hadden het over een pasgeboren baby die geen huis had. De moeder was gestorven tijdens de bevalling en Ofelia beloofde alles te doen wat in haar macht lag om een goed gezin te vinden dat de baby wilde opnemen. Zuster Irene had bijna een moederlijke relatie met Ofelia, en Lilith kreeg een glimp van de wereld waarin haar nieuwe vriendin zich graag wilde opsluiten. Lilith vond het niet vreemd om de hele dag te lezen, bidden en mediteren. Het leek haar een uitdaging om de Bijbel woord voor woord uit haar hoofd te leren, Latijn te leren en zich in alle bochten te wringen van een religie die haar volledig vreemd voorkwam, ook al wist ze dat die in sommige opzichten de hare was. In elk geval van haar moeders kant.

Vanaf de dag van de ontmoeting met de non wilde Lilith een hechtere band opbouwen met Ofelia. Ze liet haar praten zonder te proberen elk woord te begrijpen. Het belangrijkste was om een idee te bevatten, niet om elke zin te begrijpen die gemompeld werd uitgesproken door het meisje dat haar medeklinkers inslikte alsof ze dacht dat die, als ze zouden ontsnappen, al haar energie zouden meenemen.

Op doordeweekse dagen gingen ze naar de Calle Obispo, waar ze uren door de boeken bladerden in La Moderna Poesía, en waar ze uiteindelijk de meest recente uitgaven van Cubaanse schrijvers kochten. Ze maakten lange wandelingen die nergens in het bijzonder naartoe gingen, en gingen elke maand naar zuster Irene om haar Ofelia's donatie te geven. Lilith begon ook geld te doneren door een dichte envelop in de handen van de non te leggen, hoewel ze nooit wist of het een gepast bedrag was en of het in de buurt kwam van Ofelia's gift. Lilith had nog nooit een meisje ontmoet dat zo jong al zo godvruchtig was, een roeping die ze zelf nooit had ervaren. Ze dacht dat als God echt bestond, Hij haar en haar familie kennelijk was vergeten.

De maanden verstreken en Ofelia begon steeds meer deel uit te maken van de groep. Lilith kreeg een hechte band met haar. Ofelia's ouders gaven haar een vrijheid waarvan andere meisjes uit de hogere kringen alleen maar konden dromen. Ze stonden er niet op dat ze een chaperonne meenam op haar afspraakjes met Oscar en ze mocht zelfs met hem, Lilith en Martín in Varadero overnachten. Ze wisten dat voor hun dochter God altijd aanwezig was en dat haar maagdelijkheid dus niet op het spel stond: haar toewijding aan de Heer diende als permanente kuisheidsgordel. Ze dachten ook dat ze door het reisje naar Varadero misschien haar idee zou laten varen om zich af te zonderen, en zij niet hun enige dochter zouden verliezen. Zonen gaan als ze trouwen uit huis en komen nooit meer terug. Als Ofelia een slotzuster werd, wie zou er dan voor hen zorgen als ze oud waren?

Oscar en Martín waren blij dat Lilith, die niet makkelijk vrienden maakte, een band kreeg met Ofelia. En Martín was blij om Oscar met een vriendin te zien. Hij hoefde zich niet langer ongemakkelijk te voelen tijdens de lange knuffels die hij van zijn vriend kreeg. Ze waren net broers, dacht hij, en ze zouden hun hele leven onafscheidelijk zijn. Als Oscar al gevoelens voor hem had die hij niet beantwoordde, wist Martín dat zijn vriend begreep dat hij dol was op Lilith, met wie hij zonder enige twijfel zou trouwen en kinderen zou krijgen.

Op een middag was Lilith in de keuken met haar drie vrienden toen Oscar aankondigde dat hij en zijn ouders voor langere tijd naar de Verenigde Staten gingen. Ofelia werd bleek: het was duidelijk dat ze dit nog niet wist. Lilith pakte haar hand. Oscar zei, zonder ook maar een blik op Ofelia te werpen, dat ze eerst naar San Francisco zouden gaan en daarna naar New York, waar Cuba, als een van de oprichters van de Verenigde Naties, een consulaat had geopend. Oscar was al een paar keer met zijn vader mee geweest naar Manhattan, dat hij een 'echt' eiland noemde, en toen hij terug kwam was hij geobsedeerd door een nieuwe dans, bedacht door een

Cubaan, die de hele wereld aan het veroveren was. Helena was net limonade aan het maken toen het radionieuws afgelopen was en er muziek klonk.

'Mambo!' riep Oscar en hij begon wild te dansen.

Hij pakte Helena's handen en leerde haar een paar passen, die ze bijna perfect nadeed. Ze zetten twee passen, waarbij ze hun tenen van de grond tilden en een arm eerst naar voren en toen naar achteren strekten en tegelijk tegen de maat in hun heupen bewogen. Lilith probeerde het ook. Martín moest lachen. Iedereen, zelfs Ofelia, kon het ritme volgen. Behalve Lilith dan. Ze snapte de bewegingen nauwelijks.

'Ik kan niet meer ademen!' zei Helena met een brede lach op haar gezicht, en ze ging verder met de limonade.

Oscar nam Ofelia als volgende partner. Hij leidde de choreografieën, waarbij ze met z'n vieren en ketting vormden, en Lilith liet zich meeslepen. Ze geloofde oprecht dat dansen een soort geboorterecht was van de mensen die op het eiland geboren waren. Hun gebaren, hun manier van lopen, gaan zitten, hun schouders ophalen: elke beweging had iets muzikaals. Martín pakte Liliths handen zodat hij haar het ritme kon laten voelen. Op dat moment werd er aan de voordeur geklopt.

Helena excuseerde zich en ging kijken wie er was. Even later riep ze Beatrice. Er zweefden flarden van een gesprek naar de keuken. Het was een mannenstem, die Duits sprak. Lilith ging naar de woonkamer, waar ze Beatrice met een oude man zag praten die een gekweld gezicht had, overduidelijk gekleed in een pak en schoenen van iemand anders. Hij had een smal zwart leren koffertje met bronzen sierrandjes bij zich.

'Jij moet Lilith zijn,' zei hij met schorre stem. 'Ik was een leerling van professor Bruno Bormann.'

Lilith besefte dat hij geen oude man was. Helena kwam terug uit de keuken met een glas water en een kop koffie, waar de bezoeker niet om had gevraagd. Hij dronk het water en de koffie op zonder tussendoor adem te halen. De kleur keerde langzaam terug naar zijn gezicht, hoewel zijn stem afgeknepen bleef klinken.

'Dit is voor jou,' zei hij, en hij gaf Lilith een dichte gele envelop.

Lilith maakte hem open en vond een vuil, sjofel notitieboekje met beduimelde hoeken, totaal tegengesteld aan de smetteloze verpakking waarin het was gestuurd.

'Het is van jou,' vervolgde de man zonder zijn blik van haar af te wenden.

Beatrice zweeg, bang dat de man Lilith meer zou vertellen over haar moeders dood dan zij haar had verteld.

Martín, Oscar en Ofelia kwamen de hal in en de man stelde zich voor.

'Señor Abramson,' zei hij. 'Ik ben een oude vriend van Liliths familie.'

'Gaat het een beetje?' vroeg Martín aan Lilith.

Ze gaf geen antwoord. Ze kon haar ogen niet van het notitieboekje afhouden.

Met haar vingertoppen raakte ze de in het Duits geschreven regel op de voorkant aan: *Voor Lilith, mijn nachtreiziger.* Ze sloeg het boekje voorzichtig open en zag een warboel van woorden en ideeën, waarvan veel was doorgestreept of vervaagd, waardoor het moeilijk te lezen was.

Lilith keek op naar de man en wilde hem zo veel vragen: over haar moeder, opa, Franz. Toen keek ze weer naar de bladzijden, geschreven in vervaagde inkt, en probeerde ze te ontcijferen. Ze bracht het boekje naar haar gezicht om eraan te ruiken en bloosde toen ze zag dat iedereen naar haar keek. Het notitieboekje van haar moeder had grenzen, rivieren en bergen overgestoken, waarna het haar helemaal over de Atlantische Oceaan heen had bereikt. Kon er nog een spoor van Ally zijn?

'Moeder had een prachtig handschrift,' zei Lilith, van streek door haar eigen woorden.

Het was heel lang geleden dat ze haar echte moeder anders had genoemd dan 'Ally', vooral in aanwezigheid van Beatrice. Ze durfde haar niet aan te kijken. Vanuit haar ooghoeken zag ze de verstijfde glimlach van haar adoptiemoeder. Ze probeerde het hakkelende verhaal zonder kop of staart van de man te volgen.

'... dus nu ik jou dit notitieboekje heb gegeven, heb ik mijn schuld ingelost,' zei hij in Standaardspaans. 'Nu kan ik in vrede sterven.'

Ze begreep dat Herr Professor zijn mentor was geweest. Toen Abramson was weggestuurd van de universiteit, in de eerste ronde van de rassenzuivering, was Herr Professor zijn gedichten en verhandelingen blijven lezen, en toen Herr Professor ontdekte dat ze de familie Abramson hun bedrijven hadden afgepakt, gaf hij hem geld om Berlijn te ontvluchten, eerst naar het zuiden en toen uiteindelijk naar Spanje. Terwijl Abramsons ouders naar een concentratiekamp werden gebracht, zat hij in een trein over de Pyreneeën. Hij kwam in Spanje aan tijdens de laatste stuiptrekkingen van de burgeroorlog, en toen die eindigde begon de volgende, de oorlog die de rest van Europa meezoog, en hij strandde in een dorpje zonder officiële grenzen. Toen hij eindelijk een plek had gevonden om te leven, begon hij te corresponderen met Herr Professor. Hij zei dat hun brieven elkaar altijd te laat en in de verkeerde volgorde bereikten.

Voordat Herr Professor naar Sachsenhausen was gestuurd, lukte het hem het notitieboekje op te sturen. 'Het enige wat ik uit de vlammen heb kunnen redden,' schreef hij aan Abramson, en hij smeekte hem het met zijn leven te bewaken. Het was het enige wat er nog was van een schrijfster die hij enorm bewonderde, zei hij. Dit notitieboekje en een gedicht dat nog in handen van haar dochter op Cuba moest zijn, voegde hij eraan toe.

Toen ze dit hoorde, huiverde Lilith, overweldigd door schuldgevoel, iets wat ze helemaal niet kende. Sinds haar aankomst op Cuba met het stel dat ze nu haar ouders noemde, had ze geweigerd naar het verleden te kijken. Het gedicht dat haar tijdens haar reis had vergezeld was weggestopt in een la van haar nachtkastje, samen met een ketting en een kruisje dat ze uit respect voor haar nieuwe familie nooit had durven dragen. Ze had haar moeders woorden nooit meer gelezen en wist niet eens of het handschrift was vervaagd, net als in het notitieboekje. De enige details die Herr Professor Abramson had gegeven waren de namen van Ally en Lilith, en de naam van de familie waarmee ze naar Havana was gereisd.

Abramson had de familie Herzog gevonden dankzij alle brieven die Beatrice de hele wereld over had gestuurd, op zoek naar de verblijfplaats van eventuele overlevende familieleden.

'De paden waarover het lot ons voert...' zei hij vol verbazing.

Toen Albert mensen Duits hoorde praten, kwam hij naar beneden uit zijn werkkamer en bleef in de deuropening onder aan de trap staan, buiten het zicht van de anderen. Hij wilde geen deel uitmaken van een verhaal dat, naar hij wist, alleen maar in een tragedie kon eindigen. Het kon niet anders lopen voor zijn familie. Hij had zijn zoon, zijn huis en zijn bedrijf verloren, en nu dook er een vreemde op om Lilith te kwellen, die het gelukt was aan de hel te ontsnappen en haar leven opnieuw op te bouwen.

Lilith wachtte angstvallig tot de man Franz zou noemen. Tot Martín had niemand anders haar ooit zo'n veilig en beschermd gevoel gegeven als Franz. Als ze bij hem was, leek het alsof er een heel leger achter haar stond. In het begin had ze zich Franz voorgesteld naast duivelse soldaten, waar hij kogels ontweek, de loopgraven overleefde en streed voor een doel waarin hij niet geloofde. In een van haar dromen had ze hem zien slapen in een bos, wat ze interpreteerde als dat hij vredig was gestorven, met zijn gezicht intact en niet verminkt door een granaat, zoals ze ook een keer had gedroomd. Het beeld van Franz die haar de lappenpop gaf stond in haar geheugen gegrift. Voor haar was dat zijn afscheid geweest.

Een oom van Abramson was in Panama beland, legde hij uit. Hij had een bedrijf opgezet waarmee hij met Cuba handelde en was na de oorlog naar Havana verhuisd, omdat het volgens hem het meest bloeiende land van Noord- en Zuid-Amerika was. Zijn oom had de uitnodiging van een oude vriend aangenomen, die had aangeboden hem te helpen een kanaal op te zetten voor rechtstreekse uitzendingen via een gloeilamp in een houten kastje, dat beelden vertoonde. Cuba zou het tweede land ter wereld zijn dat televisie had.

Dakloos, zonder familie of geld, in een verwoest continent, besloot señor Abramson naar zijn oom in Havana te gaan, en daarmee de belofte in te lossen die hij aan zijn mentor had gedaan. Nu kon hij in vrede sterven, herhaalde hij. Abramson vertrok weer en zag er nog uitgemergelder uit dan toen hij aankwam, alsof het vertellen van zijn verhaal hem iets van zijn levenskracht had gekost.

Lilith rende naar haar slaapkamer, zodat niemand de tranen in haar ogen kon zien. Ze ging op haar bed zitten met het notitieboekje nog in haar handen, maar durfde de la niet open te doen om te zien of het gedicht waarmee ze meer dan tien jaar geleden uit Duitsland was vertrokken vervaagd was.

Ze las een paar passages in het boekje en probeerde de willekeurige woorden samen te voegen zodat ze ergens op sloegen. Toen veranderde ze de volgorde en begon aan het eind, ging terug naar het begin en toen ze het ten slotte opgaf, deed ze de la open. Het eerste wat ze zag, was het doosje. Ze pakte het op. Eronder lag een vel papier met het gedicht, in tweeën gevouwen in de roze envelop. Ze maakte het doosje open en toen ze het kruisje zag, kwamen er flarden van zinnen en het geluid van brekend glas onder haar voeten terug. Ze las de inscriptie op het kruisje: *Lilith Keller*. Eronder stond een cijfer: *7*. Voorzichtig vouwde ze het blaadje open en las een couplet: *In de nacht dat je werd geboren, was Berlijn op zijn donkerst…* Toen ze het gedicht uit had, ging ze weer naar het begin en bleef bij elke zin hangen. Ze prentte elk woord, elke tussenruimte, elke pennenstreek, de kleur van de inkt in haar geheugen. Ze wilde niets overslaan: het verleden was bij haar teruggekeerd.

Met het gedicht, het kruisje, de lappenpop en het notitieboekje op haar borst ging ze liggen en viel uiteindelijk in slaap.

15

Negen maanden later
Havana, maart 1952

Zonsopgang.

'Blijf in huis, ga niet naar buiten,' hoorde Lilith Martín zeggen. 'Meer kan ik niet zeggen.'

Ze was wakker geworden van de telefoon. Geschrokken maar nog steeds half slapend had ze de hoorn opgepakt zonder iets te zeggen. Ze had hem willen vragen of ze elkaar later zouden zien, of hij haar kwam ophalen, maar hij had al opgehangen. Ze ging op de rand van haar bed zitten, in de greep van angst.

Een van de dingen die Lilith het fijnste vond aan Martín was zijn onverstoorbaarheid. Waarom zou hij haar bellen met die uitzinnige klank in zijn stem? Hij keek haar op moeilijke momenten altijd recht aan, nam haar handen in de zijne en zei dan met de overtuiging van een wijze oude man: 'We vinden altijd een oplossing.' Maar op die tiende dag van maart 1952 gaf Martín haar een bang en verward gevoel.

De vorige keer dat hij haar had verrast, was veel prettiger geweest. Twee maanden eerder had hij haar ten huwelijk gevraagd. De feestelijkheden rond Kerstmis en Nieuwjaar liepen ten einde en Lilith was op het terras dat de twee huizen deelden toen Martín haar van achteren besloop. Hij sloeg zijn handen voor haar ogen. Ze voelde zijn opgewonden ademhaling, net als toen ze in hun jeugd pakkertje deden tussen de bomen met namen.

'Het wordt tijd dat iedereen weet dat ik van je hou.' Hij ademde diep uit.

Ze draaide zich om en zoende hem. Ze omhelsden elkaar een paar minuten. Beatrice en Helena keken toe door het keukenraam. Hij pakte haar hand en schoof een ring om haar vinger.

Een paar uur later vierden beide families het in de woonkamer van de Herzogs. Albert maakte een fles champagne open en ze proostten op het gelukkige stel. Oscar was ongewoon stil.

Lilith zag haar bruiloft als iets wat nog heel ver weg was. Ze hadden nog geen datum bepaald en Martín wilde per se eerst afstuderen. Ze hadden het de avond ervoor besproken toen ze met z'n tweetjes uit eten waren in Rio Mar. Ze hadden gepraat over Martíns aanstaande reis naar de Verenigde Staten, de tijd dat ze van elkaar gescheiden zouden zijn en de dagen dat ze hem zou bezoeken. Zijn opleiding in Tulsa, in Oklahoma, zou twee of drie maanden duren.

Bij het eten had Lilith twee glazen champagne besteld. Martín was een groot deel van de avond zwijgzaam, maar zij had er niets achter gezocht. Het was begrijpelijk dat hij zenuwachtig was omdat hij kans maakte op een plek op de Spartan School of Aeronautics.

Ze was gewend geraakt aan Martíns regelmatige reisjes naar Daytona Beach in Florida. Ze wist dat hij vlieguren moest maken. Hoewel zijn vader liever had dat hij zijn rechtenstudie afmaakte en net zoals hijzelf een baan in de financiële wereld kreeg, wist Martín al sinds hij een klein jongetje was wat hij wilde worden. 'Mijn wereld is in de wolken,' zei hij altijd, en dan draaide zijn vader met zijn ogen. Maar uiteindelijk was señor Bernal trots op zijn zoon: die blonk uit in wiskunde en sprak vloeiend Engels, terwijl hij zelf, ook al was hij afgestudeerd aan een Amerikaanse universiteit, het nog bijna onmogelijk vond om de medeklinkers aan het eind van woorden uit te spreken. Al met al wist hij dat hij zich niet hoefde te schamen dat zijn zoon piloot werd.

Het was drie jaar geleden dat señor Bernal de hartaanval had gekregen waardoor hij in een rolstoel was beland en vaak buiten adem was. Hij ging nog steeds uit eten met senatoren en zakenmannen, altijd vergezeld door zijn zoon. Door de tijd die hij aan zijn vaders zijde doorbracht, leerde Martín dat stilte een krachtig wapen kan zijn, zoals hij Lilith regelmatig voorhield.

Met bonkend hart probeerde Lilith Martín terug te bellen. Ze belde het nummer van zijn vaders werkkamer, maar er werd niet opgenomen. Ze belde Ofelia, maar die nam ook niet op. Ofelia was vast in het klooster, vermoedde Lilith. Ze douchte, kleedde zich aan en ging snel naar de keuken. Het was maandag en haar ouders sliepen nog. Ze trok de gordijnen van de woonkamer open en zag dat de straten verlaten waren, alsof er voor de stad een waarschuwing van kracht was voor zo'n orkaan die elk jaar met de precisie van een machinegeweer daken van huizen blies.

Voordat Lilith koffie ging zetten, liep ze de trap op naar de slaapkamer van haar ouders. Met haar hand op de marmeren leuning huiverde ze. Ze had het gevoel alsof ze in een andere dimensie leefde, ze was weer in haar terugkerende nachtmerrie dat ze vastzat op een zinkend schip.

Ze telde de treden, keek aandachtig naar de foto's aan de muur, in hun mahoniehouten lijstjes, waarvan sommige een verguld randje hadden. Ze zag zichzelf als kind in de haven van Hamburg: ze hield de handen van Albert en Beatrice vast toen ze de loopplank op gingen op de dag dat ze per trans-Atlantisch lijnschip Duitsland ontvluchtten. De foto die van dit tafereel aan de muur hing was een knipsel uit een New Yorkse krant. Op een dag kwam er een stoffenverkoper langs in de winkel van de Herzogs aan de Calle Muralla, en voordat hij hun de rollen taf en zijde liet zien, had hij het knipsel op de toonbank gelegd.

'Zijn jullie dat niet?' vroeg hij, wijzend naar het gezicht van de man met een hoed en bril, en de vrouw. Toen wendde hij zich tot de tiener achter de kassa: 'En jij hebt nog steeds dezelfde bange ogen als toen je een klein kind was.'

Ze herkende zichzelf niet in het meisje, en ook kon ze zich niet veel herinneren over de twee weken durende periode op zee, waarin ze alleen 's avonds aan dek ging.

Albert liet de foto inlijsten en nadat hij in het kantoor van de meubelzaak had gehangen, belandde hij, toen Albert met pensioen ging en al zijn bedrijven in Havana verkocht, aan de muur naast de trap.

Lilith bleef even staan bij de foto van de bruiloft van Albert en Beatrice. Het leek wel alsof de twee jonge mensen op de foto jaren geleden waren overleden en dat het oude stel bij wie ze woonde verre familie was.

'Wat waren we toch jong en gelukkig,' had Beatrice een keer tegen Lilith gezegd, toen ze zag dat ze in de ban van de foto was.

Op een andere foto stond de hele familie Herzog, rond een tafel bedekt met kant: de grootouders, ouders, broers en zussen, kinderen, allemaal met een stijve glimlach voor de camera. Het waren allemaal onbekenden voor Lilith. Na al die jaren dat Beatrice brieven had geschreven aan organisaties die families met elkaar herenigden in de hoop dat ze een paar familieleden zou vinden, had ze eindelijk geaccepteerd dat niemand de oorlog had overleefd en dat ze haar levenslange straf van herinneringen en schuldgevoel in haar eentje moest dragen.

Een van Liliths favoriete foto's was van de opening van de meubelwinkel Mueblería Luz. Zij knipte het lint door en Martín stond naast haar en keek haar als betoverd aan.

'Vanaf die dag wist ik dat hij verliefd op je was,' had Beatrice Lilith toevertrouwd op de dag dat Martín en zij zich verloofden.

Hoewel ze hun tradities na aankomst in Havana hadden opgegeven, stak Beatrice elke vrijdag twee kaarsen aan en na de oorlog sprak ze af en toe af met vrienden, klanten uit de meubelwinkel, in een Hebreeuws gemeenschapscentrum in Vedado. Ze hoopte altijd dat ze een vluchteling zou treffen uit haar geboortedorp, dat aan het einde van de oorlog van de aardbodem was weggevaagd. Jarenlang ging ze elke avond slapen in de overtuiging dat ze op een dag, in de niet al te verre toekomst, zou weten wat er van haar broers en zussen, neven en nichten was geworden.

Er had ook een foto gehangen van Paul, Beatrice' enige kind, maar die had ze op een dag weggehaald, waarna Lilith hem nooit meer had gezien. Beatrice zei dat ze het te pijnlijk vond dat ze niet wist hoe zijn gezicht zou zijn verouderd. Beatrice had haar verteld dat het vroeger aan de wand van de lampenwinkel van de Herzogs in Berlijn hing. 'We verlichtten de hele stad,' zei Albert graag, 'maar uiteindelijk kozen ze voor duisternis.' Er was nu een donkere plek op de muur langs de trap waar de foto van Paul vroeger hing.

'Daar gaan we jouw trouwfoto hangen,' had Beatrice met haar arm om Liliths middel gezegd nadat ze hun verloving hadden aangekondigd.

Als laatste hing er een foto van Lilith en Martín, allebei gekleed in hun witte uniform en zwarte vlinderstrik van St. George's School, op de binnenplaats van de school op de middag van hun diploma-uitreiking.

Boven aan de trap keek Lilith naar de gang die naar haar slaapkamer leidde en naar haar vaders werkkamer, een ruimte als een grot, met tegen alle muren donkere houten boekenkasten en voor de ramen gordijnen die geen lichtstraaltje binnenlieten.

Ze aarzelde even bij de deur naar de werkkamer, overvallen door een vreselijk voorgevoel. Ze ging naar binnen en zag dat de leren leunstoel, waarin haar vader uren kon doorbrengen bij het groenige licht van de bronzen lamp, leeg was. Ze liet haar hoofd hangen, zuchtte zwaar en ging naar de slaapkamer van haar ouders. Ze zullen toch niet nog steeds slapen, dacht ze. Misschien zijn ze al vroeg weggegaan. Misschien...

Lilith hield op met speculeren en klopte twee keer. Er klonk geen antwoord en ze besloot naar binnen te gaan. Ze voelde een koude luchtstroom en rook de krachtige geur van naftaleen. Haar moeder wilde per se de wollen kleren die ze op het schip hadden meegenomen intact houden. Er hing ook een vleugje kamille in de lucht.

Haar vader dronk altijd thee van die gedroogde bloemetjes, in de hoop dat hij er diep door zou slapen, hoewel dat nooit gebeurde, zoals hij elke ochtend klaagde. 's Ochtends draaiden de gesprekken van haar ouders altijd om het feit dat ze, hoewel ze de eeuwenoude gewoonte volgden en hun ogen sloten om te gaan slapen, ervan overtuigd waren dat ze op de avond dat ze Duitsland ontvlucht waren het vermogen om te dromen waren kwijtgeraakt. Wat had het voor zin om te slapen als je niet kon dromen?

Als haar ouders in de slaapkamer zouden zijn, hadden ze iets gezegd toen ze klopte of gereageerd toen ze de deur opendeed. Maar het was zo stil in de kamer dat het bloed haar in de aderen stolde.

Het licht op de gang wierp een subtiele gloed op het mahoniehouten hoofdeinde van het hemelbed, waarvan de palen omwikkeld waren met grijze zijde en de transparante gordijnen van de hemel opengetrokken waren. Albert en Beatrice lagen in het halfdonker op het bed. Lilith deed een stap naar links en het licht viel op haar ouders. Ze lagen hand in hand op hun rug. Lilith herkende de donkerblauwe jurk en brede zwarte leren riem die Beatrice had gedragen op de dag dat ze aan boord van de St. Louis gingen. Albert had zijn grijze flanellen driedelige pak aan, en leek gewurgd te worden door de stropdas om zijn nek. Hij had zijn schouders bijna tot zijn oren opgetrokken. Lilith kon hun gezicht niet zien, dus ze wist niet of hun ogen open of dicht waren. Misschien waren ze wel in slaap gevallen, terwijl ze al helemaal gekleed waren voor een uitje, dacht ze. Toen zag ze dat ze allebei hun versleten leren schoenen droegen. Dat beeld had ze eerder gezien, in de hut van de St. Louis, op die avond in mei ongeveer twaalf jaar geleden toen ze aan boord van het schip gingen. De dag dat de tijd voor hen stil was blijven staan.

Lilith wilde naar hen toe gaan, over hun voorhoofd strijken, hen nog een laatste keer knuffelen, maar dat durfde ze niet. Ze viel op haar knieën op de koude tegels.

***

Toen ze eindelijk overeind kon komen, liep Lilith zonder het geringste geluid te maken weg uit de kamer, alsof ze haar ouders niet wilde wekken uit de diepe slaap waar ze al die jaren al naar verlangden. Ze liet de deur open zodat de lucht kon circuleren. Ze wist niet goed wie ze eerst moest bellen – de politie of dokter Silva, hun huisarts – om hun dood te melden. *Hoe zijn ze gestorven?* Pas nu vroeg ze het zich af. Het kon geen natuurlijke dood zijn. Haar ouders hadden besloten een eind aan hun leven te maken, vanochtend of gisteravond, toen ze niet thuis was. Dokter Silva zou vaststellen hoelang ze daar al zo lagen. Een sectie, ze zullen allebei een sectie ondergaan, dacht ze.

'Dat kan ik niet laten gebeuren,' zei ze hardop.

Beatrice had haar ooit verteld dat ze geen sectie mochten ondergaan, dat het tegen hun geloof in ging. Lilith had nooit naar de reden gevraagd.

Toen ze dokter Silva eindelijk te pakken kreeg, leek hij totaal niet verrast, alsof hij al een paar weken op dit telefoontje zat te wachten.

'Ik ben er pas op zijn minst over twee uur. De stad staat helemaal vol,' zei hij.

'Ik zal op u wachten.'

Dokter Silva was vanuit Portugal naar Cuba geëmigreerd en had nooit kunnen wennen aan de kwaden van de Caraïben, zoals hij zei. De slungelige arts sprak naast zijn moedertaal ook vloeiend Spaans, Engels, Duits en Frans, dus zat zijn spreekkamer altijd vol met gedoemde zielen.

Lilith dwaalde verdoofd het huis uit, ze wist niet goed waar ze heen moest, maar wel dat ze weg moest. Ze ging met dichtgeknepen keel op de stoep staan. Het huis leek nu al ver weg, alsof ze er nooit had gewoond. Het was van de Herzogs, niet van haar, een onbekende die ze in huis hadden genomen.

Over twee uur kwam dokter Silva, en wat dan? Ze zouden de lichamen meenemen en ze op de begraafplaats in Guanabacoa begraven, wat ze al hadden bepaald toen ze op Cuba arriveerden, en zij zou een steentje op elk graf neerleggen, ze zou hen elke gedenkdag bezoeken. Ze zou in elk geval een plek hebben om hen te gedenken en steentjes voor hen neer te leggen. Het enige wat ze van haar moeder, Franz en haar opa had waren vage herinneringen, een gedicht, een notitieboekje, een lappenpop en een kruisje in een blauw doosje dat in de loop der tijd grijs was geworden.

Wat zou ze van de Herzogs bewaren? Alleen de familiefoto's, besloot ze. Ze zou de kleerkasten leeghalen en de rollen stof die Beatrice had bewaard toen ze de winkel verkochten aan Helena geven.

Helena! Waar is Helena? dacht ze. Die kwam op maandagochtend altijd vroeg om ontbijt te maken... Ze wist dat ze haar moest bellen, maar eerst wilde ze met Martín praten. Waarom had hij haar telefoontjes niet beantwoord?

Normaal gesproken ging ze het huis van Martín via de achterdeur binnen, maar vandaag liep ze naar de voordeur, alsof ze een onbekende was. Ze klopte aan. Er deed niemand open.

Toen Lilith weer bij haar eigen huis kwam, stond Helena aan de deur met twee boodschappentassen.

'*Ay, Dios mío!* Ik dacht dat ik er nooit zou komen,' zei Helena, die het zweet van haar voorhoofd veegde met de hand waarin ze een sigaret vasthield. 'Alles zit dicht vandaag, het is een gekkenhuis...'

'Ze zijn er niet meer, Helena...' Lilith keek naar de grond toen ze dit zei.

Helena begreep het niet. Ze keek naar Liliths wanhopige blik, haar verstijfde gezichtsuitdrukking.

'Wie is er niet meer? Waar heb je het over, Lilita?'

'Helena, mijn ouders zijn dood.'

Met grote ogen liet Helena de tassen vallen, ze deed de deur open en ging snel naar binnen. Ze keek eerst in de woonkamer en keerde zich toen naar de trap. Ze legde haar brandende sigaret in een asbak en rende naar boven. Een paar tellen later hoorde Lilith een gil. Ze durfde niet achter haar aan te gaan. Ze zou wachten tot ze naar beneden kwam en haar vertellen dat ze al met dokter Silva had gesproken, en dat ze alleen nog maar konden wachten.

Met haar blik op de nog steeds verlaten straat gericht voelde Lilith dat Helena achter haar kwam staan.

Stil, en zo wit als een spook, omhelsde Helena Lilith stevig. 'Arme Beatrice...' zei ze ten slotte en wiegde hen heen en weer. 'Er is geen ergere pijn dan het verlies van een kind. Daar komt niemand overheen. Hoe hard je ook probeert je leven opnieuw op te bouwen, de pijn is er altijd. Ze hebben nu in elk geval allebei rust.'

Lilith liet zich wiegen en keek nietsziend vooruit door haar tranen heen. 'Hebben ze iets tegen jou gezegd? Het lijkt wel alsof ze het van plan waren...'

'Ze hebben gewacht tot je een vrouw was, tot je je verloofde... Wat hadden ze nog om voor te leven? Al die jaren hier en ze spraken amper Spaans. Ze hebben genoeg doorstaan met een gebroken hart. Maar *mi Dios*, wat hebben ze een akelige dag uitgekozen...'

'Hoe bedoel je? Wat is er gebeurd?' vroeg Lilith, die zich plotseling Martíns telefoontje van die ochtend vroeg herinnerde.

'Heb je het nieuws niet gehoord? Ze hebben... O, kijk, daar is de dokter.'

Dokter Silva stapte uit zijn auto en pakte zijn tas van de achterbank. Zijn haar zat in de war en hij was buiten adem, alsof hij was komen rennen in plaats van achter het stuur van zijn groen-witte auto te zitten.

'Gecondoleerd,' zei de dokter, en hij zette zijn bril af en maakte hem schoon met een zakdoek. 'Zijn ze boven?'

Hij ging naar binnen zonder op antwoord te wachten. Helena liep achter hem aan. Lilith stond als verstijfd op de stoep en wachtte tot ze iets van Martín zou horen.

Voor de eerste keer sinds haar aankomst op het eiland voelde

Lilith zich machteloos. Hoe kon ze dit zonder Martín doorstaan? Iemand moest haar helpen de benodigde formaliteiten af te handelen, voorkomen dat er sectie zou plaatsvinden, de benodigde politieverslagen indienen, regelingen treffen voor de begrafenissen. Haar ouders hadden besloten te sterven zodra ze de wensen van Ally Keller hadden vervuld, zodra ze er zeker van waren dat het leven van hun geadopteerde dochter geregeld was. Pas toen stierven ze in de hoop herenigd te worden met de zoon die hun door de nazi's was ontnomen.

Ze hoorde voetstappen de trap afkomen en ging weer naar binnen om te horen wat de dokter te zeggen had.

'Cyaankali,' zei dokter Silva en hij vulde een aantal formulieren in met als ondergrond zijn leren tas.

Liliths ogen werden groot van verbazing. Ze wendde zich tot de dokter en Helena voor een verklaring, maar de dokter had blijkbaar haast.

'Waar hebben ze cyaankali vandaan gehaald?' vroeg Helena verbijsterd.

'Op dit eiland is alles te vinden,' zei de dokter, en hij stak zijn hand uit om afscheid te nemen van Lilith. Hij gaf de ondertekende documenten aan Helena. 'Ik heb het mortuarium al op de hoogte gesteld, maar het is een moeilijke dag om dingen te regelen. We moeten wachten en zien wat we kunnen doen.' En weg was hij.

Helena pakte Liliths hand en bracht haar naar de keuken.

'Wil je een kopje kruidenthee? Dat zal ons allebei goeddoen.'

Lilith ging zitten op de plek waar Helena haar naartoe had gedirigeerd, sloeg haar handen om een beker dampend water met dobberende lindeblaadjes en probeerde een slok te nemen. Onmogelijk. Ze begon te huilen. Haar lichaam schokte onbeheersbaar. Maar toen ze zag dat Helena's keel ook werd dichtgeknepen van de tranen, kalmeerde ze zichzelf en probeerde ze kracht te tonen aan de vrouw die plotseling haar enige familie was geworden.

Een uur later hoorde Lilith de bel gaan. Ze hoopte dat het Martín was, maar het waren de mannen van het mortuarium. Helena bracht hen naar boven.

Korte tijd later kwamen ze naar beneden met brancards, met daarop de lichamen onder witte lakens. Ze maakten geen oogcontact met Lilith en ze kon zich er niet toe zetten te vragen waar ze haar ouders naartoe brachten.

Helena hield haar hand vast toen ze het huis uit liepen. 'Het leek net alsof ze nog steeds sliepen,' zei Helena. 'Ik heb hun gezicht gezien. Er was geen greintje pijn op te bespeuren, Lilith. Ze zijn vredig gestorven.'

Toen de auto met de lichamen van haar ouders wegreed, zag Lilith dat Martín zijn zwarte Buick voor het huis parkeerde.

Ze rende naar hem toe en drukte haar gezicht tegen zijn borst. Ze kon haar tranen niet inhouden.

'Ze hebben ze meegenomen,' zei ze, zich vermannend. 'Ik werd wakker toen je me vanochtend belde en toen vond ik mijn ouders...'

Haar stem stokte. Helena ging naar Martín toe en fluisterde iets in zijn oor.

Weer in het huis had Martín niet de energie om met Lilith te praten, maar hij probeerde haar te troosten door haar in zijn armen te houden. Zijn ogen waren rood, zijn gezicht stond vermoeid. Lilith steunde nog steeds op hem.

'We moeten allemaal rustig blijven,' zei hij. 'Batista heeft de leiding over het leger overgenomen. El Hombre is al in Camp Columbia. Mijn vader is bij hem. Er zijn geen schoten gelost.'

Lilith keek Martín overdonderd aan. Ze begreep niet wat hij bedoelde. Hij had het over militaire acties en zij had zojuist haar ouders verloren. Albert en Beatrice zijn dood, wilde ze weer tegen hem zeggen. Mijn ouders zijn dood.

'Er is geen enkel schot gelost,' herhaalde Martín. 'Er is niemand gedood, er is geen bloed vergoten.'

'Wat gaat er met ons gebeuren?' vroeg Lilith angstig en overdonderd.

'Het komt allemaal goed, schat. We hebben een nieuwe president. El Hombre is teruggekeerd en zal alles in orde maken.'

***

Op de middag dat de Herzogs begraven werden, pakte Helena haar spullen in en verhuisde naar het huis in Vedado, waar ze een kamer op de begane grond betrok tegenover die van Lilith.

'Al mijn wereldlijke bezittingen passen in deze dekenkist,' zei ze. 'In het leven moet je geen spullen verzamelen. Je gaat eronder gebukt en je struikelt erover tijdens het lopen.'

Nu de Herzogs overleden waren, bracht Helena God, de Maagd Maria en elke heilige onder de zon naar de keuken.

'Vroeger borg ik uit respect voor hen al mijn heiligen weg. Nu kunnen ze in vrede ademen en ons beschermen, lieverd, omdat ik weet dat je niet Joods bent,' zei Helena tegen Lilith. 'Denk je dat ik van gisteren ben? Een ongelovige zou geen kruisje met haar "echte" naam erop bewaren.'

Lilith wilde haar verwijten dat ze in haar lades had zitten rommelen, maar besefte dat ze niets meer te verbergen had. Ze voelde zich bevrijd.

Helena's rouw maakte al snel plaats voor een uitbarsting van energie en een verlangen om het huis te ontdoen van elk spoortje tragedie. Met op elkaar geklemde tanden stortte ze zich obsessief op haar huishoudelijke taken. Ze leegde lades, haalde gordijnen weg, klopte kleedjes uit en verplaatste meubels naar de andere slaapkamer, in een poging de aanwezigheid van Albert en Beatrice uit elk stukje hout, elke vloertegel en elke gestuukte muur te verwijderen. Na het schoonmaken stak ze kaarsen aan zodat elk spoor van hun ziel of geest voor altijd uit hun leven zou verdwijnen. De doden hadden hun plek, maar die zou niet in dit huis zijn, dat bedoeld was om alleen door de levenden te worden bewoond.

'*Ave María santísima*,' zei Helena, de Maagd aanroepend.

Lilith voelde zich vredig toen ze keek naar Helena die vastberaden onzevaders opzei, die bad tot Dima, de god van de verloren voorwerpen, en tot de Virgen de la Caridad, Cuba's beschermheilige, aan wier voeten drie gekwelde vissers smeekten om hen uit de golven te redden.

16

Vier jaar later
Arroyo Naranjo, december 1956

Na de dood van haar ouders schortte Lilith alle gesprekken over de bruiloft op. Ze werd overmand door verdriet om haar verlies. Van kinds af aan was iedereen die haar lief was verdwenen. In Berlijn had ze haar moeder, Herr Professor en Franz verloren. In Havana Albert en Beatrice. Maar terwijl Martín geduldig wachtte tot ze zou herstellen, kwam ze na verloop van tijd tot het besef dat hij haar niet zou verlaten en dat ze een toekomst met hem had. Desondanks wilde ze geen uitbundige bruiloft; in plaats daarvan spraken ze af om een sobere ceremonie te houden in het vakantiehuisje van El Hombre.

Een paar maanden voor de bruiloft vroeg Oscar of Lilith, Martín en Ofelia zin hadden een zorgeloos weekend door te brengen in het huis van zijn familie in Varadero, iets waar ze als onafscheidelijke tieners altijd van hadden genoten. Lilith stelde dit vriendschappelijke gebaar op prijs en hoopte dat Martín en Oscar hierdoor het contact met elkaar konden herstellen.

De avond voordat ze naar Varadero gingen, wandelden Martín en Lilith met Ofelia naar de kathedraal, maar vluchtten daar weg voor de orakelvrouwen, zoals Oscar de menigte ouwe besjes noemde die daar rondhing. Ze waren in het wit gekleed, met gekleurde kettingen om, een bosje basilicum achter hun oor gestopt en een brandende sigaar in hun mond. Wanneer ze hen tegenkwam, probeerde Lilith vriendelijk tegen hen te glimlachen, maar ze was bang voor hen en wilde altijd zo snel mogelijk bij hen uit de buurt komen. Die avond pakte een van de ouwe besjes haar hand en begon onmiddellijk te trillen. Ofelia was doodsbang en sloeg een kruis.

'O, meisje,' zei de orakelvrouw tegen Lilith. 'Wat doe je op dit eiland? Je had nooit van de boot moeten stappen.'

'Niet naar haar luisteren,' zei Martín, en hij probeerde hen uit elkaar te halen.

'Denk er maar eens over na. Waarom jij wel en de anderen niet?' vroeg de vrouw ernstig, terwijl de tranen haar in de ogen sprongen. 'Je weet wat ik bedoel.'

Lilith had geprobeerd haar aankomst in Havana te vergeten, de verblindende middagzon die brandend scheen op de mensen die wanhopig riepen naar hun familieleden op het schip. Er hadden maar achtentwintig passagiers van boord gemogen. Zij waren drie van de gelukkigen. De rest werd teruggebracht naar Europa, waar niet lang daarna de oorlog uitbrak.

Lilith werd bleek. Ze had het willen vergeten. Ja, het klopt dat ze 's nachts gezichtsloze lichamen zag, het schip midden op de oceaan zag zinken, terwijl niemand riep of reageerde. Ze had nog nooit iemand over deze terugkerende nachtmerrie verteld.

'Scheer je weg, schiet op!' schreeuwde Martín.

De oude vrouw pakte een takje basilicum uit haar schort en zwaaide ermee boven Liliths hoofd, waarna ze wegliep. Lilith sloeg haar handen voor haar gezicht.

Martín omhelsde haar.

'Denk er maar niet meer aan. Je luistert toch niet naar een maf oud vrouwtje?'

Ofelia keek haar vol compassie aan. Nu was het haar beurt om Lilith te beschermen, en dit bracht hen nog dichter tot elkaar.

De volgende dag reden ze naar het huis in Varadero. Omdat het maar drie slaapkamers had, stelde Oscar voor dat de meisjes samen de grootste slaapkamer namen, zodat hij en Martín in de andere twee konden, in afzonderlijke vleugels van het huis. Maar Lilith verraste iedereen door te zeggen dat Ofelia de kamer mocht hebben, zodat ze zich prettiger zou voelen. Ze stelde zich voor dat Ofelia urenlang aan het voeteneind van het bed zat te bidden voordat ze ging slapen. Na een kleine aarzeling pakte ze Martíns arm. Ze had een besluit genomen. Vanavond zouden ze voor het eerst met elkaar naar bed gaan.

In de afzondering van hun kamer kleedde Lilith zich uit en ging vol zelfvertrouwen voor Martín staan. Ze was er klaar voor en wilde graag dat haar geliefde vriend haar in zijn armen nam en dat ze eindelijk ervoer wat ze in haar dromen had geoefend.

De volgende ochtend zagen ze tot hun grote verbazing Ofelia uit Oscars kamer komen.

***

Ofelia en Lilith spraken nooit over de nacht die ze in Varadero hadden doorgebracht. Ofelia leek te berusten in het lot dat haar ouders voor haar hadden uitgestippeld, en aangespoord door haar nieuwe vrienden liet ze zich op de stroom meedrijven. Haar ouders wilden dat ze trouwde, om zo buiten bereik van het klooster te komen. Ze vonden Oscar de ideale kandidaat voor hun dochter.

Ofelia werd met de dag bleker en trok de aandacht wanneer ze samen ergens heen gingen, niet alleen vanwege haar witte gelaatskleur, maar ook vanwege de bloemetjesparasol die ze zelfs 's avonds meenam, alsof ze ook beschermd moest worden tegen het maanlicht. Op een avond zagen ze, toen ze uit een schouwburg aan de Paseo del Prado kwamen, in enorme letters op de gevel de woorden *ABAJO BATISTA* staan. De rode verf was nog nat en het viel hen op dat het er naar verbrande olie rook. Martín zei dat ze snel naar de auto moesten, zodat ze weg waren voordat de politie kwam. Alle bezoekers van de schouwburg haastten zich weg, bang toen ze het rode motto zagen.

Niet lang daarvoor had een groep terroristen, zoals Helena hen noemde, een kazerne in Santiago de Cuba aangevallen, in het oosten van het land, met verschillende doden aan beide zijden tot gevolg. De overlevenden werden gevangengezet op het Isla de Pinos, ten zuiden van Havana, maar uiteindelijk verlaagde El Hombre hun straf. Tijdens de rechtszaak had hun leider een toespraak gegeven, die daarna het manifest werd van de nieuwe politieke beweging met als doel het afzetten van El Hombre. Hoewel hij, zoals señor Bernal hun had uitgelegd, ook door middel van een coup de macht had kunnen grijpen, werden er verkiezingen gehouden en was Batista opnieuw verkozen tot president. Oscar hield zoals velen vol dat het stemmen frauduleus was verlopen.

Oscar had Lilith de transcriptie gegeven van de toespraak van de oppositieleider, 'De geschiedenis zal me vrijspreken'. Toen ze de papieren las die in de gevangenis door een fanatieke jongeman waren geschreven, kwamen de nachtmerries die ze als klein meisje in Berlijn had gehad in alle heftigheid terug. Ze hoorde haar moeder en opa debatteren over *Mein Kampf*, ook in de gevangenis geschreven door een man die een volledige natie zou onderwerpen.

In dezelfde periode sloeg Ofelia geen mis over in het klooster en hielp ze zuster Irene met de verzorging van de melaatsen in het sanatorium van El Rincón aan de rand van de stad, waar ze door de chauffeur van de familie heen werd gebracht. Oscar bracht een hele dag door met Lilith en Martín, en vertelde pas 's avonds dat hij voor langere tijd in New York ging wonen, om zijn rechtenstudie af te maken en toezicht te houden op de investeringen van zijn vader. Het was een afscheid en Martín stelde geen vragen. Hij wist dat Oscar wegliep, niet alleen voor de storm die over het land raasde, maar ook voor Ofelia, die zijn plannen in de weg stond. Oscar wilde niet de rest van zijn leven vastzitten aan een meisje aan wie zijn ouders hem hadden gekoppeld.

Toen Oscar naar New York vertrok, had Lilith medelijden met Ofelia en ze sprak af met haar in het klooster, waar haar vriendin steeds vaker te vinden was. Zuster Irene ontving Lilith bij de poort en bracht haar naar haar vriendin, die ze zittend aantrof in een wolk wierook, verdiept in haar gebeden. Ze hadden elkaar een paar weken geleden nog gezien, maar Ofelia leek nog dunner te zijn, haar ogen lagen diep in de donkere kassen. Haar huid was zo doorzichtig dat de aderen die van haar keel naar haar voorhoofd liepen te zien waren. Toen ze Lilith zag, rende Ofelia naar haar toe en omhelsde haar, maar ze was al snel al haar energie kwijt. Ze wandelden over de binnenplaats van het klooster en Lilith had het gevoel dat Ofelia in het ritme van de slotzusters liep, met haar blik op de grond gericht. Toen ze afscheid namen, glimlachte Ofelia en biechtte op waarom ze zo afwezig was.

'Ik ben zwanger,' zei ze met gebogen hoofd.

Op dat moment dacht Lilith aan haar eigen moeder, die lang geleden in Berlijn zwanger was van haar.

'Ofelia, luister naar me. Het komt allemaal in orde. Je kunt bij mij komen wonen, je hoeft jezelf niet op te sluiten of bij je ouders te blijven.'

'Ik moet hier zijn, in het klooster. Hier hoor ik.'

'Ik kan Oscar een brief schrijven. Ik weet zeker dat als hij het weet...'

'Het is zijn schuld niet, het is niemands schuld,' onderbrak Ofelia haar, en Lilith zag een immense vrede op het gezicht van haar vriendin.

Ze haakten hun armen in elkaar en liepen naar een bankje onder een vlamboom. Ze gingen zitten en zwegen tot Ofelia, met een diepe inademing, tegen de schouder van haar enige vriendin leunde. Ze legde Lilith zachtjes uit dat naarmate ze dichter bij haar wijding tot non kwam, ze met seks wilde experimenteren voordat ze die kant van haar aardse leven voor altijd opzijzette. Op die manier zou ze haar offer aan God brengen in de volle wetenschap van wat ze opgaf. 'Het wordt een prachtige, gezonde baby, dat zul je zien. Maar ik wil dat je me iets belooft: dit moet ons geheim blijven. Ik wil dat

Martín, Oscar, en zeker mijn ouders het niet te weten komen. Jij bent de enige die me echt begrijpt.'

Ze werden opgeschrikt uit hun gedachten door religieus gezang. Een groep nonnen ging in processie door de gang op de verdieping boven hen. Er begon een hond te blaffen. Het schriele, schurftige dier rende in kringetjes om de fontein, alsof hij door het gezang werd gemarteld.

'We gaan een thuis voor de baby zoeken.' Ofelia snikte. 'Het zal niet het eerste of het laatste kind zijn dat we helpen.'

Lilith besefte dat Ofelia over de baby praatte alsof hij niet van haar was, alsof het kind dat in haar groeide een van de zuigelingen was die moeders in een mandje bij de deur van het klooster neerzetten, of achterlieten in het ziekenhuis waar ze geboren waren zonder hen aan te geven bij de gemeente. Toen ze thuiskwam, schreef Lilith een brief aan Oscar in New York, maar die kwam al snel terug, net als haar daaropvolgende brieven, ongeopend en met het stempel RETOUR AFZENDER. Elke vrijdagmiddag ging ze op bezoek bij Ofelia in het klooster.

Lilith voelde zich aangetrokken tot mensen die, net als haar vriendin, zo'n groot geloof hadden, omdat zij dat niet had. Ze was geïntrigeerd door mensen die opgegroeid waren met de angst voor God, terwijl zij was opgegroeid met de angst voor een echte man: de Führer. Maar wat haar het meest aantrok tot het religieuze leven was de gemoedsrust die mystiek bood: zo je leven leiden, knielend in gebed voor een leeg altaar, ver bij alle chaos vandaan.

Ofelia bleef in het klooster en op een dag, drie maanden later, liep Lilith Ofelia's ouders tegen het lijf, die net vertrokken en buiten zichzelf waren van verdriet. Toen ze naar binnen ging en Ofelia trof, zag ze dat de zwangerschap niet langer verborgen kon worden. Haar ouders waren vertrokken uit het klooster in de overtuiging dat het hun fout was, dat zij hun dochter tot zonde hadden aangezet. Ze wisten dat er geen andere oplossing was dan de baby te laten adopteren en te accepteren dat hun dochter het habijt zou aannemen, het lot dat Ofelia vanaf haar geboorte beschoren leek te zijn.

Maar Ofelia kon geen weerstand bieden aan de kracht van haar naamgenoot. Op een dag lachte ze naar zuster Irene en ging buiten het klooster een wandelingetje maken. Nadat ze urenlang had gelopen, en al die tijd een eindeloze monoloog had afgestoken tegen God, de enige bij wie ze het gevoel had dat Hij echt naar haar luisterde, wierp ze zich in de rivier de Almendares, met een lange slinger van bloemen die ze had geplukt om zich heen.

Daar hebt gij rozemarijn, dat is voor de herinnering; ik bid u, mijn lief, herinner u uwe geloften; en daar vergeet-mij-nietjes om aan mij te blijven denken, las Lilith, die aan haar opa dacht toen ze de overlijdensadvertentie in de *Diario de la Marina* zag. Er stond niet in dat Ofelia ook haar kind had verdronken in het modderige water van de rivier.

Die avond huilde Lilith, meer dan ze ooit voor een van haar doden had gehuild. En weer hielp Martíns evenwichtige aard en niet-aflatende toewijding haar door de duisternis heen.

Een week voor haar bruiloft ging Lilith terug naar het klooster om uit Ofelia's naam een donatie te doen. Niet zuster Irene kwam naar haar toe, maar een oudere vrouw die geen habijt droeg maar een strak dichtgeknoopt grijs pak. Ze pakte de envelop aan, maakte hem open en telde in aanwezigheid van Lilith het geld. Ze nam aan dat zuster Irene zichzelf had opgesloten, in een diepe depressie gestort door de dood van Ofelia en dat ze eindeloos, dag en nacht, was gaan bidden om haar pijn te verlichten. Lilith vond geen troost in gebed, maar ze zou op haar bruiloft een bloemenkrans in haar haar dragen ter herinnering aan haar vriendin.

***

Helena barstte bijna van geluk toen ze hoorde dat haar kleine meisje in een kapel zou gaan trouwen, zoals God beval. Martha, de vrouw van El Hombre, nam de planning op zich alsof een van haar eigen dochters ging trouwen. Martíns vader was altijd een trouwe vriend van haar echtgenoot geweest en Lilith was het slachtoffer van een oorlog waarin ze haar ouders, haar thuis, haar identiteit had verloren. Bovendien deelden Lilith en El Hombre een passie voor de biografieën van Emil Ludwig. Maar de bruiloft zelf zou eenvoudig zijn, alleen maar een formaliteit. Er kwamen geen priesters en er was geen religieuze dienst. Helena kon in elk geval wel tevreden zijn dat hij zou plaatsvinden in het kapelletje achter het huis van El Hombre.

Lilith had haar jurk gekozen uit een oude catalogus die ze bij Martín thuis had gevonden. Hij was lichtblauw, had een hoge taille, was strapless en had driekwart mouwtjes. De naaister kopieerde het ontwerp perfect. Lilith had tegen Helena gezegd dat ze geen sluier wilde. Ze droeg een wit, maanvormig sjaaltje met drie parels en een sierlijke bloemenkroon. Het enige wat Helena graag wilde, was Liliths haar steil maken.

Zodra Lilith aangekleed was, had ze het gevoel dat ze vermomd was. Door de lichtgekleurde jurk leek haar gebruinde huid te stralen. Op het moment dat Martín haar uit de auto zag stappen, rende hij naar haar toe om haar te kussen.

'Je bent mooier dan ooit,' fluisterde hij in haar oor. Ze moest ervan blozen. 'Vandaag ga je me de gelukkigste man ter wereld maken. Waar zou ik zijn zonder jou?'

De hele gebeurtenis duurde niet langer dan een halfuur. Ze stonden in de kapel en ondertekenden simpelweg de trouwakte in aanwezigheid van de secretaris van El Hombre, die fungeerde als notaris. Toen knielden ze allemaal en baden tot het onopgesmukte kruisbeeld, terwijl Helena een kruisje sloeg.

'Nu ben je volgens God getrouwd,' zei ze hardop.

Aan het eind van de ceremonie wisselden ze ringen van goud en platina uit, en toen ze uit de kapel weggingen, gooiden Batista's kinderen rijst en lieten ze twee witte duiven los. Helena bette voortdurend haar ogen en toen ze de duiven zag, stak ze haar armen in de lucht en smeekte de hemel om haar kleine meisje te beschermen tot haar sterfdag.

Na de dienst was er een kleine receptie in de bibliotheek van de Batista's, Liliths lievelingsplek. Lilith was net een daiquiri aan het drinken en met Martha aan het praten toen Martíns vader haar met een armgebaar wenkte, en ze ging snel naar hem toe.

'Lieverd, dochter van me. Je moet me zo snel mogelijk verrassen met een kleinkind. Ik denk dat ik niet lang meer te leven heb.'

Toen El Hombre, die naast Martha stond, hem hoorde, onderbrak hij hen.

'Bernal, hou eens op met die onzin. Jij blijft nog wel een tijdje bij ons.'

Lilith ging op zoek naar Helena en trof haar aan in de kapel, waar ze zat te bidden. Ze zat geknield aan de rechterkant, deze keer voor de Virgen de la Caridad del Cobre, en concentreerde zich op haar smeekbede.

'Ik snak naar een sigaret, die helpt me er wel bovenop,' zei Helena met stokkende ademhaling. 'Je moeder zou zo blij zijn als ze je zo zag.'

Lilith perste haar lippen op elkaar. Op dat moment dacht ze niet aan Beatrice, die Helena bedoelde, maar aan haar echte moeder. Binnenkort zou zij ook moeder worden. Ze voelde in haar botten dat dat de reden was waarom Ally haar had gered.

Lilith zag Martín met een frons op zijn gezicht uit de bibliotheek komen. Ze wist waaronder hij gebukt ging: de afwezigheid van Oscar, zijn beste vriend, die ontbrak bij de belangrijkste gebeurtenis van zijn leven. Ze hadden jarenlang per brief contact met elkaar gehouden. Maar nadat Martín wekenlang zijn naam niet had genoemd, vertelde hij haar op de avond voor hun bruiloft dat een vriendschap die in zijn jeugd was begonnen in een oogwenk was weggevaagd.

***

Op de avond van hun bruiloft, toen ze in de Buick wegreden van Kuquine, van het kleine maar vrolijke feest dat El Hombre en Martha hadden georganiseerd, kregen Martín en Lilith allebei het overweldigende gevoel dat er iets tussen hen was veranderd.

'Niets kan ons scheiden,' zei Martín na een lange stilte. 'Ik zal altijd naast je staan.'

Lilith deed het raampje van de auto open en op een briesje dreef een kalm gevoel binnen. Ze zouden de rest van hun leven samenwonen. Ze zouden kinderen krijgen, en hun avonturen met Oscar en Ofelia zouden in een ver verleden achterblijven, in hun verloren jeugd. Plotseling waren ze volwassenen geworden.

Bij zonsondergang kwamen ze aan bij Hotel Capri, en Lilith herkende het nabijgelegen Hotel Nacional, waar ze haar eerste maanden in Havana had doorgebracht na haar aankomst met de St. Louis, toen een van haar vele levens net begon.

Om middernacht drong tot hen door dat ze een eeuwigdurend uur elkaars lichamen hadden verkend. Ze zoenden elkaar alsof ze aan een woordeloze dialoog begonnen. Martín voelde zich net zo veilig in Liliths armen als wanneer hij tussen de wolken vloog. Ze wilden de tijd tegenhouden, en heel even lukte dat ook.

De volgende ochtend, toen ze werden gewekt door de zonnestralen, draaide Lilith zich in bed om naar Martín en fluisterde: 'Ons eerste kind wordt een meisje, wacht maar af.'

Dat had ze gedroomd net voordat ze wakker werd, waarbij ze ook het vriendelijke gezicht van haar Duitse moeder en van haar lieve opa zag, die afscheid van haar namen.

'En ze zal op jou lijken,' zei hij, en hij trok haar dichter naar zich toe.

Nu hij in de bruidssuite van het hotel in bed lag, met zijn lichaam aan de grond gekluisterd, zoals Martín het altijd omschreef als hij niet vloog, vond Lilith dat haar man bang leek.

'Denk je weleens dat we te snel volwassen zijn geworden?' vroeg hij haar.

'Nee, Martín, we waren allang geen kinderen meer.'

'Oscar is weggegaan omdat–'

'Je wist dat Oscars leven ergens anders heen leidde. Nu is het tijd dat wij ons eigen leven gaan leiden. Hij duikt wel weer op. Op een dag zien we hem thuiskomen.'

Ze sliepen naakt in elkaars armen.

***

In de schemering van oudejaarsavond zouden ze met een auto naar het Tropicana variétérestaurant gebracht worden, waar ze het jaar 1957 in zouden luiden. Dat was een onderdeel van de huwelijksreis die ze van Martha en El Hombre cadeau hadden gekregen. Martín hoopte dat in het nieuwe jaar de rust op het eiland zou weerkeren. Ze gingen naar beneden, naar de hotellobby, en toen ze op de chauffeur wachtten zagen ze een gloednieuwe, crèmekleurige Cadillac Eldorado cabriolet op de oprit stoppen. Martín herkende de inzittenden, señor en señora Fox, de eigenaren van het Tropicana. Toen ze het trapje naar het hotel op liepen, ging Martín naar señora Fox toe en wenste haar een gelukkig nieuwjaar.

'Jullie zijn hier, en wij gaan naar het Tropicana,' zei Martín tegen haar.

Martín en Lilith hadden de restauranteigenaars ontmoet toen ze de president en zijn vrouw hadden vergezeld naar een diner om geld in te zamelen voor het goede doel, dat in het Tropicana werd gehouden.

'Nou, Martín,' zei señor Fox. 'We zijn naar het Capri gekomen om de nieuwe voorstelling te zien...'

'Hij is dan wel hier, maar hij blijft altijd denken aan wat er daar gebeurt,' onderbrak señora Fox hem.

'Niets zal onze voorstelling onder de sterren overtreffen,' vervolgde haar echtgenoot met zijn barse stem. 'Dit is nu een rage, maar je weet, Martín: modegrillen komen, veroorzaken wat ophef en raken dan weer in de vergetelheid.'

Lilith en Martín kwamen rond acht uur 's avonds in het Tropicana aan en namen plaats op hun gereserveerde plek aan de tafel vlak bij de bar. Voordat de voorstelling begon zouden ze eerst wat eten. In een hoek van het podium was iemand bezig met de voorbereidingen voor het vuurwerk dat om middernacht zou worden afgestoken. Het verbaasde Martín dat verscheidene tafeltjes om hen heen nog leeg waren. Lilith keek geboeid naar de weelderige vegetatie. Een variétévoorstelling in de schaduw van allerlei bomen! Een man aan de bar keek hen ongeduldig aan.

Net toen Martín een kelner wilde wenken om hun bestelling op te nemen, werd hij verblind door een explosie een paar meter verderop, waardoor het tafeltje en de grond trilden. Eerst dacht hij dat het een ongeluk was, dat er per abuis een stuk vuurwerk was afgegaan, maar toen riep iemand: 'Weg met Batista!' Martín trok Lilith onder tafel.

'Stil,' fluisterde hij met dichtgeknepen keel in haar oor.

Ze hoorden een meisje jammeren. Opgekruld in Martíns armen deed Lilith haar ogen open en zag een bewusteloos jong meisje voor de bar liggen. Haar arm was aan flarden gescheurd. Twee kelners tilden haar op.

'Laat ons erdoor!' schreeuwde iemand.

Dicht bij hen had een ander stel zich ook op de koude tegelvloer laten vallen. Martín vroeg of ze gewond waren en de man schudde van nee. De vrouw trilde.

Lilith moest hoesten van alle stof en rook. Te midden van geschreeuw en gehuil riep iemand met luide stem: 'Weg met Batista! *Viva* 26 juli!'

In de mensenmenigte bij de uitgang zag Martín hun chauffeur, die hen wanhopig zocht. Hij zwaaide met zijn armen en de man rende naar hen toe.

Lilith was rustig op de grond blijven liggen totdat Martín haar hielp opstaan. Haar roze tafzijden jurk was gekreukt en zat onder de vlekken, en Lilith begon hem nerveus af te borstelen. Ze wilde niet dat Martín zag dat ze van streek was, maar dat was ze wel.

'We moeten weg,' zei de chauffeur gespannen. 'De auto staat voor. Een kelner vertelde me dat hij dacht dat het meisje de bom in de bar zou leggen, maar hij ging af in haar handen. Mensen worden gek.'

Terwijl ze zich een weg door de chaos baanden, keek Martín Lilith in haar ogen en zei met de overtuiging van een verslagen man: 'Dit land gaat in vlammen op.'

11

Anderhalf jaar later
Havana, juni 1958

'Señora Helena is gestorven,' zei iemand aan de telefoon.

Daar had Lilith niets op te zeggen. Ze voelde zich zowel verdrietig als schuldig. Ze zou nu mensen moeten bellen, het nieuws moeten delen, het verdriet. Maar Helena had geen familie. Lilith wist alleen van een voormalige echtgenoot, die op een dag aan boord van een schip was gegaan op zoek naar fortuin, en in een ander land was beland, misschien zelfs met een nieuwe vrouw. Er was niemand om het aan te vertellen. Het nieuws stopte bij haar en Martín. Zou ze naar het sanatorium gaan? Ze kon niet reizen in haar huidige toestand, met de misselijkheid, het overgeven en de zweetaanvallen waardoor ze geen voet buiten de deur kon zetten. Een reis die de hele nacht zou duren kon haar in gevaar brengen.

'Hartelijk gecondoleerd, señora Bernal,' zei een lieve verpleegster, die Rosa heette en die de afgelopen vier maanden voor Helena had gezorgd. 'In het Koninkrijk Gods wordt niet geleden.'

De afgezaagde zin troostte Lilith niet, maar gaf haar juist een verloren gevoel. Helena kwam nooit meer terug. Helena had Lilith een keer verteld dat haar moeder haar vanaf haar geboorte had geleerd om voor anderen te zorgen. Eerst voor de oude mensen thuis, toen voor haar zieke vader. Ze had nooit voor haar moeder hoeven zorgen, omdat die werd geraakt door de bliksem toen ze tijdens een storm de was van een metalen waslijn haalde. Later zorgde Helena voor haar man, en toen die wegliep begon ze voor onbekenden te zorgen. Maar Helena was er niet meer, dat was een feit.

Terwijl zuster Rosa verder praatte, plengde Lilith geen enkele traan. Ze stelde zich een lachende Helena voor, die eindelijk rust had na een leven lang zorgen voor anderen, bevrijd van de hoest die haar langzaam had verteerd. Die haar ineen had doen krimpen en haar stem had gestolen.

Zuster Rosa herpakte zich. 'Señora Helena had alles al geregeld.'

Lilith luisterde geduldig. Helena had geen begrafenisrituelen gewild. Ze had al afscheid genomen van Lilith, en verder was er niemand. Ze zouden haar met Castile-zeep wassen, haar in een wit laken wikkelen, haar besprenkelen met reukwater dat naar viooltjes geurde en haar in haar laatste rustplaats leggen, de kleine familietombe op de begraafplaats in Cienfuegos. Dat was haar wens, en haar spaargeld zou worden uitgegeven aan een bescheiden begrafenis. Helena had niet gewild dat Lilith belast zou worden met haar dood.

Lilith probeerde zich alle tekens te herinneren van Helena's zwakke gezondheid, waardoor de oude vrouw naar het sanatorium had gemoeten. Op een nacht was Helena wakker geschrokken. Ze deed Liliths slaapkamerdeur open zonder te kloppen en stond daar als een spook in de deuropening, en kwam toen langzaam weer bij.

'Is er iets gebeurd? Voel je je niet goed?' vroeg Lilith, en ze ging naar de oude vrouw toe.

'Ik heb niet lang meer.'

'Doe niet zo raar. Je moet gewoon stoppen met roken.'

Helena had nu zo lang met de hoest moeten leven dat ze er niet langer bang voor was. 'Gods wil geschiede,' zei ze steeds maar weer, gewend als ze was aan de pijn.

Toen de hoest zo overheersend werd dat het bijna haar manier van ademen werd, begon Helena het huis te verwaarlozen. Ze liep in kringetjes door de tuin, ging niet meer naar boven, liet pannen kokend water op het fornuis staan, vergat wat ze aan het koken was.

Het water verdampte en dan vulde ze de pannen weer, waarna de damp als tranen de muren bedekten.

Op een ochtend trof Lilith, toen ze naar beneden ging voor haar kop koffie, Helena aan in de keuken met een mollige vrouw met een geschrokken blik in haar ogen en rood, warrig haar. Helena schreeuwde en gebaarde heftig.

Toen ze Lilith verbaasd in de deuropening zag staan, gaf dat Helena een onprettig gevoel. Ze had het nieuwe dienstmeisje willen opleiden voordat Lilith naar beneden kwam voor het ontbijt.

'Maak je geen zorgen, ze is niet doof of stom. Maar ze spreekt geen Spaans. Iemand beval haar aan omdat ze Pools is, net als jij.'

'Helena, je weet toch dat ik geen Poolse ben?'

Lilith liep naar de vrouw toe, stak haar hand uit en sprak haar in het Duits toe. Helena nam aan dat ze zich voorstelden aan elkaar. De vrouw klemde haar handtasje nog steeds onder haar arm.

'Hoor eens, zolang ik er nog ben, mogen jullie alleen Spaans spreken,' zei Helena tegen hen. 'Ik weet hoe we elkaar kunnen begrijpen. De dag dat ik sterf mag je haar in elke taal aanspreken die je maar wilt.'

Na een korte pauze fluisterde Helena in Liliths oor: 'Ze zegt dat ze geen Spaans spreekt, maar in dit leven vertrouw ik niemand meer. Vertrouwen moet verdiend worden. Moet je zien hoe ze haar tasje vasthoudt; ze wil het niet loslaten, alsof we haar zouden bestelen.'

De vrouw was geen Poolse, of Duitse, ze kwam uit een grensdorpje met huizen van leemstenen in talloze kleuren. Het dorpje had ooit in Hongarije gelegen en later in Duitsland, en was na de oorlog helemaal van de kaart verdwenen. De vrouw praatte liever niet over wat er tijdens de oorlog was gebeurd, en het weinige wat ze niet was vergeten of had weggestopt in haar hoofd als een afschuwelijke nachtmerrie, vertelde ze aan Lilith in elementair Duits vermengd met Jiddisch en Hongaars. Dankzij de bommen die haar niet hadden gedood en dankzij het Zweedse Rode Kruis was ze uiteindelijk op een boot beland die nergens in het bijzonder naartoe ging, zei ze. Ze had niemand meer over, geen plek om naar terug te gaan en hoewel ze op papier Duitse was, was ze dat feitelijk niet. De boot waarmee ze uit Europa vertrok was een vissersboot, en ze ging van haven naar haven terwijl ze kookte en het ruim schoonmaakte. Na een periode van maanden was ze de voortdurende zeeziekte spuugzat en ging ze op de volgende aanlegplaats aan wal, niet vanwege specifieke belangstelling voor het land, maar omdat ze gefascineerd was door de oeroude, weggevreten kliffen die de haven beschermden, waardoor ze het gevoel had dat ze het oude Constantinopel binnen ging. Vanaf het moment dat ze voet zette in Havana waren de mensen aardig voor haar, maar ze had nooit kunnen bedenken dat het haar Duits was, een taal die ze verafschuwde, dat uiteindelijk deuren voor haar zou openen.

Een vrouw uit de nieuwe Hebreeuwse gemeenschap aan de Calle Línea die de vluchtelinge onderdak had geboden, had Helena in het winkeltje van de oude Ramón benaderd met de vraag of het klopte dat ze voor een Duitse werkte. Ze zei tegen haar dat ze een goede kokkin had, met sterke armen, voor al het werk in huis dat er te doen viel, maar dat de vrouw een probleempje had: ze sprak alleen Duits. Ze kende wel een paar woordjes Spaans, Hongaars, Tsjechisch en Jiddisch, maar daarmee kon ze niets bereiken.

De vrouw heette Hilde.

'Als haar naam met een H begint, is dat een goed teken,' zei Helena, en ze nam de onbekende bij de arm.

Helena nam haar zonder een vraag te stellen mee naar huis, en de vrouw uit de Hebreeuwse gemeenschap slaakte een zucht van verlichting toen ze hen zag vertrekken.

Vanaf die ochtend stortte Hilde zich op het huis met een heftigheid die Helena van haar stuk bracht. Een taak waarover Helena een volle dag zou doen, maakte Hilde in nog geen uur af. Waar haalde deze vrouw, die nooit pauze nam, de energie vandaan, vroeg Helena zich af. Ze had in Ramóns winkeltje gehoord dat

Hilde martelingen, dwangarbeid en gruwelijke honger in de concentratiekampen had overleefd. Het enige wat Helena niet fijn vond aan Hilde was dat ze een kamer met haar moest delen, maar ze raakte er uiteindelijk aan gewend; de vrouw stortte 's avonds uitgeput in en stond op voordat Helena haar ogen opsloeg. Lilith had Helena haar vroegere slaapkamer aangeboden, maar die had ze geweigerd met de opmerking dat die binnenkort als kinderkamer zou dienen.

Helena kon zich er niet toe zetten om maar een hap te proeven van de maaltijden die Hilde bereidde, maar omdat Martín en Lilith niet klaagden, liet ze Hilde hun eten maken, omdat ze aannam dat haar manier van kruiden beter paste bij de Europese smaak. Wat Helena betreft kwam Martín, ook al was hij Cubaan van geboorte, ook uit een ander land, omdat hij altijd ergens naartoe vloog. Hilde kruidde het vlees altijd, sneed het dan in grote hompen en kookte of braadde die tot ze op klompen houtskool leken. Helena snapte niet dat iedereen aan tafel alles wat Hilde hun opdiende opat zonder met de ogen te knipperen.

'We moeten het nieuwe meisje in de gaten houden,' zei ze in het begin vaak. 'Wil je wel geloven dat ze haar tasje niet eens loslaat als ze slaapt? En weet je waarom ze altijd lange mouwen draagt? Om getallen te verbergen die ze op haar arm heeft getatoeëerd. Dat zag ik toen ze uit de badkamer kwam.'

Met de komst van de nieuwe bewoonster stond de televisie altijd aan. Die hadden ze gekocht toen *El derecho de nacer* populair werd, en Helena luisterde altijd naar dat programma zonder te kijken. Ze beweerde dat je blind kon worden van het licht van het groene lampje. Helena vond het niet erg dat Hilde naar soapopera's luisterde tijdens het werken, omdat 'het Poolse meisje', zoals ze haar nog steeds noemde, daardoor Spaans zou leren.

Omdat Hilde de scepter ging zwaaien over het huis, werd Helena haar schaduw en ze hield haar in de gaten tot haar kracht het begaf en ze zich op de rieten schommelstoel op het terras liet zakken. En zo teerde Helena langzaam maar zeker weg, tot ze vel over been was. Haar gezicht behield zijn vredige uitdrukking en gaf de indruk dat haar romp, armen en benen een uiterlijke last waren die niet echt van haar waren. Ook al hadden haar oogkassen intussen een geelachtige tint, toch had ze nog steeds een doordringende blik. Haar lippen waren donkerpaars geworden.

Op de dag dat Lilith en Martín gingen trouwen, had El Hombre zelf Helena's hardnekkige hoest opgemerkt en had haar het sanatorium aangeraden. Hij gaf zijn secretaresse de instructie om de benodigde mensen te bellen om het bed met het beste uitzicht te regelen voor 'die beste Helena', zoals hij haar noemde, misschien omdat ze net zoals hij uit een boerenfamilie kwam.

Toen ze arriveerde in het sanatorium Topes de Collantes had Helena het gevoel dat ze thuiskwam. Het ziekenhuis was de trots van de regio en Helena was eeuwig dankbaar voor wat El Hombre had gedaan, niet alleen voor haar, maar voor elke Cubaan met kapotte longen.

Helena steunde El Hombre al sinds de Opstand der Sergeanten in 1933, toen Batista had gezegevierd in een gevecht tegen een groep legerofficieren die hun hoofdkwartier had opgezet in het Hotel Nacional. Daarna werkte Batista, die de machtigste man van het land zou worden, aan zijn legende, wat hem net zo veel mede- als tegenstanders opleverde. Voor Helena zou hij altijd de 'knappe mulat' blijven, hoe oud hij ook was. Haar verknochtheid en trouw intrigeerden Lilith, voor haar was Batista een sluwe, belezen politicus, en een tweede vader voor Martín.

'Als de knappe mulat ons zegt dat we in de juiste richting gaan, moeten we hem geloven,' zei Helena op een dag tegen haar. 'De stinkend rijken zijn allemaal jaloers op hem, omdat hij uit het volk afkomstig is. Hij is van soldaat sergeant geworden en daarna kolonel. Ze zeggen dat het allemaal heel snel is gegaan, maar dat heeft jaren hard werk en toewijding gekost. Wij plattelanders steunen hem en houden van hem omdat hij uit een dorp komt. Hij is net zoals wij. En hij heeft het op eigen kracht gedaan, zonder connecties en familiefortuin.'

'Geen kwaad woord over mijn *presidente*,' zei ze altijd als iemand durfde te zeggen dat hij een vermogen had vergaard, zijn macht had misbruikt, dat hij een bloeddorstige dictator was, dat zijn politiemensen leden van de Directorio Revolucionario Estudiantil martelden, dat het zijn schuld was dat de Joodse vluchtelingen niet van boord van de St. Louis mochten.

'Geloof me, meisje van me, dat hij er niets mee te maken had dat die mensen die samen met jou op dat vervloekte schip hierheen kwamen terug naar huis werden gestuurd,' had Helena vurig gezegd. 'Nee, dat laat ik niemand beweren. De enigen die schuldig zijn aan die schande, iets waarmee we nu eeuwenlang zullen moeten leven, waren en zijn die schaamteloze stomkop Laredo Brú en de Amerikanen. Denk je dat Roosevelt meer Joden op Cuba en de Verenigde Staten wilde hebben? Absoluut niet, hij waste net als Pontius Pilatus zijn handen in onschuld, en wij worden belast met de schaamte. Moet je zien hoeveel Joden hier hartelijk onthaald zijn. Als je er goed over nadenkt, dan was Batista de enige die de leiding nam en achter die verdorven Duitse spion aanging die door heel Havana zijn eigen mensen verraadde. En hij heeft hem laten doden, zijn verdiende loon.'

Op luie zondagen had Lilith meer tijd om met Helena door te brengen, omdat Martín dan in de lucht was en van oost naar west over het eiland vloog met opdrachten van de president, waarbij Lilith zich ongemakkelijk voelde. De oude huishoudster vermaakte haar met verhalen uit de Cubaanse geschiedenis en voor Lilith leken de aanvallen, tegenaanvallen, martelaren en heiligen uit die verhalen net legendes. Als de zon onderging vielen ze uitgeput op hun bed neer. Bij zonsopgang waren ze weer op, met een kop koffie in de hand, en telden de uren tot Martín gezond en wel terugkeerde, terwijl Helena onder het toeziend oog van de maagden en heiligen in de keuken kruisjes sloeg.

Het was makkelijk om Helena over te halen naar het sanatorium te gaan. Ze had een briefkaart bewaard van de opening ervan, alsof ze wist dat ze daar zou eindigen. Volgens haar was het het meesterwerk van de man die ze het meest bewonderde in het hele universum, en als ze ten slotte moesten sterven, kon ze dat het best dicht bij de plek doen waar ze was geboren en waar haar ouders begraven waren.

Toen Helena uiteindelijk haar karige bezittingen in een leren koffer pakte, zag Lilith voor het eerst een foto van Helena's ouders en echtgenoot, die ze altijd trouw was gebleven.

'Het huwelijk is voor het leven, wat er ook gebeurt,' zei Helena tegen Lilith toen ze het huis uit liep en achteromkeek als een soort afscheid. 'Zorg voor de baby die in aantocht is.'

De rillingen liepen Lilith over de rug en ze legde haar handen op haar buik. Ze wist dat ze misschien zwanger was, maar had het niemand willen vertellen, zelfs Martín niet, tot dokter Silva het had bevestigd.

'Het wordt een grote, prachtige meid,' zei Helena, die met Lilith naar de Buick liep, waar de chauffeur met geopend portier stond te wachten.

Ze omhelsden elkaar. Helena liet zich op de achterbank zakken. De auto reed weg en Lilith zag de oude vrouw in de verte verdwijnen zonder nog een keer om te kijken.

***

Zonder Helena leek het huis in Vedado met de dag groter te worden. In alle hoeken namen spoken hun intrek, die Lilith uit alle macht probeerde te negeren. Het regende veel en Hilde hield het huis dicht, zoals Helena haar had opgedragen. Lilith voelde zich plotseling gedesoriënteerd. Als ze Hilde in het halfdonkere huis Duits hoorde spreken, wist ze niet goed of ze nog in Havana was of weer in Berlijn. Na verloop van tijd zwakte de misselijkheid af, zoals dokter Silva haar al had verzekerd toen hij de zwangerschap bevestigde. Hij voorspelde ook dat de baby aan het eind van het jaar geboren zou worden.

'Die brutale rakker heeft nogal een datum gekozen,' zei de dokter glimlachend. 'Die wordt dol op feestjes.'

Rond die tijd kregen Lilith en Martín een brief van Oscar, alsof hij nooit als van de aardbodem was verdwenen. De brief kwam uit New York en er stond in dat hij advocaat was geworden. Zijn ouders waren uit Havana vertrokken omdat ze genoeg hadden van de explosies en aanvallen en bang waren voor het bloedbad dat aanstaande was, schreef hij, alsof zijn oude vrienden ook waren weggegaan en veilig waren.

Oscar voorspelde dat het te laat was voor de verkiezingen die Batista voor november had aangekondigd. Je moet geen rare dingen uithalen met de democratie, zei hij, en hij beweerde dat de 'militaire opstand' geen jaar meer zou duren. De Amerikanen wilden niets meer met hem te maken hebben. Er was nu een nieuwe El Hombre: Fidel Castro. In de daaropvolgende brieven legde Oscar haar uit, omdat hij wist dat Martín te koppig was om het in te zien, dat de toekomst nu in de handen lag van de Beweging van de 26ste juli, dat Batista's dagen waren geteld en dat Oscars ouders, net als veel andere Cubaanse families die in New York woonden, collaboreerden met Castro's rebellen in het Sierra Maestra-gebergte. Hij voegde eraan toe dat niet alleen de Cubanen, maar ook veel Amerikanen de rebellen financieel steunden.

Lilith durfde dit allemaal niet aan Martín te vertellen. Maar ze opperde wel om naar New York te verhuizen en vroeg of hij er niet genoeg van had om in een eeuwige zomer te leven.

'Niets zo heerlijk als de wisseling van de seizoenen...'

Martín keek haar wrevelig aan. 'Hoe kan ik mijn familie nou achterlaten, en onze president? Ze hebben ons hier nodig. Maar ik wil je wel dit geven, voor het geval dat.'

Hij gaf haar een kleine revolver met een houten kolf en een zilveren loop. Ze wilde hem pakken, maar wist niet goed hoe ze hem moest vasthouden. Martín legde uit hoe de veiligheidspal werkte en hoe ze de kogels moest laden, en waarschuwde haar dat ze hem altijd ongeladen moest bewaren. Toen gingen ze naar de slaapkamer en borg Martín de revolver op in de bovenste la van het nachtkastje, naast het grijze doosje waarin de ketting en het kruisje veilig lagen.

Op dat moment wist Lilith dat Oscar gelijk had. Het leven zou nooit meer worden zoals vroeger. Op een dag, misschien over niet al te lange tijd, zou ze opnieuw wakker worden op een eiland dat onbekend voor haar was. Oscars meest recente brief, aan het begin van de zomer, joeg haar angst aan. 'Ik overweeg terug te komen naar Havana. Ik wil deel uitmaken van de revolutie,' zei hij.

Ook dit verzweeg Lilith voor Martín, die sinds hun bruiloft meer tijd in de wolken had doorgebracht dan op de grond. Hij hoefde niet te weten dat hij en zijn voormalige beste vriend tegengestelde kanten hadden gekozen in de dreigende strijd om de toekomst van Cuba. Maar ze vertelde hem uiteindelijk wel zonder omhaal dat ze zwanger was.

'De baby wordt begin volgend jaar geboren.'

Ze klampten zich aan elkaar vast met hun ogen stevig dicht, alsof ze allebei de toekomst voor zich probeerden te zien.

18

Zeven maanden later
Havana, januari 1959

Zoals dokter Silva al had voorspeld, besloot Nadine op de laatste dag van het jaar geboren te worden. Op 31 december 1958 werd Lilith wakker met natte lakens. Haar vliezen waren gebroken en ze was stomverbaasd dat ze geen pijn had gevoeld. Ze belde de dokter, die haar opdroeg een warm bad te nemen en dan rond te gaan lopen, ze moest rechtop blijven en geen vast voedsel eten. Hij zei dat hij 's avonds zou komen. Lilith had geen idee hoe ze rustig moest blijven terwijl Martín één bonk zenuwen was. Hij mompelde zinnen die ze niet begreep en maakte wiskundige berekeningen alsof de geboorte in de wolken zou plaatsvinden. Maar Hilde vroeg Martín om hen alleen te laten en begeleidde Lilith de trap op en af, langzaam en voorzichtig bij elke trede.

'Hierdoor verloopt de ontsluiting makkelijker,' zei ze.

Lilith durfde de vrouw niet te vragen of ze ook kinderen had. Als dat zo was, was ze die verloren, en die wond wilde ze niet openrijten. Hoe dan ook, Hilde gedroeg zich als een deskundige, alsof ze niet één keer, maar vaker was bevallen.

De dokter arriveerde rond zeven uur 's avonds, onderzocht Lilith en zei dat ze nog een paar uur moest wachten.

'Zo te zien wil dit kind niet dit jaar geboren worden,' zei hij, en hij ging naar de keuken om met Martín te dineren.

Martín hield zijn hoofd gebogen, alsof hij een geheim bewaarde.

'Hoe gaat het met El Hombre?' vroeg de dokter, zonder antwoord te krijgen.

Een paar minuten later stond Martín op en vroeg: 'Wat gaat uw gezin doen?'

De dokter besefte dat Martín hem deze vraag stelde omdat hij nog geen beslissing had genomen voor zijn eigen gezin.

'Moet je horen, Martín, we moeten hier weg. Deze oud en nieuw valt er voor ons niets te vieren. Jij wordt in elk geval nog vader. Mijn vrouw en ik hebben al besloten dat we naar het noorden gaan.'

Toen de wijzers van de klok aan de muur bijna middernacht aangaven, onderging Lilith haar laatste weeën en perste ze met haar laatste krachten. Haar ogen waren bloeddoorlopen en ze beet op haar lippen om niet te schreeuwen. Plotseling voelden ze het dak trillen. Een vliegtuig kwam zo laag over, dat Martín bang was dat het een paar seconden voor de geboorte van zijn dochter in de buurt zou neerstorten.

Martín had een akelig voorgevoel. Iedereen concentreerde zich op de geboorte, omdat Lilith bloed verloor. Hilde verschoonde de lakens om haar heen, zodat de baby, zodra die was geboren, niet geïntimideerd zou worden door al dat rood. Martín keek door het slaapkamerraam naar de lucht.

'Een heldere nacht,' zei hij zachtjes, en hij kreeg de overweldigende aandrang om te huilen.

De telefoon ging en Martín liep naar de werkkamer. De telefoongesprekken die volgden maakten hem nog bezorgder en hij worstelde met zijn eigen twijfels. Op dat moment wist hij dat ze veel eerder een vliegtuig naar het noorden hadden moeten nemen, en de baby in een ziekenhuis in Daytona Beach hadden moeten krijgen. Het was zelfs beter geweest als de baby tijdens de vlucht was geboren dan dat ze haar ogen opende op een eiland zonder toekomst. Dan zou zijn kind aan de wolken hebben toebehoord, net als hij. Maar hij kon El Hombre, aan wie hij zijn hele carrière te danken had, niet verraden. Hij kon hem niet als een lafaard in de steek laten. El

Hombre had bevolen dat er twee vliegtuigen klaargemaakt moesten worden op Camp Columbia, waarbij hij aannam dat Martín een daarvan zou besturen. Maar Martín kon niet anders dan weigeren. Er viel een stilte, en toen gaf El Hombre hem door de telefoon zijn zegen. Martín huilde. Hij was bang dat het nu te laat was. Hij zou in z'n eentje op het eiland achterblijven, omringd door wilden.

Zijn vader was samen met Batista in Ciudad Militar. Hij was klaar om te vertrekken en de chaos achter zich te laten. Hij zei dat hij zich in Florida met zijn zoon zou herenigen. Maar toen Martín met zijn vader belde, dacht hij onzekerheid in diens stem te horen.

Het gehuil van de baby bracht hem terug naar de aarde, en hij rende naar de slaapkamer. Hij wist dat hij, wanneer hij de deur opende, in een andere dimensie zou zijn, in een andere sfeer, net als wanneer een vliegtuig door de wolken klimt en hoogte wint, en dan horizontaal gaat vliegen en stabiliseert om niet neer te storten door de wind. Pas dan zou hij rustig kunnen ademen. Trillend bleef hij met de klink in zijn hand voor de deur staan wachten. Hij paste zijn gezichtsuitdrukking aan, zodat hij zou glimlachen als zijn kind voor de eerste keer zijn gezicht zag. Hij aarzelde nog heel even voordat hij naar binnen ging. Hij wilde niet dat de pasgeborene hem in een angstige gemoedstoestand zou zien. Bij de deur die hem van zijn kind scheidde stond een doodsbange man.

'Gelukkig nieuwjaar, papa,' zei de dokter, die de deur opendeed en met zijn tas in de hand op het punt stond om te vertrekken.

De dokter gaf Martín een klopje op zijn rug. 'Er is geen tijd te verliezen, wegwezen hier,' zei hij zachtjes.

Het bed was verschoond. Het zachte schijnsel van de vloerlamp in een hoek van de kamer verlichtte Liliths gezicht. Ze lachte, haar haar was geborsteld en ze had een beetje lippenstift op. De baby was in een lichtgeel gebreid dekentje gewikkeld.

'Geef je Nadine geen kusje?' vroeg Lilith traag maar resoluut.

Zoals Helena en zij al hadden voorspeld, was het een meisje. Hilde leek nog uitgeputter dan Lilith. Ze stond aan het voeteneind van het bed en keek naar Martíns reactie. Snel pakte ze de bebloede lakens die in een hoekje waren gesmeten en verliet de kamer.

Martín ging op de rand van het bed zitten en voelde zich heel eventjes gelukkig. Naast hem bevond zich alles waarvan hij het meest hield. Betoverd streelde hij het gezichtje van de baby, hij kuste Lilith en ging bij hen liggen. Zo opkijkend naar het donkere plafond leek de kamer gigantisch. Het was net alsof hij hen van bovenaf kon zien, alsof ze een altaarstuk waren.

'Wij blijven met z'n drieën altijd bij elkaar,' zei Martín nu met zijn blik op het meisje gericht. 'Niets of niemand kan ons scheiden.'

Er was niets te horen van traditionele nieuwjaarsvieringen in de buurt. In plaats daarvan heerste er een griezelige kalmte. Er brak een nieuw jaar aan in een zinkend land, waarin ze waarschijnlijk zouden verdrinken.

Lilith klampte zich aan de baby vast alsof hogere machten die probeerden weg te grissen. Ze beschermde haar, niet alleen met haar armen en lichaam, maar ook met haar blik. Toen ze haar de borst gaf, vond ze dat pijn nog nooit zo aangenaam was geweest. Haar lichaam werd verminkt, dacht ze, maar tegelijkertijd voelde ze zich vredig door het gevoel van beschutting. Ze vroeg zich af wie wie beschermde, en bedacht dat dit hoopje mens, helemaal roze, kaal en met ogen zo fel als lampjes, haar was komen redden. Ze had een kind gekregen. Was dit niet de reden dat haar echte moeder, Ally, haar had gered?

Ze voelde haar oogleden zwaar worden. Ze had Martín naast zich en tussen hen in sliep de baby die hen verenigde. Met het gevoel dat ze nu onafscheidelijk waren, liet ze zich overmannen door de slaap, alsof ze in een donkere afgrond viel, zonder dromen of nachtmerries. Later hoorde ze Martíns stem. Hij zat met Nadine in de leunstoel. Hij was met ontzag vervuld; ze omklemde een van haar vaders vingers, alsof ze hem niet wilde laten gaan.

'Op een dag gaan we samen vliegen, jij en ik. Je moeder heeft hoogtevrees. Jij natuurlijk niet, want ik zal je vanaf heel jonge leeftijd de wolken laten zien. Hoog daarboven is alles van ons, is alles piepklein. En we zullen naar verre plekken reizen, ver van de herrie en het vuil. Wij met z'n tweeën.'

Martín zag dat Lilith wakker was en lachte. 'Ze is prachtig,' zei hij.

Lilith bad dat de tijd zou stilstaan, dat de ramen en deuren dicht zouden blijven. Ze wilde niets over de buitenwereld weten, of over het nieuwe jaar dat net was begonnen. Ze had het vreemde gevoel dat ze een moment lang gelukkig was.

Na de geboorte hadden ze een paar dagen die wel weken leken, waarin ze de wacht hielden over de slapende baby. Nadine zoog zich vast aan Liliths borst zodra ze in de buurt was, en ze moesten wachten tot ze sliep om haar los te koppelen. Martín telde steeds opnieuw haar vingertjes, hij bestudeerde aandachtig elke centimeter van haar lijfje en prentte het allemaal in zijn geheugen: haar rimpels, haar vouwen, alle tinten roze, haar schaduwen, haar bewegingen.

In hun huis in Vedado leefden ze in het donker, met de ramen en de gordijnen dicht. Buiten scheen de zon agressief en zelfs 's nachts was de lucht dik en verstikkend. Maar binnen in het huis heerste rust, het was een toevluchtsoord voor de chaos buiten.

'Revoluties zijn net tornado's, ze brengen alleen maar vernietiging,' zei Hilde in het Duits als ze door de kieren in de gordijnen tuurde. 'Alleen het onkruid staat nog.'

Martín en Lilith hoorden Hildes woorden als een ver gemompel. Ze wilden van elke seconde met Nadine genieten. Buiten was er een zee van verwarring. Hilde vertelde dat de straten vol kraters zaten van de tanks waarmee de rebellen Havana waren binnengereden. Ze hadden verkeerslichten en parkeermeters vernield, de hotels overgenomen. Hun buren waren met een van de weinige vluchten die nog vanaf de vliegvelden vertrokken het land uit gegaan. Sommige mensen ontsnapten op hun boot, met achterlating van hun huisdieren, maar het meest beangstigende was dat de huizen die ze achterlieten en waarvoor hun personeel zou moeten zorgen, geplunderd werden door criminelen die de deuren en ramen insloegen. Als het zo doorging, zou er niets over zijn als ze terugkeerden wanneer de orde was hersteld, of dat nou over dagen of weken was.

'Ik denk dat we een teken van leven moeten aanbrengen, zodat ze niet denken dat het huis verlaten is,' zei Hilde, die plotseling werd overspoeld door herinneringen aan de geur van kruit en verbrand rubber. Het bloed stolde in haar aderen toen ze de glasscherven van de ruiten van de buren zag.

Toen Hilde de voordeur opendeed om naar het winkeltje van Ramón te gaan, hoorde Lilith gejuich en gezang van feestende mensen. Ze stelde zich de stad voor als een enorm vreugdevuur waarin ze boeken verbrandden en waar jongeren marcheerden met rood-zwarte vlaggen met het getal 26 in het midden, net als het hakenkruis, brullend over een nieuwe wereld waarin het volk alle macht had. Weer de heerschappij van het gepeupel, in de maat met de soldaten die op een nieuw volkslied marcheerden.

Lilith concentreerde zich op het voeden van haar kind en probeerde Hildes nare voorgevoelens te negeren, hoewel ze angstig werd als ze erover hoorde. Dat gaf ze niet toe aan Martín, die zijn toevlucht had gezocht bij de kleine. Ze stoorde hem niet tot de dag dat er aan de voordeur werd geklopt. Een harde knal.

Martín deed de deur open. Daar stond een man met de rolstoel van señor Bernal. Martín keek naar de rolstoel, naar de man, naar de zwarte Buick die voor het huis geparkeerd stond en toen weer naar de rolstoel.

'Ik wilde je de rolstoel terugbrengen,' zei hij zachtjes.

Lilith kwam met de baby in haar armen de hal in. Martíns lichaam versperde haar het zicht op de man. De rolstoel was kapot. Er zat een slag in een wiel, de rem ontbrak en de rugleuning was aan flarden. Ze deed het licht aan en ging naast Martín staan om hem tegen de afschuwelijke aanblik te beschermen.

Het is de hoogste tijd. Liliths hoofd liep over van de gedachten, maar ze had geen antwoorden. Ze keek op en herkende de boodschapper. Ze had hem eerder gezien op het landgoed Kuquine; het was een lijfwacht van Batista, daar was ze zeker van. Hij kwam haar man niet ophalen. Misschien had El Hombre, de echte, de machtige, hem gestuurd om hen te redden. Ze glimlachte om Martín hoop te geven, maar hij had de boodschap begrepen. Zijn vader zat in de problemen. Hij was niet samen met Batista met het vliegtuig vertrokken.

'Hij veranderde op het laatste moment van gedachten. Niemand kon hem overhalen om te vertrekken.'

Martín en Lilith stonden er zwijgend bij. Nadine werd onrustig, alsof ze de spanning van haar ouders voelde.

'Ik kon ook niet vertrekken,' vervolgde de boodschapper. 'Hoe kon ik mijn familie nou achterlaten? We zijn met een heleboel en ze zijn allemaal van me afhankelijk. Señor Bernal had de tijd om mij te vragen je te waarschuwen, maar ik was bang dat ze mij ook zouden ophalen. Ik heb gewacht tot het iets rustiger werd, en ik durfde je alleen de rolstoel te brengen. Dit gaat heel slecht eindigen. Ze zijn begonnen mensen te executeren.'

De man draaide zich om en vertrok zonder afscheid te nemen. Martín had geen tijd om iets te vragen of zelfs om hem te bedanken.

De volgende ochtend haalden ze Martín op.

Lilith en Martín waren de hele nacht wakker gebleven. Ze lieten de rolstoel in de hal staan, onder het raam dat uitkeek op straat, als herinnering. Martín peinsde urenlang over mogelijke uitwegen, die hij had kunnen nemen, die hij genegeerd had, die hij nu moest proberen te vinden. Hij had geen afscheid genomen van zijn vader. Ze hadden geen plan bedacht om de mogelijke val van Batista's regering te overleven. Die val en vluchten waren mogelijkheden die ze niet eens hadden overwogen. Batista was niet alleen de leider van het land geweest, maar ook zolang Martín zich kon herinneren zijn vaders vriend. Hoe kon iemand met alle macht ter wereld in één klap machteloos worden? Ze wisten dat de opstandige strijdkrachten naderden, maar het leger had het grootste deel van het eiland onder controle. Tijdens een reisje naar Daytona had Batista gezegd dat de Amerikanen de rebellen steunden, dat ze geld en wapens stuurden als losgeld in ruil voor het vrijlaten van Amerikaanse burgers die gevangen waren genomen door de rebellen. Maar vluchten? Die optie was niet eens in Martíns hoofd opgekomen.

Toen de boodschapper was vertrokken, werd Martín overstelpt door het gevoel dat hij zijn vader nooit meer zou zien en dat hij hem nooit ten afscheid had omhelsd. Met zijn dochtertje in zijn armen dwaalde hij door het huis. Hij liep de trap op en af, stond in de werkkamer, ging naar de keuken en bracht zo de tijd door tot ze weer gevoed moest worden. Dan legde hij haar aan de borst bij Lilith, waarna hij met open ogen naast haar ging liggen en probeerde zijn verlies te begrijpen. Als de baby sliep, nam hij haar weer in zijn armen en patrouilleerde door zijn fort. Deze cyclus werd steeds weer herhaald. Elke keer dat hij de kleine neerlegde, nam hij afscheid met een kus, tot er weer werd aangeklopt. Deze keer was Martín erop voorbereid.

Hilde deed de deur open en zag vier bebaarde, langharige mannen die in het olijfgroen gekleed waren en allemaal een rood-zwarte mouwband van de Beweging van de 26ste juli om hun rechterarm droegen. Ze begonnen te praten en Hilde glimlachte, alsof ze hen begreep. Het enige wat ze verstond was 'Bernal'. Haar hart ging zo snel kloppen dat ze er buiten adem van raakte, maar ze hield de op haar gezicht geplakte glimlach vast en verborg haar angst. Ze was getraind.

Martín kwam fris geschoren naar beneden. Hij droeg een blauw geblokte bloes, een makkelijke donkere broek en zwarte gepoetste schoenen. Hij gaf Hilde een klopje op haar rug en probeerde haar te kalmeren.

'We dachten dat je als een laffe hond zou vluchten, net als je baas,' zei de soldaat die blijkbaar de leiding had.

Martín voelde dat Lilith en de baby achter hem stonden. Hij draaide zich om en omhelsde hen.

'Je moet vertrekken. Ga samen met Hilde weg, maakt niet uit waarheen,' fluisterde hij tegen haar.

Lilith keek de soldaten beschuldigend aan en wachtte op een verklaring.

'Het proces zal in Santiago de Cuba plaatsvinden, señora,' vervolgde de soldaat. 'Die piloten moeten boeten voor de bommen die ze in de Sierra Maestra op ons hebben laten vallen.'

Toen ze met haar man vertrokken waren, deed Lilith de deur dicht. Nadine lag in haar armen te slapen. Hilde begon te huilen.

Lilith ging doelgericht te werk. Ze wendde zich tot Hilde. 'Vanaf nu moet jij voor de baby zorgen. Op een bepaald moment moet ik naar Santiago, en ik weet niet hoeveel dagen ik dan weg ben.'

Lilith begon weer nieuws te kijken na de paar dagen waarin ze zich had afgesloten van de chaos van de revolutie. Op het nieuws zag ze hartstochtelijke mensen zingen en strijdkreten slaken, en ze zag de nieuwe leider, met een baard en hetzelfde olijfgroene uniform dat hij had gedragen toen hij aan het hoofd van een colonne tanks vanuit de Sierra Maestra in de hoofdstad arriveerde. Hij leek voortdurend gloedvolle toespraken te houden voor de menigtes en zaaide verdeeldheid tussen verschillende groepen. Plotseling was zij weer de 'ander'. Degenen die niet bij hem waren, daarbuiten op de pleinen, degenen die niet tot de nieuwe klasse, de enige klasse, behoorden, waren de vijand. Tijdens een van zijn eindeloze toespraken voor een bezwete en onderdanige mensenmassa was er een witte duif op de schouder van de nieuwe El Hombre komen zitten, de man die veel mensen met bijna religieuze verering waren gaan aanbidden. Kerken werden verdacht. Priesters en nonnen werden verdreven en ervan beschuldigd dat ze vijanden van het vaderland waren. Ook de synagogen werden overgenomen. Religie was 'de opium van het volk', zoals de leider eindeloos herhaalde in zijn dagelijkse toespraken. Slechts één

God heerste op het eiland, en die God droeg olijfgroene gevechtskleding.

De dag nadat Martín was meegenomen kreeg Lilith bericht dat señor Bernal dood was. Ze moest haar reis naar Santiago uitstellen om de begrafenis te regelen. Toen werd ze gebeld door Oscar. Hij beloofde dat hij met haar mee zou gaan naar Santiago de Cuba.

***

Oscar was op 2 januari met zijn ouders in Havana aangekomen. Zijn vader had een diplomatieke post in de Verenigde Staten gekregen en was bezig met de voorbereidingen om daar met Fidel heen te reizen, vertelde hij toen hij haar een paar dagen na de geboorte van Nadine belde. Hij hoefde niet met Martín te praten.

'Ik dacht dat jullie allemaal met Batista naar Santo Domingo waren gegaan,' zei Oscar kil.

'We konden niet weg, ik was aan het bevallen,' stamelde Lilith.

'En de baby?'

'Ze is hier, bij mij. Ze heet Nadine.'

Het gesprek stokte, alsof ze onbekenden waren. De onderlinge afstand was voelbaar.

Ze hoorde pas weer iets van Oscar op de dag nadat Martín naar de gevangenis was gebracht.

'Martín is naar de gevangenis gebracht en zijn vader is dood,' zei Lilith en ze probeerde niet te snikken. Oscar hoorde de baby huilen. 'Ze hebben hem vermoord.'

Nu waren ze samen op de Colón-begraafplaats en ze bleven staan bij de grafkelder van de familie Bernal. Lilith was overstuur en leunde, met Nadine in haar armen, tegen Oscars schouder.

De zon glinsterde op het marmer van de graftombe en maakte haar duizelig. Lilith legde een bos verwelkte gele rozen op het familiemausoleum. Dat waren de enige bloemen die ze bij de ingang had kunnen kopen, rozen die niemand anders had gewild. Toen Castro's rebellen in Havana waren gearriveerd, waren zelfs de straatverkopers verdwenen, en met hen de bloemen.

Executies door een vuurpeloton waren gewoon geworden. Er zouden in La Cabaña honderden mensen met kogels zijn doorzeefd. De nieuwe regering, die met geweld en met steun van het volk de macht had gegrepen, zond de snelrechtprocessen uit op televisie, en zelfs executies.

Martíns vader werd na een kort proces doodgeschoten. Hij was op oudejaarsavond vastgezet in Ciudad Militar. Hij had met hetzelfde vliegtuig als Batista kunnen vertrekken, erop vertrouwend dat zijn zoon en het kleinkind dat op het punt stond geboren te worden met een ander vliegtuig zouden volgen. Maar señor Bernal veranderde onder aan het trapje van gedachten. Toen de vliegtuigen waren opgestegen vroeg hij wie hem naar huis kon brengen. Het was de eerste januari van een jaar dat voor hem nooit echt begon.

'Waar is je zoon?' vroeg een kolonel die in de Isla de Pinos-gevangenis een straf had uitgezeten vanwege collaboratie met de opstandige soldaten.

Señor Bernal gaf geen antwoord. De man dacht dat Martín, de vaste piloot van El Hombre, een van de vliegtuigen had bestuurd waarin de president en zijn nauwste bondgenoten waren ontsnapt.

De oude man hoorde hem telefoongesprekken voeren, waarin hij met zijn meerderen praatte. Hij wist dat ze de gevangenissen hadden geopend en dat gevangenen uit hun cellen waren vertrokken, zodat het op straat wemelde van veroordeelden. Camp Columbia in Ciudad Militar was nu in handen van de rebellen in het olijfgroen en van sommigen die nog steeds het uniform droegen van de oude macht die ze de rug hadden toegekeerd.

'Je zoon heeft je dus verlaten,' zei een van de nieuwe soldaten.

Ze tilden señor Bernal uit zijn rolstoel en smeten hem achter in een legerjeep. Hij klaagde niet, maar omklemde het gouden kruisje dat om zijn nek hing en begon hardop te bidden.

'Tot wie ben je aan het bidden? De God van de rijken?' blafte een rebel, die nog steeds muf rook van het leven in de Sierra Maestra.

Señor Bernal werd overgebracht naar een fort aan de rand van Havana. Daar stopten ze hem in een cel zonder ramen, waar een stenen bed stond. Een akelige reis naar het bittere eind, dacht hij.

Oscar had het lichaam van señor Bernal laten ophalen en de begrafenis geregeld. Lilith en hij waren de enigen die de begrafenis bijwoonden. De kist was gesloten, dus ze kon geen afscheid nemen of hem nog een laatste keer zien. Weer iemand van wie ik nooit afscheid heb kunnen nemen, dacht ze, weer iemand van wie ik hield die alleen was gestorven.

Oscar schudde Lilith voorzichtig heen en weer om haar uit haar verdoving te wekken. 'Ik kan je het land uit helpen.'

'Ik vertrek niet zonder Martín. Ik ben het enige wat hij nog heeft.'

'Ik zal eens kijken wat ik kan doen.'

Op weg naar huis kon Oscar zich er niet toe zetten naar Nadine te kijken, die Lilith elk halfuur de borst gaf, zodat ze rustig bleef. Ze was pas zes weken oud en was een sterke baby, mollig, kaal en met grote ogen die felblauw glansden in het licht.

'Ze lijkt met de dag meer op haar oma,' zei Lilith tegen hem. 'Met haar heb ik mijn moeders gezicht teruggekregen.'

Oscar glimlachte alleen. 'Misschien wordt ze later wel dichteres, net als haar oma.'

Toen ze thuiskwam van de begrafenis lag er een brief van Martín op haar te wachten.

Santiago de Cuba
15 februari 1959

Lieve Lilith,

Ik heb geen nieuws gehoord over pa, maar ik heb niet veel hoop, hoewel ik die wel graag zou willen hebben. Iedereen die op een of andere manier aan Batista's kant stond wordt veroordeeld. Tot hoeveel jaar? Ik weet het niet. Ik wil je niet ongerust maken, en ik wil niet dat mijn dochter omringd door angst opgroeit, en zich schaamt dat haar vader is opgesloten omdat hij een verrader is. Ik heb altijd alleen maar willen vliegen. Nu moet ik daarvoor boeten.

Voordat ik ga slapen, zie ik Nadine met de minuut groter worden. Gisteravond zag ik haar lopen, haar eerste woordjes zeggen. Misschien is ze vandaag als ik ga slapen wel een tiener. Binnenkort zie ik haar op de universiteit, getrouwd, met kinderen, gelukkig. Zie je? Het is makkelijk om gelukkig te zijn. Dat waren we ooit.

Sinds jouw aankomst op het eiland heeft mijn leven zin. Wat had ik zonder jou gemoeten, lieve Lilith? Help me nu door ervoor te zorgen dat Nadine opgroeit tot een gelukkig meisje. Ik kan die droom niet laten uitkomen. Jij wel.

Beloof me dat onze dochter ver van het naderende inferno zal opgroeien. Beloof me dat ze binnenkort veilig is. Dat is de enige manier waarop ik mijn jaren gevangenisstraf kan verdragen.

Ik hou met heel mijn hart van jou. Elke nacht slaap ik met jullie allebei in mijn armen.

Martín

Het handschrift was trillerig. Het papier gekreukt. Er zaten donkere vlekken op. Lilith las Martíns brief zo vaak, dat ze hem uiteindelijk uit haar hoofd kende. Ze wilde hem een brief terugschrijven met het nieuws van zijn vaders dood, maar vond het een beter idee om haar ogen te sluiten en te wachten tot de rechter zijn vonnis had uitgesproken. Misschien hadden ze het geluk een barmhartige aanklager te treffen die begreep dat ze simpele vliegers waren, dat Martín geen gevechtspiloot of soldaat was.

Op de dag dat ze naar Santiago vloog, nam Lilith geen afscheid van haar dochter. Ze liet haar in haar wiegje liggen. Wanneer Nadine wakker werd, zou ze door Hilde worden opgepakt. Toen het vliegtuig opsteeg begon ze te zweten. Ze deed haar ogen dicht en zag de wereld wederom onder haar instorten. Ze reisde in de schemering, zij die altijd al een nachtreiziger was. In het donker hebben we allemaal dezelfde kleur, zei ze tegen zichzelf.

19

Twee maanden later
Santiago de Cuba, maart 1959

Toen Lilith de luiken naar het balkon van Hotel Casa Granda opendeed, drongen de kreten vanaf de straat de kamer binnen: 'Marionetten!', 'Moordenaars!', 'Schiet ze allemaal dood!' Een groep jongeren was bijeengekomen in het park tegenover de kathedraal van Santiago en ze riepen revolutionaire strijdkreten, die Lilith maar half begreep. Het leek wel alsof ze plotseling haar Spaans was vergeten. Ze boog met gesloten ogen haar hoofd, en moest kokhalzen van de duisternis. De lucht om haar heen voelde zwaar en dik. Toen ze haar ogen opendeed, leek de stoep heel ver weg, oneindig, en het idee kwam in haar op om zich in de afgrond te storten. Die was bodemloos, ze zou in de oneindigheid vallen.

Vanaf het moment dat ze Martín hadden meegenomen waren Liliths dagen korter geworden. Ze voelde de uren wegtikken terwijl ze haar dochter voedde, haar een boertje liet doen, haar verschoonde. Zodra ze in het hotel aankwam verkleedde ze zich, waarna ze onmiddellijk weer naar beneden liep en op weg ging naar de rechtbank. In de lobby maakte ze haar gebaren klein, zodat ze niet meer leken op die van de mensen van het eiland. Een van de werknemers van het hotel sprak haar in het Engels aan.

'Kan ik u ergens mee helpen, señorita?'

'Ik ga naar de rechtbank,' antwoordde Lilith in het Engels.

Ze was in één klap weer een buitenlandse geworden. De man wilde haar de weg vertellen, maar toen zag ze een groepje in het zwart geklede vrouwen. Moeders en echtgenotes van de piloten, dacht ze. Lilith droeg een roze gabardine jas. Ze wendde zich af van de man en sloot zich aan bij het groepje vrouwen. Samen liepen ze door een menigte mensen die rood-zwarte vlaggen droegen. Toen de vrouwen eraan kwamen werd het stil op het plein en de protestanten gingen opzij om hen door te laten. Een windvlaag onthulde de hemelsblauwe jurk die Lilith onder haar gabardine jas droeg, en die sterk contrasteerde met de volledig zwarte kleding van de andere vrouwen.

Ernstig liepen ze de trap van het grijze gebouw op met het Cubaanse wapenschild boven de ingang. Lilith liet zich meeslepen door het verdriet van de vrouwen. Sommigen huilden, alsof ze al wisten welke straf de piloten zouden krijgen. Een oude vrouw pakte Liliths arm, waardoor ze langzamer moest gaan lopen.

'Op mijn leeftijd kan ik niet tegen al deze opschudding,' zei de vrouw, die recht vooruitkeek. 'Ik ben net vijfenzeventig geworden en deze revolutionairen denken dat ze mij kunnen vertellen wat ik moet denken, hoe ik moet leven. Voor wie kom jij? Je man?'

'Ik ben señora Bernal.'

'O, nou, je man zal het moeilijk krijgen.'

Lilith verstijfde, ze was beledigd, en de oude vrouw zag het.

'Ik bedoel dat ze het allemaal moeilijk krijgen, niet alleen jouw man. Het probleem is dat Martín Bernal ook nog eens bevriend was met El Hombre. Jij komt niet hiervandaan. Ben je Amerikaanse? Je kunt maar beter teruggaan naar je eigen land.'

'Ik ga nergens naartoe zonder Martín.'

'Ik begrijp het, dat geldt ook voor mij. Mijn drie dochters en hun mannen zijn vertrokken, en hebben al mijn kleinkinderen meegenomen. Ik ben nog hier met mijn enige zoon en wacht tot ik zijn straf heb gehoord. Mijn man en ouders zijn begraven op Colón, dus ik kan niet weg. Als iemand weg moet, zijn het hij en zijn maten.'

Ze sprak het 'hij' vol minachting en een vleugje walging uit. De oude vrouw nam elke stap met de grootste voorzichtigheid, alsof ze bang was dat ze van de trap zou vallen.

In de rechtszaal, een geïmproviseerde vergaderzaal met alle ramen dicht, zaten de rechters al achter een rechthoekige tafel met een enkele zilverkleurige microfoon voor hen. De eerste vijf rijen houten banken waren gereserveerd voor de verdachten. Een beambte wees de vrouwen hun plek: aan de ene kant van de zaal, tegenover de pers. Het grote publiek zou achter de verdachten zitten, legde de beambte uit, met een accent dat Lilith niet herkende.

'Denk je dat we ze mogen zien? Ay, Dios mío. Waarom moest die knul toch ook piloot worden? Stel je voor dat hij arts was geweest, net als zijn vader? Dan hadden we nu in Miami gezeten, ver weg van deze barbaren.'

Toen ze gingen zitten, trok de oude vrouw de sluier van haar hoedje, dat schuin op haar hoofd was vastgemaakt met clips, iets naar beneden zodat het haar gezicht deels bedekte en zei weer iets tegen Lilith.

'Je hebt groot gelijk dat je iets kleurigs hebt aangetrokken. Je bent geen weduwe. Je man zal je van een afstandje al herkennen. Wij lijken allemaal wel gieren, helemaal in het zwart, maar ik ben weduwe, dus ik kan geen andere kleding dragen. Je mag me wel Carmen noemen. Als je tegenwoordig señor of señora bent, kun je in de gevangenis belanden. Ineens zijn we allemaal Kameraden geworden.'

De oude vrouw mompelde nog wat en sloeg een kruis.

'Ik heet Lilith,' zei ze, om de vrouw een beter gevoel te geven, hoewel haar eigen handen trilden.

De zaal liep langzaam vol. Alleen de banken vooraan bleven leeg. Toen stond iedereen op om te zien wat er bij de ingang gebeurde.

'Ze brengen ze naar binnen!' riep iemand.

In het oorverdovende gebrul hoorde ze nog een kreet.

'Moordenaars!'

Om vier uur 's middags werden de twintig piloten, vijftien boordschutters en tien monteurs de rechtszaal binnengebracht. Ze gingen zitten te midden van het geschreeuw van het publiek dat ze doodgeschoten moesten worden. Vreemd kalm hield Lilith op met luisteren naar Carmen, die onophoudelijk mompelde. Ze sloot zich af voor de politieke uitbarstingen en het gehuil van de vrouwen. Toen Martín binnenkwam en op de voorste rij ging zitten, nog steeds in de geblokte bloes die hij droeg op de dag dat hij werd meegenomen, ging Lilith staan en deed haar jas open. Martín herkende het hemelsblauw.

Ten slotte begon de aanklager met zaak 127 van 1959. Na wat inleidende juridische retoriek las de klerk de namen van de verdachten een voor een hardop voor. Staand keek Martín naar de aanklager, en Lilith ging zitten. Toen ze de tenlastelegging van genocide hoorde, waarin de naam Martín Bernal herhaaldelijk werd genoemd, voelde Lilith haar handen trillen. Ze kon niets doen. Ze waren al veroordeeld, al voor het proces, zoals Carmen had gezegd. De oude vrouw had een paar lange, gouden breinaalden uit haar tas gehaald en begon te breien, waarbij rode wol langzaam uit haar zwarte lakleren tas tevoorschijn kwam.

Lilith was bang. Ze glimlachte naar Martín en hij lachte terug. Hij liet zijn blik zakken naar Liliths armen, alsof hij naar Nadine vroeg. Ze deden allebei hun ogen dicht. Even hadden ze het gevoel dat ze alleen waren, alsof ze waren ontsnapt. Ze liet zichzelf meevoeren.

'Draai je om, liefste,' hoorde ze haar echtgenoot zeggen.

'Martín,' zei ze met een glimlach. Ze hoefde haar hoofd niet om te draaien om te weten dat hij, net als vroeger, naast haar was. Het lawaai van de motor en de propellers deed haar lichaam trillen. Ze was nog nooit zo blij geworden van de gedachte dat ze in een vliegtuig zat. Ze vlogen hoog boven in de wolken. Hoe was Martín er in vredesnaam in geslaagd haar over te halen in deze kleine metalen vogel te stappen?

'Zie je? Zo erg was het toch niet? Er beweegt niets. We zijn veilig. We zouden hierboven kunnen leven...' Martín liet de zin in de lucht hangen, terwijl het vliegtuig daalde.

Lilith kon Martín niet langer horen. Het oorverdovende gebrul kwam weer tussen hen. De propellers stopten en het vliegtuig daalde naar het kalme wateroppervlak van een oceaan. Buiten viel de nacht en ze voelde dat Martín haar omhelsde. Met hem naast zich kon ze zich laten opslokken door het donkere water. Er waren geen maan en sterren. Langzaam dreven er wolkenflarden voorbij. Geen horizon. De lucht en de zee waren één. Ze werd vervuld door een gevoel van vrede dat ze sinds Nadines geboorte niet meer had ervaren.

Weer werd de naam 'Martín Bernal' door het publiek geschreeuwd. Lilith wilde niet wakker worden, ze wilde naast hem blijven. Als ze haar ogen opendeed, was ze weer terug in die hel.

Ze schrok op van een huilende getuige. De jonge vrouw liet de rechtbank de brandwonden op haar armen zien en vertelde haar verhaal alsof ze het uit haar hoofd had geleerd. Lilith deed haar ogen dicht om Martín te zoeken. Ze wilde weer dromen, maar ze kon de gekwelde stem van de getuige niet uitschakelen.

Batista's piloten werden ervan beschuldigd lukraak de bergen waarin de guerrilla's opereerden te bombarderen, en zo hele dorpen in het oosten van het eiland te decimeren. De aanklager deed een beroep op de piloten om te bekennen, maar dat deden ze niet. Om twee uur 's nachts werd de eerste zitting beëindigd. De verdachten vertrokken als eerste. Daarna de journalisten. Toen de in het zwart geklede vrouwen achter elkaar aan de rechtszaal uit liepen, werden ze beschimpt en uitgejouwd door het publiek.

***

Toen Lilith weer in haar hotelkamer was, kleedde ze zich uit en ging opgerold als een balletje in bed liggen, zoals haar Duitse moeder haar had geleerd. Ze lag de hele nacht wakker, misschien sliep ze wel met haar ogen open, zich nog steeds bewust van elke minuut die voorbijging. De volgende dag nam ze een koude douche en trok ze dezelfde hemelsblauwe jurk en roze gabardine jas aan. Oscar stond beneden op haar te wachten.

'Ik kon vandaag pas een vlucht krijgen,' zei hij nerveus.

Zijn koffertje was open en zat vol papieren. Ze liepen samen naar de rechtbank. Hij legde uit dat hij erin was geslaagd Martíns vluchtlogboek van de laatste paar maanden te verzamelen, maar ze luisterde niet.

In de rechtbank sloot Oscar zich aan bij het team strafpleiters. Toen Martín hem zag, keek hij naar Lilith. Het zou weer een lange dag worden. Lilith zag dat Martín en Oscar elkaar omhelsden. Ze was ver weg, zo ver dat ze zijn aanwezigheid niet kon voelen. Ze zag dat Martín zijn vriend toelachte, net als toen ze kinderen waren.

De advocaten waren de enigen die witte overhemden, pakken en stropdassen droegen. De rechter was een rebellencommandant, beschermd door het olijfgroene uniform. Op een bepaald moment stopte de aanklager even en las toen tot ieders verbazing de encyclieken van paus Pius XII voor, waarin de paus verwees naar het geweten, schuldgevoel en straf. Toen eiste de aanklager op basis van de encyclieken de doodstraf door het vuurpeloton voor de piloten.

Een van de in het zwart geklede vrouwen begon te gillen.

'Loop allemaal naar de hel!' riep ze. 'De aanklagers en de advocaten. Elk lid van deze rechtbank en Fidel Castro!'

De familie van de vrouw greep haar vast en sleepte haar weg. Een man schreeuwde: 'Ja tegen Cuba, nee tegen Yankees!'

In de verte was het wanhopige gesnik van de vrouw nog steeds te horen. 'Jullie kunnen mijn man niet vermoorden! Dan worden mijn kinderen wees! Klootzakken!'

Op zondag was de rechtbank op reces. Op maandag ook. Door een ander proces, in Havana, tegen een van Batista's 'handlangers' verkeerde het hele land in spanning. Oscar was twee dagen met de advocaten bezig met een strategie waarvan Lilith vermoedde dat die niets zou opleveren.

Lilith verschool zich in de kathedraal en bad tot een God die niet de hare was. Ze luisterde naar gebeden en missen die ze niet begreep en dwaalde door de stad, aangevallen door een zon die ze met haar roze jas op een afstand hield. In de vouwen ervan was de lucht ijskoud.

Ze verloor zich in de lawaaiige straten in Santiago en toen ze moe was ging ze een gebouw van zes verdiepingen binnen. De poort die normaal gesproken op slot zat was open en ze liep aarzelend naar binnen. Ze kwam bij een binnenplaats waar rood-zwarte vlaggen hingen met het getal 26 in het midden. Ze hief haar gezicht naar de zon, deed haar ogen dicht en haalde diep adem. Plotseling hervond ze haar kalmte. Ze was het lawaai, de menigte ontvlucht. Een groep soldaten marcheerde voorbij, zonder acht op haar te slaan. Ze voelde zich onzichtbaar. Ze stond er een paar minuten, overweldigd door de marcherende mannen. Ze was klam van het zweet. Ze verloor al haar gevoel voor tijd. Ze was het eiland geworden. Toen ze haar ogen opende, besefte ze dat ze in een kazerne was, die bezet was door het nieuwe leger.

De zitting van de volgende dag gaf een sprankje hoop. De advocaten hadden een van de getuigen à charge, een piloot die was overgelopen naar de winnende kant, overgehaald om een verklaring af te leggen ten gunste van de verdachten.

'Als er iemand schuldig is, zijn het de negenentwintig piloten die met Batista gevlucht zijn,' zei de getuige met gebogen hoofd. 'Daarom zijn ze ervandoor gegaan. Zij zijn de schuldigen.'

Elke ochtend belde Lilith voordat ze naar de rechtbank ging met Havana. Om negen uur zat Hilde bij de telefoon te wachten. Voordat de telefoon een keer was overgegaan, hoorde Lilith Hilde haar verslag van de dag al opratelen, vol eindeloze feiten en cijfers. Hoeveel voedingen het meisje gedurende de dag had gehad, hoeveel schone luiers, hoeveel keer ze haar in de zon had gelegd, hoeveel lauwwarme baden met kamilleblaadjes tegen de hitte ze had gehad, hoeveel druppeltjes steranijs tegen de krampjes, hoeveel slaapjes ze had gedaan. Ze vroeg nooit naar Martín of wanneer Lilith terugkwam, en dat baarde haar zorgen.

Elke avond zong Lilith aan de telefoon Duitse slaapliedjes voor Nadine, zodat ze zelf kon slapen. Soms dacht ze, wanneer ze het zachte huidje van haar dochter tegen zich aan kon voelen en de druk in haar borsten voelde, die nog vol melk zaten, dat ze in slaap zou vallen. Lilith wist dat als ze weer thuiskwam ze geen borstvoeding meer kon geven. Haar borsten zouden leeg zijn, opgedroogd. Ze was bang dat Hilde er op een boot vandoor zou gaan met het meisje, terug naar haar huis midden in de oceaan.

Op de negende dag van het proces hield de aanklager een tirade van vijf uur. Elke dag brachten ze meer getuigen à charge binnen: een bakker, een boer, een moeder, een invalide jonge vrouw, een man die zijn rechterarm was verloren, een mijnwerker, een winkelier, een soldaat, een sergeant, een kapucijner monnik, een civiel ingenieur, de man die de hymne van de Beweging van de 26ste juli had gecomponeerd. Ze getuigden allemaal dat Batista's vliegtuigen de burgerbevolking hadden gebombardeerd, zonder dat zich daar een rebel bevond. De aanklachten tegen de verdachten stapelden zich op, ze waren allemaal even schuldig, individuele verantwoordelijkheid werd vervangen door collectieve schuld.

Op een bepaald moment nam Oscar plaats in de getuigenbank en sprak de rechtbank toe. Zijn stem klonk vredig. Zijn toespraak leek wel een gebed. 'Wie zou kunnen bewijzen dat deze piloten de aanvallers waren, en niet de negenentwintig die met Batista zijn gevlucht?' vroeg hij. 'Als ze een misdaad hadden begaan, als ze een slecht geweten hadden, dan had iedereen die voor ons staat de kans om ervandoor te gaan. Niemand van hen heeft dat gedaan. Er is geen bewijs tegen hen. Elk van de verdachten moet vrijgesproken worden.'

Er klonk applaus en hij werd uitgejouwd. Toen de kalmte weer was hersteld, riep iemand: 'Zet ze voor het vuurpeloton!'

'Het is zwaar om een echtgenoot te verliezen, de vader van je dochter,' zei Carmen met betraande ogen tegen Lilith. 'Dan word jij weduwe en je dochter wees... Maar ik verlies mijn zoon.'

En nog huilde Lilith niet.

Martín was pas een paar maanden vader en amper twee jaar haar echtgenoot. Maar hij was altijd een vriend geweest, haar beste vriend. Lilith wilde tegen Carmen zeggen dat het pijnlijker was dat ze haar vriend verloor dan haar echtgenoot.

Het was de laatste zittingsdag van het proces en Lilith wilde geen enkel detail missen. Ze wilde zich concentreren op elke beweging die de aanklagers maakten toen ze zich erop voorbereidden om vonnis te wijzen. Maar Carmen leidde haar af en de juridische zinnen waren vol retoriek die ze niet goed begreep. Misschien had ze het beter gesnapt als ze Duits of Engels hadden gesproken. Weer een bewijs van het feit dat ze slechts een bezoeker was van dit eiland, ook al was het een plek die ze ooit als de hare had gezien.

***

Na een proces van twee weken deed het Revolutionaire tribunaal uitspraak: niet schuldig. De twintig piloten, vijftien gevechtspiloten en acht monteurs werden onschuldig verklaard.

Het vonnis werd met zo veel juridische breedsprakigheid uitgesproken dat het een paar minuten duurde voordat Lilith het bevatte. Oscar kwam nerveus naar haar toe. Hij leek te betwijfelen of de nieuwe regering het vonnis zou accepteren. Hij had zijn papieren in zijn leren koffertje gestopt en legde zijn hand op Liliths schouder. Oscar wilde haar volledige aandacht.

'Ik neem het volgende vliegtuig terug naar Havana,' zei hij.

'Laten ze Martín nu gaan?'

'Nee, ze worden weer meegenomen.'

'Waar worden ze naartoe gebracht?'

'Naar een zwaarbeveiligde gevangenis.'

'Ik kan niet in Santiago blijven. Mijn dochter–'

Terwijl ze met Oscar praatte, werden de vrijgesproken verdachten de rechtszaal uit geduwd.

'Wacht in Havana op mijn telefoontje,' onderbrak Oscar haar, en hij verliet samen met de groep advocaten de rechtszaal.

Er gingen golven van protest door de straten van Santiago. Lilith, weer aan de arm van Carmen, kon nauwelijks door Céspedes Park komen om het hotel te bereiken. Ze liep in het tempo van de oude dame, die herhaaldelijk vloekte. Toen ze langs een groep jongeren liepen die om de doodstraf voor de piloten riep, spuugde Carmen op de grond.

Een jongen met ontbloot bovenlijf en een rood-zwarte vlag wurmde zich tussen Lilith en Carmen in.

'Burgerlijk rotwijf!' schreeuwde hij tegen de oude vrouw, bijna in haar oor. Hij benadrukte elke lettergreep en Carmen begon te trillen.

De volgende dag ging Lilith 's middags even naar buiten. Voor de eerste keer sinds ze in Santiago was aangekomen, droeg ze de hemelsblauwe jurk niet. Ze had hem in haar koffer gestopt. Ze zou hem niet meer nodig hebben. Nu was het tijd voor zwart. Nu ging ze rouwen.

Ze moest dagen wachten. De kranten riepen de mensen op om zich te verzetten tegen de vrijlating van de piloten. Fidel Castro kondigde op nationale televisie aan dat de piloten criminelen waren die voor Batista werkten en noemde de rechters van het eerste proces verraders. De rebellenleider die de rechtszaak had voorgezeten was geen held meer, maar een paria. Hij vloog naar Havana en werd later teruggevonden in Camp Columbia met een kogel in zijn hoofd. De in het zwart geklede vrouwen wisten zeker dat hij vermoord was.

'Ze zullen elkaar als beesten verslinden,' zei een van hen.

Slechts drie dagen na de vrijspraak werd hun plotseling meegedeeld dat het proces donderdagavond hervat zou worden. Die dag hadden er angstaanjagende koppen in de kranten gestaan. Lilith luisterde naar de kreten van de vrouwen in de kamers naast haar.

Hun pijn sijpelde door de muren van Hotel Casa Granda heen, hij zweefde door de koude, betegelde gangen, fluisterde door de ramen en bereikte zelfs Céspedes Park. Daar gingen de spreekkoren verder: 'De piloten van Batista's alleenheerschappij komen niet vrij.' Het volk had de macht, niet de rechtbank. Het volk was de rechtbank. Het volk was Fidel.

De piloten weigerden deel te nemen aan het nieuwe schijnproces. Lilith koos ervoor in het park te blijven. Misschien zou ze nog naar de kathedraal gaan, zodat ze daar kon knielen en nog een keer voor hem, haar dochter, zichzelf, voor hen allemaal kon bidden. Haar man was niet bij het proces, haar hemelsblauwe jurk zat in de koffer, haar aanwezigheid was niet nodig. Het was een rechtszaak zonder verdediging. Waar zou ze anders naar moeten luisteren? Het was niet nodig dat ze bij een snelrechtprocedure zat waar, tegen de wet in, de rechter en aanklager een en dezelfde waren. Ze zouden allemaal worden veroordeeld voor genocide. Ze zouden oorlogscriminelen worden genoemd en hun straf zou executie door het vuurpeloton zijn, of een levenslange gevangenisstraf en dwangarbeid op een eilandje ten zuiden van het grote eiland. Ze zouden naar een gevangenis gaan die bestond uit ronde gebouwen, en in elk gebouw zou een kwaadaardige hiërarchie heersen, net als in de kringen van de hel, ver van het licht en de rede. Ze zouden hen allebei veroordelen, Martín en haar. Ze bad dat ze allebei in de laatste kring zouden vallen, die van de nacht. Met gesloten ogen bad ze tot de dovemansoren van de Maagd Maria, binnen de ondoordringbare muren en ver van de kwellingen buiten, waar de families van zondaars zich verzamelden om vergeefs te smeken om hun redding.

Toen het vonnis werd uitgesproken, vielen een paar in het zwart geklede vrouwen flauw. Lilith sloeg haar ogen met een blik vol ongebreidelde haat op naar de Wonderbaarlijke Maagd. Haar lichaam trilde, haar handen waren klam. De kathedraal was de wachtkamer van de hel, de rechtbank was de rand van de klif. Als kind had ze de hel gekend, en haar moeder, haar echte moeder, had haar gered door haar op een reis door de nacht te sturen. Ze was afgedaald in de kringen tot ze in de negende en laatste viel. En op dat moment voelde ze zich schuldig, omdat ze de hel had meegenomen naar Martín.

Ze wilde in haar dromen verdwijnen en richtte nog één laatste smeekbede tot elk van de levenloze heiligen en maagden in de kathedraal. Niemand anders had enige controle over haar dromen, en ze bad dat Martín en zij weer die eeuwige kinderen konden zijn die elkaar op de St. George's School hadden leren kennen. Samen hadden ze door de straten van Vedado gedwaald, dat haar Nooitgedachtland was geworden, omdat *Nooitgedachtland altijd min of meer een eiland is. Alle kinderen, behalve eentje, groeien op. Waarom kun je niet voor altijd zo blijven!* Ze hoorde de stem van haar opa en begon te huilen, zoals je om de doden huilt.

In de schemering ging Lilith met de trein terug naar Havana, beschermd door haar roze gabardine jas, zeker van het vonnis en klaar om af te dalen tot in de vierde en laatste zone van de negende kring van de hel. Ze had het gevoel dat ze de controle was verloren. Ze zou de volgende dag na middernacht aankomen. Oscar was dan al geland in Havana. Martín zou, met de andere gevangenen achter in een vrachtwagen geduwd, op weg zijn naar het Castillo del Príncipe. Vanaf daar zouden ze met de veerboot naar het eilandje met de ronde gebouwen worden gebracht, waar mensen vergeten worden.

20

Drie jaar later
Havana, maart 1962

Op een eiland waar het enig toegestane groen dat van de uniformen was, was zelfs de oude vlamboom op de binnenplaats van het klooster verwelkt. Die middag was de stilte wel heel doordringend. Vroeger hoorde je nog wel eens wat gebed, of het geritsel van de takken. De hitte bleef zoutig en kleverig over de stad hangen. Lilith trotseerde de verstikkende lucht door haar gabardine jas te dragen. Nadine zweette, haar wangen waren rood aangelopen.

Er sloeg een deur dicht en Nadine rende naar haar moeder, die in de schaduw van een galerij aan de zijkant stond. Het meisje keek rond om te zien of ze nog steeds alleen waren en ging toen verder met haar radslagen en sprongen op de binnenplaats, die er verlaten uitzag, alsof iedereen, zelfs de slotzusters, ervandoor was gegaan.

'Iedereen gaat weg.' Hilde bleef dit maar herhalen.

Met de dag werd het moeilijker om een visum te krijgen. Vluchten werden afgelast. Volgens Hilde was de enig overgebleven ontsnappingsroute van het eiland via de katholieke Kerk, maar de nieuwe regering hing daar als het zwaard van Damocles boven. Hilde had de conclusie getrokken dat haar eigen lot ergens anders lag, en ze drukte Lilith elke dag op het hart dat de tijd begon te dringen.

'*Je moet onze dochter redden,*' hoorde Lilith Martín zeggen, alsof ze dat niet wist.

Kon ze maar op Oscar rekenen, zei Lilith 's nachts tegen zichzelf, en ze wou dat haar vriend – niet de advocaat die Martín in Santiago had verdedigd, maar de jongen met wie ze in het huis in Varadero hadden gespeeld dat ze volwassen waren – terugkwam en haar een handje hielp. Maar Oscar had bereikt wat Martín niet meer zou lukken, hij was zoekgeraakt in de wolken.

Het vliegtuigje dat van Santiago de Cuba opsteeg met als bestemming Havana, met de drie advocaten die Batista's piloten hadden verdedigd aan boord, bereikte die bestemming niet. Het gerucht ging dat het tijdens de vlucht over het eiland naar het noorden was neergeschoten door de rebellen die de macht hadden gegrepen en wraak wilden nemen. De moeder van een van de verdachten had op nationale televisie gezegd dat de rebellen, uit angst om zelf veroordeeld te worden, zaak 127 van 1959 hadden opgegeven, en de piloten aan hun lot hadden overgelaten. Anderen waren blij met de dood van de advocaten en noemden hen verraders en contrarevolutionairen. Voorzichtiger mensen noemden het een ongeluk. 'Het was slecht weer,' zei een omroeper nerveus. Een paar maanden later verdween er weer een vliegtuigje midden op de oceaan, deze keer met Camilo Cienfuegos, nog een leider in het olijfgroen aan wie het volk eer had bewezen. Bang dat de muren oren hadden had Hilde fluisterend verteld dat iedereen in het winkeltje van de oude Ramón zei dat Hij, de nieuwe El Hombre, uit jaloezie het bevel tot diens dood had gegeven. Van geen van beide vliegtuigjes werden ooit resten gevonden. De passagiers van het ene werden verraders genoemd, de passagier van het andere een held. De regering vaardigde het bevel uit dat de kinderen van het eiland elk jaar in oktober witte bloemen in zee moesten gooien ter nagedachtenis aan die gebeurtenis. Misschien dachten de regeringsleiders wel dat de bloemen na verloop van tijd hun schuld zouden doen vervagen.

Lilith had Nadine in haar armen toen ze het nieuws kreeg dat Martín geëxecuteerd was. Dat was een half jaar nadat hij van Havana naar Pinar del Río was gebracht en vandaar naar het Isla de Pinos, en vandaar naar de hel: de vijf ronde gebouwen van cement van de

Modelgevangenis. Hilde las het nieuws in Liliths ogen. Ze hoefde het niet in het Duits te horen om te weten wat er was gebeurd. Op dat moment pakte Hilde haar koffers in en zocht ze naar een boot om haar van verdere kwellingen te redden.

Martín was naakt en op blote voeten uit zijn cel gehaald, waar hij in zijn eentje opgesloten zat, en naar het vuurpeloton gebracht; naar een afbladderende muur met donkere, vochtige vlekken, die dik genoeg was om kogels te absorberen. Hij bleef staan voor zijn beulen en bekeek de gezichten van degenen die hem van het leven zouden beroven. Toen kreeg hij een smerige blinddoek voor, die nog nat was van de tranen van de man die voor hem was geëxecuteerd. Hij voelde het koude gras onder zijn voeten. Er hing een wolk voor de verre zon. Regende het maar, dacht hij. Hij wilde een glimlach opdragen aan Lilith, aan Nadine, aan zijn vader. Hij vergat de op hem gerichte geweren en de angstige soldaten, die tot taak hadden te doden en die hun geweer richtten zonder goed te weten waarom iedere voor hen opgestelde gevangene een kogel in zijn borst verdiende. Het bevel was dat iedereen die een nauwe band had met El Hombre, die had geholpen bij zijn ontsnapping met koffers vol geld van het volk en goudstaven uit de brandkasten van het land, dit met zijn leven moest bekopen. Er waren geen rechtszaken of rechtbanken nodig om hen te veroordelen. Het volk had het laatste woord. Het volk was nu de beul.

Het ging regenen en Martín hief zijn gezicht. Met zijn ogen dicht kon hij nog een laatste keer de wolken in zweven, waar hij zichzelf zag, in zijn eentje, beschermd tegen het gebrul van de motoren van zijn vliegtuigje. Hij had zich nog nooit zo veilig gevoeld. Toen hij hoogte won, werd de storm heftiger. De uitdaging was om stabiel te blijven tot hij het oneindige had bereikt. Hoger, nog iets hoger en dan was hij buiten de dampkring, op een plek waar zelfs de wind niet waaide. Hij hoorde de schoten. Er was maar één kogel nodig om hem neer te halen. Hij voelde een hevig brandende sensatie in zijn borst en zakte door zijn benen. Hij kon niet blijven staan. Hij hief zijn armen, zoog koude lucht in zijn longen en liet zich vallen.

***

Na Martíns dood haalde Lilith het huis leeg. Cuba was nooit het heden geweest, maar alleen een overgangseiland, weer een keer sterven.

Op een ochtend klopte Hilde aan bij Liliths slaapkamerdeur. Ze had een tas bij zich met het weinige wat ze in het winkeltje van Ramón had kunnen kopen.

'Het is zover, Lilith. We weten allebei dat dit de enige manier is.'

Hildes Duits klonk nu gebiedend: de nieuwe regering zou de kinderen indoctrineren, de mannen in het olijfgroen zouden de rechten van ouders terzijde schuiven, alle kinderen die op het eiland waren geboren zouden toebehoren aan de regering van het volk.

'En van kinderen die niet gehoorzamen wordt Russisch vlees gemaakt, dat wordt ingeblikt,' zei Hilde, en ze haalde een blikje uit de tas met cyrillisch schrift op het etiket en een plaatje van de kop van een zwarte koe. Lilith snapte het niet. Ze dacht dat Hilde, met haar slechte Spaans, iets wat ze bij Ramón had opgevangen verkeerd had begrepen.

Volgens Hilde waren alle uitwegen van het land gesloten. Hun enige hoop was de katholieke Kerk. De weinige op het eiland overgebleven priesters en nonnen konden documenten opstellen voor wanhopige families en mensen die het risico liepen vervolgd te worden.

'Je echtgenoot is geëxecuteerd, jou zullen ze wel helpen.' Hilde klonk overtuigd.

Lilith begreep nog steeds niet wat ze voorstelde. Ze liet haar dochtertje in bed liggen en deed het slaapkamerraam open. Het was bewolkt. Door de schaduwen voelde ze zich kalm. Ze had plotseling het gevoel dat ze hier eerder was geweest, met verkrampte buik, bang, misselijk, wanhopig. De kamer werd de hut op een oceaanstomer, stuurloos op de volle zee, en Lilith zei tegen zichzelf dat ze nooit van de St. Louis was gekomen, dat ze niet een van de achtentwintig passagiers was geweest die in Havana van boord mochten. Welk verschil was er tussen degenen die werden teruggestuurd en degenen die door het eiland werden geaccepteerd? Geen van de 937 passagiers die uit Hamburg waren vertrokken had een toekomst.

'Je vriendin de non is de enige die ons kan helpen.' Hilde ging harder praten om Lilith te overtuigen. 'Je moet aan zuster Irene bewijzen dat Nadine katholiek is, net als haar vader en haar grootouders... Net als jij.'

Hilde vertelde haar over de honderden kinderen die zonder ouders in Nederlandse vliegtuigen Havana ontvluchtten, in Miami door priesters werden ontvangen en daarna hopelijk werden opgenomen door vriendelijke families. Wederom zag Lilith zichzelf in Ally, haar moeder. Het was tijd dat zij hetzelfde deed als haar moeder had gedaan: kiezen voor het onmogelijke. Haar lot was al uitgestippeld.

'We hebben niet veel tijd meer. De enige reden dat die monsters kinderen laten vertrekken is dat de moeders dan harteloos lijken, maar een dezer dagen snijden ze ook deze weg af en gooien ze de laatste priesters en nonnen het land uit. De geschiedenis herhaalt zich. Snap je dat niet, Lilith?'

Lilith knikte. Ze zou op Hildes voorstel ingaan. Haar dochter was niet meer dan een pion in het spelletje dat door het olijfgroene leger werd gespeeld. Martín was gevallen, nu was het haar beurt.

Op de avond dat Hilde afscheid nam en vertrok met dezelfde gebutste koffer waarmee ze in hun leven was gekomen, stonden Lilith en Nadine in de deuropening met de vage hoop dat Hilde van gedachten zou veranderen en met hen in het bouwvallige huis in Vedado zou blijven.

Toen Lilith haar omhelsde fluisterde Hilde van alles in haar oor om haar over te halen snel te handelen en haar dochter het land uit te krijgen.

'Kijk mij nou, alleen, zonder familie, terwijl ik probeer alles te vergeten. Ik durfde mijn kinderen niet op te geven, hen ver weg te sturen, in hun eentje. En dat had ik wel kunnen doen, zoals heel veel mensen bij mij in de buurt en familieleden van me hebben gedaan. Ik dacht: als we toch moeten lijden, kunnen we dat beter samen doen. Wat heeft me dat opgeleverd? Ik ben ze voor altijd kwijt. Misschien hadden ze nu wel samen met mij kunnen zijn, hier of ergens anders. Maar nee. We reisden per trein door allerlei landen en toen we aankwamen en uitstapten, werden we van elkaar gescheiden en zijn ze vermoord. Wil je dat dat ook met Nadine gebeurt?'

De eerste brief van Hilde arriveerde drie maanden na haar vertrek, toen Lilith de non al had gesproken. Hilde bracht haar tijd door met het maken van stoofpotten met veel vet, vertelde ze in de brief van meerdere bladzijden die eindigde met een tekening van een bootje onder een zon en een paar wolkjes. Ze vertelde dat ze door het Panamakanaal was gegaan, waar ze de brief had gepost, en dat ze binnenkort de Grote Oceaan zou zien. *Wie had dat ooit gedacht van een vrouw die zo ver van zee geboren is?* schreef ze. Lilith schreef Hilde terug en bleef de hele nacht wakker.

Ze had alleen maar het gouden kruisje met haar naam erop nodig om zuster Irene ervan te overtuigen dat het meisje katholiek was. Nu was het probleem een familie te vinden die haar zou opnemen. De meeste kinderen die vertrokken waren al tieners, of in elk geval oud genoeg om naar school te gaan. Ze wisten hoe ze het voor zichzelf moesten opnemen. Nadine kon lopen en woordjes zeggen, maar ze zou het jongste kind zijn dat via het kerkprogramma Cuba zou verlaten. Op een dag belde zuster Irene Lilith en vroeg haar zo snel mogelijk te komen: ze hadden dankzij het aartsbisdom een familie gevonden in Queens, in New York. Irma Taylor, een in Wenen geboren huisvrouw, en haar man, Jordan, elektricien uit New York, waren bereid het meisje op te nemen. Ze waren allebei katholiek en waren al een paar jaar getrouwd, maar konden geen kinderen krijgen. Omdat Nadine de dochter en kleindochter van Duitse katholieken was, hadden de Taylors besloten de reis van het kind van Miami naar New York te betalen.

Lilith schreef Hilde dat ze Duits was gaan praten met Nadine en dat ze Duitse slaapliedjes zong. Ze las Nadine elke avond voordat ze ging slapen het gedicht voor dat Liliths moeder voor haar zevende verjaardag had geschreven. Na het vertrek van Hilde had Lilith troost gevonden in de poëzie van wijlen haar moeder. Nadat ze vele jaren de envelop met het gedicht en het doosje met de ketting met het kruisje niet had geopend, herhaalde ze nu elk couplet in het Duits en hoorde haar moeders stem erin.

'In het donker hebben we allemaal dezelfde kleur,' zei ze hardop tijdens het schrijven.

Haar dochtertje was woordspelletjes gaan doen en combineerde het Duits en Spaans tot een dialect dat Lilith fascineerde. Toen ze klaar was met haar brief aan Hilde vouwde ze hem op en legde hem in een la in de keukenkast, naast de linnen servetten. Ze had geen adres waar ze hem naartoe kon sturen.

***

Het huis in Vedado was, eerst zonder de Herzogs en Helena, toen zonder Martín en daarna zonder Hilde, veel te groot geworden voor Lilith. Ze had het gevoel dat haar dochtertje en zij net mieren waren, die op en neer renden en nooit een fijne plek vonden om tot rust te komen. Lilith was begonnen dagelijks naar het winkeltje van Ramón te gaan, dat nog steeds zo werd genoemd, ook al was de man uit Galicië, die het aan het begin van de eeuw was begonnen met het spaargeld dat hij had meegenomen naar Cuba, met zijn familie naar Miami vertrokken. Een onbekende deelde nu het brood, de rijst, bonen en één keer per week het vlees uit. Er waren geen eieren meer en Lilith begon alles te gebruiken waarvan Hilde voorraden had kunnen aanleggen in de keukenkast. Ze had niet meer nodig, zei ze hardop tegen zichzelf, omdat ze wist dat haar dochter binnenkort vertrok en haar eigen lot zou vormgeven.

’s Avonds, als de zon onderging, ging Nadine de tuin in en kwam Lilith achter haar aan. Ze hoorde de geluiden van de familie die in het huis was getrokken waar Martín was geboren en als kind had gewoond. Ze durfde niet door het hek te kijken. De poort die de twee tuinen van elkaar scheidde was weer afgesloten met een ketting en hangslot. De wonderbomen waren zo gegroeid dat ze een ondoordringbare barrière vormden.

Alle buren in de straat waren nu onbekenden voor haar. De mensen die ze in het winkeltje zag hadden een ander accent, andere gebaren en kleedden zich zelfs anders. Ze noemden elkaar Kameraad. Ze hoorde mensen zeggen dat de aanspreekvormen señor en señora alleen nog maar bourgeois overblijfselen waren die uit de woordenschat van het volk gewist moesten worden. ‘Het leek wel alsof alle mensen in een wonderbaarlijke rivier gedoopt waren, waar ze dankzij de revolutie als señor of señora in gingen en als Kameraad uit kwamen,’ zei een oude man die op een wandelstok met zilveren handvat leunde. Hij had altijd een baard gehad, maar nu schoor hij zich. Een baard was iets geworden om zich voor te schamen, zei hij met zijn schorre stem en onverschillige gebaren.

De dagen verstreken en Lilith kwam overdag de keuken niet meer uit. Nadine en zij sliepen niet meer in de kamer die Lilith met Martín had gedeeld en belandden in het kamertje beneden dat ooit van Helena was geweest. Ze hing zijden zakdoeken voor de spiegels en witte lakens over de meubels in de woonkamer. Omdat er niemand stofte, groeiden er spinnenwebben in de hoeken van het plafond en de kroonluchters.

Lilith en Nadine gingen elke avond na zonsondergang op bezoek bij zuster Irene in het klooster. Lilith zag dat er een nieuwe scheur zat in de vroeger zo solide muren van het gebouw. Nu Martín dood was en Hilde vertrokken, had Lilith het gevoel alsof haar leven steeds meer begon te lijken op dat van de slotzusters. Ze moest vaak aan Ofelia denken. De binnenplaats van het klooster werd Nadines speeltuin. Nadine verzamelde glanzend witte, grijze en zwarte steentjes en stofte ze af met haar jurk. Bij elk bezoek leek zuster Irene gekwelder, alsof het habijt dat ze droeg steeds zwaarder werd.

'Iedereen is vertrokken, maar ik ben er nog,' zei ze op een dag tegen Lilith. 'En nu kan ik niet meer weg, ook al zou ik willen. Er zijn geen vluchten meer die ik kan nemen. Niemand wil ons hebben, en ze zullen ons beetje bij beetje vergeten.'

De twee vrouwen stonden naast elkaar met hun gezicht naar de lucht geheven te wachten op een teken, een voorbijdrijvende wolk, een storm.

Op woensdagavond, de dag voordat Nadine zou vertrekken, vroeg de non Lilith of ze de mis wilde bijwonen. De ruimte was bijna leeg. Een oude vrouw zat op haar knieën tot een Maagd te bidden, met haar gezicht nat van de tranen en haar hoofd gebogen, alsof ze wilde voorkomen dat haar gebed afgeluisterd werd. Een man met één been hobbelde op krukken naar de zijkant van het altaar, naar het standbeeld van een oudere heilige in een paarse tuniek die omringd werd door honden. Toen de priester de dienst begon, kwam zuster Irene naar Lilith toe, die bleef staan met een slapende Nadine in haar armen.

'Kom, we gaan naar voren. Het zal ons goed doen. Mag ik haar vasthouden?'

Lilith gaf haar Nadine, alsof die niet langer haar dochter was.

Na de mis liepen ze naar het altaar. Het meisje was zwaar in de armen van de non, die buiten adem was.

'Nadine vertrekt morgen,' zei zuster Irene tegen de priester.

'Zo'n jong kind?' De priester keek beduusd.

'Ze is drie jaar oud,' zei Lilith verontrust, alsof het vertrek van haar dochter op het spel stond door de vraag van de priester.

De man tekende bij ieder van hen een askruisje op het voorhoofd.

'Soms doet huilen je goed,' zei de non, die haar het meisje teruggaf. Maar Liliths ogen waren droog.

De volgende dag trok Lilith Nadine een witte jurk aan met geborduurde biezen, hing de ketting met het kruisje om haar nek en stopte twee witte enveloppen in haar koffertje, zonder geadresseerde of retouradres. In de ene envelop zat een vel papier met de initialen van Martín Bernal in reliëf erin geperst. Op het papier had ze zeer nauwgezet en met haar netste handschrift de naam van haar moeder, dichteres Ally Keller, die van haar opa, Bruno Bormann, emeritus hoogleraar, en die van haar engel, Franz Bouhler, opgeschreven. Van de laatste dacht ze dat hij misschien de oorlog had overleefd. Ze zette ook Nadines geboortedatum en het adres van het appartement in Berlijn waar ze had gewoond erop.

'Alleen een echte engel kan zonder kleerscheuren de hel uit vliegen,' zei ze hardop.

Ze knuffelde het meisje en praatte zachtjes tegen haar.

'Je oma was een fantastische schrijfster. Ze deed alles in haar macht om me te redden. Soms moet je datgene waar je het meest van houdt opgeven. Kun je het je voorstellen? Mijn moeder was een heel dappere vrouw. Dankzij haar leef ik nog, lieve Nadine. En je had Herr Professor moeten kennen. Wat een wijze man! Hij heeft me alles geleerd wat ik weet. Franz... We noemden Franz onze engel, en dankzij hem kon ik Berlijn verlaten. Zij waren mijn echte familie, Nadine, jouw familie.'

In de andere envelop stopte ze het in vieren gevouwen vergeelde vel papier met het gedicht dat door haar moeder was geschreven, en dat met haar naar Cuba was gereisd. Nu was het haar dochters beurt om ermee te reizen.

Ze bracht het meisje naar het klooster en toen ze op de binnenplaats waren en aan de voet van de verwelkte vlamboom stonden, tilde ze haar op.

'Op een dag begrijp je waarom je weggaat,' zei Lilith in het Duits tegen haar. 'Op een dag zijn we weer samen.'

Lilith trilde. Het meisje lachte. Ze spartelde om aan te geven dat ze neergezet wilde worden en rende naar zuster Irene toen ze haar uit de gang zag komen die naar de kapel van het klooster leidde. Zuster Irene omhelsde het meisje en toen ze opkeek, was Lilith weg.

Terug in het oude huis in Vedado deed Lilith haar ogen dicht en haalde diep adem. Ze had datgene gedaan waar ze het bangst voor was, waar zou ze nog meer angst voor moeten hebben? Ze viel in slaap in het bed waarin ze de laatste nacht met haar dochter had geslapen. Toen begon haar nachtmerrie. Ze zag tienduizenden kinderen die wanhopig in vliegtuigen en aan boord van schepen vluchtten, hele families die zich op gammele wrakken stortten om aan de hel te ontkomen. Ze wist dat zijzelf al gedoemd was, daar kon ze niets meer aan doen. Ze zag haar moeders gezicht, dat van haar echte moeder, degene die haar had weggestuurd om haar te redden, en ze riep haar geest aan – zij, die niet geloofde in goden, maagden, heiligen of gebeden – om haar de kracht te geven nooit meer wakker te worden. Ze had haar dochter in de steek gelaten om haar te redden. We geven datgene op waar we van houden. We vergeten het, omdat het de enige manier is om gered te worden. Het was haar dochters beurt om de nachtreiziger te worden, net als zij ooit was geweest.

Bij het ochtendgloren ging Lilith de slaapkamer binnen die vroeger van Martín en haar was, ze liep naar het hoofdeind en gaf zich over. Ze kneep haar oogleden stevig dicht en keek naar binnen. Haar oogleden waren nu de muren. De kamer was gereduceerd tot een labyrint van adertjes. Ze trok de la van het nachtkastje open en pakte Martíns revolver eruit. Toen ze nog een gezin vormden, was hij een verdedigingsmiddel geweest. Haar handen waren ijskoud. Ze hield de kleine revolver aan de kolf vast. De geur van metaal, olie en kruit drong in haar neus. Ze volgde Martíns instructies op en stopte de koude kogels in de kamers.

'Tot ziens, Lilith.'

Ze nam afscheid van zichzelf met de rust van iemand die al dood was. Ze verstopte de geladen revolver, met gespannen haan, onder haar kussen.

Ze was er klaar voor om nog eenmaal door de nacht te reizen.

DERDE BEDRIJF

21

Dertien jaar later
New York, mei 1975

Als klein meisje speelde Nadine graag moedertje en behandelde haar poppen dan met een tederheid die ze zelf nooit had gekend. In het huis van Irma en Taylor Jordan draaide alles om discipline, respect en orde. Het ontbrak haar aan niets. Haar ouders schreven haar in op de beste school van hun New Yorkse wijk; met kerst kreeg ze het speelgoed waarom ze had gevraagd, en zelfs nog een paar schaatsen en een fiets; ze lieten haar naar haar favoriete televisieprogramma kijken; en namen haar op zondag mee naar de bioscoop. Toch voelde ze zich altijd te gast, iemand die maar voor even op bezoek was, de ontvanger van de liefdadigheid van haar ouders. Als ze midden in de nacht huilend wakker werd na een nachtmerrie, stond Irma op, deed het licht aan en stelde haar van een afstandje gerust. Als ze koorts had, haalde Irma de thermometer en legde koude kompressen op haar voorhoofd en in haar oksels. Ze had niets om over te klagen. Ze had een gelukkige jeugd. Ze werd niet mishandeld, ze was een goede leerling, ze maakte haar huiswerk, en het enige wat ze in huis hoefde te doen was haar slaapkamer netjes houden en het vuilnis buiten zetten. Irma nam nooit de tijd om haar te leren koken, borduren of breien, alsof ze ervan overtuigd was dat Nadine eerder arts dan huisvrouw zou worden. Misschien wilde ze dat Nadine kreeg wat zij nooit had gehad, want Irma was ook een slachtoffer van de oorlog. Als de nazi's er niet waren geweest, zei ze, zou ze in een ziekenhuis zijn gaan werken om diegenen te helpen die het nodig hadden.

'Je moeder heeft zo'n groot hart,' had Jordan eens tegen haar gezegd nadat Irma in het Duits een bevel tegen Nadine had geblaft. 'Ze wil gewoon dat je je best doet.'

Ze was dol op hen beiden, hoewel ze al van kleins af aan altijd bang was dat als ze een misstap zou begaan, ze haar terug zouden sturen naar het klooster in Havana.

Nadine wilde niets weten van het verleden. In haar slaap werd ze vaak belaagd door de steeds terugkerende nachtmerrie waarin ze tussen de wolken of midden in de oceaan was gestrand. Van Irma had ze altijd alleen flarden gehoord over haar Duitse grootmoeder, een dichteres en rebel in een land waar het je je leven kon kosten als je anders was; over de Joodse mensen die haar moeder hadden gered en met haar van Berlijn naar Havana waren gereisd; over haar eigen plotselinge vertrek uit Cuba, waar ze de moeder achterliet die haar had weggestuurd opdat ze veilig zou zijn. Meer hoefde ze niet te weten. Als Nadine net deed alsof haar verleden er niet was, dan was het nooit gebeurd.

Ze was wees, dát wist ze wel. Ze was toevallig op Cuba geboren. Haar Cubaanse ouders waren dood en de enige uit haar vroege jeugd die misschien nog zou leven was de non die haar vertrek uit Cuba had geregeld. Als ze verder terug zou zoeken, in het verleden van haar biologische moeder, zou ze de draad al snel kwijtraken in een ondoorgrondelijke oorlog. Het nazisme had haar familie verwoest, daarna had het communisme haar beroofd van het enige wat ze eigen kon noemen. Uiteindelijk kon ze alleen op de Taylors rekenen.

Op een dag, toen ze alleen was omdat haar ouders naar Manhattan waren, vond ze in haar moeders kast een schoenendoos met daarin op chronologische volgorde gerangschikte brieven. Ze waren samengebonden met een geel lint en de enveloppen waren gekreukeld door het tijdsverloop. Nadine wilde ze graag lezen, want ze had het gevoel dat ze van haar waren, hoewel ze de afzender noch de geadresseerde was, maar het had lang geduurd voordat ze ze van dichterbij durfde te bekijken.

Later, een keer in de keuken toen Irma het avondeten bereidde, vroeg Nadine haar wat er met haar moeder was gebeurd. Irma probeerde de vraag te ontwijken. Jordan keek van een afstandje nerveus toe.

Nadine gaf het niet op en zei: 'Ik zou graag willen zien waar ik ben geboren…'

Irma onderbrak haar. 'Er is daar niets. Je kunt niet naar Cuba reizen, ze zitten daar nog midden in een revolutie. Je moet dat allemaal achter je laten. Je moeder is dood. Je bent nu een Amerikaans meisje.'

Die avond voelde Nadine dat haar ouders gespannen waren. Ze dacht dat het kwam doordat ze over Cuba was begonnen, maar in feite waren ze van streek door een telefoontje van een onbekende. Vlak voordat ze de volgende avond aan tafel gingen, verscheen de beller vervolgens onverwacht op de stoep. Hij zei dat hij journalist was en onderzoek deed naar oorlogsmisdaden.

'Bent u Irma Brauns?' vroeg de man. Hij had een zware, lederen aktetas bij zich.

De journalist stapte onuitgenodigd het huis binnen en ging in de woonkamer zitten. Irma en Jordan keken elkaar aan en bleven tegenover de man staan.

Nadine begon te beven, zonder dat ze wist waarom. Haar moeder zuchtte berustend en liet zich in een van de leunstoelen zakken. Het leek alsof ze dit moment al haar hele leven had verwacht.

'Ga maar naar je kamer,' zei Jordan tegen Nadine.

Vanaf de dag na het bezoekje van de journalist namen Nadines ouders regelmatig de metro naar Manhattan, waar ze advocaten raadpleegden en documenten verzonden die bewezen dat ze Amerikaans staatsburgers waren en nooit oorlogsmisdaden hadden gepleegd. Een keer toen de Taylors in Manhattan waren, pakten

Nadine en haar beste vriendin Miranda de schoenendoos uit Irma's kast.

Het bleek de correspondentie te zijn tussen haar adoptiemoeder en de non uit het klooster die Nadine, net als meer dan tienduizend andere kinderen, van communistische indoctrinatie in Havana had gered via een programma dat een of andere bureaucraat later ironisch 'Operatie Pedro Pan' had gedoopt.

Nadine kon nog net voorkomen dat Miranda de doos boven de eettafel omkeerde.

'We moeten het precies zo terugleggen als het lag,' zei ze en ze prentte zich in hoe de brieven waren vastgebonden en op elkaar lagen.

Miranda las losse alinea's voor waarvan ze beiden geen chocola konden maken, terwijl Nadine tussen enveloppen en documenten rommelde waarvan ze niets begreep. Ze handelden over Nadines Duitse bloed, de nauwe betrokkenheid van haar ouders met de Cubaanse regering die was omvergeworpen. Over angst en vervolging.

Eerst dacht Miranda dat dit betrekking had op de nazi's. Voor haar en haar familie was het woord vervolging altijd met de nazi's verbonden. Maar Nadine legde uit dat de non, zuster Irene, het had over recente gebeurtenissen op Cuba, waar ze was geboren.

In een kopie van een brief van Irma aan zuster Irene, waarin ze hun geschiktheid als adoptieouders beschreef, verwees ze naar haar katholieke geloof, haar eigen jeugd in Wenen, haar droom om verpleegster te worden, en de veranderingen die de oorlog had gebracht. Ze sprak over het jaar dat ze in Berlijn had gewoond, waar ze haar echtgenoot had ontmoet, een elektricien uit Cleveland in Ohio, die voor de geallieerden vocht. Irma werkte in een ziekenhuis in Berlijn, zo schreef ze, toen ze de Amerikaan leerde kennen. Kort daarna waren ze getrouwd en was ze met hem meegegaan naar New York. Daar hadden ze sindsdien gewoond, schreef ze, in een fijn huis met een extra slaapkamer voor het meisje. Bij de brief zat een document van de aartsbisschop van New York waarin de familie Taylor werd aanbevolen en gewag werd gemaakt van hun religieuze toewijding en goede karakter.

Nadine hoopte een of ander geheim te ontdekken, maar de brief bevatte alleen details van een verhaal dat ze in grote lijnen al kende. In een andere brief schreef de non dat ze het contact met Lilith Bernal, Nadines biologische moeder, was kwijtgeraakt en 'alleen God mocht weten' wat er van haar was geworden. Lilith droeg zo veel verlies met zich mee, schreef de non. Hoeveel je ook bidt, pijn trekt je altijd naar beneden.

Nadine vond een brief die anders was dan de andere en niet in een envelop zat maar was dubbelgevouwen. Het handschrift van de non was doorgedrukt en Nadine vouwde hem uiterst voorzichtig open. Het papier was ouder dan de rest. Het was vergeeld, aangetast en de inkt was wat vervaagd, alsof het een schipbreuk had overleefd. Er zat een sepiafoto in, afgedrukt op een stukje kaartkarton met gekartelde randen. Daar stond een vrouw op met een baby in haar armen. Nadine liet hem aan Miranda zien, wier ogen groot werden. Ze sloeg haar hand voor haar mond. Ze zaten de foto een tijdje te bekijken.

'Wat lijk je veel op je moeder,' zei Miranda vol verbazing.

Nadines naam stond achter op de foto, in een handschrift dat anders was dan het andere.

'Dat is het handschrift van mijn echte moeder.' Echte moeder. Zo had ze het nog nooit gezegd. Voor Nadine waren de Taylors de enige ouders in haar leven. Irma haar enige moeder.

Nadine had het gevoel dat ze een schat had ontdekt die jaren verborgen was geweest. Haar echte moeder, Lilith, droeg haar haren vast, haar voorhoofd was zichtbaar. De baby was in een gebreid dekentje met een kanten randje gewikkeld. Ze keken allebei naar de camera alsof ze goedkeuring zochten.

Miranda brandde van nieuwsgierigheid, trok de brief uit Nadines handen en begon zacht, bijna onhoorbaar voor te lezen. Nadine las mee, nam elk woord, elke zin die de non in haar rudimentaire Engels had geschreven kritisch op. Het was een soort samenvatting die de non van haar moeder had gekregen toen de Taylors eenmaal hadden toegestemd het meisje te adopteren.

Ze las haar echte naam: Nadine Bernal Keller. Haar biologische moeder heette Lilith Keller de Bernal, hoewel er in een oud Duits paspoort 'Herzog' had gestaan. Señora Keller de Bernal was naar Cuba gekomen dankzij papieren geregeld door Franz Bouhler, die ze haar beschermengel noemde; professor Bruno Bormann; en een Joods gezin dat haar als hun kind had aangenomen. Lilith was de dochter van de Duitse schrijfster Ally Keller. Deze Ally was rond 1940 in concentratiekamp Sachsenhausen niet ver van Berlijn door de nazi's gedood. Hoewel het kleine meisje een lichte huid had, was haar moeder Lilith Keller volgens de non van gemengde afkomst. Daarom moest haar moeder (Nadines grootmoeder) haar Berlijn uit zien te krijgen om te voorkomen dat ze het slachtoffer zou worden van de rassenwetten van de nazi's. Lilith was de dochter van een Duitse katholieke vrouw en een zwarte Duitse man, die weer de zoon was van een Duitse vrouw en een Afrikaanse man.

Na het lezen van de brieven zwegen ze een poos.

'En wat is er uiteindelijk met je moeder gebeurd?'

'Mijn moeder… Lilith, die is dood.'

'Het moet heel verdrietig zijn om je dochter weg te geven. Mijn oma zegt dat mensen soms sterven van verdriet.'

Nadine liet haar hoofd zakken.

'Dus je bent zwart?' Miranda kon er niet over uit.

Terwijl Miranda de laatste zin las, stond Nadine op. Ze hoorde buiten een auto aankomen en besefte dat haar ouders thuis waren.

'We moeten alles precies terugleggen zoals het was,' zei Nadine beduusd.

Maandenlang hield haar vader datgene wat er was gebeurd toen de journalist hen bezocht voor zich. Op een dag kwam Nadine uit school en was Irma er niet. Jordan vroeg haar te gaan zitten in de schaarsverlichte woonkamer van hun huis in Queens, en na een lange stilte vertelde hij haar met slaphangende armen en een afgetobd gezicht iets wat ze niet wilde horen.

'Je moeder is naar een Duitse gevangenis gebracht. Ze beweren dat ze een nazi was tijdens de oorlog en heel slechte dingen heeft gedaan. We gaan naar Duitsland om haar tijdens het proces te steunen.'

Ze kon zien dat het hem zelfs al pijn deed om dit te zeggen.

'Je moeder is onschuldig,' verkondigde hij met absolute zekerheid.

De volgende dag haalde Jordan Nadine van school om haar te vertellen dat het beter was dat ze een tijdje niet meer naar de les ging of met haar vriendin Miranda afsprak, tot alles weer normaal was. Nadine was niet van plan haar beste vriendin op te geven.

Uiteindelijk werd niets meer normaal. Haar vader sliep niet meer, zat hele dagen in zijn kamer, waar hij telefoontjes pleegde en het onroerend goed verkocht dat ze bezaten, inclusief zijn deel van het elektrozaakje, dat een van zijn compagnons voor een schijntje kocht. Jordan kreeg rimpels in zijn gezicht en zijn haar werd dunner.

'Ik raak mijn wilde haren kwijt,' zei hij op een avond in een poging de stemming te verlichten tijdens een van hun trage, stille maaltijden.

Nu ze met z'n tweeën waren, kwam Jordan tegen bedtijd naar Nadines kamer en vroeg haar hoe het met haar ging, en of ze misschien een glaasje warme melk wilde. Nu en dan streek hij afwezig met zijn hand over haar hoofd, zijn manier van een teder gebaar.

Ze zouden het land verlaten, ze wist het, en het huis met de door Irma genaaide kanten gordijnen, het enige huis dat ze zich herinnerde, zou door een ander gezin bewoond worden. Jordan legde uit dat ze met hem mee zou gaan naar Düsseldorf om haar moeder te helpen, die in een cel was opgesloten omdat op een dag een onbekende op de deur had geklopt om met haar te praten.

Jordan wist dat hij Nadine nooit zou kunnen overtuigen om met het vliegtuig te gaan. Ze was toen ze amper drie jaar oud was in haar eentje weggestuurd met het vliegtuig, naar Miami en vervolgens door naar New York, een stad zo ver weg dat ze gedwongen was de hoop op te geven ooit terug te keren naar waar ze vandaan kwam. Gedurende de jaren had ze vaak tegen haar ouders gezegd dat ze nooit meer zou vliegen. In haar hoofd hoorden alle angst en verdriet die ze als klein kind had ervaren bij het nemen van een vliegtuig, en met het verstrijken der tijd was haar vliegangst er niet minder op geworden.

Op een avond zei haar vader dat ze per schip de Atlantische Oceaan zouden oversteken, waarna ze de trein zouden nemen naar de Duitse gevangenis waarin Irma zat. Met nostalgie in zijn stem zei hij dat hij zich het bier dat hij na de oorlog in Berlijn had gedronken nog kon herinneren. Hij had nooit meer zoiets geproefd, ook al schonken de meeste kroegen in hun wijk in Queens zogenaamd hetzelfde merk.

'Het wordt een avontuur, Nadine. We kunnen eindelijk uitzoeken wat er met jouw Duitse oma, de schrijfster, is gebeurd,' zei hij. 'Misschien kunnen we daarmee zelfs je moeder helpen. Ze heeft ons – allebei – nu meer nodig dan ooit.'

Wat Nadine het ergst vond aan afscheid nemen van New York was dat ze haar beste vriendin kwijtraakte. Miranda en zij waren al sinds de kleuterschool onafscheidelijk. Jordan had nooit gezegd dat het een enkele reis zou zijn, maar het had er alle schijn van. Ze hadden het huis te koop gezet en al haar moeders sieraden naar het pandjeshuis in Lee Street gebracht. In een weekend vlak voordat ze zouden vertrekken merkte Nadine dat haar moeders kleerkast leeg was, op de kale kleerhangers en een doos op een hoge plank na. Toen ze zag dat de schoenendoos met brieven uit Cuba nog steeds op dezelfde plek stond waar haar moeder hem had opgeborgen, besloot Nadine de brieven mee te nemen in haar koffer.

Miranda was net zo verbijsterd over het plotselinge vertrek van haar vriendin als Nadine zelf. Maar tijdens haar laatste weken in New York zagen ze elkaar alleen op school. Miranda was druk bezig haar lichaam te leren kennen met behulp van een Italiaanse jongen die ze beschreef als een soort octopus.

Vaak liepen ze na schooltijd samen wat rond en belandden uiteindelijk bij Miranda thuis. Nadine was op geen van de jongens op school verliefd. Ze zei tegen Miranda dat ze pas een vriendje zou nemen als ze ging studeren.

'Op een dag word ik arts en ga ik met een arts trouwen,' zei Nadine steevast.

'Dat is wat mij betreft echt een veel te lange studie,' antwoordde Miranda. 'Ik word lerares, net als mijn moeder.'

Wat ze Miranda niet vertelde, was dat ze van plan was in Duitsland te gaan studeren.

'Maar we gaan wel naar dezelfde universiteit, reken daar maar op,' zei Miranda. 'En op een dag wonen we samen in één huis in Manhattan.'

Nadine herinnerde zich dat tijdens een van de laatste keren dat ze was uitgenodigd om bij Miranda te komen eten, Miranda had verkondigd dat iedere Duitser die niet Joods was en de oorlog had overleefd wel een nazi moest zijn. Dit was iets wat Miranda haar grootouders al haar hele leven had horen zeggen. Onschuldige Duitsers bestonden niet, volgens haar oma. Mensen die er niet hetzelfde uitzagen als zij belandden in de ovens, en mensen die in opstand kwamen kregen een kogel door hun hoofd. Nadine vertelde haar vriendin dat ze dacht dat haar moeder Irma in Wenen was geboren en pas na de oorlog Duits staatsburger was geworden om niet te verhongeren.

'Nou, er zijn altijd uitzonderingen op de regel, en jij bent natuurlijk geadopteerd,' antwoordde Miranda schouderophalend. 'Eén ding is zeker, jij en ik zouden het niet hebben overleefd in Duitsland. We zouden zijn vergast, en zo de ovens in zijn gegaan. Jij omdat je een zwarte opa hebt, en ik omdat ik Joods ben.'

De twee vriendinnen speelden met make-up en vergeleken zich vaak met elkaar voor de spiegel, terwijl ze de fysieke kenmerken probeerden te noemen die hen onderscheidden. Ze bespraken hun profiel, daarna hun oren en voorhoofd, en vonden bijna geen verschillen. Ze waren even groot, hadden beiden een lange nek, bleke huid, blauwe ogen die groen werden in het zonlicht, en golvend kastanjebruin haar. Omdat ze zo veel tijd voor de spiegel doorbrachten, waren ze expert geworden in het aanbrengen van eyeliner en lippenstift en het tekenen van schoonheidsvlekjes op hun wangen.

Hoewel Miranda's moeder niet veel Joodse tradities in ere hield, weigerde ze de sabbatsmaaltijd op te geven. Zo nu en dan nodigden ze Nadine uit, die dan samen met de andere vrouwen in het huis bij zonsondergang kaarsen aanstak. Nadine was gefascineerd door deze familie met zo veel tantes en ooms, neefjes en nichtjes, en grootouders, die allemaal door elkaar heen praatten, schreeuwden en vloekten, en waar de oudere generatie altijd tegen de jongere sprak alsof ze een standje kregen, waarna ze ze overstelpten met knuffels en kussen.

Als de telefoon vrijdag tijdens het diner ging en Miranda erheen rende om op te nemen omdat ze wist dat het haar vriendje was, trok haar moeder een schoen uit en dreigde die naar haar te gooien en haar hand eraf te hakken als ze de hoorn ook maar durfde aan te raken. 'Jij zegt zelf tegen me dat ik moet vergeten dat ik Joods ben, en toch mag ik op vrijdag de telefoon niet opnemen,' zei Miranda dan tegen haar moeder, die daar nog met haar schoen in de aanslag zat.

Toen ze eindelijk echt afscheid moesten nemen en Jordan al in de auto zat te wachten die hen naar het schip zou brengen, moesten beide meisjes huilen.

'Jij gaat over een paar jaar studeren, en ik ook. Nou ja, als ik niet ga trouwen en Italiaanse octopusbaby'tjes ga uitpoepen,' zei Miranda giechelend, omdat ze vastbesloten was het verdriet dat op hen drukte te verlichten.

De meisjes lachten om die gedachte en omhelsden elkaar. Ze lieten elkaar los in de wetenschap, maar zonder te willen erkennen, dat ze elkaar nooit meer zouden zien.

22

Zes maanden later
Düsseldorf, november 1975

Nadine bracht de hele oversteek zeeziek in hun hut door terwijl haar vader de tijd verdreef in de bar en 's avonds laat pas terugkwam. Elke dag stond hij op, douchte, trok schone kleren aan en verdween. Bijna twee weken gingen op deze manier voorbij, tot ze Hamburg bereikten, waar ze de trein naar Düsseldorf namen. Ze was pas zestien, en haar huis in New York was al een verre herinnering. Jordan zei dat ze allebei in Düsseldorf moesten zijn als ze Irma wilden redden. Ze werden van de trein gehaald door Frau Adam. De gedrongen Duitse nam hen mee naar haar pension en toonde hen twee aan elkaar grenzende kamers op de eerste verdieping met elk een eigen badkamer. In haar kleine slaapkamer hoorde Nadine elke zucht en snik van haar vader aan de andere kant van de muur met vervaagd bloemetjesbehang.

Ze dwaalde door de straten rond de Düssel en voelde zich tegelijkertijd bang en beschaamd. De gebouwen, de geuren van de bomen, de trams en de restaurants kwamen haar op de een of andere manier allemaal vertrouwd voor. De straten in Maspeth in Queens waar ze was opgegroeid waren heel anders. Daar hing altijd dezelfde sfeer, onafhankelijk van het weer: gemengde kruiden vermengd met het onophoudelijke lawaai van de stad en de stemmen en gebaren van de mensen die zich naar hun diverse bestemmingen haastten.

Het was stil in Düsseldorf, maar de stilte had niets vredigs. De stad voelde gespannen, intens. In haar staat van verdoving liep ze over een bruggetje en naderde het gebouw met blokvormige zuilen waar Jordan de hele dag, de hele week zelfs, naartoe ging, terwijl zij opgesloten zat in het vervallen pension van Frau Adam.

Ze had elk boek gelezen dat ze op een plank in de kast onder de trap van het pension had gevonden en kreeg genoeg van *Dialogus miraculorum/Dialoog over wonderen* van Caesarius, en van het verhaal over Duitse macht versus het decadente Romeinse rijk zoals dat werd verteld in de *Gesta Romanorum/Handelingen der Romeinen.* Als klein meisje in Queens had ze Duits gesproken en gelezen met Irma, hoewel ze zonder dat het haar ooit was verteld wist dat Spaans haar eerste taal was geweest, waarvan ze hoopte dat het op een dag weer terug zou komen. Ze was tenslotte in Havana geboren, en hoewel ze heel jong was geweest toen ze naar New York kwam, wist ze zeker dat ze een paar woordjes moest hebben geleerd.

Maar haar ouders hadden het altijd over Duitsland gehad. Irma had Nadine van kleins af aan verteld dat ze op een dag samen naar Oostenrijk zouden gaan om te zien waar Irma was geboren. Ze hadden het er zelfs over gehad dat Nadine na de middelbare school in Berlijn zou gaan studeren.

Dit was bepaald niet het reisje dat ze hadden gepland. Dit voelde meer als een ongeluk. Een vreselijke vergissing.

Het was inmiddels een jaar geleden dat haar adoptiemoeder in hechtenis was genomen, en nog niemand had de daadwerkelijke reden voor Irma's arrestatie aan Nadine uitgelegd. Het enige wat ze wist was dat Jordan haar had weggerukt van alles wat ze kende en haar had meegenomen om Irma op te zoeken in deze stad die op zo'n vreemde manier vredig overkwam. Jordan leek verschrikkelijk snel oud te worden, raakte woorden kwijt, begon een gesprek maar stopte halverwege. Ze wilde dat ze nooit uit New York waren weggegaan.

Maandenlang werd Nadine geplaagd door nachtmerries. Haar

vader kampte met slapeloosheid. Ze veranderden in dwalende geesten terwijl Jordan zich vastklampte aan de hoop dat hij Irma op een dag terug zou krijgen. Nadine was gaan begrijpen dat Irma haar vaders enige ware liefde was.

Ze waren nu twee weken in Düsseldorf en Nadine zwierf in haar vrije tijd zonder plattegrond door de stad en prentte zich de straatnamen in zodat ze de weg terug zou kunnen vinden. Op een ochtend na het ontbijt vroeg haar vader of ze die middag meeging naar de rechtbank. Hij zei dat ze misschien nodig zou zijn, maar dat had hij de week ervoor ook al gezegd. Ze had urenlang in de rechtbank gewacht zonder te worden opgeroepen, tot ze uiteindelijk was teruggestuurd naar het pension.

Haar vader had haar op het hart gedrukt dat ze uit de buurt moest blijven van kiosken die kranten en tijdschriften verkochten, en dat ze niet naar de radio moest luisteren. Vanaf dat moment wendde ze telkens wanneer ze langs een krantenkiosk liepen of iemand zagen die een krant las haar blik af. Frau Adam moest ook zijn gewaarschuwd, aangezien ze het in Nadines aanwezigheid nooit over haar moeders proces had. De gesprekken bij het ontbijt of in de avond beperkten zich tot het bespreken van recepten of klagen over hoe verschrikkelijk duur het leven in Duitsland was geworden. Maar mettertijd begon Frau Adam, wier leeftijd lastig in te schatten was, zich meer op haar gemak te voelen bij het tienermeisje.

'Je mist je moeder vast heel erg,' zei ze op een dag, toen ze zag dat Nadine alleen in de donkere woonkamer zat.

De waarheid was dat ze Irma niet miste. De vrouw die haar had opgevoed was op een dag verdwenen zonder afscheid te nemen. Dat was alles.

***

Nadines tijd in Düsseldorf had tot dan toe bestaan uit heen en weer bewegen tussen hun onderkomen en de rechtbank. Ze was het zat geworden te wachten in kamer 4C zonder ooit te worden opgeroepen. Tot dat op een dag veranderde.

Een agente kwam haar samen met een beambte van de rechtbank halen en gaf haar te kennen dat ze hen moest volgen. Zonder een woord te zeggen liepen ze met haar door twee imposante openslaande deuren en haar oren werden plotseling overvallen door het geroezemoes van vele stemmen. Toen ze de rechtszaal in al zijn grandeur zag begon Nadines hart sneller te slaan, ze dacht dat ze misschien zou flauwvallen. Ze wachtte bij de ingang van de rechtszaal, sloot haar ogen, ademde diep in en rechtte haar rug.

Toen ze haar ogen opende zag ze haar vader aan een lange tafel achter een berg papieren, documenten en mappen. Hij gebaarde dat ze bij hem moest komen zitten. Nadine liep vlug naar hem toe met het gevoel alsof ze zelf terechtstond, en nam naast hem plaats. Vanaf daar keek ze om zich heen naar de gezichten van de mensen aan de tafels voor haar, en naar de mannen in donkere pakken met witte stropdas tegenover hen. Ze hoorde het geluidsniveau in de zaal stijgen en bijna iedereen stond nu op. Bij de ingang naar de rechtszaal zag ze een vaag bekende vrouw in een bruine jas en witte hoed waar sprietjes grijsblond haar onderuit staken. Ze werd geflankeerd door twee advocaten. Het was Irma.

Irma, die Frau Brauns werd genoemd, werd gevolgd door twee andere gedaagden. Journalisten lieten hun camera's flitsen. Nadine zag dat de andere twee vrouwen, in tegenstelling tot haar moeder, hun gezicht achter een krant verborgen. Irma was de enige die met een vreemd soort waardige uitdrukking met opeengeperste lippen haar bange ogen liet zien. Toen Irma's blik die van Nadine kruiste, vertoonde geen van beiden ook maar een glimp van herkenning. Beiden vestigden ze hun aandacht op de openbare aanklager, die een bezielde toespraak was begonnen. De man sprak zijn woorden veel te krachtig uit en zijn zinnen kletterden als speren. Terwijl hij zijn woordelijke aanval, die was bedoeld om medeleven op te wekken voortzette, werd zijn gezicht steeds roder en verscheen er een laagje zweet op zijn voorhoofd.

Zonder alle juridische terminologie te begrijpen die hij in de rondte smeet, reconstrueerde Nadine wat er gaande was. Ze hoorde dat de officier van justitie haar moeder in twijfel trok zonder haar naam te noemen en de rechter verzocht haar de maximale straf op te leggen. Ze wilde aan haar vader, de officier of de beambte van de rechtbank, die haar had geëscorteerd en nog steeds achter haar stond, vragen wat deze straf dan was, maar niemand lette op haar. Nadine vroeg zich af wat een zestienjarig meisje, geboren op Cuba en geadopteerd door een gezin in New York, te zoeken had bij het proces van een Oostenrijkse die eerst Duits staatsburger en vervolgens Amerikaans staatsburger was geworden. Ze ving slechts een enkel woord of enkele uitdrukking op: dat er een misdaad was begaan, mishandeling, verwaarlozing, ontsnapping, vluchtelingen, kampen met namen die moeilijk te onthouden waren, en toen, herhaaldelijk, het woord 'schoppen'. Kinderen zouden door haar moeder uit volgestouwde treinen zijn geslingerd. Het schoppen werd steeds weer genoemd, alsof het misdrijf alleen door het puntje van een schoen was begaan. De officier zweeg om naar Irma, naar Jordan, en uiteindelijk naar Nadine te kijken alsof ze alle drie schuldig waren.

De advocaat stond op om te spreken: Irma Taylor had de door het communisme verweesde dochter geadopteerd van een Joods-Duitse vrouw die naar Cuba was gevlucht. Toen hij dochter zei, wees de advocaat naar Nadine. Het hele publiek draaide zich naar haar om. Nadine sloot haar ogen. Hij zei dat de vrouw in het beklaagdenbankje geen vlieg kwaad kon doen. Hij zei dat de vrouw die dapper genoeg was om zonder schaamte haar gezicht te laten zien in de rechtszaal, onschuldig was. Irma Taylor, hield hij vol, was eigenlijk net zo goed een slachtoffer van de allesverwoestende oorlog. Na de oorlog ging een kleine minderheid die uit was op wraak en op fortuin achter degenen aan die slechts bevelen hadden opgevolgd, zoals iedere fatsoenlijke Duitse burger zou hebben gedaan. Hoeveel generaties zouden nog de schuld moeten dragen? Hoe vaak kon een vrouw voor de rechter worden gesleept omdat ze eenvoudigweg haar werk deed en de bevelen van haar superieuren uitvoerde? De strafpleiter leek zelf overweldigd door zijn woorden.

De verdediging benadrukte, ondanks onderbrekingen van de aanklager die erop aandrong dat ze zich zouden beperken tot gebeurtenissen die hadden plaatsgehad in twee concentratiekampen, dat Irma Taylor – hij weigerde Brauns, haar meisjesnaam, te gebruiken – niet twee keer voor hetzelfde misdrijf kon worden veroordeeld. Blijkbaar had mevrouw Taylor na de oorlog concentratiekamp Majdanek weten te ontvluchten voordat het Rode Leger er arriveerde en was teruggekeerd naar haar geboortestad Wenen. Daar had de Oostenrijkse politie haar gearresteerd en uitgeleverd aan het Britse leger, dat haar bijna een jaar gevangenhield tot ze werd berecht. Ze was schuldig bevonden aan marteling en het mishandelen van gevangenen, en misdaden tegen de menselijkheid. Mevrouw Taylor had drie jaar gevangengezeten, waarna ze met een Amerikaanse soldaat was getrouwd en een nieuw leven had opgebouwd in de Verenigde Staten, waar ze haar naam had veranderd en een respectabel gezin had gesticht.

Gedesoriënteerd verliet Nadine de rechtbank. Plotseling wist ze niet meer in welke stad ze was, welk jaar het was, of waar ze vandaan was gekomen. Later die dag, in haar kamer in het pension, waarvan ze het gevoel had dat het de komende maanden een cel zou worden, ging Nadine voor de spiegel met de gouden lijst naast haar raam staan. Het grijze licht vlakte elke lijn uit haar gezicht en ze staarde naar haar spiegelbeeld zoals ze in het verleden samen met Miranda had gedaan. Ze wilde dat ze bij elkaar hadden kunnen blijven, dat haar vader haar daar had laten blijven, dat Miranda's moeder haar in huis had genomen. Of nog beter, ze wilde dat haar echte moeder haar nooit had weggestuurd, zodat ze bij haar op Cuba had kunnen opgroeien. De reflectie in de spiegel was ze niet echt, zei ze tegen zichzelf. Ze glimlachte en stelde zich voor dat ze in New York was.

Nadine probeerde te begrijpen waarom ze haar moeder wilden veroordelen voor een vergrijp, voor moord, ook al bleef haar vader voortdurend volhouden dat er zonder lijk geen misdrijf was. Ze vroeg zich af of haar moeder met mededogen kon worden bekeken en kon worden vergeven, en ze worstelde met waar de waarheid lag. Maar wie kent de waarheid? vroeg ze zich af. Ze had horen zeggen dat de geschiedenis werd geschreven door de overwinnaars. Dus wat gebeurde er met degenen die werden verslagen?

Die avond laat hoorde ze geluiden van beneden komen en verliet ze haar kamer in de hoop dat het haar vader was. Ze zou hem misschien niet kunnen troosten, maar ze kon hem op zijn minst gezelschap bieden. Ze vond Frau Adam, die een plank vol porselein aan het leeghalen was. Ze hielp haar elk voorwerp in restjes stof en oude kranten te wikkelen voordat ze ze voorzichtig in een koffer legden.

'Het tafelservies van mijn moeder, ik denk dat het daarvoor van mijn grootmoeder is geweest, maar wat heb ik er nu nog aan?' zei Frau Adam zacht. 'Nu nog uitzoeken hoe ik het bij mijn zus krijg, met een pond koffie in de koffiepot verstopt.'

Haar zus was een oude vrouw die in haar eentje in Oost-Berlijn woonde. Frau Adam legde uit dat de stad was gescheiden door een muur die de Sovjets in rap tempo hadden gebouwd om Duitsland te verdelen. Het was de prijs die het land moest betalen voor het verdedigen van een idee, vertelde ze haar.

'Nu is er niets meer over van ons Duitsers,' ging ze verder. 'We zijn niet langer één natie. Niemand respecteert ons en we worden nog steeds verantwoordelijk gesteld voor de daden van anderen. Het is toch niet te geloven dat mijn zus niet meer aan koffie kan komen? Wat is er van ons geworden? Aan deze kant kun je tenminste...'

Frau Adam vertelde dat het huis al generaties lang van de familie van haar echtgenoot was. Tijdens de bevrijding was de buurt kapot gebombardeerd, maar de villa was tussen de ruïnes overeind blijven staan. Ze biechtte op dat ze geen geld had, en dat ze met haar echtgenoot in de gevangenis geen andere keus had dan het open te stellen als pension. Vanwege de ligging zo dicht bij de rechtbank had ze beklaagden, getuigen, advocaten, schuldigen en onschuldigen onder haar dak gehad, en er altijd voor gezorgd dat die er niet tegelijkertijd verbleven.

'We zijn allemaal schuldig, en weet je waarom? Omdat we het hebben overleefd. Ze zouden liever hebben dat we dood waren.'

Haar echtgenoot was chirurg, veroordeeld wegens zijn connecties met de heersende partij op dat moment, vertelde ze Nadine. Het verbaasde haar dat Frau Adam geen enkele keer het woord nazi in de mond nam.

'Een arts, gewoon een arts, en nu moet hij wegrotten in de gevangenis tot iemand zich hem herinnert en besluit dat het wel lang genoeg heeft geduurd, dat we het gewicht van de schuld niet hoeven blijven dragen. Kijk maar naar je moeder... Twintig jaar later. Is dat nou eerlijk? Ze heeft nooit geprobeerd zich te verbergen. Ze is al eens veroordeeld en heeft haar straf uitgezeten. Waarom moeten ze het verleden oprakelen?'

Toen ze Nadines geschrokken gezicht zag, bood Frau Adam haar verontschuldigingen aan.

'Je hoeft je nergens voor te schamen,' zei ze. Daarna stond ze op en pakte haar hand. 'Kom mee, ik heb een verrassing voor je.'

Ze liepen door de donkere vertrekken naar de andere kant van het huis, waar Frau Adam haar door een gang naar een kleine bibliotheek leidde die ooit de werkkamer van haar man was geweest. Ze had de kamer helemaal zo gelaten als hij was, alsof ze hoop koesterde op gratie, waardoor Herr Adam weer thuis kon komen alsof er niets was gebeurd. Maar hij zou nooit meer in de kliniek gaan werken of de witte jas dragen die in een doorzichtige zak in een van de kasten van de slaapkamer hing, daar was ze van overtuigd.

Frau Adam leek eerder een huishoudster dan de eigenaresse van het huis. Ze weigerde iemand in te huren om haar te helpen schoonmaken of bedienen, en maakte elke dag desgewenst het ontbijt en diner voor de gasten. Het enige wat ze niet deed, was afwassen. Ze werd geholpen door een Pools meisje dat driftig de steelpannen schrobde en met beleid het zilveren bestek poetste, alsof ze bang was dat de messen en vorken zouden wegslijten als ze te hard wreef.

Frau Adam had last van de overlevingsvloek, zoals zij het noemde, het gevoel er niet te mogen zijn. Wat gaf hun het recht om te blijven leven terwijl zovelen waren gestorven?

In de bibliotheek pakte Frau Adam een zwaar fotoalbum van een van de planken. Het had een oranje gekleurde kaft met een gouden randje, en op de rug leek een vervaagde stempel van een hakenkruis verwoed te zijn weggewreven. Ze gingen samen op de bank zitten, zonken diep weg in de zijden kussens, en Frau Adam sloeg het fotoalbum open. Haar ingevallen ogen lichtten op en kregen iets van hun voormalige blauwe kleur terug.

Nadine zag een foto van een lange, slanke, jonge vrouw met smalle heupen. De oudere vrouw naast haar had stevige armen, een grote boezem, dikke benen, en haar hoofd zag eruit alsof het zich in haar lijf had gegraven. Ze had geen nek meer.

'Moeilijk te geloven dat er dertig jaar zijn verstreken. Ik herken mezelf niet eens. Dit is een foto van mij en mijn moeder.'

Op de meeste foto's stond Frau Adam met haar man, die bijna altijd een militair uniform droeg. Er waren geen foto's van hem in zijn witte doktersjas. Het gezicht van Herr Adam straalde controle uit, en op elk kiekje staarde hij uitdagend in de lens. Op andere foto's was Frau Adam te zien met een baby in haar armen, terwijl ze naast haar man aan de oever van een meer zat. Dan foto's van een jongen gekleed in het uniform van de Hitlerjugend, en later dezelfde jongeman, maar nu ouder, gekleed als soldaat.

'Ik heb altijd een dochter gewild, maar dat was niet Gods wil. Mannen worden naar het slagveld gestuurd en maar weinigen keren terug.'

Richting het einde van het album waren er lege plekken waar duidelijk foto's waren weggenomen. Een van de overgebleven foto's was er een bij het meer de Wannsee: een prachtige villa, Herr Adam die aan een klein tafeltje op een binnenplaats zat met een kop koffie in zijn handen.

'Dat ontbijt was de reden voor zijn veroordeling. Ze beschuldigden hem van honderdduizenden doden. Om een enkel ontbijtje. Hij was gevraagd naar de Wannsee te komen als expert, meer niet. Ze hebben alle foto's van hem met andere mensen van die dag meegenomen, en dwongen mij hen allemaal te identificeren, alsof ik erbij was geweest. Ze behandelden me als grofvuil. Denk je dat we in Duitsland waren gebleven als mijn arme echtgenoot echt schuldig was? Dan zouden we zijn gevlucht, zoals zo veel anderen. Maar mijn man had niets om zich voor te schamen of zich schuldig over te voelen. Ze zeiden dat hij het lot van miljoenen had bezegeld, daar bij dat ontbijt met slechts artsen, advocaten en journalisten. Het waren geen beulen. Niemand gelooft dat.'

Frau Adam stond ziedend op en zette het fotoalbum weer op de plank. Haar ogen werden wazig.

'Weet je, je hoeft het niet te vragen als je een boek wilt lezen. Je mag hier pakken en lezen wat je wilt, hoewel ik niet denk dat er veel romans tussen staan. Mijn man was dol op wetenschap en geschiedenis.'

De tijd leek te hebben stilgestaan in de kamer met muren met donkere houten planken, twee leren leunstoelen vol scheuren op een dik, roodbruin tapijt, en aan een andere muur een olieverfschilderij van een verlaten tuin. Wanneer is de laatste keer geweest dat Herr Adam in een leunstoel achter de tafel met geribbeld glas had gezeten? vroeg Nadine zich af, terwijl ze haar adem inhield en haar blik door elke hoek van de kamer liet gaan op zoek naar tekenen van zijn aanwezigheid. Een lege plek waar een voorwerp dat ooit een prominente plaats had ingenomen was weggehaald, sinds de nederlaag uit schaamte verbannen naar de zolder. Een adelaar? Een hakenkruis? Een portret van Hitler aan de muur waar iedereen hem kon bewonderen? Frau Adam had geen foto's van haar man of zoon aan de muren hangen of op de tafel of de planken staan. Het uniform verraadde hen. Het moest worden verborgen.

Ze herinnerde zich Miranda's stem, of eigenlijk de stem van Miranda's oma, die Europa was ontvlucht met haar jonge dochter in haar armen: 'Iedere Duitse familie die de oorlog heeft overleefd bevat minstens één nazi.'

Nadine bevond zich in de bibliotheek van een man die gevangenzat wegens misdaden tegen de menselijkheid. Frau Adam zelf hield vol dat haar man nooit iemand had doodgeschoten of gemarteld. Nadine wilde nu de precieze aard weten van het misdrijf dat haar moeder zou hebben gepleegd. Misschien had ze net als Herr Adam aan de verkeerde kant gestaan, aan de verliezende zijde. Haar vader had een keer gezegd dat een oorlog alleen maar verliezers kent. Ze voelde sympathie voor Frau Adam en dat baarde haar zorgen. Je kunt gewend raken aan verschrikkingen.

Nadine koos een willekeurig boek uit. Terwijl ze voor Frau Adam stond probeerde ze zichzelf te zien in elk gebaar, elke rimpel, van de vrouw die in de schaduw van de schuld van haar man leefde. Net als Frau Adam zou haar gezicht uitdrukkingsloos worden, zouden haar ogen invallen, ze zou zo dik worden dat haar nek zou verdwijnen, dacht Nadine. Met het boek onder haar arm wenste ze Frau Adam die in de schaarsverlichte kamer bleef staan een goede nacht.

Nadine liep door de gang op de eerste verdieping. Ze ging naar de badkamer, gooide ijskoud water in haar gezicht, borstelde haar haar en kroop in bed. Ze besloot wat te lezen om de rondwervelende gedachten te stoppen, ervan overtuigd dat ze net als Frau Adam zou eindigen, en jaren zou hopen op gratie waardoor Irma vrij zou komen. Niemand, hoe verderfelijk die ook geweest kan zijn, zou de prijs moeten betalen voor een oorlog waar slechts één persoon voor verantwoordelijk was. Eén man had het Duitse volk in het verderf gestort, had haar vader tegen de advocaten gezegd.

***

Na een half jaar in Duitsland, met het zich maar voortslepende proces, was New York voor Nadine slechts een vage herinnering, en leek haar vriendin Miranda wel een vreemde. Zelfs haar eigen stem kwam haar vreemd voor. Het voelde alsof ze hier als klein meisje was aangekomen en in een mum van tijd een vrouw was geworden. Zelfs haar naam was niet langer de hare. Ze was een Taylor maar kon ook een Keller zijn zoals haar echte moeder, of een Bernal zoals haar vader, of nog erger, een Brauns, zoals haar adoptiemoeder. Ze was bezig een leven in Duitsland op te bouwen zonder zich echt een voorstelling te kunnen maken van haar toekomst.

Op een ochtend werd ze naar adem happend wakker, half stikkend. Ze rende naar het raam om het te openen en rilde in de vlaag koude lucht. Ze woonde in het huis van een moordenaar. Niet alle moordenaars hebben bloed aan hun handen, dacht ze. Ze was medeplichtig, net als haar adoptieouders en Frau Adam. Ze zou binnenkort naar school gaan in Duitsland en had geen idee wat ze moest verwachten, hoe zich te gedragen.

De rechter had een schorsing van een week aangekondigd en in die week bleef haar vader op zijn kamer. Frau Adam bracht hem op een dienblad zijn ontbijt, dat hij amper aanraakte, en de Poolse dienstmeid 's middags weer weghaalde.

Op de dag dat het proces werd hervat zei de aanklager dat hij van plan was een aantal getuigen op te roepen, allemaal uit verschillende landen. Dit was een vreselijke dreun voor Jordan: het was een gebed zonder einde. Zijn woede was allesverterend, en Nadine had het gevoel dat hij haar totaal was vergeten. Tijdens het avondeten keek hij dwars door haar heen. Hij wilde alleen nog maar zijn vrouw redden. Hij werd met de dag magerder en zijn handen zaten vol levervlekken. Omdat hij gek werd van het gebonk in zijn slapen had hij de gewoonte ontwikkeld met zijn ogen te knijpen alsof hij probeerde in zijn eigen hoofd te kijken, dan bracht hij zijn vinger naar zijn voorhoofd en drukte zo hard dat er een rode vlek achterbleef.

Nadine keek naar hem zonder iets te voelen. Met het bord vol onaangeroerd eten voor zijn neus leek het alsof Jordan zichzelf liet sterven. Die avond voelde Nadine zich voor het eerst van haar leven alleen op de wereld. Ze had haar hele leven bij twee vreemden gewoond. Wie waren haar ouders eigenlijk? De enige met wie ze sprak was Frau Adam, van wie Nadine inmiddels overtuigd was dat ze een nazi was. En haar ouders? Welke misdrijven hadden zij begaan?

Toen ze de volgende dag de rechtbank verlieten, versnelden Jordan en Nadine hun pas.

Er waren verslaggevers met camera's buiten, en er stond een schreeuwende menigte die op een spektakel uit was.

'Vlug wat,' mompelde Nadines vader. 'Komt er dan nooit een einde aan dit circus? We willen alleen maar je moeder bezoeken.'

Ze sloegen een hoek om en sprintten een drukke straat over naar de vluchtheuvel, waarlangs aan beide zijden auto's raasden. Nadine realiseerde zich dat ze nog steeds werden achtervolgd door een fotograaf. Hij had zich door de meute gewerkt om een foto te maken. Ze schrok van de flits en verloor bijna haar evenwicht. Achter de fotograaf kwam de menigte dichterbij. Aan alle kanten scheurden auto's langs. Plotseling raakte Nadine gescheiden van haar vader. Even verdween hij uit het zicht. Ze bracht haar hand naar haar borst en probeerde haar eigen hartslag te voelen. Nadine stelde zich voor dat haar vader zich klaarmaakte om zich voor de voorbijrazende auto's te gooien, alsof zijn kwelling ook ten einde zou zijn als hij een einde aan zijn leven maakte. Nadine kreeg het beeld van haar vaders lichaam op het asfalt, zijn gezicht rustig, vredig, niet uit haar hoofd. Het kwam haar voor dat haar vader al dood was sinds ze de rechtbank hadden verlaten. De constante pijn van een leven zonder zijn vrouw repeteerde hij al sinds ze uit New York waren vertrokken. Er zou nooit een einde komen aan de pijn.

Nadine draaide zich even om toen ze een vrouw hoorde schreeuwen. De vrouw priemde met een beschuldigende vinger naar haar.

Ze spuwde een Duitse zin uit met een accent dat Nadine niet kon plaatsen en een uitdrukking van walging op haar gezicht. Haar woorden dreunden als een echo. Nadine voelde haar lichaam gloeien. Nog een zin, nu duidelijker. Ze stond nu weer naast haar vader en leunde tegen zijn schouder om niet te vallen. Hij wankelde ook, en ze wilde haar armen om hem heen slaan om hem in evenwicht te houden, maar ze kon het niet. Ze stonden op de scheidslijn tussen leven en dood. Om hen heen reden auto's in beide richtingen. Achter hen de meute. Nadine wenste dat ze een denkbeeldige deur kon openen, zoals ze ooit in Maspeth had gedroomd, toen ze van de nachtmerries af wilde. Een deur, ze moest een deur openen. Als ze er een vond, zou ze er dan in haar eentje doorheen gaan?

Weer die schreeuw, steeds dichterbij. Haar vader beefde, zijn handen zweetten. Nadine had weer het gevoel dat ze geen lucht kreeg, dat haar hart was gestopt met slaan. Ze verdronk.

'Dat is de dochter van het monster!' hoorde ze de vrouw schreeuwen.

Nadine voelde dat dat waar was. Ze was de dochter van een monster en verdiende geen liefde of medelijden.

23

Zes jaar later
Düsseldorf, augustus 1981

Nadine vond school in Düsseldorf maar saai. De enige vakken die haar interesseerden waren biologie, onderwezen door een oude man, en Spaans, dat werd gegeven door een Duitse vrouw die als kind in Sevilla had gewoond. De docente Spaans merkte op dat Nadine een natuurlijke aanleg voor talen en accenten had, zoals veel Joden. Nadine onderbrak haar om te verduidelijken dat ze katholiek was en op Cuba was geboren als kind van een Cubaanse vader en een Duitse moeder. De lerares staarde haar verwonderd aan en vanaf dat moment stond ze bekend als 'het Cubaanse meisje'.

Het proces tegen haar moeder sleepte zich al bijna zes jaar voort in een eindeloos circus van hoger beroep, nieuwe beschuldigingen, weerleggingen en juridische manoeuvres. Langzamerhand deden televisie en kranten er niet langer verslag van, slechts één verslaggever berichtte dat dit proces het langste en duurste in de geschiedenis van het land was geworden. Jordan had zich teruggetrokken in een diepe stilte, en Nadine zag hem alleen in het weekend, bij het ontbijt. Haar leven bestond uit zich verplaatsen van school naar het pension en van het pension naar de bibliotheek. Met het geld dat Jordan elke week in een envelop onder haar slaapkamerdeur door schoof, ging ze naar de bioscoop om slecht nagesynchroniseerde Hollywoodfilms te kijken. Dankzij haar biologielerares en haar uitmuntende cijfers werd ze toegelaten tot de Freie Universität van Berlijn, door de studenten FU genoemd, waardoor ze zich eindelijk helemaal kon losmaken van haar ouders. Ze voelde zich vrij zodra ze de toelatingsbrief had ontvangen. Op het registratieformulier vulde ze haar echte naam in: Nadine Bernal.

Vlak voordat het collegejaar begon moest Nadine terugkeren naar Düsseldorf. Het proces tegen Irma kwam ten einde en als laatste gebaar van hoop wilde de advocaat dat Nadine aanwezig zou zijn. Er zou eindelijk een cruciale getuige een verklaring afleggen bij de rechtbank, en de advocaat dacht dat Nadines aanwezigheid een beetje medeleven met Irma zou kunnen opwekken. Het stond haar tegen dat ze daar moest zijn net op het moment dat ze het gevoel had aan een nieuw hoofdstuk van haar leven te beginnen.

Het was ijskoud in de rechtszaal, en toen ze daar eenmaal weer zat, voelde Nadine zich weer een kwetsbaar klein meisje. Ze had de neiging zich achter haar vader te verschuilen, als bescherming tegen de blaffende opmerkingen van de openbare aanklager en de onverzorgde vrouw in het getuigenbankje, die ogenblikkelijk Irma herkende. Hoe ze ook haar best deed, Nadine kon alleen maar medeleven voor Irma voelen. Ze zag er zo fragiel uit, met haar ingetogen gebaren en gezicht met diepe rimpels.

'Zij is het,' zei de vrouw vanuit het getuigenbankje, wijzend naar Irma.

Ze vroegen haar naar de naam van de gedaagde.

'In het kamp stond ze bekend als "het Trappende Paard",' verklaarde ze.

Er steeg een ongemakkelijk gemompel op in de rechtszaal.

'Hebt u haar iemand zien doden?' vroeg de advocaat.

'Nee.'

'Hebt u haar iemand naar de gaskamer zien brengen?'

'Nee.'

'Naar het crematorium?'

'Nee.'

'Hebt u haar ooit met een wapen gezien, of een wapen op iemand zien richten?'

'Nee.'

Weer een ongemakkelijke stilte.

'Ze...' ging de vrouw verder. 'Ze mishandelde de kinderen als ze in het kamp arriveerden met de trein en van hun gezin werden gescheiden.'

'Hebt u haar een kind zien doden?'

Stilte.

'Ze was zo wreed tegen de kinderen, alleen tegen de kinderen.' De stem van de vrouw was nauwelijks hoorbaar, alsof elk woord haar pijn deed.

Voor Nadines ogen werd de getuige met de seconde kleiner.

'De kinderen...' herhaalde de vrouw.

'Toe dan, wat gebeurde er met de kinderen?' spoorde de advocaat haar aan.

'Ze...'

'Kunt u de zin misschien een keer afmaken?' verzocht de advocaat met stemverheffing.

'Neem alle tijd die u nodig hebt,' zei de rechter kalm.

'Ze had de leiding over...'

'Over wat?' vroeg de advocaat.

'Over de kinderen... Als ze...'

'Van hun ouders werden gescheiden?' opperde de advocaat, die zijn geduld verloor.

'Ja.'

'Dat is dan tenminste duidelijk.'

'Wie gaf het bevel de kinderen van hun moeders te scheiden?' vroeg de advocaat.

'De commandant.' De stem van de vrouw won nu aan kracht.

'Dus ze volgde bevelen op?' Toen de advocaat dit vroeg, draaide hij zich naar het publiek, keek vervolgens naar de rechter, en uiteindelijk naar een van de andere getuigen die beschuldigend naar de vrouw in het getuigenbankje zat te kijken alsof ze het gevoel had dat die de beklaagde beschermde.

'Maar zij haalde ze uit elkaar,' herhaalde de vrouw.

'Onder dwang, ja. Dat was haar taak, nietwaar?'

'Ze schopte ze.'

De advocaat van de verdediging wilde iets zeggen, maar nu kwam er een waterval van woorden uit de mond van de vrouw.

'Als de kinderen naar hun moeder toe renden, stortte ze zich op hen, en schopte ze. Het was alsof ze niet wilde dat haar handen vies zouden worden. Ze schopte ze een keer, twee keer, drie keer, vier keer. Ze schopte ze tegen de grond, en de kinderen krabbelden weer overeind en renden schreeuwend weg. Als ze vielen, kregen ze nog een paar schoppen. Daarom noemden we haar het Paard. Ik heb haar naam toen nooit gekend, maar ik herinner me haar gezicht, haar ogen, haar profiel.'

'Waarom lette u zo op haar?'

Weer een stilte. De vrouw keek verloren.

'Hebt u een pauze nodig?' vroeg de rechter, die zich al opmaakte om de boel stop te zetten.

'Een pauze? Waarom?'

'Gaat u dan maar verder,' zei de rechter.

'Herkent u de twee andere gedaagden?' vroeg de advocaat.

'Ik herinner ze me niet. Ik kan niet alle bewakers terughalen. Ik herinner me alleen het gezicht van de commandant, en dat van het Paard.'

'Hoeveel vrouwelijke bewakers waren er in het kamp?'

'Veel.'

'Dus u kunt haar ook met een ander verwarren? Hoe weet u dat zij het was?'

'Zij was het.'

'Hoe kunt u daar zo zeker van zijn?'

De vrouw zag er moe uit, afgemat door zo veel vragen.

'Ze trapte de kinderen.'

'Er waren toch nog meer vrouwen die ook mensen schopten?'

'Ja.'

'Herinnert u zich de gezichten van die andere vrouwen?'

'Ik zei net al van niet.'

'Dus u kunt zich vergissen. Het is lang geleden. Dertig jaar!'

'Nee!' schreeuwde ze.

'U lijkt erg zeker van uw zaak. Kan het zijn dat u uit bent op wraak, en het op haar gemunt hebt?'

'Ik heb wel van wraak gedroomd...'

'Vanwege alles wat u hebt doorstaan, dat begrijpen we, maar...'

'Ik ben voor deze dag in leven gebleven.'

Er steeg een gemompel op in de rechtszaal, maar de stem van de vrouw kwam erbovenuit.

'Het Trappende Paard...'

'Beledigingen zijn niet nodig.'

'Zo noemden alle gevangenen haar.'

'Maar u vraagt ons te vertrouwen op uw herinneringen van drie decennia geleden. Ik zeg het nog maar een keer, om duidelijk te zijn, dertig jaar! Het klinkt als niks. Ik wed dat u zich niet de kleur van het behang in uw huidige hotelkamer voor de geest kunt halen, en toch staat u erop met het vingertje te wijzen naar deze vrouw wier echte naam u niet eens kent. Waarom?'

'Omdat ze me van mijn dochter scheidde.'

Er viel een stilte. De advocaat liet zijn hoofd zakken. Nadine hoorde een droog hoestje, zacht gefluister, het draaien van de ventilator.

'Ze sloeg mijn dochter. Ik liet me boven op haar op de grond vallen om haar te beschermen, maar het Trappende Paard schopte ons uit elkaar. Ze trapte op mijn vingers, met een laars, en gebruikte haar hele gewicht. Met de andere schopte ze mijn dochter in haar gezicht. Daarna schopte ze nog een keer, en ik zag dat haar mond bloedde. Mijn dochter kon niet lopen van duizeligheid. Ik wilde haar roepen, maar dat ging niet, ik stikte bijna. We hadden al dagenlang geen water gehad. Ik zag mijn kleine meisje wankelen. Het Paard draaide zich naar me toe, ze wist dat ik naar haar keek. Ik prentte me haar gezicht in om het nooit meer te vergeten.'

'En wat gebeurde er met uw dochter?' volhardde de advocaat.

De vrouw slaakte een diepe zucht en keek de beklaagde in de ogen.

'Die heb ik nooit meer gezien. Dat was de laatste keer dat ik haar bij me had.'

Het aanzwellende lawaai in de rechtszaal maakte dat Nadine haar oren bedekte.

'Maar weet u wat nog het meest pijn doet?' ging de vrouw verder, haar stem doelbewust. 'Doordat ik zo mijn best heb gedaan geen enkel detail van het gezicht van het Paard te vergeten, ik het elke avond weer bovenhaalde en voor me zag, ben ik het gezicht van mijn dochter vergeten. Ik herinner me alleen nog maar dat ze lange vlechten en blauwe ogen had, blauw als haar jurk, en dat ze een vies wit schort droeg. Maar haar gezicht kan ik niet meer voor me zien.'

Haar stem brak. Ze slikte en begon te huilen. 'Hoe kan een moeder het gezicht van haar eigen kind vergeten?' vroeg ze zich af, terwijl haar ogen wazig werden.

Het lawaai in de rechtszaal was oorverdovend geworden. Plotseling stierf het weg, of misschien was Nadine gestopt met ernaar luisteren. Ze wilde naar huis, maar ze wist niet waar thuis was. Ze voelde zich overspoeld worden door duisternis. Toen ze bijkwam besefte ze dat ze huilde. Ze keek totaal verward om zich heen. De vloer trilde. Ze was niet meer in de rechtszaal, ze zat in een treincoupé op weg terug naar Berlijn. Op weg om haar opleiding af te ronden. Om een leven op te bouwen ver weg van de Taylors, waar niemand haar ooit zou vragen zich alle verliezen uit haar jeugd te herinneren, of compassie te voelen met een moordenaar, of te houden van degenen die haar in de steek hadden gelaten. Het verleden lag achter haar, ze zou zich alleen nog maar bekommeren om de toekomst.

24

Zeven jaar later
Berlijn, augustus 1988

De eerste keer dat ze Anton Paulus zag, droeg hij een hoed die hij laag over zijn voorhoofd had getrokken. Vanaf het moment dat ze aan elkaar werden voorgesteld noemde Nadine hem 'de jongen met de hoed'. Bij hun ontmoeting op de universiteit vertelde hij haar zonder in detail te treden dat hij een promotieonderzoek aan het afronden was over 'terughalen wat was verloren'; zij werkte als stagiaire in een laboratorium dat zich bezighield met het te ruste leggen van wat ooit had geleefd. Ze vermaakten zich met woordspelletjes en maffe verhalen, maakten elkaars zinnen af, en langzaam maar zeker leerden ze elkaar kennen. Hoewel hij niet op zoek was naar een vriendin, laat staan een echtgenote, wist hij toen Nadine in zijn leven kwam dat hij de controle over het stuur kwijt was en zijn lot niet langer in eigen hand had. Ze waren nu een stel en ze lieten zich meeslepen, zonder zich zorgen te maken over waar ze naartoe gingen, zolang ze maar samen waren.

Ze voelden een connectie: ze waren allebei op zichzelf en er allebei aan gewend om verlaten te worden. Hoewel Anton wél ouders had, woonden ze niet samen met hem in Berlijn. Ze hielden contact via een incidentele brief of een telefoontje, en met kerst bezocht hij hen in hun appartement in Luzern in Zwitserland, waar ze voor het uitbreken van de oorlog heen waren gevlucht. Dankzij een nicht aan moederskant die met een Zwitserse Schot was getrouwd, hadden Joachim en Ernestine Paulus zich kunnen vestigen in de smetteloze middeleeuwse stad waar het verleden niet werd bepaald door de recente wereldoorlogen, maar eeuwen terugging. Anton was puur bij toeval in Berlijn geboren tijdens een zakenreis van zijn ouders.

Hij groeide op in Luzern, bij zijn tante, die de klassieken alleen in het Frans las, en zijn ouders, die hun hele leven bezig waren het schuldgevoel dat ze Duits waren te temperen door te bewerkstelligen dat hun volk de dingen die waren vernietigd teruggaf, vergoedde of herstelde. De Paulussen hadden al hun spaargeld in een fonds gestopt dat werd besteed aan het terughalen van tijdens de oorlog door de Duitsers gestolen bezittingen, met name de werken van Max Liebermann, een schilder die een vriend van de familie was geweest en als oude man een cyanidepil had verkozen boven in een trein zonder bestemming stappen. Ze hadden decennialang gestreden om Liebermanns huis bij de Wannsee terug te krijgen dat in handen van de overheid was gevallen, en telkens wanneer een van zijn schilderijen op een veiling werd aangeboden, onderzochten ze de herkomst om te zien of het tijdens de oorlog door nazi's was gestolen. Als dat het geval was, zetten ze een verwoede juridische strijd op touw om ervoor te zorgen dat het schilderij terugkwam bij de rechtmatige eigenaar.

Anton leidde nu de Paulus Stichting, en op een dag vergezelde Nadine hem naar het koude, donkere pakhuis waar ze de schilderijen bewaarden, beschermd tussen houten verdelers waardoor je ze kon zien. Schilderijen met een dubieus verleden, van families die bestolen waren door de nazi's, konden pas ter veiling worden aangeboden of worden tentoongesteld als de nakomelingen van de vooroorlogse eigenaren waren opgespoord. Nadine vond het zonde dat zulke meesterwerken ertoe waren veroordeeld nooit te worden getoond.

Niet lang nadat Nadine aan haar universitaire stage in een laboratorium in Berlijn was begonnen, overtuigde Anton haar ervan om van koers te veranderen en de carrière in de geneeskunde op te geven die haar moeder voor haar had gekozen. Ze genoot van biologie maar vond zichzelf niet geschikt om elke dag met een eindeloze stroom patiënten om te gaan. Ze bezat niet de gave om mensen te troosten, zei ze altijd. Ze had ervan gedroomd op een dag neurochirurgie te gaan studeren, zodat ze in de labyrinten van het brein kon wroeten en fysieke redenen vinden om menselijk gedrag te verklaren. Ze gaf de voorkeur aan onderzoek, elk deeltje analyseren van wat ons op biologisch niveau bestuurt. Maar het werk in het centrum voor hersenonderzoek wekte massa's ethische en morele vragen bij haar op.

'Alle hersenen, monsters en preparaten in dit laboratorium, hoe klein ook, zijn afkomstig van nazislachtoffers,' zei Nadine tegen haar professor tijdens een college vol studenten die vurig hoopten dat de discussie snel voorbij zou zijn, zodat ze een voetbalwedstrijd konden gaan kijken. 'Ze getuigen van gruweldaden. We profiteren hier van een misdrijf.'

'Misschien heb je liever dat we decennia van onderzoek weggooien waarvan we zo veel geleerd hebben en waardoor we in staat zijn geweest het menselijk brein te ontcijferen en toekomstige generaties te helpen?' vroeg de professor.

'Nee, niet weggooien,' zei Nadine, die haar stem verhief om in de hele collegezaal te horen te zijn. 'Begraven. Ik denk dat we ze het beste te ruste kunnen leggen.'

De discussie werd onderbroken door het lawaai van studenten die opstonden om weg te gaan. Sommigen maakten boze gebaren naar Nadine.

'Hoelang ga je hier nog mee door?' beet een jongeman haar toe terwijl hij zich langs haar wurmde. 'Ga andere colleges volgen als je er zo'n last van hebt, of ga terug naar je eigen rotland.'

Naast biologie volgde ze ook colleges Spaans en Engels, aangezien het een academische vereiste was om twee talen te studeren. Haar Spaanse colleges werden gegeven door Gaspar Leiva, een

Chileen die via Cuba was gevlucht naar de DDR, het andere Duitsland, en uiteindelijk naar West-Berlijn ontsnapt was. Toen ze hem vertelde dat ze op Cuba was geboren, voelde Gaspar meteen een band met haar. Hij was het slachtoffer van een rechtse coup in Chili, zei hij, en dan van het ergste '-isme' dat er bestond: het communisme, net als haar familie.

Bij Gaspars Spaanse colleges ontmoette Nadine zijn assistente Mares, een mede-Cubaanse. De naam van het meisje had Nadines aandacht getrokken. Mares betekende 'zeeën' in het Spaans. Uiteindelijk kwam ze te weten dat ze die naam bij aankomst in Moskou had aangenomen. Haar echte naam was María Ares, in haar Sovjet-documenten vermeld als M. Ares, dus plakte ze die aan elkaar.

Mares schreef poëzie in het Spaans vermengd met Duits, Russisch en zelfs Engels. Het ging allemaal over haar ervaringen, zei ze. Op Cuba was ze geobsedeerd geweest door Amerikaanse cultuur en muziek ook al kende ze geen woord Engels. Ze wilde wanhopig graag het land verlaten dat als een gevangenis voelde, dus accepteerde ze een plek om filmkunst te studeren in Moskou, waar ze verliefd werd op een Koerd met een Duits paspoort die haar na haar afstuderen zwanger maakte en een blauw oog bezorgde.

Mares had twee opties: de Koerd verlaten en teruggaan naar Cuba om daar de baby te krijgen, waar ze in het verborgene zou moeten leven, of met de Koerd trouwen, naar West-Duitsland gaan en een Cubaans-Koerdisch-Duits kind krijgen. Geen van beide opties sprak haar erg aan, maar ze nam genoegen met de tweede, omdat ze wist dat haar kind dan de vrijheid zou genieten die zij nooit had gehad, en ze bedacht dat ze de incidentele klappen van de Koerd wel zou overleven.

Mares was een paar maanden voor ze moest bevallen in West-Berlijn aangekomen, en ging met haar echtgenoot in een appartement met slechts één raam wonen in een wijk waar bijna niemand Duits sprak. Zonder een enkele mark in haar portemonnee bracht

Mares haar dagen in haar eentje door met een lege koel- en voorraadkast. Op een dag werd ze wakker in het ziekenhuis met een aantal hechtingen in haar hoofd, een gebroken rib die haar long had geperforeerd en zonder kind in haar buik. Ook al was ze enkele dagen bewusteloos geweest, de artsen verzekerden haar dat ze volledig zou herstellen zonder permanente schade. Haar zoon had minder geluk gehad. Die was doodgeboren.

De Koerd was gevlucht nadat hij haar in elkaar had geslagen en was volgens de autoriteiten in Iran beland. De eerste paar weken had Mares nachtmerries. Ze droomde dat haar zoon het had overleefd en dat haar echtgenoot hem had meegenomen. Maar in werkelijkheid was ze bevallen van een kind dat ze nooit had kunnen dopen, of begraven.

Een maatschappelijk werker van het ziekenhuis hielp haar bij de zoektocht naar een appartement in de wijk Kreuzberg en regelde dat Mares Duits kon leren, een taal waarmee ze al bekend was van haar tijd in Moskou. Maar ze woonde in een sociale huurwoning omringd door Turkse gezinnen en het viel niet mee om een taal te perfectioneren zonder de kans te hebben die te oefenen. Binnen een jaar was ze toegelaten tot de universiteit, waar ze een baantje nam als assistente van Gaspar. 's Avonds gaf ze les in drama en enscenering, en ze voerde toneelvoorstellingen op met drugsverslaafden die lessen moesten volgen in ruil voor hulp van de overheid.

Nadine ging naar een van Mares' opvoeringen, waarin ze een moderne Medea speelde in een door Gaspar geschreven versie. In het stuk doodde Medea haar kinderen omdat er terroristenbloed door hun aderen stroomde. Het kwaad moet worden vernietigd, zei ze aan het eind, terwijl ze met bebloede handen een lange rode zijden halsdoek uit haar buik trok. Hiermee eindigde het stuk, en het gordijn viel als een guillotine neer op de acteurs.

Mares en Nadine werden vriendinnen. Nadine realiseerde zich hoezeer ze een goede vriendin had gemist, zoals Miranda was geweest toen ze klein was. Nadine had moeite Mares' Duits te verstaan, met haar zware Russische accent, maar ze leerde uiteindelijk vloeiend Spaans en nam zelfs iets van Mares' Caraïbische accent over.

Hun vriendschap werd hechter en Nadine verliet haar studentenwoning om bij haar vriendin te gaan wonen. Mares vertrouwde haar toe dat ze al een tijdje iets met Gaspar had en dat het inmiddels zo serieus was, dat ze vaker bij hem was dan in haar eigen appartement. Desondanks wilde ze niet haar onafhankelijkheid verliezen en wilde ze ook de relatie voor nu geheimhouden. Ze had het gevoel dat de Koerd op een dag voor haar deur zou staan, en dat hij de klus deze keer zou afmaken.

Op dinsdag en vrijdag wandelden ze over de Bergmannstrasse en de Maybachufer, ze genoten van het afdingen bij markthandelaren voordat die hun kramen sloten en kochten avocado's en mango's voor een klein prijsje. Nadine kon zich niet herinneren ooit tropisch fruit te hebben geproefd. Bij Mares riepen ze herinneringen aan Cuba op, ook al kwamen ze van de Turkse markt.

Ze doolden zorgeloos door de stad tot op een dag alles veranderde. Nadine begon zich zorgen te maken toen ze een foto van zichzelf pontificaal bij een serie kritische artikelen zag staan die in de universiteitskrant waren afgedrukt en vervolgens werden overgenomen door de nationale pers. Met steun van de stichting waarvoor ze parttime werkte, was Nadine een campagne gestart om de decennialang bewaarde en geconserveerde menselijke resten van nazislachtoffers te begraven die nog steeds werden gebruikt bij wetenschappelijke experimenten. Dit leverde haar net zo veel steun als hoon op. Sommigen vonden dat de campagne anti-wetenschap was en het verleden probeerde uit te wissen, voor anderen was het een kwestie van een schuld vereffenen met de slachtoffers en hun families om zo een hoofdstuk uit de nationale geschiedenis te kunnen afsluiten.

De twee vrouwen beschermden elkaar, onder andere de keer dat een groep skinheads Nadine herkende en obscene gebaren naar haar maakte. Mares noemde hen neonazistische clowns, en zei tegen ze dat ze alleen maar uit verveling een valse ideologie uitvonden.

Daarna kwamen de beledigende telefoontjes waarin werd gezegd dat ze het verleden moest laten rusten, dat er niets goeds van kon komen als ze mensen eraan bleef herinneren wat de nazi's hadden gedaan. Gevolgd door anonieme brieven met doodsbedreigingen. Nadine werd op een dag bij het verlaten van het appartement tegengehouden door een man die haar in een hoek drukte. Hij hield haar stil door haar keel met één hand dicht te houden en rukte met de andere hand de knopen van haar spijkerbroek open om zijn vingers tussen haar benen te duwen.

'Denk je nou echt dat je je zin krijgt?' zei hij.

Ze opende haar ogen en keek hem aan. Ze wilde dat hij wist dat ze zich elk detail van zijn gezicht inprentte zodat ze hem, wat hij haar ook zou aandoen, kon aangeven als ze het overleefde. Maar het enige wat ze zich achteraf nog herinnerde was de lucht van gist en knoflook in zijn adem, zijn bloeddoorlopen groene ogen, brede voorhoofd en getatoeëerde nek en kaalgeschoren hoofd. Ze ontwaarde het begin van een ontwerp op zijn arm, een soort draak, terwijl hij haar porde. Uit het niets voelde ze een vlaag van medeleven voor de vrouw die ze zo walgelijk had gevonden bij Irma's proces.

'Ga terug naar je eigen land, vuil loeder.'

Toen hij haar even losliet, zette Nadine het op een gillen, zo luid dat Mares haar kon horen. Bij de aanblik van de skinhead die haar vriendin aanviel, stormde Mares op blote voeten op hen af. Geschrokken liet de man Nadine los en rende de trap af.

De twee vriendinnen gingen in de gang op de grond zitten. Verder had niemand op haar roep om hulp gereageerd. De deuren van de andere tien appartementen bleven dicht. Vanaf die dag ging Nadine in Antons huis in Dahlem Dorf slapen dat dichter bij de universiteit lag, en besloot Mares bij Gaspar te blijven.

Ze gaven de aanval aan bij de universiteit en gaven een beschrijving van de man met het kaalgeschoren hoofd. Een paar dagen later kondigde de stichting waarvoor Nadine werkte een ceremonie aan om de slachtoffers van de rassenzuivering te eren, en om bekend te maken dat alle tijdens het Derde Rijk verkregen monsters van menselijk materiaal te ruste zouden worden gelegd.

***

Bijna tien jaar na hun eerste ontmoeting planden Nadine en Anton hun bruiloft. Ze woonden al jaren samen en Nadine was zwanger. Het werd ook wel tijd, vond ze: zij was negenentwintig en hij was eenendertig. De trouwerij, een eenvoudige aangelegenheid waarbij slechts een handjevol vrienden aanwezig zou zijn, zou op een dag plaatsvinden die ze willekeurig hadden gekozen: de achtste dag van de achtste maand in het jaar 1988.

Toen ze het nieuws hoorde, vertelde Mares haar vriendin dat de door hen gekozen datum uiterst gunstig was en dat die betekende dat zij en Anton een pact sloten voor hun hele leven.

‘Niets is voor altijd,’ antwoordde Nadine.

‘Je trouwt niet elke dag op de achtste dag van de achtste maand van ’88. Het is een hele rij oneindigheidstekens,’ zei Mares. Ze deed Nadine denken aan de zigeunervrouw die hun handen had gelezen op het plein tijdens een reisje naar Sevilla.

‘Jullie zijn zusters,’ had de vrouw gezegd. ‘Het is belangrijker dat je er vanbinnen hetzelfde uitziet, dan van buiten. Jullie zijn met elkaar verbonden door verlies.’

Zigeuners zijn wijs, herhaalde Mares die dag terwijl ze langs de witgekalkte huizen in de zon liepen, en vanaf die dag wisten ze dat ook al zouden ze gaan trouwen, kinderen krijgen en verder bij elkaar vandaan gaan wonen, ze nooit van elkaar zouden worden gescheiden.

‘Acht, acht, acht, acht…’ herhaalde Mares de trouwdatum. En na een heel lange stilte opperde ze: ‘Moet je je vader niet bellen?’

Nadine had niet de energie om te reageren. Ze schaamde zich, voelde zich schuldig, maar probeerde zichzelf in te prenten dat haar ouders háár in de steek hadden gelaten en niet andersom. Ze had haar best gedaan tijdens het proces, maar haar vader bleef alleen met zijn vrouw bezig, bleef haar trouw, en niet het kleine meisje dat ze van de revolutie hadden gered.

'Je gaat trouwen, je krijgt een kind...' ging Mares verder.

Toen ze op haar achttiende naar Berlijn was verhuisd, was Nadine het contact met haar vader kwijtgeraakt. Aangezien hij sinds die tijd niets van zich had laten horen, leek het nutteloos om hem nu te schrijven. In het begin had ze haar oude hospita Frau Adam zo nu en dan gebeld om te vragen hoe het proces vorderde, tot op een dag een andere vrouw de telefoon opnam en haar vertelde dat Frau Adam was overleden.

Nadine schudde haar hoofd. Het zou makkelijker zijn geweest om het verleden het verleden te laten, maar ze wist dat Mares de kwestie niet zou loslaten. Hoe kon ze Mares ervan overtuigen dat het onmogelijk voor haar was om contact op te nemen met de Taylors, dat ze haar waren vergeten op de dag dat de journalist op hun deur had geklopt en haar moeders echte naam had genoemd? Ze hadden het geredde meisje niet langer nodig. Haar laten aanrukken bij het proces had geen enkele indruk gemaakt op degenen die uitspraak moesten doen.

Als ze eerlijk was, had ze de laatste tijd wel aan hen gedacht, maar dat hoefde Mares niet te weten, en Anton al helemaal niet. Hij geloofde dat de Taylors nazi's waren, zelfs de in Amerika geboren Jordan, en dat ze al jaren eerder hadden moeten worden ontmaskerd. Nu ze in verwachting was moest ze ook vaak aan haar echte moeder denken, aan haar echte vader, en haar Duitse grootmoeder, de schrijfster. Ze zwoer dat ze haar op een dag uit de vergetelheid zou redden.

Mares gaf niet op en wachtte met de armen over elkaar op antwoord.

'Ze zijn niet mijn echte ouders. Mijn echte ouders zijn op Cuba gestorven.'

De laatste keer dat ze iets over haar adoptievader had vernomen was in een artikel in de krant dat Anton haar had laten zien. Jordan Taylor, gepensioneerd elektricien en Amerikaans legerveteraan, was naar Noordrijn-Westfalen verhuisd om dichter bij zijn vrouw te zijn, de veroordeelde oorlogscrimineel Irma Brauns.

Nadine trouwde bijna precies zeven jaar nadat de vrouw die haar had opgevoed – die ze ooit mama had genoemd – levenslang kreeg voor misdaden tegen de menselijkheid.

25

Zeven jaar later
Bochum-Linden, april 1996

Nadine was ervan overtuigd dat je met een vliegtuig naar de toekomst reisde, en met de trein naar het verleden. De keren in haar leven dat ze gedwongen was geweest aan haar verleden te denken, was dat altijd met gesloten ogen geweest, bijna altijd tegen haar wil. Nu, naast haar zevenjarige dochtertje Luna en haar oude vriendin Mares gezeten, reisde ze westwaarts, naar Bochum-Linden, een stad niet ver van de grens met Nederland, om een schuld aan haar geheugen in te lossen.

Bij de geboorte van haar dochter had Nadine zichzelf beloofd dat ze haar ogen zou openen en haar geschiedenis zou reconstrueren, al zou die slechts van kapotte fragmenten aan elkaar hangen, want uiteindelijk 'ben je de som van al je fouten'. Haar Duitse professor literatuurwetenschappen, Theodor Galland, zei dit altijd. Hij citeerde daarmee Ally Keller, de dichteres die was gestorven in Sachsenhausen, en hij kwam er tot zijn verbazing achter dat Nadine haar kleindochter was.

Nadine was bevriend geraakt met professor Galland, niet omdat ze zo dol op literatuur was, maar omdat hij de weinige teksten van Ally Keller had bestudeerd die hij had kunnen vinden, dankzij een bijna archeologische volharding. Nadine had hem de brieven uitgeleend van de non die haar had geholpen uit Cuba te ontsnappen, waarin ze veel van Liliths verhaal vertelde. Ze had hem ook de enige foto uitgeleend die ze van haar moeder had, en een kopie van het gedicht dat Ally Keller voor haar dochter had geschreven op haar zevende verjaardag: *De nachtreiziger*.

Na de hereniging van Duitsland werden de Oost-Duitse archieven geopend en kreeg professor Galland toegang tot documenten die decennialang waren bewaard op de Humboldt Universiteit, waar Ally Keller essays had gepubliceerd in het literaire tijdschrift waarvan Bruno Bormann redacteur was geweest. Ze hadden brieven en geannoteerde gedichten gevonden die na de oorlog aan de universiteit waren gedoneerd ter nagedachtenis aan een zekere familie Holm. Ze hadden zelfs fragmenten van Ally Kellers dagboek gevonden. Voordat hij met pensioen ging hoopte professor Galland genoeg materiaal verzameld te hebben om een bloemlezing van Ally Kellers werk samen te stellen. Hij had contact gelegd met verschillende universiteiten in het land in de hoop alles op te sporen wat met haar te maken had.

Beetje bij beetje, als stukjes van een legpuzzel, zetten professor Galland en Nadine haar familiegeschiedenis in elkaar.

Na de dood van de wetenschapper die de leiding had over Aktion T4, het rasveredelingsprogramma van het Derde Rijk, doneerde zijn familie zijn archieven aan het onderzoekscentrum waar Nadine nu fulltime werkte. Ze was belast met het analyseren van de documenten, waardoor nog meer preparaten met hersenmonsters aan het licht kwamen. Inmiddels was het makkelijker om toestemming te krijgen de resten te ruste te leggen, maar tot haar grote verbazing vond ze een map met daarin foto's van een naakt meisje, de afmetingen van haar lichaam en hoofd, details over de neus, lippen, ogen en zelfs een lok haar, onder de naam Lilith Keller. Het meisje, dochter van een Duitse vrouw en een zwarte man, was geclassificeerd als Mischling, en er was bij genoteerd dat ondanks haar bovengemiddelde intelligentie en het feit dat haar verhoudingen gelijk waren aan die van een Ariër, de kleur van haar huid en de textuur van haar haar bevestigden dat ze het genetische defect van haar vaders kant had geërfd. Daarom werd aangeraden dit meisje te steriliseren door middel van straling, om te voorkomen dat rasonzuiverheid zich onder de Duitsers zou verspreiden.

Starend naar het dossier van haar moeder had Nadine weer het gevoel dat ze stikte, net als tijdens het proces in Düsseldorf. Maar deze keer wilde ze het niet vergeten. Toen ze eerder die deur had gesloten, was dat omdat ze er niet klaar voor was te vergeven. Ze kopieerde de documenten en gaf ze aan professor Galland zodat die het kon opnemen in het verhaal over haar moeder. Ze moest nog steeds het verhaal van haar opa onderzoeken, maar hij werd nergens genoemd in de brieven of documenten uit het geredde archief. Ze wist alleen dat haar opa aan het begin van de jaren dertig in Düsseldorf woonde en meerdere reizen had gemaakt. Verder niets. Tijdens de opkomst van de nazipartij waren verscheidene zwarte muzikanten, die later leden van het verzet bleken te zijn, gedood in Düsseldorf, maar geen van hen was ooit aan Ally Keller gelinkt. Nadine nam aan dat Franz Bouhler tijdens de oorlog was gestorven, of van ouderdom, wat betekende dat ze haar verleden alleen nog maar zou kunnen reconstrueren door naar Cuba te gaan. Het probleem was dat ze daar het vliegtuig voor moest nemen, en daar was ze nog niet toe in staat. Ze wilde liever wachten tot haar dochter groot genoeg was om haar te vergezellen; samen zouden ze dat deel van hun verleden gaan ontrafelen. Het enige wat op dit moment binnen bereik lag, was zich herenigen met haar adoptieouders en hen aan hun kleindochter voorstellen.

***

Maanden eerder had Nadine een brief ontvangen waarin werd vermeld dat Irma Taylor, nadat haar been moest worden afgezet wegens diabetes, gratie was verleend en dat ze ergens in de dagen daarna zou vrijkomen. De brief was van een organisatie die zich wijdde aan het bijstaan van oorlogsmisdadigers die hun straf hadden uitgezeten. Ze hadden niet alleen Nadine op de hoogte gesteld, aangezien zij als Irma's dochter stond vermeld, maar ze informeerden ook degenen die tijdens het proces tegen haar hadden getuigd. Jordan ging nog steeds elk weekend bij zijn vrouw in de gevangenis op bezoek en woonde in een bejaardentehuis in Bochum-Linden. Hij hoopte dat zijn vrouw na haar vrijlating bij hem kon komen wonen.

Nadine had Jordan geschreven om hem te vertellen dat ze hem wilde komen opzoeken om haar dochter, Luna, voor te stellen. Er kwam geen antwoord. Dus toen Anton naar New York was voor de zoveelste juridische strijd met de veilinghuizen, besloot Nadine naar Bochum-Linden te gaan.

'Weet je zeker dat je ertegen kunt ze te zien? Waarom nu?' vroeg Mares haar.

'Je kunt niet je hele leven bezig blijven met vergeten, Mares,' antwoordde Nadine. 'Wat heb je daaraan?'

'En als zij degenen zijn die er niet tegen kunnen?'

'Dan heb ik het in elk geval geprobeerd.'

Hoewel ze er zeker van was dat ze dit reisje moest maken, maakte Nadine zich er ook zorgen over hoe haar adoptieouders op Luna zouden reageren. Het meisje had al het gevoel dat ze anders was, omdat haar huidskleur donkerder was dan die van haar ouders.

Toen ze heel jong was, had ze eens in de bloemenzaak onder hun huis horen zeggen dat ze geadopteerd was en van een ver Caraïbisch eiland kwam. De buurvrouw van de eerste verdieping had tegen de bloemist gezegd dat Nadine naar Cuba was gegaan om haar te adopteren, haar uit handen van de communisten had gestolen. Luna was met haar handen in haar zij naar boven gestormd naar hun appartement om haar ouders te confronteren.

'Waarom hebben jullie het niet verteld?' wilde ze weten.

Toen ze Luna op dramatische wijze het verzonnen verhaal hoorde vertellen over Nadines ontsnapping van het eiland met het meisje in haar armen op een boot midden in de oceaan, kon Nadine niet voorkomen dat ze in de lach schoot. Ze besloot ter plekke dat haar dochter er meer aan toe was om het verleden te begrijpen dan zij ooit was geweest.

'Ik ben degene die van Cuba komt. Ik ben degene die is geadopteerd. En zelfs al hád ik je geadopteerd, dan zou ik nog steeds evenveel van je houden. Je bent mijn dochter en dat zul je altijd blijven.'

Luna bleef staan, nog niet bevredigd. 'Ben ik nu geadopteerd of niet?'

Nadine haalde foto's van haar zwangerschap tevoorschijn, van de dag waarop Luna was geboren, van Anton die haar op zijn schouders droeg in Tiergarten, van de eerste treinreis, van zomers bij het meer. Toen Luna de foto's zag had ze het gevoel dat ze zich die momenten stuk voor stuk kon herinneren.

'Waarom zie ik er dan anders uit?' vroeg ze. 'Ik ben donkerder dan jullie.'

'Donkerder? We zijn allemaal verschillend, Luna,' mengde Anton zich in het gesprek. 'Ieder mens is anders. En niemand is beter dan een ander.'

Nadine ging verder: 'Mijn vader kwam van Cuba en mijn moeder was de dochter van een blanke Duitse vrouw en een zwarte Duitse man. Ook al was mijn opa zwart en noemden ze hem een Afrikaan, hij was net zo goed als jij en ik een Duitser, maar in die tijd dachten mensen dat de Duitse nationaliteit zuiver en puur moest zijn,' zei Nadine.

'In die tijd?' merkte Anton wrang op.

'Je lijkt sprekend op je overgrootmoeder Ally, maar gecombineerd met de schoonheid van je oma Lilith,' stelde Nadine haar gerust, en Luna's gezicht klaarde op.

Vanaf die dag keek Luna met plezier in de spiegel. Het meisje had Nadines ogen, hoewel die van haar grijs waren en fletsgroen in de zon. Ze had het lichtblonde haar van haar overgrootmoeder Ally geërfd en de donkere huid van haar oma Lilith.

Sinds Luna haar eerste stapjes had gezet en was begonnen met praten, noemden ze haar 'het waarom-meisje'. Ze wilde van alles weten hoe het zat. Terwijl ze groeide, groeiden ook haar vragen. Ze begon 'wanneer?' en 'waar?' toe te voegen om haar redeneringen in tijd en ruimte te plaatsen. Nadine zei altijd dat het meisje gedachten wilde uitwerken, ze tastbaar maken, om alles te onthouden.

Met 'alles' bedoelde Nadine elk minuscuul detail. Van een gebaar, tot hoe de meubels in de werkkamer stonden opgesteld, tot de manier waarop het serviesgoed in het houten buffet in de eetkamer werd neergezet. Het viel Luna zelfs op als haar moeder de volgorde van de gekleurde kussens op de bank veranderde. Ze leerde alle namen, geboortedata en adressen van haar klasgenootjes uit haar hoofd. Ze had een talenknobbel. Luna imiteerde accenten en leerde moeiteloos lange complexe gedichten uit haar hoofd. Het enige waar ze moeite mee had was het onthouden van wiskundige formules. Ze was niet gemaakt voor getallen en vergelijkingen, alleen voor woorden.

De treinreis naar Bochum-Linden verliep traag. Wat Nadine vooral zo gespannen maakte, was dat ze tegen Anton nog met geen woord had gerept over deze reis. Hij vond het belangrijk dat je met kennis van de waarheid opgroeide en dat het verleden niet verborgen bleef. Maar hij zou liever hebben gehad dat Luna nooit Nadines ouders zou bezoeken, zelfs niet met kerst. Dat het meisje wist wie Nadines adoptieouders waren, was één ding, tijd doorbrengen met een oorlogsmisdadiger ging hem te ver.

***

Nadine, Mares en Luna arriveerden bij het vallen van de avond in de stad en gingen naar een klein hotel niet ver van de Bochumse kerstmarkt. Er hingen nog een paar belletjes in de bomen, daar achtergebleven van kerst.

'We moeten hier een keer in december met Luna terugkomen,' zei Mares.

‘Misschien komen we hier wel nooit meer terug. Wie zal het zeggen?’

Na het ontbijt in het hotel gingen ze naar het bejaardentehuis, een gebouw dat tegenover een park met door bomen geflankeerde lanen stond alsof het tuintje aan de voorkant van het pand flink was uitgebreid.

Ze vonden de naam ‘Taylor’ op de intercom en drukten op het knopje voor appartement 1C. Geen reactie. Even later hoorden ze gezoem ten teken dat de deur kon worden geopend. Ze betraden een ontvangsthal waar in het midden een glazen tafel stond met een enorm boeket papieren bloemen erop. Erachter zagen ze een woonkamer met leunstoelen. Ze kozen de gang aan de linkerkant en gingen in de doolhof op zoek naar het derde appartement. Op de deur onder het nummer stond J. Taylor. Ze klopten aan, maar er werd niet opengedaan.

‘Ze zijn misschien niet thuis,’ zei Nadine toen ze zag dat Mares zorgelijk keek. ‘Ze weten tenslotte niet dat we hier zijn, dus het zal vast niet zo zijn dat ze ons niet willen binnenlaten.’

Toen ze zich omdraaiden om terug te gaan naar de wachtruimte, zagen ze in de verte het silhouet van een man die een vrouw in een rolstoel voortduwde.

‘Is dat oma in de rolstoel?’ fluisterde het meisje. ‘Kijk, ze heeft maar één been.’

‘Niet wijzen.’

Nadine pakte de hand van haar dochter vast alsof de twee naderende vreemden haar zouden kunnen stelen.

‘Rustig maar,’ zei Mares. ‘Alles komt goed.’

Ze gingen opzij om plaats te maken voor het echtpaar dat langzaam hun kant op kwam. Ze hoorden de zware ademhaling van de man die moeite had de zware rolstoel vooruit te duwen.

‘We hadden bloemen moeten kopen,’ zei de man in het Engels.

‘Waarom zou je bloemen kopen, die gaan toch dood en eindigen bij het oud vuil,’ reageerde de oude vrouw terwijl ze nerveus een lappenpop streelde. Haar rechterhand trilde.

Nadine herkende haar vaders stem. Hij was het. Dezelfde melodieuze intonatie, dezelfde soepele klank. Haar moeder herkende ze totaal niet.

Met enige moeite opende de man de deur van het appartement. Toen hij zich omdraaide om de deur te sluiten, merkte hij de drie bezoeksters op.

'Wat komt u doen?' vroeg hij in perfect Duits.

'Mogen we binnenkomen?' vroeg Nadine ferm.

Jordan duwde Irma in haar rolstoel naar de eettafel om ruimte voor hen te maken. Luna liet haar moeders hand los en ging als eerste naar binnen. Ze zegen gedrieën tegelijk neer op een bank met bloemenmotief waar ze in wegzakten. Luna giechelde.

'Meubels gaan tegenwoordig minder lang mee,' zei de man. 'Wilt u iets drinken?'

De oude vrouw bleef de lappenpop strelen. Luna kon haar ogen er niet vanaf houden.

De man pakte wat tassen van de handvatten van de rolstoel en zette ze op tafel.

Nadine liet haar blik door de kleine ruimte gaan, waar slechts het licht van een binnenplaats binnenviel. Er waren geen foto's of decoraties. Alleen een tafel met vier stoelen met rookgrijze bekleding, de bloemetjesbank en twee donkerbruine leunstoelen met op de armleuningen witte gehaakte beschermkleedjes die in het midden vergeeld waren. Op een van de leunstoelen lagen breinaalden en een tas met wol. Tegenover de bank stond in het midden van de woonkamer een grote koffer die dienstdeed als salontafel. Er lag een aantal kranten op.

De man liep ernaartoe en haalde de kranten weg.

'Er staat helemaal geen nieuws meer in, alleen maar geroddel,' zei hij terwijl hij de kranten naar de keuken bracht.

Nadine draaide zich half om en zag in een hoek de zwart-witfoto van de Taylors die ooit in hun huis in Maspeth had gehangen. Hij was gekleed in zijn militaire uniform, zij in een witte jurk. Ze leken allebei ongelooflijk jong.

Toen Jordan terugkwam zei hij iets in het oor van de vrouw.

'Moet je naar het toilet?' vroeg hij zo luid dat ze het konden horen.

Ze zei nee met een wapperende linkerhand, de hand die niet trilde.

Ze zag dat Nadine naar de foto keek. 'Wij waren ook ooit jong en gelukkig,' zei Irma. 'We hebben elkaar vlak na de oorlog ontmoet. Wat een tijd. Toen ik hem het ziekenhuis in zag lopen waar ik werkte, kon ik mijn ogen niet van hem afhouden. Hij was de meest galante man die ik ooit had gezien.'

Irma sprak door met haar blik op de vloer gericht, de lappenpop nog altijd in haar handen. Jordan gaf haar een kus op haar voorhoofd.

'Het was liefde op het eerste gezicht,' zei ze, 'en we zijn al gauw getrouwd.'

Jordan omhelsde haar alsof hij haar wilde beschermen.

'Wat kunnen we voor jullie doen? Moeten we papieren invullen?' vroeg Jordan gewillig.

Nadine en Marcs keken elkaar verbaasd aan. Luna glimlachte. De oude vrouw liet de lappenpop dansen.

Haar vader was nog steeds ver weg met zijn gedachten, niet in staat te zien wat zich voor zijn neus bevond.

'Mama,' wilde ze tegen de vrouw zeggen. Maar omdat ze bang was dat haar stem zou breken kon ze het woord niet over haar lippen krijgen.

Het was warm en bedompt in de kamer, Nadine voelde zweet over haar rug druppelen. Ze wist niet of ze haar ouders moest confronteren, hen moest verwijten dat ze haar in de steek hadden gelaten. Uiteindelijk wist ze niet wie nu wie had verlaten, aangezien zij degene was geweest die in Berlijn was gaan studeren en nooit meer was teruggekomen. Ze was dankbaar dat ze haar uit Cuba hadden gehaald, haar naar school hadden gestuurd, haar Duits hadden geleerd.

'Herkent u me niet?' vroeg Nadine in het Engels.

Nadine sloot haar ogen en zag haar moeder in een slaapkamer. Ze zag gele blaadjes op het behang, een sprei, ze rook de mottenballen in de wollen jassen. Was het de slaapkamer in het pension in Düsseldorf, of die in het huis in Maspeth? Ze hoorde haar moeder een Duits slaapliedje zingen en merkte nu pas haar aparte accent op. Wat ze hoopte of wilde terugvinden bestond simpelweg niet meer.

'Ik ben Nadine,' zei ze uiteindelijk.

Nog steeds geen reactie van de man.

Luna was een gefluisterde dialoog met de lappenpop begonnen die eruitzag alsof hij zo uit elkaar kon vallen in Irma's eeltige handen. Mares tilde het meisje op haar schoot in een onbewust beschermend gebaar.

'Herinnert u zich uw dochter niet?' vroeg Mares stomverbaasd.

Ze hield de hand van haar vriendin vast om haar kracht te geven.

Het echtpaar keek haar wezenloos aan. Ze wilden het niet horen. Ze zaten nog altijd in de mist van het proces, de jaren in de gevangenis, en het gewicht van de schaamte.

'Irma, je moet wat rusten op bed,' zei haar vader met de rustige, vriendelijke stem die Nadine zich uit haar jeugd herinnerde.

Het horen van haar moeders naam bracht de geur van het huis in Maspeth terug. Haar ouders wilden zich haar niet herinneren. En waarom zouden ze ook, dacht ze bij zichzelf. Ze had slechts iets meer dan tien jaar deel uitgemaakt van hun leven. Meer niet. Iedereen wil altijd terug naar huis, maar misschien kon ze beter weggaan, het opgeven. Er was hier niets te vinden, concludeerde Nadine.

De man bleef uitdrukkingsloos kijken. Hij trok een stoel onder de tafel vandaan en liet zich erop zakken alsof zijn benen weigerden hem nog te dragen.

'Misschien kunnen we beter gaan,' zei Nadine terwijl ze overeind kwam.

Ze liepen met z'n drieën naar de deur toen ze de stem van de oude vrouw achter zich hoorden.

'Wacht!' zei Irma. 'Ik heb iets voor het meisje. Hoe heet je?'

Luna zei haar naam en keek naar haar moeder om te zien of ze het juiste deed of dat ze beter kon zwijgen.

'Luna,' herhaalde het kind, en ze wees naar de hemel voor het geval de vrouw niet wist wat haar naam in het Spaans betekende.

Met enorme inspanning reed de vrouw de rolstoel naar de koffer in het midden van de kamer en maakte die open. Hij zat vol met lappenpoppen, allemaal even groot alsof ze even oud waren, opgestapeld als identieke lijken. Ze pakte er eentje en hield die omhoog voor Luna.

'Deze is voor jou. Ze wacht al heel lang tot iemand haar zal knuffelen.'

Het meisje rende naar de oude vrouw en omhelsde haar. Nadines vader zat met zijn rug naar hen toe. Nadine vroeg zich af hoeveel lappenpoppen haar moeder elke dag in de gevangenis moest hebben gemaakt.

'Dank u wel,' zei het meisje. 'Hoe heet ze?'

'Jij mag haar een naam geven,' antwoordde de oude vrouw, die haar rolstoel nu wegrolde richting de slaapkamer.

De man stond niet op om hen uit te laten. Zijn ogen bleven op het raam gericht, waarvan de jaloezieën gesloten waren. Maar toen zijn bezoekers de deur bereikten, riep hij plotseling: 'Nadine!'

Ze zag dat hij langzaam naar haar toe liep, bevend en met gebogen hoofd.

Hij kon zijn dochter niet in de ogen kijken. Ze hoorde hem iets mompelen. Het bonzen van haar hart overstemde haar vaders woorden.

'Het spijt me zo,' herhaalde de man vermoeid.

Nadines ogen vulden zich met tranen. Ze sloot ze. Even later voelde ze armen om zich heen. Ze kon het niet aan haar ogen te openen. Het lichaam van de oude man was ongelooflijk broos.

Haar vader liet zijn armen zakken, deed een stap naar achteren en draaide zich om.

Toen ze haar ogen weer opende zag Nadine hem weglopen in de richting van de slaapkamer. Zwijgend verliet ze het appartement.

Mares en Luna stonden bezorgd op de gang te wachten.

Nadine pakte de hand van haar dochter. In de andere hand hield het meisje het cadeau van de oude vrouw. Luna liet haar moeder de pop zien.

Nadine pakte de pop en keek ernaar. Het lijfje was van witte zijde, de ogen twee blauwe knopen, de vlechten gele wol, de lippen roze-rood paardenhaar in de vorm van een glimlach, de jurk van blauwe gabardine, over de jurk een wit linnen schort en op de zoom van het schort stond in rode, cursief geborduurde letters de naam van de pop: Nadine.

26

Vier jaar later
Berlijn, januari 2000

Op een ochtend bij het opstaan verkondigde Luna Paulus dat ze liever in het nieuwe millennium geboren had willen worden.

'Ik heb een decennium verloren in de vorige eeuw,' zei het kleine meisje met een boek onder haar arm.

Ze pakte een stuk toast en begon er op te kauwen terwijl ze achter haar moeder stond.

'Denk je dat je rustig bij ons kunt komen zitten?' vroeg Nadine, die zich op de krant probeerde te concentreren. 'Tien jaar stelt niets voor. Je gaat deze hele eeuw nog meemaken!' Ze draaide zich om naar haar dochter en vroeg: 'Waar komt dit eigenlijk allemaal opeens vandaan? Waar maak je je zorgen om?'

'Jij en papa behandelen me nog steeds als een klein meisje.'

'Je bent ook een klein meisje,' vond haar moeder.

'Maar ik ben al tien!' riep ze boos uit.

Luna verliet de tafel en ging weer naar haar kamer. Het was zaterdag en het sneeuwde, dus ze zouden vandaag nergens naartoe gaan.

'Weet je dat ze tegenwoordig een dagboek bijhoudt?' zei Nadine tegen Anton, zonder haar blik van de krant af te wenden.

'Ze zegt steeds dat ze op haar overgrootmoeder lijkt,' antwoordde Anton. 'Ze wil begrijpen waar ze vandaan komt, waar jij vandaan komt. En... Nadine?'

'Ja?'

'Ik denk niet dat je haar dagboek moet lezen.'

'Mijn blik viel er alleen maar op,' zei Nadine.

Anton hief zijn gezicht op om haar aan te kijken.

'Als Luna erachter komt...'

'Dat weet ik, Anton.' Ze zuchtte.

'Dit is allemaal begonnen toen je haar meenam naar haar oma Irma. Ze heeft nu alleen maar meer vragen. Ze lijkt in de war.'

Luna schreef notitieboeken vol met verhalen die bij het eind begonnen, zodat ze er niet in kon verdwalen, zei ze. Soms waren het eenvoudige beschrijvingen van gesprekken van haar vriendinnen op school. Ze kamde tijdschriften uit en knipte er woorden en plaatjes uit waarin Cuba of politieke termen als communisme en nazisme voorkwamen, en plakte ze op een eindeloze collage waar ze elkaar allemaal overlapten.

'Op een dag wordt hij zo zwaar dat we hem niet meer kunnen optillen,' had haar moeder gezegd, maar Luna bleef die wereld onder haar voeten opbouwen.

Elke avond als Nadine en Anton haar welterusten zeiden keek het meisje een paar seconden naar hen terwijl ze hun hand vasthield zodat ze de kamer nog niet zouden verlaten.

Nadine dacht dat Luna bang was om alleen te zijn, of dat ze wilde dat ze haar urenlang voorlazen of voor haar zongen, tot ze op een dag besefte dat ze haar ouders in haar geheugen aan het prenten was.

'Anton.' Ze zuchtte. 'Soms denk ik dat Luna druk is met voorkomen dat ze net als ik wordt.'

'Jullie twee zijn hetzelfde, wees daar maar niet bang voor, en dat weet zij ook. Zo is het nu eenmaal, onze kinderen komen op de wereld om een betere versie van ons te worden, denk je ook niet?'

'Ze realiseert zich dat ik mijn hele leven bezig ben geweest met vergeten, al vanaf mijn geboorte, en nu wil zij alles onthouden.'

Luna sprak Spaans met Mares, en met Nadine en Anton wisselde ze behendig tussen Engels en Duits, talen die ze combineerde en waarmee ze grapjes maakte die zij soms als enige begreep. Dan wachtte ze op hun reactie en raakte gefrustreerd als er alleen een lange, ongemakkelijke stilte volgde. Vele avonden gingen Nadine en Luna op 'reddingsmissie' zoals Nadine het noemde, een missie waarin ze Luna gaandeweg aan verloren familieleden en de mensen uit hun omgeving voorstelde. Toen ze de sluizen eenmaal had opengezet, liet Nadine mensen binnen van wie ze soms had gedacht dat ze slechts haar eigen verzinsels waren. Zelfs zij was verbaasd dat ze ze losliet van waar in haar herinnering ze dan ook verborgen hadden gezeten, nooit helemaal zeker of ze echt waren of fantasie. Maar er bestonden nog steeds documenten over mensen als de Herzogs. En Franz' neef Philipp, en het team van artsen dat Liliths intelligentie had gemeten. En Martíns vader, die in Batista's regering had gezeten, en Martíns beste vriend Oscar, die was omgekomen bij een vliegtuigongeluk. Hun appartement in de Katharinenstrasse vulde zich met gezichten met wie ze allebei mettertijd vertrouwd raakten. Voor Anton waren ze net een tableau; de eindeloze mimesis verbaasde en fascineerde hem.

Ally Keller wandelde hun verhalen in en uit, vooral als ze *De nachtreiziger* reciteerden. Het meisje leerde het gedicht uit haar hoofd en ze genoten ervan om het gezamenlijk op te zeggen en door middel van stembuigingen de betekenis van de verzen te veranderen. Soms lazen ze het met een muzikale melodie of met een zomerse, feestelijke sfeer, andere keren maakten ze het winters en lieten lange stiltes vallen, waardoor het gedicht tragisch aanvoelde. Als ze het over Herr Professor hadden, citeerde Nadine beroemde regels van eeuwenoude dichters, en over Franz spraken ze als 'de engel'.

Een nacht, toen Luna acht was, werd ze voor zonsopgang wakker en liep naar de slaapkamer van haar ouders. Ze besloot aan het voeteneind te gaan staan wachten tot ze wakker werden. Als Anton zijn ogen niet had geopend en haar roerloos in het donker had zien staan, zou Luna daar urenlang zijn gebleven.

'Kom maar bij ons in bed, Luna.'

Het meisje nestelde zich tussen haar ouders in en deed haar ogen dicht.

'Heb je een nachtmerrie gehad?'

Luna schudde haar hoofd.

'Wat dan? Te veel spoken? We zullen maar tegen mama zeggen dat ze geen boeken en papieren meer uit de bibliotheek mee naar huis moet nemen.'

Luna deed haar ogen open en ging rechtop in bed zitten. Nadine schrok wakker. Het meisje vroeg haar beide ouders uiterst plechtig om hun aandacht door hun hand vast te pakken.

'Ik heb besloten schrijfster te worden, net als mijn overgrootmoeder.'

'Nou, dat is prachtig, maar nu is het tijd om te slapen,' zei Nadine een beetje geringschattend. 'Je moet morgen naar school.'

Anton was ervan overtuigd dat zijn dochter haar lot al had uitgestippeld. Hij keek toe hoe ze notitieboeken en vellen papier vol schreef, en ze netjes in de la van haar kleerkast bewaarde die eigenlijk bestemd was voor haar ondergoed. Wat haar betrof was het de ideale plek, de perfecte schuilplaats voor haar teksten. De daaropvolgende kerst gaven haar ouders haar een computer om haar te helpen met haar schrijfwerk, maar Luna was gewend om met de hand te schrijven en gebruikte haar laptop voor haar schoolwerk, dat ze altijd trouw maakte ook al vond ze het nog zo saai.

Nadine raakte er langzamerhand van overtuigd dat Luna's obsessie met schrijven één enkel doel diende: niet te vergeten. De enige met wie Luna ooit over haar schrijfsels sprak was Mares, omdat het haar hielp haar ideeën te decoderen als ze er weer mee verderging. Ze had zo veel vellen papier vol geschreven dat ze, hoe ze ook haar best deed, niet alle woorden kon onthouden.

Toen het nieuwe millennium aanbrak, herinnerde Luna haar moeder en Mares aan hun belofte: naar Cuba gaan. Nadine ontweek het onderwerp en Mares probeerde Luna op andere gedachten te brengen. De waarheid was dat Mares noch Nadine er klaar voor was om naar het eiland te gaan. Als Mares ermee had ingestemd zou Nadine misschien haar vliegangst hebben overwonnen. Maar Mares zei dat ze niet welkom zou zijn op Cuba. Sinds ze had besloten na haar studie in Moskou niet terug te keren naar het eiland, had haar moeder al haar brieven ongeopend teruggestuurd en nam ze de telefoon niet meer op. Voor haar familie was ze dood. Hoewel zij toch beter waren in het herdenken van de doden, merkte ze cynisch op. Eerst had Mares haar familie gehaat omdat ze haar de rug toekeerden, hoewel ze wist dat ze vanuit haar moeders perspectief degene was die hen in de steek liet. Mettertijd was haat in onverschilligheid veranderd, legde ze aan Luna uit.

Voor het eerst in haar leven begreep Luna Mares niet. Ze had het gevoel dat Mares en haar moeder tegen haar samenspanden en eenzelfde verleden verzonnen. Ze waren allebei opgegeven, hadden allebei afwezige moeders van wie ze waren gevlucht.

'Op Cuba vinden ze me een *gusana*, een worm,' zei Mares.

Luna begreep het niet. Wat betekende het om een worm te zijn?

'Als iemand in het buitenland gaat wonen, of als iemand weggaat, mag die niet meer terugkeren,' legde Mares uit zonder erover uit te weiden alsof ze het onderwerp zat was. 'Voor hen ben ik een verrader. Cuba kan me gestolen worden.'

Luna sloop 's avonds graag haar bed uit om in de gang naar de gesprekken van de volwassenen te luisteren. Volwassenen kunnen doen wat ze willen, ze kunnen laat naar bed gaan, eten wanneer ze willen, zitten hoe ze willen, dacht ze. Van haar werd altijd verwacht dat ze goede manieren had aan tafel, ze mocht geen impertinente vragen stellen, haar stem niet verheffen, geen vieze woorden zeggen, of foute woorden, zoals haar vader ze noemde. Nee, nee, nee. Luna droomde ervan mee te mogen doen aan die gesprekken in het donker, met een mok dampende warme chocolademelk in haar handen, terwijl de anderen grote hoeveelheden rode wijn en koffie dronken. Haar vader raakte bezield en ging steeds harder praten om zijn ideeën te laten horen, terwijl haar moeder naast hem zat alsof ze zijn bescherming zocht, hoewel Luna wist dat het in feite was om hem te kalmeren. Als ze zo dicht tegen elkaar aan zaten, leken Nadine en Anton bijna tot één persoon te versmelten. Luna was jaloers, niet op haar moeder of haar vader, maar gewoon omdat ze erbij wilde zijn, tussen hen in, en met allebei samensmelten. Haar moeder keek naar haar vader alsof ze hem net had ontmoet, gefascineerd door zijn woorden. Dan zweeg hij even om op adem te komen, hij schraapte zijn keel en streelde haar arm. En Luna? Waar hoorde zij bij?

Dat was het moment dat het meisje besefte: ik ben voorbestemd om in de nacht te leven. Zij en haar oma Lilith waren dochters van de maan. De dag was voor activiteiten: school, muzieklessen, eten, wassen, aankleden. 's Nachts kon ze schrijven, lezen, televisiekijken, haar ouders' geheimen afluisteren en rondsnuffelen in kasten, verborgen laden en doosjes met bijouterieën. 's Nachts was ze zichzelf. In de ochtend was ze iemand anders, het kleine meisje dat iedereen wilde dat ze was. Haar overgrootmoeder Ally had dit geweten en er een prachtig gedicht over geschreven dat over de jaren heen Luna direct leek aan te spreken.

Op een dag zette Luna zonder een woord tegen haar ouders te zeggen het hele huis op zijn kop. Dat was hoe Mares, die niet meer bijkwam van het lachen, het beschreef. Het meisje had alle boeken van de planken gehaald en weer teruggezet met hun rug naar de muur. Luna had nooit twee dezelfde kousen aan, en als ze haar haren vlocht was de ene vlecht altijd dikker dan de andere. Die eigenschap had ze van Antons moeder, dacht Nadine.

Toen Luna's opa Joachim Paulus in zijn slaap aan een hartaanval was overleden, besloot oma Ernestine haar appartement in Luzern te verkopen en terug naar Berlijn te gaan om dichter bij Luna te zijn. Dat kwam niet als een verrassing, want Luna's oma deed haar hele leven al de meest onverwachte dingen. Ze had een pak met bloemetjesmotief gedragen naar de uitvaart van haar echtgenoot, waar hij werd geprezen als een held die de Duitsers hun waardigheid had teruggegeven door zijn onvermoeibare werk in het terughalen van Joods eigendom. Hij werd herdacht met een boom die ter ere van hem werd geplant en op een heuveltje in Jeruzalem werd hij benoemd tot Rechtvaardige onder de Volken. Staand aan haar zijde bij de begrafenis had Luna een blauwe blouse met een nieuwe groene rok gedragen. Zij waren als enigen niet in het zwart.

Na de begrafenis van haar opa kwamen vrienden van wie Luna nooit had gehoord langs, mannen en vrouwen die allerlei talen spraken en zich alles herinnerden wat haar opa voor hen had gedaan. Het huis stond vol met kaarsen en bloemen, schalen met eten, en een heleboel wijn. Er werd omhelsd en gekust, er vloeiden tranen en er werd gesnikt. Het verbaasde Luna foto's van haar opa naast staatshoofden te zien op voorpagina's van kranten. De oude man met wie ze midden in de winter ijs at zonder dat haar oma het wist, met wie ze chocoladerepen verslond, die haar op zijn knie op en neer liet wippen en haar verhalen vertelde over met sneeuw bedekte bergen, had haar nooit verteld dat hij een held was, die door zo velen werd bewonderd. Voor Luna was hij gewoon opa Joachim bij wie ze met kerst altijd op bezoek ging.

Ze lazen in de krant dat Irma Brauns was overleden, en Jordan Taylor ook, slechts enkele weken na zijn vrouw. Niemand bracht bloemen of stak kaarsen voor hen aan. Er was treurnis in de familie Paulus, maar het was een ander soort treurnis. De familie Paulus was trots op hun doden. Het nieuws van Irma's heengaan verscheen niet op de voorpagina van de krant, maar bij het uitgebreide artikel stond wel een foto van een jonge Irma in een nazi-uniform. Ze was gestikt, hoorde Luna de volwassenen zeggen. Obstructie van de luchtwegen. Luna voelde haar moeders verdriet. Had ze tijd gehad om terug te blikken op haar leven? vroeg ze zich af. Na Irma's overlijden was Jordan Taylor bij haar in bed blijven liggen alsof hij hoopte dat ze elk moment wakker kon worden, tot de vrouw die Irma normaal gesproken hielp met opstaan en wassen arriveerde.

Deze verzorgende had Irma Brauns, die de kranten nog steeds met veel plezier 'het Trappende Paard' noemden, koud en stijf aangetroffen. Misschien had ze om vergeving gevraagd, zoals mensen doen als ze weten dat ze gaan sterven. Een vergiffenis die alleen voor hen een verschil maakt, niet voor degenen die blijven leven, of voor degenen die al zijn gestorven.

Na Irma Brauns' dood zette Jordan Taylor zijn dagelijkse ochtendritueel voort, maar zonder de vrouw aan wie hij zijn leven had gewijd. Na hun ontbijt liepen de Taylors altijd door het park tegenover de tuin van het bejaardentehuis, dat grensde aan de kerstmarkt, en stopten bij de bloemenzaak. Dan vroeg hij haar of ze een boeket wilde. Irma schudde haar hoofd terwijl ze de lappenpop op haar schoot streelde. 'Waarom zou je?' zei ze steevast. 'Bloemen verwelken en gaan dood.' Daarna gingen ze terug naar huis. Haar echtgenoot bleef dit ritueel elke dag herhalen, de rolstoel voor zich uit duwend. Voor hem was ze er nog. Het geheugen was een zware last.

Op een middag had meneer Taylor in zijn eentje appartement 1C verlaten zonder de rolstoel, en toch maakte hij dezelfde reis. Terwijl hij bij het stoplicht had staan wachten tot hij mocht oversteken om richting de kerstmarkt te lopen, was meneer Taylor op de rijbaan gevallen, of misschien had hij zich láten vallen. De auto's konden niet op tijd stoppen. Toen Nadine erover las in de krant, kwam het geschreeuw dat haar jaren eerder had gekweld weer terug en zag ze haar vaders lichaam, met zijn ogen nog open, op de weg liggen. Het was een scène die ze al had meegemaakt.

Nadine was een paar dagen lang verdrietig. Veel verdrietiger dan toen opa Joachim was overleden, dacht Luna. Maar Nadine rouwde niet om haar adoptieouders; ze dacht al heel lang niet meer aan hen. Ze was verdrietig omdat ze hen op een avond dood had gewenst, in de bibliotheek van Frau Adam, terwijl de echtgenote van een andere nazi het feit betreurde dat Nadines moeder een zondebok was geworden voor Duitse wroeging. Die dag had ze haar moeder, haar vader, en Herr en Frau Adam de ergst mogelijke dood toegewenst.

'Wie was ik om hen te veroordelen?' vroeg ze huilend aan Anton, die niet wist hoe hij haar moest troosten.

Hoewel iedereen in huis pijn leed, ieder om hun eigen verlies, was Luna blij, want oma Ernestine kwam een tijdje bij hen wonen terwijl ze bezig was met de verkoop van het appartement in Luzern en de aankoop van een huis aan de rand van Berlijn waar het altijd winter leek. Voor Luna waren de koude nachten een genot. Ze was vernoemd naar een hemellichaam dat in zijn baan om de aarde licht reflecteerde, een feit waarover ze begon, telkens wanneer ze vroeg naar bed werd gestuurd.

Ernestine kocht een huis aan de oever van de Wannsee, vlak bij het huis van de schilder wiens schilderijen haar echtgenoot had gered, dat nu een museum was.

'Zo zullen we opa nooit vergeten,' zei de oude vrouw tegen Luna toen ze haar meenam om het huis te bekijken.

Die zomer bracht Luna een aantal weken bij haar grootmoeder door, en richtten ze het klassieke Duitse zomerhuis – wit, met een symmetrische tuin – in waarvan haar oma toegaf dat het te groot was voor een vrouw alleen. Maar herinneringen nemen veel ruimte in, zei ze altijd, en ze was niet van plan om dingen te vergeten. Luna en Ernestine plantten berken langs het pad naar het meer en creëerden orde uit chaos, zo vertelde ze haar ouders toen ze haar kwamen ophalen. De bomen volgden geen rechte lijn, maar stonden verspreid aan beide zijden van de binnenplaats, die nu een tuin was. Ze maakten van de achterdeur de hoofdingang, zetten de bank in de eetkamer, en de bibliotheek werd de ontvangstruimte.

Toen ze de verbaasde uitdrukking op Antons gezicht zag, gaf Ernestine hem een knuffel.

'Er is geen betere manier om iemand te verwelkomen dan met boeken.'

27

Veertien jaar later
Berlijn, maart 2014

Nadine opende de deur van Theodor Gallands werkkamer en zag Luna omgeven door vergeelde vellen papier op de bank zitten. Luna stond op, liep naar haar moeder en hielp haar uit haar jas. Een studente die geknield op de vloer met haar gezicht naar de bank zat, was bezig enveloppen te sorteren met stempels van de Führer erop. Professor Galland, haar oude professor literatuurwetenschappen, was verdekt opgesteld achter zijn bureau, omringd door stapels boeken. Toen Nadine binnenkwam hadden ze zich alle drie omgedraaid om naar haar te kijken. Nadine voelde zich geïntimideerd en vroeg zich af waarom ze haar hadden gevraagd naar de universiteit te komen. Ze had eerder met haar werk moeten stoppen, waardoor ze een onderzoek niet had kunnen afronden, omdat ze hadden gezegd dat het niet kon wachten. Er stond een grote doos op het bureau met een rode gabardine jas erbovenop. In de doos zaten brieven en documenten. Nadine keek om zich heen naar hun opgewonden gezichten.

'Neem even plaats,' zei professor Galland ongewoon formeel. 'Ik probeer deze brieven op volgorde te rangschikken.'

Omdat ze dacht dat dit een kort gesprek zou worden was Nadine op het randje van een tafel neergestreken. Nu zuchtte ze diep, zette haar tas op de grond en nam op de stoel tegenover Galland plaats. Dit ging duidelijk langer duren dan verwacht. Ze hield niet van verrassingen, en dat wisten ze allemaal maar al te goed.

'We hadden het fout,' zei de professor. 'Dit had ik echt nooit gedacht.'

Luna raapte de documenten één voor één van de grond en legde ze in de doos. Haar gezicht stond gespannen en ze ontweek haar moeders blik.

'Kunnen jullie me misschien vertellen wat hier gaande is?'

'Je zult het niet leuk vinden,' ging de professor verder. 'We hebben een brief van je grootmoeder gevonden.'

'Ik dacht dat je alles wat bewaard was gebleven al had gepubliceerd,' antwoordde Nadine ongemakkelijk, ongeduldig. 'Je hebt daar meer dan één brief...'

'Het is het laatste wat Ally Keller heeft geschreven. Je grootmoeder wilde het verbranden, maar Franz heeft het van het vuur gered.'

'Die lieve Franz...', zei Nadine.

Professor Galland en Luna keken elkaar aan alsof ze wilden uitmaken wie van hen het nieuws zou brengen.

Nadine maakte het zich gemakkelijk op de stoel. Ze streek een lok van haar grijzende haar achter haar oren en richtte haar blik op een plek op de muur achter de professor. Ze zag dat daar een klok hing, vlak boven een raam dat uitkeek op een stenen muur. De secondewijzer trilde vlak voordat hij de volgende nieuwe minuut bereikte, alsof hij van de schok opsprong, alsof hij door middel van traagheid in de toekomst arriveerde. Waarom zou iemand een klok achter zich hebben hangen? vroeg ze zich af. Nadine bereikte de conclusie dat hij niet voor de professor was bedoeld, maar voor zijn studenten en bezoekers als zij, die zijn werk onderbraken. Ze staarde naar de secondewijzer en probeerde hem tegen te houden. Ze kon het niet aan om weer terug naar het verleden te gaan. Hoelang zou dit nog blijven doorgaan?

Ze hadden haar grootmoeder al van de vergetelheid gered. De

professor had het gedicht dat haar familie over de halve wereld had vergezeld in een literair tijdschrift gepubliceerd. Het redden van dat gedicht – waarmee haar moeder naar Cuba was gereisd en dat Nadine vervolgens had meegenomen naar de Verenigde Staten en van daar naar Duitsland, waar haar dochter het toegewijd had bestudeerd, woord voor woord, vergelijking voor vergelijking, en melodie en ritme ervan had ingestudeerd – was de grootste eer die haar overgrootmoeder Ally Keller bewezen kon worden. Het was geen toeval dat Luna Duitse literatuur was gaan studeren. Nadine zag de ontmoeting tussen haar dochter en professor Galland als iets onvermijdelijks. Ze had Luna's levensweg bepaald op de dag dat ze als studente had gekozen een facultatief literatuurcollege te volgen over Duitse dichters die door de oorlog waren vergeten. Een college waarin haar oma voorkwam.

Toen de universiteitsarchieven na de hereniging van Duitsland werden geopend, besloot professor Galland al het beschikbare materiaal te kopiëren om het leven van de vrouw wier wezen in dat gedicht zat te reconstrueren. Hij was helemaal teruggegaan tot Marcus, de zwarte muzikant die was verdwenen en waarschijnlijk al was vermoord voordat de oorlog begon. Hij had archieven gevonden die van Bruno Bormann waren geweest, door Ally Keller Herr Professor genoemd, alsook het werk van een jonge Duitse man, Franz Bouhler, die Lilith had gered. Met dit materiaal had de professor een redelijk gedetailleerde studie over Ally Kellers turbulente leven en de tijd waarin ze leefde gepubliceerd en haar gekwelde poezie in vier dunne bundels uitgebracht. De eerste was gewijd aan Marcus en de muziek, de tweede aan Bruno en de literatuur, de derde aan Franz en de liefde, en de vierde aan Lilith en het licht. Nadine had dat pijnlijke hoofdstuk in haar familiegeschiedenis nu afgesloten. Wat moest er nog meer gered worden?

Tegenwoordig schreef haar dochter nachtenlang, opgesloten in het appartement in Mitte dat haar ouders hadden gekocht na het overlijden van oma Ernestine. Nadine vond het fijn dat haar dochter na haar afstuderen in dezelfde straat woonde als waar Ally Keller vermoedelijk *De nachtreiziger* had geschreven. Tijdens de bevrijding waren de meeste gebouwen beschadigd of verwoest. Ze wist dat het niet precies hetzelfde appartement was, maar Luna zei dat ze de beschermende aanwezigheid van haar overgrootmoeder kon voelen.

Luna werkte in een donkere slaapkamer. Ze schreef bij het raam dat uitkeek op de Anklamer Strasse, alsof haar overgrootmoeder in haar gereïncarneerd was. Ze had haar eerste dichtbundel al gepubliceerd, opgedragen aan Franz, de engel, en geredigeerd door professor Galland. Anton wees haar erop dat dat een prestatie was die Ally Keller bij leven niet had bereikt.

Ik had naar Mares moeten luisteren, zei Nadine nu tegen zichzelf. Haar vriendin was van mening dat wroeten in het verleden kon helpen bepaalde wonden te helen, maar dat sommige deuren dicht moesten blijven. Nadine kon haar toen niet begrijpen. Je kunt lezen wat je wilt, het interpreteren zoals je wilt, had ze gedacht. Ze had er genoeg van om tussen de geesten te leven. Maar nu wist ze dat haar vriendin gelijk had gehad.

Op de dag in 1989 dat de grenzen opengingen, waarna de muur die de twee Berlijnen van elkaar scheidde werd afgebroken, was Nadine samen met Mares naar de andere kant gegaan, iets wat daarvoor bijna onmogelijk was geweest. Voor Mares was het als terugkeren naar Cuba, waar ze niet gewenst was, waar haar moeder haar een verrader vond. Ze waren zo dichtbij en toch zo ver van de andere kant, dacht ze. Ze hoefden alleen maar de straat over te steken. Een stroom mensen kwam en ging van oost naar west, de enige belangrijke windrichtingen die voor Berlijners bestonden. Aan de andere kant had de tijd stilgestaan. Er was angst, twijfel. Jonge mensen zongen liederen, sommigen kleedden zich als vrijheidsdaad helemaal uit.

Toen ze terugkwamen in het westen stond Anton hen op te wachten in de deuropening van hun appartementengebouw.

'Dat jullie dat durfden,' zei hij geschokt.

'Ik wilde het moment niet aan me voorbij laten gaan,' antwoordde Nadine.

'Veertig jaar,' zei Mares somber. 'Ze hebben ons DNA beschadigd. De schade is lichamelijk. Ze hebben meer dan een generatie verwoest.'

Op een middag na de val van de muur besloot Nadine in haar eentje naar de andere kant te gaan. Urenlang liep ze door onbekende straten en lanen. Het verschil tussen de mensen aan beide kanten was opvallend. Sommigen verkeerden in een winnaarsroes. Anderen waren bang, onzeker. Het is als gered worden van een sekte, dacht Nadine, je voelt je gekweld, vernederd voor de rest van je leven.

Ze dwaalde door de zijstraatjes van Mitte, wat eerder onmogelijk was vanwege de muur, verloor zichzelf in de binnenplaatsen. Ze zag een verlaten kerkhof, een tuin achter een hek, een voormalige school. Algauw wist ze niet meer waar ze was. Ze was jaren, decennia, terug in de tijd gereisd. Gedesoriënteerd kwam ze uit bij een gebouw met afbladderende verf en een gammele deur. Ze liep ernaartoe en streek met haar vinger over het bronzen huisnummer. Ze wilde weten waar ze was, in welke straat, en of het nog steeds hetzelfde nummer had als een halve eeuw geleden. Ze sloot haar ogen en zag haar moeder, zeven jaar oud, wanhopig rennend, vluchtend, achtervolgd door schaduwen.

Nu, in de werkkamer van professor Galland, terwijl ze op het punt stond kennis te nemen van nieuw ontdekte teksten van haar oma, wilde ze dat Mares bij haar was. Maar haar vriendin was er niet meer. Mares en Gaspar waren naar Valparaíso in Chili gegaan, waar ze een jaar of twee wilden blijven terwijl hij lesgaf op een katholieke universiteit waar hij als student ooit was weggestuurd. Nadine wist dat ze nooit meer terug zouden komen. Het is onmogelijk nog ergens wortel te schieten nadat je een dictatuur hebt overleefd, zei ze altijd. Mares had het noorden de rug toegekeerd om zich in het zuiden te vestigen. Ze had genoeg van de grammaticale nuances van een taal die ze nooit zou beheersen. Als deze stad wier naam, Valparaíso, het gevoel van het paradijs opwekte, haar bekoorde, was dat omdat ze was omgeven door de zee. Mares was geboren op een plek met overal water om zich heen en wilde trouw blijven aan haar naam, had ze een keer in een brief aan Nadine geschreven. Ze woonden in een appartementje in de wijk Concepción, vol heuvels en trapjes die naar de oceaan leidden. Als Nadine op bezoek kwam, zouden ze een uitstapje maken naar het huis van dichter Neruda op Isla Negra, had ze gezegd.

Ze zag Mares voor zich op een strand aan de Grote Oceaan.

Nadine was onlangs vijfenvijftig geworden en ze had het gevoel dat er op haar leeftijd geen nieuwe verrassingen meer zouden komen.

Toen de dichtbundel van haar dochter was uitgekomen, die was opgedragen aan Franz, had het een debat opgeroepen waar Nadine noch de academische wereld op voorbereid was geweest. Anton was zijn hele leven bezig geweest ervoor te zorgen dat de schuldigen niet wegkwamen met wat ze hadden gedaan, dat ze alles teruggaven wat ze hadden gestolen, maar zijn dochter schetste een beeld van een vriendelijker kant van Duitsland. In haar gedichten opperde Luna dat niet alle Duitsers nazi's waren, ze waren niet allemaal hetzelfde, en veel jonge mensen hadden simpelweg gedaan waarvoor ze voorbestemd waren: hun land dienen. De aard van dat land in twijfel trekken zou nu misschien steekhoudend zijn, maar in die tijd was het een kwestie van leven en dood. Ze hadden geen keus.

Franz was een van die jonge mensen geweest. Zijn achternaam werd geassocieerd met verschrikkingen. Een van zijn neven had onderdeel uitgemaakt van het rassenzuiveringsprogramma dat was bestemd om imperfectie te elimineren. Het Duitse ras was beschadigd, en een Bouhler had zich ingezet om het te redden, al was dat op een totaal misplaatste manier. Maar Franz had een Mischling beschermd: Lilith. Hij had haar aan een nieuwe naam geholpen, een nieuwe familie, en aan een pas die ervoor zorgde dat ze op een Caraïbisch eiland van boord kon gaan. Dankzij Franz was Ally Keller in staat geweest haar dochter te redden. Ze had het zelf niet overleefd, misschien deels door het verdriet omdat ze haar dochter had moeten wegsturen.

Dit was geen nieuw discours, maar de bundel van Luna Paulus had het debat opnieuw doen oplaaien.

'De dochter van Franz heeft een doos met haar vaders papieren gedoneerd,' legde de professor uit. Zei hij nou 'dochter'? dacht Nadine.

Luna's blik was op haar moeder gericht. Nadine stond op en streek voorzichtig met haar vingers over de stof van de rode jas.

'Dit is Russische wol,' zei ze.

'Het lijkt erop dat hij van je oma is geweest.'

Voorzichtig tilde Nadine de rode gabardine jas uit de doos, alsof het een levend wezen was.

'Er zijn een aantal gedichten, waarschijnlijk de laatste die ze heeft geschreven, nadat ze afscheid van Lilith had genomen in de haven van Hamburg,' zei professor Galland zacht. 'En een brief die je grootmoeder vanuit Sachsenhausen aan Franz schreef.'

'Dus Franz heeft een dochter gekregen.' Nadines stem was amper hoorbaar, maar er verscheen een klein glimlachje op haar gezicht. 'Die lieve Franz...'

'Ze heet Elizabeth Holm,' onderbrak de professor haar. 'Toen ze het appartement van haar vader leeghaalde kwam ze de doos tegen, met daarin het artikel dat ik over *De nachtreiziger* schreef. Zo heeft ze me gevonden op de universiteit. De brief...'

'We moeten zijn dochter bedanken,' zei Nadine vastbesloten. 'Dat ze al die jaren die oude papieren en een jas heeft bewaard... Wanneer is Franz overleden?'

'Franz leeft nog,' verduidelijkte de professor. 'Zijn dochter heeft hem ondergebracht in een bejaardentehuis aan de rand van Berlijn toen hij oud werd en begon te dementeren.'

Luna liep naar haar moeder toe, pakte voorzichtig haar hand vast, en zei: 'Franz leeft nog.'

28

Vijfenzeventig jaar eerder
Berlijn, juni 1939

In haar laatste weken in het appartement had Ally Keller geen oog voor haar omgeving. Ze struikelde door de vertrekken en probeerde de duisternis die ze zelf had gecreëerd te overwinnen. 's Nachts schreef ze vellen papier vol met een wirwar van losse teksten, de enige manier waarop ze het van de tijd kon winnen, haar enige ware vijand.

Sinds ze Lilith over de loopplank de zwart met wit en rode oceaanstomer op hadden zien lopen, had Herr Professor met griep in bed gelegen. Zijn gehoest klonk door de muren heen. Elke ochtend en avond zette Ally een kop thee van geribbelde kardemompeulen en droge lavendelbloemen voor hem, met een paar druppeltjes valeriaan. De geur van het aftreksel bleef in het gebouw hangen. Maar wat echt tegen de hoest hielp was een beetje van de Jägermeister die Franz eens op een avond had meegebracht toen hij hun zijn nieuwste hoogdravende poëzie ging laten horen. Ally dacht dat de drank bedoeld was om hen zo slaperig te maken dat het draaglijk was. De fles Jägermeister was bijna leeg en Herr Professor lag nog steeds in bed, en zijn gebruikelijke voordrachten of literaire citaten bleven uit. Het was alsof hij afscheid genomen had van de wereld en nu alleen maar op het einde wachtte.

Ze hadden nu al meer dan een maand niets van Franz gehoord. Ze hadden geen idee hoe ze hem konden bereiken, en Herr Professor noch Ally durfde naar hem te vragen. Ze leefden in de voortdurende angst dat hij was gearresteerd omdat hij hen had geholpen Lilith het land uit te krijgen. Dankzij hem had het meisje een nieuwe identiteit gekregen en hadden ze haar met de Herzogs naar Cuba kunnen sturen op een schip dat alleen voor Joden was bedoeld. Ally bleef maar malen; ze had soms het gevoel dat haar gedachten in botsing kwamen met die van Herr Professor terwijl ze allebei zichzelf de schuld gaven van Franz' verdwijning. In één nacht hadden ze zowel hem als Lilith verloren.

Ally raakte eraan gewend dag en nacht wakker te zijn. Ze sloot haar ogen alleen maar om na te denken. Ze schreef alleen nog maar, want als ze dat niet zou doen, zou ze alles vergeten. Aangezien ze niet sliep, droomde ze ook niet, en alleen in haar dromen – of liever gezegd nachtmerries – kon ze haar dochter oproepen. Zonder de herinnering aan Lilith werd het appartement met de dag leger. Alles om haar heen was zijn ware dimensie kwijtgeraakt.

De ochtend dat Herr Professor in haar appartement verscheen, zwemmend in een kamerjas die nu veel te groot voor hem was, stond Ally voor het raam met gesloten gordijnen om haar ogen rust te geven.

In het halfduister zag Herr Professor stapels papier liggen op het bureau, de leunstoelen en in elke hoek van de kamer. De vellen papier waren de door Ally achtergelaten paden om haar beginpunt terug te vinden dat ze in de doolhof was kwijtgeraakt.

'Dit moet allemaal weg.' Ondanks zijn geslonken gestalte klonk de stem van Herr Professor ferm, sterk en vastberaden.

Hij had het over Ally's handgeschreven manuscripten en de exemplaren van de tijdschriften waarin haar gedichten waren gepubliceerd. Herr Professor had een van Ally's notitieboeken in zijn rechterhand. Hij was van plan ermee naar het bijna uitgedoofde haardvuur te schuifelen en het zonder haar medeweten erin te gooien. Ze moesten eigenlijk een vuurtje stoken voor het ging regenen, anders zouden ze maar al te makkelijk een spoor kunnen achterlaten dat tot Ally's ondergang zou leiden.

'Ik ben toch alles al kwijt.'

'Ik heb het over je werk.' Herr Professor liet het notitieboek ongezien in zijn zak glijden.

'Wat kan ons nog meer overkomen?'

'Ik heb het niet over ons, maar over Lilith, Franz, die zijn... We kunnen het beste alles verbranden, zodat er niets overblijft wat hen in gevaar kan brengen.'

Ally stemde met een knikje toe. Toen ze haar ogen neersloeg zag ze Herr Professors blote voeten.

'Zo moet je niet rondlopen. Je bent ziek, dat is gevaarlijk...'

'Je gaat maar één keer dood,' zei hij terwijl hij de kamer verliet.

Ally ging in elkaar gedoken in de leunstoel naast de haard zitten. Vanaf daar leek de woonkamer gigantisch. Het was juni, maar er zat evengoed kou in de lucht. Een aantal kamers in het appartement was voor haar ontoegankelijk geworden, waaronder Liliths slaapkamer en haar eigen slaapkamer. Ally's leven speelde zich nu af in de ontvangstkamer, die ook de plaats van afscheid was geweest. Ze wist dat ze zelf ook bijna zou vertrekken, hoewel ze geen idee had wat haar bestemming zou zijn. Ze stond vaak voor de spiegel in het appartement op zoek naar het levendige blauw dat ooit in haar ogen had gezeten. Ze was het kwijtgeraakt. In het verleden had ze over de dood van kleuren geschreven, die vervagen, hun glans verliezen. Haar haren, huid, lippen, oogkassen hadden allemaal een koperachtige teint gekregen.

Ally voelde zich niet goed. Haar ledematen waren zwaar. Ademhalen ging lastig. De lucht bereikte haar longen niet.

Afwezig legde ze een houtblok op het vuur, en toen nog een om een kruis te maken, en ze wakkerde het weer aan. Het was het laatste hout. Het laatste wat ze nog bezat, een last die ze in energie kon omzetten. Terwijl de vlammen groter werden, bezorgde het knisperende vuur dat het hout versplinterde haar een huivering. Ze liet zich weer in de stoel vallen, haar heilige leesplekje waar ze ooit altijd rustig had kunnen ademen, en ze vergat wat Herr Professor had gezegd: ze wist niet meer wat ze van plan was geweest. Een paar minuten later viel haar blik op de verspreid liggende papieren en herinnerde ze zich dat hij haar had aangeraden alles in het vuur te gooien. Ze was opgelucht. Ze naderde langzaam het einde.

Ze pakte een vel papier alsof het gedicht leefde en las een paar regels die ze amper herkende, hoewel ze ze zelf had geschreven. Ze las ze hardop, ongehaast, met de kalmte van iemand die niet echt meer aanwezig is. Ze las ze alsof Lilith haar kon horen. Ze probeerde de woorden niet aan elkaar te rijgen, maar eerder rond te strooien. Hoe vaak zou ze nog afscheid moeten nemen? Hoe vaak kon ze de lijdensweg van het sterven ondergaan? Ze las de woorden, of ze dacht ze. Waren ze opgeschreven of zaten de woorden in haar?

Ze hoorde voetstappen op de trap. De vloer trilde. Het moment was gekomen. Ze voelde de jagers, schietklaar. Naar wie waren ze op zoek? Ze hadden haast. Sommigen renden. Het konden er twee zijn, drie, vier. Het geluid van voetstappen zwol aan, dreunde door de gang, heen en weer. Ze voelde dat ze dichterbij kwamen, haar bijna hadden. Alleen op de levenden kon je jagen. Zij was al dood.

Een klop op de deur. Een ferme klop die weerklonk door het appartement en haar in beweging zette. De gedichten, haar schrijfsels, de losse vellen papier, ze moest ze verbranden. Had ze Herr Professor dan niet gehoord? Ze zou het niet voor zichzelf doen – zij kon niet meer gered worden – maar voor de anderen. Aarzelend liet ze het eerste vel papier in het vuur vallen en keek toe hoe het binnen enkele seconden werd verzwolgen. Toen nog een, en nog een en nog een. Het vuur verlichtte de woonkamer. Ze moest doorgaan. Ze kon alles er tegelijk in gooien. Ze zocht naar haar rode gabardine jas. Die lag over een stoel. Ze vouwde hem open op de vloerplanken en begon alle vellen papier erop te leggen. Iets wat ooit makkelijk had geleken was nu een vreselijke last.

Plotseling werd de deur opengetrapt. Net toen ze de rode jas optilde werd ze door iemand tegengehouden. Ze draaide zich vliegensvlug om en zag een vriendelijk kijkende soldaat.

'Fräulein Keller, laat me u daarbij helpen,' zei de man met de zweem van een glimlach, en hij pakte de jas die haar woorden bevatte.

Achter hem stonden nog drie soldaten. Ze had het gevoel dat ze het gewicht van het hele Duitse leger met zich meedroegen, dat ze het ongeduld van de hele stad met zich mee haar huis in namen. De vriendelijke soldaat hield zijn blik op haar gericht, alsof ze weg zou kunnen rennen of in het niets oplossen. Hij keek aandachtig naar haar en vervolgens naar de kamer. Met zijn blik nam hij elke hoek, de gesloten gordijnen, de gedoofde lampen op. Ally leefde in duisternis.

'Het spijt me, Fräulein Keller, maar u moet met ons mee komen.' Zijn stem klonk als een streling.

De andere soldaten verzamelden de papieren die Ally in de gabardine jas had gelegd en stopten ze samen met de andere nog door de kamer verspreide vellen in een doos die een van hen vasthield. Ally's jas werd weer over de stoel gelegd. Hij was gered van het vuur. Ze liep ernaartoe en liet haar vingers er vlug voor de laatste keer overheen glijden. Nu mochten ze haar meenemen. De rode gabardine jas was niet langer van haar. Ze zou de trap afdalen en straten vol soldaten oversteken. Ze wist dat ze op jacht waren naar haar en haar geschreven werk. In haar hoofd ging ze al haar dichtregels af en besefte dat ze de naam van haar dochter in geen enkele had genoemd. Evenmin als die van de Herzogs. Hoe zouden ze ooit kunnen weten dat Lilith het licht was? Franz werd ook niet bij naam genoemd. Ze had het over de engel, Liliths naam voor hem. Ze moest hem beschermen.

Het vuur in de haard doofde en de kamer werd helemaal donker. Ze had toen bijna kunnen ontsnappen, het raam kunnen openen en zichzelf in het niets storten. De wind zou haar wegvoeren waarheen hij maar wilde. Maar de vriendelijke soldaat had haar vastgegrepen.

Ze hoorde een klap op de gang, gevolgd door een kreun. Er klonk ook gelach. Iemand was vrolijk. Toen nog meer gekreun. Er viel iets zwaars op de grond. De soldaten keken elkaar aan alsof ze op een bevel wachtten. Op dat moment wist ze dat degene die de leiding had, degene die hier achter zat, nog buiten was. Een van de soldaten ging kijken wat er aan de hand was. Een paar tellen later kwam hij terug. Hij zei tegen de anderen dat het tijd was om te gaan. Voor hen allemaal, voor Ally ook. Haar zware benen trokken haar naar beneden. Ze liep tussen de soldaten in.

Ze werd verblind door de lamp op de gang. Een soldaat tilde met moeite een bewegingloos lichaam op boven aan de trap. Ally zag dat het hoofd over de bovenste tree heen hing alsof het niet aan het lichaam vast zat. Het hoofd raakte als eerste de tree, daarna tuimelde het lichaam erachteraan en rolde zich op tot een bal. Het beeld leek vertekend, gefragmenteerd, in stukken gebroken tussen de gepoetste laarzen van de soldaten. Toen ze haar zagen, gingen ze rechtop staan en sijpelde het licht achter hen langs. Ally liet haar blik zakken naar iets wat ze niet wilde zien. Het lichaam was bedekt met een wijnrode kamerjas, met donkere vlekken op één schouder. Op de rode zijde leek het bloed zwart. Ally slaakte een kreet, en ze schrok ervan. Ze had zichzelf niet gehoord. Ze wist zelfs niet dat ze nog in staat was geluid voort te brengen. Ze liet zich op haar knieën zakken.

'Bruno, kun je me horen? Word wakker…' Ally fluisterde in zijn oor zodat niemand anders het kon horen. 'Het maakt niet uit wat ze meenemen. Ze zullen Liliths naam op geen enkele pagina vinden, ook die van de Herzogs niet. Niets.'

Herr Professor reageerde niet. Elke poging om zuurstof in zijn longen te krijgen maakte dat hij ineenkromp van de pijn.

'Bruno.' Haar stem brak. 'Laat me niet helemaal alleen achter…'

Ally voelde tranen over haar wangen stromen. Ze hield het hoofd van de professor vast en veegde het grijze haar van zijn voorhoofd. Voorzichtig veegde ze een dun straaltje bloed weg dat tussen zijn lippen door ontsnapte en een rivier dreigde te worden. Herr

Professor opende zijn ogen en ze hielp hem om bij te komen.

'We moeten naar beneden,' zei de vriendelijke soldaat.

Ally zag hem niet. Ze wilde elk gezicht vergeten. Vergeten. Ze was bereid ten onder te gaan, de weg van de opoffering te nemen.

Ally drukte een kus op het voorhoofd van Herr Professor en een zweem van een glimlach speelde om zijn lippen. Ze keek naar de dichtstbijzijnde soldaat en trok van leer.

'Waarom arresteren jullie hem? Hij is een oude man.'

'Hebben ze een reden nodig dan?' mompelde Herr Professor, die weer een beetje tot zichzelf was gekomen.

Ally hielp hem te gaan zitten. Hij greep met zijn rechterhand de ijzeren trapleuning vast en zijn gezicht vertrok van de pijn. Zijn linkerarm hing slap langs zijn zij. Ally sloeg een arm om het middel van Herr Professor en ze probeerden samen op te staan alsof ze één lichaam waren. Met de grootste moeite liepen ze de trap af. Ally telde de treden één voor één. Ze nam elke ader in het marmer waar, verwoed sloeg ze alles op in haar geheugen. Beneden deed een soldaat de deur open. De zon scheen. Ally had het idee gehad dat het midden in de nacht was; ze was alle gevoel voor tijd verloren. Kon het midden op de dag zijn? Met Lilith had ze altijd 's nachts gereisd.

Er streek een briesje langs hen. Er stond een auto te wachten. Toen ze door de entree liepen zag Ally dat er rechts nog iemand stond. Telkens wanneer een van de soldaten langs hem liep, gaven ze een overwinningsgroet. Ze hadden gewonnen van een vrouw en een oude man. Zo beginnen oorlogen. Eerst verpletteren ze de kleinsten, de meest onbeduidenden. Wat was er zo eng aan hen? Hun Ideeën.

'We hebben de documenten waar u om vroeg, meneer,' rapporteerde de vriendelijke soldaat aan de officier.

Daar had je het. Mijn gedichten zijn nu slechts nog 'documenten', dacht Ally.

De professor stapte als eerste in de auto. Zij na hem. Hij stopte zijn hoofd tussen zijn knieën en Ally wist niet of het van pijn of schaamte was. De soldaten bleven met hun heroïsche gebaar naar de officier salueren. Ze hadden de papieren van het vuur gered, zoals hij hun had opgedragen. Misschien was de oude man gewoon gevallen, en nu weer hersteld, dacht Ally. Ze zouden hen nu voor ondervraging meenemen naar het bureau en van daar naar Oranienburg brengen, zei ze tegen zichzelf.

Met vochtige ogen draaide ze zich om en keek voor de laatste keer naar de ingang van haar huis. Het was een afscheid. Ze zag de enorme deurklopper, het bronzen nummer 32 dat in de loop der tijd groen was uitgeslagen. Ze zag de deurplanken, nu zo ver weg, en de kasseien ervoor. Haar blik bleef hangen op de glanzende, zware laarzen van de officier, het onberispelijke uniform met de Germaanse runen en zilveren schedels, de revolver in de zwartleren holster, de riem, de glanzende knopen van het jasje, het zwarte hakenkruis in een witte cirkel op de bloedrode armband. De schoonheid van de macht, dacht ze, perfecte symmetrie. Haar blik bereikte de brede, rechte nek van de officier. Hij had op wacht gestaan bij de ingang van het gebouw. Hij had haar appartement niet durven binnengaan. Ze herkende zijn getuite lippen. Ze zag zijn neusgaten open- en dichtgaan, en haar blik kwam tot stilstand bij zijn ogen. Die blauwe ogen waarvan ze ooit slaperig was geworden. Waarom moest ik zijn ogen zien? vroeg ze aan zichzelf.

Ally sloeg de hare neer. Er viel verder niets meer te herinneren. Vergeten was toch veel makkelijker? Ze voelde zich overweldigd, licht in het hoofd. Ze tastte naar de hand van Herr Professor. Ze verzamelde elk laatste beetje kracht en toen de auto wegreed, draaide ze zich nogmaals om en keek naar de officier. Langzaam dreef er een wolk over hem heen. Ze zag hem in de schaduw staan.

Het was Franz.

29

Zeven maanden later
Oranienburg, januari 1940

Ally Kellers naakte lichaam lag op de tafel die uit witte tegels bestond. De tafel was een rechthoekige plaat, bijna een verlengstuk van de vloeren, muren en het plafond. Elk oppervlak bestond uit tegels. Aan weerszijden van de deuropening stonden fletsgroen geverfde metalen kastjes met glazen deurtjes. Aan de andere kant van de ruimte was nog een deur, met gelijksoortige kastjes ernaast waarin instrumenten zaten die op volgorde van grootte lagen en glazen potten met etiketten die de inhoud omschreven. Tegen een zijmuur stond onder de drie gelijkmatig over de afstand verdeelde ramen een lange, smalle tafel. Er stond nog een derde tafel in de ruimte, parallel aan die waarop Ally's lichaam lag. Midden in beide tafels bevond zich een cirkelvormige goudkleurige afvoer met tientallen gaatjes erin. De ruimte was volmaakt symmetrisch. Boven elke tafel hingen drie lampen aan een donkere buis. Het licht was fel en maakte schaduwen onmogelijk. Niets kon de witte tegels overleven.

Een arts en een verpleegster kwamen de kamer binnen. Ally wist wie het moesten zijn, ze hoefde haar ogen niet te openen om hen te herkennen. Onder haar zware oogleden, in de duisternis, was haar waarneming verhoogd. De arts, wiens smetteloze militaire uniform onder zijn witte jas zichtbaar was, liep naar de tafel waarop Ally lag en negeerde het lichaam van de oude man op de andere tafel. Ally's lichaam was zo koud als de ramen midden in de winter, zo koud als het lange zilveren instrument dat hij met de precisie van een chirurg tussen haar benen inbracht. Toen het instrument zijn diepste punt binnen in haar bereikte, opende Ally haar ogen. Het blauw was uit haar irissen verdwenen. De arts keek om zich heen op zoek naar de verpleegster, die aan het hoofd van de tafel kwam staan, klaar om de patiënt indien nodig vast te houden, maar Ally bleef bewegingloos, als verdoofd. Perfectie was scherp, vlijmscherp. Nog nooit was witheid zo pijnlijk geweest.

De arts haalde het instrument uit Ally en legde een bloederige homp op tafel, een stuk vlees dat nog met het lichaam van de vrouw verbonden was. De donkere massa spreidde zich uit op de witte tafel. De verpleegster en arts observeerden het, op zoek naar enige reactie, een hartslag. Hoelang kon het overleven nu het niet langer in haar zat en gevoed werd? Ze probeerden de zachtste polsslag, het kleinste beweginkje te bespeuren, een teken van leven, dacht Ally, in de wetenschap dat zijzelf volledig bloedeloos was. Ze had vierentwintig uur op die tafel gelegen. Ze hadden haar lichaam schoongemaakt en leeggehaald, ze kon geen druppeltje bloed meer in zich hebben, en toch leefde ze nog. Waarom zij?

Ze wilde alleen maar de lampen uitdoen. Het kon haar niets meer schelen dat ze het enige wat ze nog in zich had meenamen, maar ze kon niet tegen dat felle licht. Het was net een laaiend vuur. Ze was nu zo vaak dicht bij het einde geweest dat ze te moe was om opnieuw haar leven door te nemen. Ze had horen zeggen dat wanneer je dicht bij de dood bent, je teruggaat naar het begin om te zien wat je was, of had kunnen zijn, om je schulden in te lossen en afscheid te nemen van de wereld. Daar was ze al maanden mee bezig. Het leek logisch dat ze op het allerlaatst moest loslaten, alleen.

Toen ze na haar arrestatie op politiebureau Grolmanstrasse aankwam, wist Ally dat Franz hen had verraden. Ook al had ze hem bij de deur van hun appartementencomplex zien staan, toch had ze de neiging het goed te praten. Op dat ogenblik voelde ze een steek in haar borstkas, werden haar handen klam en werd ze door twijfel overvallen. Ze wilde smoezen voor hem bedenken. Hij was een Duitse soldaat, hij moest zijn toekomst veiligstellen. Ze was ervan overtuigd dat angst voor verachtelijk gedrag zorgde. Waanzin maakte zich van haar meester en benam haar de adem.

Toen het verhoor begon, probeerde een vrouw met achterovergekamd haar en rode lippen haar vertrouwen te winnen in het vensterloze, kale vertrek waar ze haar mee naartoe hadden genomen. De enige meubels waren een tafel en twee stoelen. Gelukkig was het er donker. De vrouw wilde weten hoe Ally het kleine meisje Cuba in had gekregen en waarom haar dochter toestemming had gekregen daar van boord te gaan. Men dacht dat alle passagiers waren teruggestuurd.

Het zou beter zijn geweest als ze Herr Professor aan haar zijde had gehad. Hij had altijd overal een antwoord op. Hij kon de meest gestoorde mensen kalmeren, hun gedachten beïnvloeden zelfs. Maar ze was alleen, en ze wist niet wat de vrouw wilde. Ze was bereid het haar te geven, want ze had niets meer te verliezen.

Toen ze vanuit het politiebureau in een overdekte vrachtwagen moest klimmen, wist ze dat ze Franz nooit meer zou zien. Helemaal achterin zag ze Herr Professor, nog steeds gekleed in zijn zijden kamerjas, en ze wrong zich tussen de mensen door om bij hem te komen. Ze hadden gezinnen uit elkaar gehaald. Gelukkig konden ze haar dochter niet bij haar vandaan rukken. Daar waren ze te laat voor. Uiteindelijk reden ze de stad uit, en iemand zei dat ze naar Sachsenhausen zouden worden gebracht. Ally slaakte een zucht van verlichting. Niemand keert terug uit Sachsenhausen, dacht ze bij zichzelf, denkend aan Paul, de zoon van de Herzogs. Ze had het eindpunt bereikt. Weer een eindpunt.

In het kamp werden de mannen en vrouwen van elkaar gescheiden. Al hun kleren werden hen afgenomen. Ze kreeg een blouse en een rok van ruwe, onaangename stof. Ze moesten buiten in de zon staan. Op haar blouse stond een rode omgekeerde driehoek, en ze werd gescheiden van de vrouwen met een paarse driehoek, en van degenen met de gele ster. Ze zag de mannen aan de andere kant van het kamp. Herr Professor droeg een roze driehoek.

Ze wist dat de groep waaraan zij werd toegewezen de bevoorrechte groep was. Dus, ook al was hun allemaal hetzelfde lot beschoren, sommige eindes zouden beter zijn dan andere. Ze zat bij de raszuivere Duitsers, hoorde ze iemand zeggen. Die hadden toegang tot potloden en papier, en mochten elke maand een brief versturen. Ze kregen goede voeding, op een plek waar soep, een rauwe aardappel, schimmelig brood, een ui en waterige koffie als luxe werden beschouwd. Eén keer per week mocht ze zich wassen voor een bezoek aan het bureau, zoals sommigen de plek noemden die anderen de slagerij noemden. In werkelijkheid was het de ziekenboeg. De Duitsers die konden bewijzen dat ze geen genetische of geestelijke afwijkingen hadden, die raszuiver waren, moesten bloed doneren. De soldaten aan het front hadden het nodig, zei de assistente van de dokter tegen de vrouwen, en die waren het ermee eens, want waarom niet, in ruil voor een koude douche en een potlood en papier?

Laat ze al mijn bloed maar nemen, ze zouden me er een plezier mee doen, dacht Ally. Telkens wanneer ze bleek en moe de ziekenboeg verliet, keek ze naar barak 38 en dacht aan degenen die niet het geluk hadden te worden leeggezogen in ruil voor een douche en een rauwe aardappel. Aan de barakken met de roze driehoek voor de verwijfde gevangenen werd al helemaal geen aandacht besteed. Hun bezittingen werden niet doorzocht op binnengesmokkelde messen, roestig en met amper een lemmet waarmee ze hun aderen zouden kunnen doorsnijden. De anderen met een roze driehoek kregen gewoon de opdracht het bloed op te ruimen. Het leven vecht door, zelfs buiten het lichaam. Elke cel streeft ernaar het uit te houden, en stopt niet tot het een fluistering van een ademhaling vindt. Dat is de wanhoopsdaad van het overlevingsinstinct.

In ruil voor uien en hompen brood probeerde Ally te ontdekken wat er zich afspeelde in de barakken waar de mannen met de roze driehoeken waren gehuisvest, in de hoop erachter te komen hoe het met Herr Professor ging, of hij nog in leven was, of hij was hersteld van de klap tegen zijn hoofd, maar ze kreeg alleen vage antwoorden. Elke dag werden er twee of drie lijken naar buiten gedragen.

Na twee maanden daar begon Ally haar afscheid op te schrijven. Het zou een lange brief worden, en hij zou aan Franz zijn gericht. Ze vroeg zich af of ze de datum erop moest zetten, of waar ze gevangenzat. Dat zou hij al weten, zei ze tegen zichzelf. Ze wilde hem verwijten maken, maar wat zou ze daarmee winnen? Ze hoefde niet gered te worden. Meerdere keren overwoog ze of ze het hem wel moest vertellen, maar uiteindelijk besloot ze dat dat moest. In de barak sliep iedereen. De stilte was een schitterende luxe. Als de lichten uitgingen, begon het huilen. Er was altijd wel iemand aan het snikken, of zachtjes aan het jammeren, en de litanie vergezelde die van de honger, de symfonie van leed, de lege maag. Ally had geen licht nodig. Ze pakte het potlood en begon aan de eerste streek, daarna de tweede, en schreef onbeheersbaar door. Het eerste wat ze schreef, was wat ze zelf niet hardop durfde te zeggen. Er viel nog iemand te redden, hoewel er nog vijf maanden te gaan waren, wat haar toescheen als een eeuwigheid: ze was in verwachting.

De eerste brief was het kortst. Het gedeelde geheim smaakte naar wraak. Er zijn veel manieren om een rekening te vereffenen. Zij deed het door hem een schuldgevoel te bezorgen over alles wat hij Herr Professor, de Herzogs en Lilith die hem als engel beschouwden had aangedaan. Hij had hen verklikt vanwege wat Ally had gepubliceerd. Hij stuurde hen naar Sachsenhausen. Hij had haar dochter en de Herzogs weggestuurd voor een schoner Duitsland. Elke minuut, elk uur wenste ze hem dood. Maar er was een kind op komst. Nu moest Franz beslissen of hij zijn eigen kind zou redden. Het was haar laatste en enige hoop.

Over de tweede brief deed ze langer. De laatste wraakactie was lastiger te beschrijven. Haar woorden groeiden als de zich delende cellen in haar buik, het geheim dat ze als een constante angst meedroeg. Ze had gehoord dat zwangere vrouwen uit de weg werden geruimd. Als ze er in de ziekenboeg achter kwamen, zouden ze haar kostbare bloed dan weigeren? Iedereen kende de assistente van de dokter. Ze werd 'de slager' genoemd en erger gehaat dan de dokter, aangezien zij degene was die een koude spatel tussen hun benen stak om te controleren of ze zwanger waren, en het was de assistente die zonder goed te kijken de huid van hun arm doorboorde met een dikke naald op zoek naar een goede ader.

Ally was ervan overtuigd dat de slager de grootste bedreiging vormde. Ze sliep in barak 38 en droeg een gele ster, maar kon zich vrij door het kamp bewegen en gaan en staan waar anderen niet mochten komen. Ze bracht de dag door in de ziekenboeg en speelde met de foetussen in de glazen potten met dikke gele vloeistof met hun draagtijd op het etiket.

Sommigen zeiden dat ze een bloeddorstige vroedvrouw was geweest, anderen dat ze ooit een prestigieuze arts was, zo eentje die haar leven had gewijd aan het op de wereld zetten van kinderen. Sinds ze in het kamp was gearriveerd, kon ze zich alleen maar redden door mee te werken aan de experimenten die in de ziekenboeg werden uitgevoerd. Ze had de leiding over de zwangere vrouwen, die ze van een afstandje herkende. Ze ging de barakken langs en controleerde buiken om te zien of sommige ondanks het gebrek aan eten groeiden. Ze zou tegen de vrouwen zeggen dat ze alleen konden overleven door zich van hun ongeboren baby's te ontdoen. De kampcommandant wilde geen kinderen, zwangere vrouwen, oudere mensen of zieken. En wie zou een kind op deze wereld willen zetten? Wie was er wreder, de slager, of de vrouw die beviel van levend aas voor de vijand?

Dus haalde de slager een zwangere vrouw midden in de nacht uit haar barak, zette haar tegen een stenen muur en liet haar met gespreide benen boven de aarde en stenen staan, bracht zonder enige aarzeling of medelijden haar hand en vervolgens haar arm naar binnen en haalde de buik van de vrouw leeg. Als iemand in het kamp erin slaagde haar zwangerschap te verbergen, was de slager bij de geboorte aanwezig, liet de moeder afscheid nemen van de pasgeborene en verdronk die vervolgens voor haar ogen om hun allemaal een lesje te leren.

'Is dit soms wat je wilt?' schreeuwde ze dan, zodat het in alle barakken te horen was. 'Is het niet beter het me op tijd te vertellen zodat je niet met het schuldgevoel hoeft te leven?'

Daarna stapte ze zonder eerst haar handen te wassen in haar bed en sliep binnen een paar seconden.

Gelukkig kwam de slager niet langs Ally's barak, en naarmate de tijd verstreek, viel ze af en hing haar uniform los om haar lijf, omdat ze elke dag minder bloed in haar lichaam had en van binnenuit werd opgevreten door de baby. Haar buik groeide wel, verzwolg haar, maar omdat ze spiermassa verloor kon ze hem onder haar kleren verbergen.

Schrijvend over haar kwelling hoopte ze dat Franz binnenkort zou arriveren om de baby te redden.

***

Een paar dagen voor kerst sprak de dokter haar tijdens de laatste bloedafname van het jaar, toen ze even alleen waren, aan.

'Ik weet dat je in verwachting bent,' zei hij zachtjes. 'Je baby zal veilig zijn.'

Ally kon niet meer dan een glimlachje opbrengen. Haar baby zou geboren worden. Nog een kind dat ze zou moeten opgeven. Ze was ervan overtuigd dat Franz haar brief, die meer een smeekbede was geweest, had ontvangen. Hij zou de naam van de baby niet hoeven veranderen of de huidskleur hoeven verbergen of bewijzen aan een commissie dat het de juiste afmetingen en superieure intelligentie had. De baby zou geen enkele nieuwe wet overtreden en mocht daarom bestaan.

'Wanneer komt de baby?' vroeg de dokter.

Franz wilde koste wat kost het kind redden en had contact opgenomen met de dokter, zei Ally tegen zichzelf. Ze raakte haar buik aan en voelde het formaat van de foetus, die gigantisch leek. Het was haar manier om de dokter te vertellen dat het nog slechts enkele dagen zou duren. De dokter knikte, en ze wist dat hij aan haar kant stond. Ze moesten de slager bij haar weghouden. Ally zou het hem laten weten als haar vliezen braken of als de weeën begonnen. Toen ze de ziekenboeg verliet, bloedeloos, voelde ze het harde schoppen van de baby. Het kind leefde.

Bij het aanbreken van het nieuwe jaar voltooide Ally de lange brief die ze als haar afscheid zag. Ze was maanden geleden al opgehouden te bestaan. Een nieuw decennium brak aan. Het had geen betekenis voor haar, maar wel voor de baby die op het punt stond geboren te worden. Overdag bleef ze met speciale toestemming van de dokter in bed en 's nachts telde ze de hartslagen van de baby, die constant bewoog. Zo verstreken twee dagen, zonder dat ze iets at, liggend in haar eigen urine en uitwerpselen. Niemand keek naar haar om.

Ally sloot haar ogen en liet haar kind het overnemen. Op dat allerlaatste moment besefte ze dat ze zich moest overgeven. Pijn noch dwang kon ervoor zorgen dat ze het uitschreeuwde, dat haar baarmoeder zich samentrok of dat ze zou gaan persen. De baby had alle macht, en ze bad harder dan ze ooit had gedaan en smeekte God haar kind te redden, het te laten leven, zodat op een dag, als de wereld weer de wereld was, als niemand meer 's nachts hoefde te reizen of in duisternis hoefde te leven, of zijn intelligentie of perfectie hoefde te bewijzen, Lilith en deze baby elkaar zouden ontmoeten. Was dat te veel gevraagd?

***

Ze ontwaakte op de witte tafel. Ze leefde nog en ze werd schoongespoeld met koud water. Het water stroomde onder haar rug de afvoer in. Haar buik stond in brand maar de baby bewoog niet. Er was niets troostenders dan het gewicht van een levend wezen. Ze wilde schreeuwen dat het moest bewegen, het een ruwe por geven om het wakker te maken, om iedereen te laten zien dat het nog leefde. Ze zag de arts, de verpleegster en een soldaat. Een vrouw dweilde het bloed van de vloer op. Wiens bloed was dat? Ze hadden een lichaam op de tafel naast haar gegooid. Weer voelde ze de straal water. Ze noemden hem 'de oude man', maar ze kon hem niet zien. Een hartaanval. Hij kwam uit de barak met de roze driehoek. Ze zouden hem opensnijden en zijn binnenste bestuderen, op zoek naar de afwijking. Misschien hoopten ze te ontdekken dat zijn organen net zo roze waren als de driehoek. Ally wist dat het Herr Professor kon zijn. Niets in het leven gebeurt bij toeval, hoewel dit allemaal misschien alleen maar een hallucinatie was. Zelfs als ze haar ogen opendeed zou ze niet kunnen zien. Misschien had hij haar aanwezigheid gevoeld voordat ze hem opensneden en had hij zichzelf laten sterven.

Ze zag een beweging in het licht. De dokter stond met zijn rug naar haar toe. In een hoek stond een vrouw die geen witte jas droeg. Het was de slager. Kwam ze voor haar? Zonder woorden was het moeilijker overleven.

'Rustig maar,' zei de dokter met de geruststellendste stem die ze in haar leven had gehoord.

De dokter veegde haar voorhoofd af met een warme, natte handdoek. Het was het enige wat ze voelde. Daarna verloor Ally het contact met haar lichaam, met de pasgeboren baby, met de koude tegels. Alsof ze uit de kamer was ontsnapt, keek ze neer op de zeventien uitkijktorens van het kamp met de wachters. Ze zag het dorp achter het kamp, met besneeuwde straten en rijtjeshuizen, waar iedereen het goede vierde dat het nieuwe jaar zou brengen. Slechts een paar meter bij het kamp vandaan leidden gezinnen een vredig leven. Misschien waren het de wachters van de uitkijktorens, de vrouwen die de keukens runden. Woonden de dokter en verpleegster om de hoek? Wisten hun buren wat ze voor de kost deden?

Toen ze terugkeerde op de ijskoude tafel hadden ze het lijk naast haar al weggehaald. Zij bleef als enige over, op de dokter en de verpleegster na. De slager was vertrokken. Was haar kind veilig? Er waren geen bebloede lakens, geen kommen met heet water en haar baby lag niet aan haar borst. Haar borsten waren leeg, net zo leeg als haar buik. Ze konden haar niets meer afnemen. De verpleegster deed de placenta in een pot met formaldehyde en plakte er een etiket op.

De dokter kwam naast de tafel staan en probeerde Ally's zwakker wordende adem te detecteren. Ally voelde twee vingers in haar nek.

'Het is een meisje,' fluisterde hij en hij keek of hij een reactie zag.

Ally voelde zijn warme adem en wilde dankbaar naar hem glimlachen, maar haar lippen waren verdoofd.

'Leeft ze nog?' vroeg de verpleegster.

'Ik denk het niet...' antwoordde de dokter.

Hij legde nog een keer twee vingers in haar hals om haar hartslag te voelen: de laatste. Hij draaide zich om en verliet de ruimte. Ally hoorde de deur dichtslaan. De verpleegster had de lampen al uitgedaan voordat ze de kamer uit liep.

Het was donker. Weer maakte Ally zich op voor een nachtelijke reis.

30

Vierenzeventig jaar later
Berlijn, april 2014

Toen ze de werkkamer van professor Galland verliet had Nadine het gevoel dat ze op de rand van een afgrond stond, lamgeslagen door de inhoud van een brief die nooit aan het licht had moeten komen. Ze was er niet klaar voor om te vergeven en liep urenlang rond. Anton belde haar herhaaldelijk vertwijfeld op haar mobiele telefoon zonder dat ze opnam. Hij berispte Luna dat ze niet was meegegaan met haar moeder, die had gezegd alleen te willen zijn. Luna belde naar de andere kant van de wereld om Mares in te lichten, die beloofde dat ze onmiddellijk op een vliegtuig zou stappen als haar vriendin haar nodig had.

Terwijl ze door de straten doolde, probeerde Nadine te begrijpen waarom ze zo werd overspoeld door schuldgevoel. Ze had moeten zoeken naar degenen die ze nooit had gekend: Franz, haar moeder, haar oma, Herr Professor, al was het maar om hun graf te bezoeken. Ze had zelfs geweigerd ooit naar Sachsenhausen te gaan, dat nu een somber museum was, maar waar misschien de overblijfselen van haar oma en Herr Professor over de aarde lagen verspreid. Ze had erop vertrouwd dat haar dochter het op zich zou nemen om hen te redden, zoals ze met Ally had gedaan. Nu was zij degene die hen allemaal moest terughalen.

Nadine zat op een bankje in Tiergarten, met de brief van haar oma opengevouwen op haar schoot. Die had er vierenzeventig jaar over gedaan om haar te bereiken. Nadine had het gevoel dat ze op doorreis was, als een toerist lopend in de schaduw van iets wat er al lang niet meer zou moeten zijn maar bleef voortleven. Een hakenkruis op een vergeten muur in de Bismarckstrasse, de adelaar met het hakenkruis tussen zijn klauwen, het rode marmer van station Mohrenstrasse dat van de Nieuwe Rijkskanselarij van de Führer kwam, Albert Speers lampen langs Strasse des 17. Juni die niemand wilde weghalen. De onuitwisbare voetstappen van de droomstad van de Führer.

Ze legde haar telefoon weg en vouwde de twee verdroogde vellen papier open. Voor me ligt een van de sleutels tot mijn verleden, dacht ze. Het wezen van Ally, haar grootmoeder. Ze probeerde de volgorde van de brieven te ontcijferen. De ene, neergepend in een gehaast handschrift, losse zinnen, vol vraagtekens; de andere, in een klein, bijna onleesbaar handschrift alsof ze gebruik wilde maken van elke millimeter papier. In beide brieven waren enkele alinea's vervaagd alsof de vellen een schipbreuk hadden overleefd.

Op de ene stond geen datum of adres.

Je hebt me mijn Lilith afgenomen. Wat had ze misdaan?
Maakte haar verlies mij puurder in jouw ogen?
Ja, we maakten jou te schande, maar het was al te laat. Ik ben nog steeds een schande. Mijn gepubliceerde gedichten zijn er nog. Dat kun je niet ongedaan maken. Het verleden veroordeelt ons altijd, Franz.
Uiteindelijk reisde mijn dochter in de nacht: ze is veilig. Weg van deze hel, van jou, van iedereen.
Nu wil ik dat je je nooit van me zult kunnen ontdoen. Jij bent ook bezoedeld. Ik ben in verwachting. Jouw kind zal in een cel worden geboren.

De andere was wel gedateerd.

Sachsenhausen-Oranienburg, 1 januari 1940

Franz,

De tijd dringt.
Je zoon staat op het punt geboren te worden.
Telkens wanneer hij beweegt, telkens wanneer hij zo hard schopt dat mijn lichaam ervan trilt, ik vooroverbuig van de pijn, maakt hij me blij. Hij leeft en staat te trappelen om deze wereld te betreden.
De dagen zijn lang, de nachten zijn te kort.
In de avonden praat ik met onze zoon, ik vertel hem over Lilith, zijn zus. Ik weet dat hij haar op een dag zal vinden, als de oorlog voorbij is, als we niet langer beesten zijn.
Franz, ik wil je niets verwijten, dat zou zinloos zijn. Ik vraag je alleen, in naam van de liefde die we ooit voor elkaar voelden, om nu aan onze zoon te denken. Jij kunt hem redden. En daarmee red je ook jezelf. Het is onmogelijk om zo lang in duisternis te leven. Ik weet dat op een dag de dageraad zal terugkeren.

Ze zat fragmenten van de brief hardop te lezen toen ze weer een telefoontje kreeg. Het was niet Anton of Luna, en ze besloot op te nemen. De avond was al gevallen.

'Als ik nu bij je kon zijn, zou ik er zijn,' zei Mares. 'Kom toch naar Valparaíso.'

Nadine zweeg even en zei toen: 'Weet je nog toen we het Pergamon-altaar bezochten?'

'Nadine, lieverd, luister naar me. Anton en Luna maken zich zorgen. Ik denk dat het tijd wordt dat je naar huis gaat.'

Nadine wilde dat Mares terugdacht aan hun bezoek aan het Pergamon-museum, waar ze bij het indrukwekkende eeuwenoude Griekse altaar een oude man ontroostbaar hadden zien huilen.

Nadine had aangenomen dat hij aan de verliezende zijde had gestaan en verlangde naar een Duitsland dat nooit had bestaan, een duizendjarig Reich dat in een decennium was afgebrokkeld. Mares, echter, zag hem als een slachtoffer van de nazi's, voor wie de symboliek van het altaar pijnlijke scènes opriep en tranen van verlies losmaakte. Ze waren net door een U-bahnstation gelopen en hadden daar een model gezien van hoe Berlijn had kunnen zijn. Het was nu mogelijk om de nalatenschap van Albert Speer tentoon te stellen. Albert Speer, de grote architect, de beste vriend van de Führer, de man die iedereen had geboeid met de imponerende afmetingen en sobere symmetrie van de door hem geschapen gebouwen, ontworpen om te worden herinnerd, en die zijn eigen ondergang zouden overleven.

Mares luisterde naar haar vriendin en probeerde wijs te worden uit haar onsamenhangende verhaal. Voor Nadine waren Franz en Albert Speer vergelijkbare personen; ze waren allebei expert in doen alsof. Als hij het had gewild had hij kunnen weten wat er in Duitsland gebeurde, had de architect na de oorlog tijdens zijn proces gezegd. Uiteindelijk zie je alleen wat je wilt zien, wist Nadine. Speers berouw was heel overtuigend. De architect, die Reichsminister van Bewapening en Munitie was geweest, had vriendelijk en meelevend geluisterd naar de mensen die tegen hem getuigden. Dat onderscheidde Franz en hem van de nazi's die de gruwelijkheden ontkenden. Eén gebaar in het bijzonder strooide Speers aanklagers zand in de ogen. Hij had eens een ondergrondse wapenfabriek bezocht en zich opgewonden over de arbeidsomstandigheden, waarna hij had bevolen dat er een barak zou worden gebouwd voor de fabrieksmedewerkers en dat ze goed te eten kregen. Maar in feite deed hij dit om zijn kanonnen te redden. En Franz had zich veel moeite getroost om Ally Kellers laatste gedicht te redden. Uiteindelijk kan een aardig gebaar overheersen. Ally maakte hem dat in de laatste brief duidelijk. Door hun zoon te redden, zou hij ook gered zijn.

Op de dag van de capitulatie, kort nadat hij afscheid had genomen van iemand die hij als vriend beschouwde, voerde Albert Speer niet het bevel van de Führer uit om Berlijn plat te branden zoals Nero Rome had platgebrand. Hij had de Führer weten te verleiden en nu liet hij nogmaals zijn talent blijken en nam het tribunaal voor zich in: hij was de enige in de rechtszaal die berouw toonde. Uiteindelijk maakte het niet uit wat hij wel of niet wist. Hij werd opgesloten in een cel met tuin in Spandau, een voormalige Pruisische vesting. Daar bracht hij zijn Germania tot leven en schreef stiekem zijn memoires op toiletpapier dat door een barmhartige bewaker naar buiten werd gesmokkeld.

De grote architect was veroordeeld tot twintig jaar verveling, een straf die hij aanvaardde tot middernacht van zijn laatste dag in gevangenschap. De man die de leiding had gehad over de wapenfabrieken van het derde en laatste Reich, stierf eervol en als miljonair in een schitterend art-decohotel in Londen, terwijl hij zich voorbereidde op een televisie-interview. Er knapte een bloedvaatje in zijn hoofd.

In Luzern had Nadine eens in het huis van Franse vrienden van haar schoonouders een andere gast horen zeggen dat begrijpen gelijk staat aan vergeven.

'Ik kan het heel moeilijk begrijpen,' antwoordde Nadine.

De stem van Mares aan de telefoon bracht haar terug in het heden. 'Je moet met Anton bij me op bezoek komen. Neem Luna ook mee. Het is goed voor je om af en toe de stad uit te gaan.'

Voordat ze afscheid namen ontlokte Mares Nadine de belofte dat ze naar het einde van de wereld zou reizen, zoals ze de Chileense stad noemde waar ze woonde.

Toen ze thuis arriveerde nadat ze de lange brief voor een tweede keer had gelezen, zag ze Anton bij het raam staan. Boven omhelsde hij haar. Anton voelde haar rillen.

De volgende ochtend pleegde Nadine als eerste een telefoontje naar Elizabeth Holm.

Vanaf het moment dat Elizabeth Ally Kellers teksten aan de universiteit schonk, wachtte ze op een telefoontje van een familielid dat vast niet bereid zou zijn haar te accepteren. Het was de enige manier waarop ze haar moeders laatste wens kon uitvoeren. De brief was voor haar ook een recente onthulling geweest. Haar vader had haar nooit iets over haar moeder verteld, ook niet dat Elizabeth een halfzuster had die ze naar Cuba hadden gestuurd. Ze was opgegroeid als een kind van de oorlog, alleen, zonder verleden en zonder nakomelingen.

Nadine had het gevoel dat Elizabeth dagenlang naast de telefoon had zitten wachten. Haar stem was zacht en ze gaf elk woord dezelfde intonatie. Ze slikte geen lettergreep in en voegde er geen toe. Ze ontmoetten elkaar die middag in Elizabeths appartement.

'Mijn vader was – is – een goede man,' zei Elizabeth Holm, met haar blik uit het raam gericht. Ze hield een dampende kop koffie vast maar had nog geen slok genomen.

Nadine en Luna Paulus, twee onbekenden, hadden haar bestookt met vragen vanaf het moment dat ze de deur had geopend, alsof zij alle antwoorden had.

Nadine liet haar blik door de kamer gaan op zoek naar een fysiek object dat hen met elkaar zou verbinden, terwijl Luna naar Elizabeth staarde. De vrouw tegenover hen was de nauwste verwante van Nadines moeder, ze was Liliths halfzus. Nadine hoopte iets van Lilith in Elizabeth terug te vinden. Lilith leefde ergens in deze onbekende, in haar gebaren, de toon van haar stem, haar afhangende schouders, haar handen die het kopje vasthielden alsof het een schild was. Lilith en Elizabeth hadden dezelfde moeder, ze moesten toch iets gemeen hebben. Maar slechts één van de twee was het kind van een verrader.

Luna probeerde haar overgrootmoeder in het profiel van de vrouw te herkennen, het fletse blauw van haar ogen, haar geloken oogleden. Ze zag geen gelijkenis. Ally Keller was natuurlijk op haar vijfentwintigste overleden, dichter bij Luna's huidige leeftijd.

Nu ze haar bij het raam zag had Nadine het gevoel dat Elizabeth op haar manier ook afscheid nam. Het is onmogelijk om zo'n zware last te dragen wanneer je levensreis zijn einde nadert. Elizabeth tilde steeds weer het koffiekopje op en snoof de geur op, maar nam geen slok. Ze bracht het naar haar lippen, waarna ze nerveus stokte. Ze was nooit teruggegaan naar Sachsenhausen, zei ze. Dat kon ze niet. Op haar geboortebewijs, dat achteraf was afgegeven, stond dat ze in Oranienburg was geboren en niet in het concentratiekamp waar haar moeder haar daadwerkelijk op de wereld had gezet. Ja, Ally Keller stond als haar moeder geregistreerd, maar haar vader had haar verteld dat Ally tijdens de bevalling was gestorven. Een jonge liefdesrelatie die was afgebroken door de oorlog, was alles wat hij erover had gezegd. Hij was pas eenentwintig en moest naar het front, zoals iedereen in die tijd. Weigeren was geen optie. Elizabeth was opgegroeid bij haar grootmoeder van vaderskant in het appartement waar ze nu nog steeds woonde. Ze had de grootvader niet gekend die in de Eerste Wereldoorlog was omgekomen en haar grootmoeder in verwachting van Franz had achtergelaten.

Het enige wat Elizabeth zich herinnerde uit haar jeugd was dat ze op een nacht samen met haar oma in een rivier sprong, aan elkaar vastgebonden met een touw om hun middel, de zakken van hun jassen vol met stenen. Op de vlucht voor bombardementen waren ze bij een zus van haar oma ingetrokken in Demmin, ten noorden van Berlijn.

Wat deed een vijfjarig meisje in het donkere, ijskoude water van de rivier de Tollense, had ze zichzelf jarenlang afgevraagd.

Op een dag hielp haar oma haar de nachtmerrie ontcijferen die haar had geplaagd. De zus van haar oma had het niet overleefd. Ze was door het water meegevoerd, samen met honderden andere dorpelingen die ervoor kozen zichzelf van het leven te beroven in plaats van met de vernedering te leven. Zij en haar oma werden door soldaten van het Rode Leger gered, of dat was haar verteld.

Het Duitse Leger had het dorp verlaten en de bruggen over de rivier opgeblazen. Waar konden ze heen? Het Rode Leger kwam dichterbij, vastbesloten alles op zijn pad te vernietigen. Bijna alle families uit het dorp verdwenen onder het water van de drie rivieren die het dorp omsloten. Ja, zij en haar oma waren gered, maar de verschrikking was haar altijd bijgebleven. Ze hadden dagenlang rondgedoold, schuilend tussen het puin, restjes etend, voordat ze terugkeerden naar een Berlijn dat ze niet langer herkenden. Dat is wat haar oma haar had verteld, maar het enige wat voor Elizabeth bestond was het moment in het water, de lucht boven hen, en een touw rond haar middel dat haar tegenhield. En de stenen, die stenen die haar naar de bodem van de rivier trokken. Het was haar oma's bedoeling geweest dat ze die nacht allebei zouden sterven, maar om de een of andere reden was dat niet gebeurd.

Haar dagen in Berlijn kenmerkten zich door het constante geluid van sirenes. Elizabeth begreep niet waarom er, als de Roden de stad al hadden ingenomen, bommen bleven vallen, die straten en schuilkelders verwoestten. De ene dag had je buren en de volgende niet meer. Eerst stond er nog een rijtje huizen en als de zon weer opkwam was daar niets meer van over dan een hoop cement en stenen. Die sirenes hoorde ze nog altijd, vertelde Elizabeth.

Voor haar was de oorlog na de bevrijding eigenlijk gewoon doorgegaan. Als klein meisje had ze besloten nooit te trouwen of kinderen te krijgen. Mannen moesten toch maar naar het front, en je kinderen raakte je ook kwijt. Ze herinnerde zich dat haar grootmoeder over de straten van het bevrijde Berlijn zwierf op zoek naar eten. Smerig en bloedend kwam ze terug met een homp brood of een paar aardappelen. Op de beste dagen bracht ze misschien een reep chocola mee die een Amerikaanse soldaat had uitgedeeld.

Nadine wist dat Elizabeth ook een slachtoffer was. Soms laten mensen zichzelf sterven. Haar moeder had die keus gemaakt. Misschien haar oma ook? Ze stelde zich het kleine meisje tussen het puin voor. Hoe zou de stad er zeventig jaar geleden uit hebben gezien vanuit dat raam?

Drie jaar na de bevrijding kwam Franz thuis. Elizabeth glimlachte als ze over hem sprak.

'Zie je? Daarom moet je nooit weggaan,' voegde ze eraan toe.

Als zij en haar oma waren vertrokken, waar zou Franz dan naar thuisgekomen zijn? Het enige wat het meisje van haar vader had gehad was een foto van hem in uniform.

'Hij was knap,' zei ze. 'Maar de man die terugkwam liep krom, sleepte met één been, en zijn gezicht bevatte geen spatje leven. Zijn ogen waren ingevallen, en zijn huid was donker en had een groenige teint.'

Elizabeth herinnerde zich nog hoe haar vader rook: als een dood dier. Vanaf die dag was Franz in haar ogen altijd een oude man geweest.

Toen hij terugkwam had Elizabeth ineens een naam, papieren, een paspoort. Haar vader besloot de achternaam van zijn moeder aan te nemen en iedereen in huis werd een Holm. Ze wilden de naam Bouhler uitwissen, alsof ze daarmee het verleden konden goedmaken.

Elizabeth was in Moskou gaan studeren. Daar was ze gewoon één van de buitenlanders en keken ze op haar neer. Ze werd onderwijzeres en ontdekte bij thuiskomst dat haar oma was overleden. Ze was zonder grafsteen begraven, en een muur deelde nu de stad in tweeën. Haar vader werkte in een bibliotheek, waar hij boeken categoriseerde. Hij had haar ooit verteld dat hij ervan had gedroomd schrijver te worden, maar de oorlog nam beslissingen voor je en ontdeed mensen van hun vrije wil, veranderde hen allemaal in schaduwen.

Elizabeths eerste baan was op een school waar ze wantrouwig werd bejegend. Ze leerde Russisch aan kinderen die geen interesse hadden in de taal, en die haar als spion of informant behandelden. Iedereen was bang voor elkaar. Je buurman was je vijand geworden en luisterde naar al jouw gedachten.

Op een dag kwam de Stasi haar vader halen en zag ze hem meer dan een jaar niet. Ze hadden hem in een busje geladen toen hij van zijn werk naar huis vertrok, hem meegenomen zonder zelfs maar naar zijn naam te vragen. Een vrouwelijke collega van Franz belde Elizabeth die avond op om te vertellen dat hij niet thuis zou komen. Elizabeth stelde geen vragen. Ze wisten allebei dat de telefoon kon worden afgeluisterd.

'Ze hebben hem in een busje meegenomen,' zei ze.

Iedereen wist wat dat betekende. Als een man in burgerkleding je vroeg in een busje zonder ramen te stappen, wist je wat je lot behelsde. Er zouden geen beschuldigingen of processen zijn. Je zou verdwijnen, en dat was het. Dan lieten ze je op een dag weer gaan, en moest je helemaal opnieuw beginnen. Wat kon ze doen? Niets. Wat kon je doen tegen de Geheime Politie? Ze had geluk dat ze haar baan op de school niet kwijtraakte; ze mocht blijven lesgeven.

De middag dat haar vader terugkwam – hoe vaak mag iemand terugkomen? – durfden ze geen van beiden te praten over de reden van zijn arrestatie of wat ze met hem hadden gedaan. Het verleden verdwijnt nooit, hoe graag je het ook wilt vergeten. Elizabeth wist uiteindelijk te reconstrueren dat haar vader was aangegeven door een jaloerse bibliotheekadministrateur die wilde dat zijn neefje Franz' baan kreeg. Hij betichtte hem ervan een nazi officier te zijn die nooit terecht had gestaan. En de jaren die hij in Sovjet-krijgsgevangenenkampen had doorgebracht dan? had Elizabeth gedacht. Volgens haar vader was hij daar nog beter behandeld – omdat hij officier was geweest en zichzelf had aangegeven en medewerking had verleend aan de geallieerden – dan door zijn mede-Oost-Duitsers, die hem hadden gemarteld in de kelder van een gebouw dat niet op de stadskaart van Berlijn te vinden was, waar ze de politiek afvalligen opsloten.

Het was de Stasi niet zozeer te doen om het feit dat hij een nazi was, maar eerder om bepaalde telefoontjes van een militaire collega die de oorlog had overleefd en in West-Berlijn zijn memoires schreef. Haar vader had hun verteld dat hij zich de man niet herinnerde, dat zijn geheugen was gewist door het tijdsverloop en de honger. Evengoed had de Geheime Politie hem aan extreme kou en hitte blootgesteld, hem wekenlang in een voortdurend verlichte isoleercel zonder ramen opgesloten. Hij was beland in een tijdperk dat niemand zou moeten doormaken.

Franz kon niet meer terug naar de bibliotheek, en op een dag gaf hij het zoeken naar een baan op. Een oude man als hij kon niet zo veel meer, dus bleef hij thuis en las, of dwaalde door de stad. Uiteindelijk gaf hij het wandelen ook op toen hij merkte dat hij soms niet meer zo goed wist waar hij was en amper nog de weg naar huis kon vinden.

Op een nacht, toen haar vader al een aantal dagen met griep in bed lag en koortsig was, hoorde Elizabeth de naam Lilith voor het eerst. Ze had gedacht dat het misschien een oude vlam was. Toen ze haar vader vroeg wie de vrouw in zijn nachtmerries was, bloosde Franz, waarna hij in zijn gebruikelijke stilte verviel. Tegen die tijd haalde hij verleden en heden geregeld door elkaar. Soms werd hij wakker en dacht hij dat hij in het krijgsgevangenenkamp van de Sovjets was, dan weer dat hij in een Stasi-cel zat. Dan liet hij zich op zijn knieën vallen en bad. Hij, die nooit in God had geloofd.

Algauw begon hij Elizabeth 'moeder' te noemen. Elizabeth leek ook als twee druppels water op zijn moeder, zei Franz als hij in een meer lucide toestand ontwaakte. Elizabeth accepteerde haar vaders geestelijke achteruitgang zoals ze al het andere in haar leven had geaccepteerd, tot hij op een avond, tot grote ontsteltenis van de buren, naakt de straat op rende en haar moeders naam schreeuwde: Ally.

Hij onderging verschillende onderzoeken en Elizabeth hield zich vast aan de hoop dat een of andere magische pil haar vader terug zou kunnen brengen, de kalme, vriendelijke man kon redden die hij ooit was geweest. Ze bezochten diverse artsen en ziekenhuizen, waar hij hersenscans kreeg en werd blootgesteld aan groepstherapie waar hij alleen maar humeuriger van werd, tot hij uiteindelijk de diagnose seniele dementie kreeg. Hij ging hard achteruit. Twee maanden later lag hij op bed en weigerde nog op te staan, te douchen of te eten. Het brak Elizabeths hart om hem onophoudelijk te horen jammeren, dus uiteindelijk nam ze de moeilijke beslissing hem naar Seniorendomizil, een verzorgingstehuis, te brengen. Ze hoopte nog altijd dat hij zou herstellen, dat dit slechts een tijdelijke ziekte was, maar hij zou nooit meer lopen of spreken. Hij had het opgegeven.

Op dat moment besloot Elizabeth zijn slaapkamer op te ruimen. Ze gaf zijn kleding en schoenen aan goede doelen en gooide alles weg wat haar vader gedurende de jaren had verzameld: krantenknipsels, tijdschriften, programmaboekjes van theaters, gebruiksaanwijzingen, bonnetjes. In een hoek helemaal boven in de kast ontdekte ze een zware, oude doos. Ze had het gevoel dat de inhoud daarvan anders zou zijn dan de rest van zijn spullen.

Ze tilde hem uit de kast en zette hem op de eettafel, waar hij een aantal dagen ongeopend bleef staan. Elizabeth ontbeet, lunchte en dineerde terwijl ze naar de doos keek alsof het een tafelgast was. Uiteindelijk keek ze erin. Het eerste wat ze zag was een onlangs uitgekomen literair tijdschrift. De naam van haar moeder was erop geschreven, en zo las Elizabeth *De nachtreiziger*. Ze gokte dat de rode gabardine jas van haar moeder moest zijn geweest, net als de andere papieren in de doos. Het was voor het eerst dat de vrouw die haar op de wereld had gezet dichtbij voelde. Toen vond ze, onderin, de brief en ontdekte ze dat ze een halfzus had, Lilith.

Ze had alle vergeelde papieren in de vuilnisbak kunnen gooien, samen met de rode gabardine jas. Ze had ervoor kunnen kiezen het te vergeten. Maar toen viel haar oog op de naam van de professor die de teksten van haar moeder had gered en bestudeerd, en ze besloot hem te bellen. Hoewel ze ouder was dan Elizabeth, zou haar halfzus nog in leven kunnen zijn. Misschien had haar vader al eens naar haar gezocht, om Ally's wens uit te voeren, en had hij niet meer dan as of gesloten deuren gevonden. Maar ja, wat had ze te verliezen? Had ze het juiste gedaan? Ze wist het nog niet. Ze wilde geloven van wel, zei ze, alsof ze om bevestiging vroeg. Nadine zei niets. Luna keek om zich heen in het huis, dat was blijven hangen in de tijd, alsof de muur tussen de twee Duitslanden nog overeind stond.

'En Lilith?' vroeg Elizabeth met onvaste stem.

Luna schrok op uit haar dagdroom en wachtte op het antwoord van haar moeder. Nadine aarzelde.

'Mijn moeder is op Cuba gestorven,' zei ze. Ze wilde haar niet vertellen dat ze hoogstwaarschijnlijk zelfmoord had gepleegd. 'Voor haar is er nooit een einde gekomen aan de oorlog. Maar ze heeft mij kunnen redden... Ze stuurde me weg met het vliegtuig, in mijn eentje, toen ik nog heel klein was. Ik werd geadopteerd door een gezin in New York.'

Nu ze zichzelf hoorde praten, besefte Nadine dat er voor haar ook nooit een einde aan de oorlog was gekomen. Ze had de ene na de andere oorlog doorleefd. Oorlog was op een vliegtuig stappen, een rechtszaal binnengaan, een lappenpop met haar naam erop.

Elizabeths gezicht betrok. De reden dat ze de doos naar de universiteit had gebracht en Nadine en Luna in haar huis had verwelkomd was dat ze hoopte de laatste wens te vervullen van de moeder die ze nooit had gekend: dat haar twee dochters elkaar op een dag zouden ontmoeten.

'We willen Franz graag zien,' zei Luna.

Als Franz zijn toevlucht had gezocht tot de vergetelheid en in bed lag in een verzorgingstehuis, wat had het dan voor zin om hem te confronteren? dacht Nadine. Ze begreep niet wat haar dochter nog meer wilde weten. Waarom ze Elizabeth bleef ondervragen alsof ze op een wonder hoopte. Franz zou niet ontwaken uit zijn niet-aanspreekbare toestand, en hij was de enige die haar moeder en oma had gekend.

'Je moet begrijpen dat er niet veel te zien valt,' zei Elizabeth. Ze zette nu eindelijk haar koffiekopje op de tafel met het gerafelde kanten kleedje. 'Mijn vader kan zijn bed niet meer uit, hij beweegt niet meer. Hij zegt amper nog een woord. Hij is vijfennegentig.'

Nadine wist dat Luna elk woord, elk gebaar opsloeg en later, in haar appartement, zou schrijven tot de zon opkwam en notitieboeken zou vullen met haar indrukken, om elk moment te behouden. Zij was degene die Franz moest ontmoeten.

'Ik heb over hem geschreven, of eigenlijk over de herinnering die mijn overgrootmoeder aan hem had,' zei Luna. 'En nu na deze brief...'

Elizabeth wierp een blik op Nadine. Ze wilde weten hoe zij erover dacht. Nadine knikte instemmend.

'Jullie hebben het recht om hem te ontmoeten,' zei Elizabeth. 'Het is het beste om in de middag te gaan... Misschien vrijdag?'

Nadine stond op. Luna was al bij de deur, haar blik op het onaangeroerde kopje koffie. Elizabeth zat nog in haar leunstoel bij het raam, maar toen ze besefte dat het bezoek was afgelopen, kwam ze overeind.

'Ik kan op dit tijdstip geen koffie meer drinken, dan slaap ik niet,' legde ze Luna uit.

Nadine en Luna wachtten tot Elizabeth de deur voor hen opende. Luna stond als eerste buiten. In de gang draaide Nadine zich om naar Elizabeth en omhelsde haar. De oude vrouw bleef stijfjes staan maar tilde uiteindelijk haar armen op om Nadine over de rug te strijken. Luna keek van een afstandje toe.

Ze staken de Gustav-Adolf-Strasse over zonder te weten welke kant ze op gingen. Ze wandelden een poos tot ze aankwamen bij de Jüdischer Friedhof, met meer dan honderdduizend graven. Luna had het gevoel dat de hereniging van het land niet veel had bewerkstelligd in deze wijk. De vrouwen waren nog steeds net zo gekleed als in het Sovjet-tijdperk. De straten waren smerig, elke onderdoorgang was bedekt met graffiti. De geur van de stad was hier anders, zoet maar ranzig.

'Als je wilt, ga ik met je mee naar huis en blijf ik slapen,' zei Luna tegen haar moeder.

'Dat hoeft niet. Je hebt een hoop om over te schrijven vannacht...'

Ze omhelsden elkaar, en Nadine keek Luna na tot ze om een hoek verdween.

31

Vier dagen later
Pankow, mei 2014

Op vrijdag nam Nadine de gele tram vanaf station Eberswalder Strasse naar Warschauer Strasse. De Strassenbahn nemen was altijd een reis naar het verleden. Ze viel niet op in de drukte. Ze was gedesoriënteerd en hield zich daarom bezig met het één voor één opnoemen van de haltes. Luna ging er op eigen gelegenheid heen, en ze zouden elkaar treffen op het zevende station, op de hoek van Landsberger Allee en Danziger Strasse. Nadine was vroeg. Ze had gedacht dat de reis langer zou duren. Ze besloot ergens te gaan zitten en een kop koffie te nemen, maar toen ze uit de tram stapte zag ze geen café of restaurantje tussen de identieke, sobere gebouwen met raampjes die zo klein waren dat het leek alsof ze bedoeld waren om het zonlicht buiten te houden. Of de mensen binnen.

Ze besloot in de frisse lucht op haar dochter te wachten. Ze had haar al een berichtje gestuurd, en Luna had geantwoord dat ze onderweg was. Nadine had haast. Ze wilde deze ontmoeting achter de rug hebben, haar aan het verleden toewijzen, haar ergens wegstoppen waar ze haar niet van streek zou kunnen maken. Het is nu vast te laat om naar huis te gaan, dacht ze. Ze zou zichzelf graag opsluiten in haar kamer, om vervolgens samen met Anton een reis te maken, ver weg van Berlijn. Ze vroeg zich af waarom ze een ontmoeting doorzette waarvan ze de afgelopen nachten had wakkergelegen.

Ze sloot haar ogen en wachtte op een teken. Ze begon te tellen om zich te ontspannen en hoorde weer Antons stem. Hij had gezegd dat het geen goed idee was. 'Maar Luna heeft er behoefte aan om Franz te ontmoeten,' had ze geantwoord. Het was Luna die Franz wilde confronteren; het was Luna die het verhaal had geërfd, en die vastbesloten leek het niet in de vergetelheid te laten verdwijnen. Luna was ervan overtuigd dat ze hem moest zien, om erachter te komen hoe Franz van Ally's beschermengel in haar verrader was veranderd, en vervolgens in de bewaarder van haar nagedachtenis. Zo had ze het aan haar ouders uitgelegd. Als Anton haar had gevraagd niet te gaan, en hij ook hun dochter had weten te overtuigen, zou Nadine nu niet trillend op een bevroren bankje voor een station in de *middle of nowhere* zitten. Maar nee zeggen tegen Luna was als proberen het getij tegen te houden. Haar dochter moest haar geesten een gezicht geven.

Zonder het te hebben beseft toen ze hem aantrok, droeg ze een donkergrijze jurk alsof ze rouwde om iemand die ze ooit had gekend. Ze had zich jaren schuldig gevoeld over haar zwijgen, omdat ze altijd de weg van de minste weerstand had gekozen. Ze leefde volgens het motto 'Als je het je niet kunt herinneren, is het niet gebeurd'. Haar hele jeugd was ze bezig geweest haar verleden de rug toe te keren, tot haar dochter werd geboren.

Nadines schouders voelden zwaar. Waarom moest haar dochter een personage worden in een verhaal waarin ze niet thuishoorde? Ze had Luna ver weg kunnen houden van het gedicht en haar oma en haar moeders obsessie met de duisternis.

Terwijl ze wachtte, zwollen geluiden aan, vermengden kleuren zich, veranderden vormen van dichtheid. Er kwam een stroom mensen uit Strassenbahn M10, maar niet haar dochter. Iedereen was ergens naartoe op weg, doelbewust. Iedereen had een bestemming. Auto's weken uit, fietsers kwamen uit tegengestelde richtingen. Ze hoorde het fluitje van een politieagent. Kinderen renden en keken uit voor de automobilisten. Ze werd omringd door fragmenten. Wat doe ik hier? vroeg ze zich telkens af, tot ze haar dochter uit de laatste wagon van de Strassenbahn zag stappen.

Nadine slikte moeizaam, ze had nog amper speeksel in haar mond. Tussen de donker geklede passagiers was Luna net een verschijning. Ze droeg de rode gabardine jas van haar overgrootmoeder. Nadines hart barstte bijna uit elkaar toen haar dochter met een air van ongewone kalmte naderde. Ze bewoog zich doelbewust en ongehaast voort.

Luna omhelsde haar moeder en Nadine dacht, niet voor het eerst, dat haar dochter alles vertegenwoordigde wat ze zelf ooit had willen zijn en doen, maar waar ze te bang voor was geweest. Of te zeer een passief slachtoffer. Zij was verslagen. Haar dochter niet.

Een windvlaag gaf haar een verrassend gevoel van stevigheid. Ze was zich bewust van de olieachtige geur van de trams, het piepen van de elektriciteitskabels. Ze stak haar hand uit naar haar dochter en samen lieten ze het station achter zich. Eindelijk durfde ze het overduidelijke te erkennen. Haar dochter had haar haar laten kortknippen tot haar kaaklijn en het lichter geverfd. Hoewel het normaliter golfde, was het korte kapsel steiler.

'Telkens wanneer ik je zie, voel ik meer Ally in je.'

Haar dochter glimlachte en legde haar hoofd een paar seconden op haar moeders schouder. Het was een gebaar van goedkeuring: wees niet bang, alles komt goed. Luna had de vorige nacht urenlang zitten schrijven en zich gezichten herinnerd en gereconstrueerd die de ontbrekende stukjes vormden. Zonder zich er bewust van te zijn, had Nadine zich in een rechte lijn naar Franz bewogen vanaf de dag dat ze naar Duitsland was gekomen, een lijn die Ally Keller was begonnen, en die Lilith had doorgetrokken. Het was nu aan haar en haar dochter om het af te maken.

De wandeling naar het gebouw van vijf verdiepingen dat was omgebouwd tot een verzorgingstehuis kwam Nadine op de een of andere manier bekend voor, net als de ontmoeting met Elizabeth Holm. Nadines tante was er altijd geweest maar was onzichtbaar voor hen gebleven tot ze eindelijk hadden besloten haar te zien. We zijn eerder in dit gebouw geweest, in dit of een vorig leven, wilde Nadine tegen haar dochter zeggen. Ze voelde zich net Ally Keller, hand in hand met Lilith, hoewel ze deze keer niet goed wist wie wie was. Alles om haar heen leek klein. Nu was het haar dochter die haar leidde, terwijl ze zich langs wegen liet loodsen die anderen hadden gevolgd.

Nadine keek op en zag dat er donkere wolken voor de zon hingen. Ze keek naar haar dochter en wilde tegen haar zeggen dat ze veilig waren nu de avond was gevallen. Ze liepen een hoek om en zagen een mooie tuin – onberispelijk, symmetrisch – midden in het kale, stedelijke landschap van gebouwen uit de Sovjet-tijd. Het Altenheim was een rechthoekig gebouw met rijen kleine raampjes en een deur in het midden. Nadine vond het lijken op een oceaanstomer, verdwaald op zee, waar gekwelde zielen naartoe gingen om hun dagen te eindigen. Franz was er daar één van. De fletsgele muren staken af tegen het groene gazon.

Het was volkomen stil in de tuin. Nadine wilde dat er nog een windvlaag kwam, of nog beter, een tornado. De knoestige takken en droge bladeren maakten dat de lente daar als herfst aanvoelde, alsof de verwarring in het hoofd van de oude mensen ook de seizoenen bepaalde. Elizabeth wachtte hen met een nerveuze glimlach op onder aan de zes halfcirkelvormige traptreden bij de ingang. Ze leek deel uit te maken van de geometrie van de plek. In de middagschaduw, en van een afstandje, zag ze er jonger uit. Haar rimpels waren verdwenen en ze droeg haar haar strak naar achter getrokken, de lokken naar binnen gedraaid, waardoor haar hoofd groter leek, haar gezicht voller. Ze droeg een crèmekleurige rok en een groenige zijden blouse met een grote strik. Haar schoenen waren zwart en log.

Toen Nadine en Luna haar bereikten, richtte Elizabeth nieuwsgierig haar blik op haar moeders oude rode gabardine jas en stak haar hand uit, misschien om nog een ongemakkelijke omhelzing te voorkomen. 'Hij staat je goed, Luna,' zei ze.

Toen ze het gebouw binnenliepen zei ze: 'De meesten hier zijn in de negentig, net als pap, maar sommigen zijn de honderd gepasseerd.'

Nadine huiverde. De oude mensjes in rolstoelen verroerden zich amper. Het waren net zoutsculpturen die wiegden op de eb en vloed van het getij. Zelfs de ogen van de receptioniste waren strak op één boek gericht. Zo nu en dan maakte een van hen een kleine beweging – een gebaar, een zucht, iemand die zijn hoofd even naar hen draaide om meteen weer terug te keren naar zijn oorspronkelijke positie – net genoeg om te bevestigen dat ze nog leefden. Alle mensen in dit huis hadden de oorlog overleefd, hadden er deel van uitgemaakt. Ze wisten allemaal wat het inhield om te worden verslagen. Luna had het gevoel dat deze muren op zwijgen waren gebouwd.

'Mijn vader zit op de vijfde etage,' zei Elizabeth. Ze gingen de rechter gang in en kwamen langs een lichte, open ruimte die naar de liften leidde. 'Veel mensen krijgen hier hun geheugen terug, maar pap niet. Terugkeren naar het verleden vormt voor hem geen stimulans. Eerder het tegenovergestelde. Sinds hij hier is, weigert hij een stap te zetten of zelfs maar een woord te zeggen.'

Elizabeth stond even stil zodat Nadine en Luna konden zien hoe de ruimte was ingericht.

'Dat hebben ze onlangs gedaan,' legde ze uit. 'De artsen denken dat de patiënten kwijtgeraakte vaardigheden makkelijker weer opdoen als ze worden omringd door voorwerpen die ooit vertrouwd waren.'

Op de planken bevond zich een vernikkelde föhn waarvan het snoer zo was opgerold dat die de scheuren bedekte, met tijdschriften uit de jaren '60, '70 en '80. Er stonden blikken met kool en gevulde paprika, die dertig jaar daarvoor in de winkels te verkrijgen waren; en dozen wasmiddel van de merken Spee en FEWA. Boeken in het Russisch, een oude platenspeler, radio's van verschillende afmetingen, Zenitcamera's en een militair hoofddeksel met het symbool van de rode hamer en sikkel. Vergeelde foto's van 1 mei-parades, waar iedereen rode zakdoeken droeg; en rolletjes Orwo 400

ASA-film. Op de belangrijkste muur hing een klein schilderij van de kus van Honecker en Brezjnev, met daaromheen foto's van het Rode Plein en de Baltische Zee. Er was zelfs een waterverfschilderij van de Berlijnse muur zonder prikkeldraad maar bedekt met bloemen. Op de tafel in het midden stond een oranje telefoontoestel, en overal in de kamer zag je kleine rode papieren vlaggetjes.

'Gisteren was het 1 mei,' zei Elizabeth terwijl ze een van de vlaggetjes oppakte. 'De Dag van de Arbeid. Ze hebben er een feestje van gemaakt.'

Elizabeth vertelde dat als de oudere mensen door deze kamer terugliepen naar hun slaapkamers, de spanning een beetje uit hun gezicht verdween. Eerder waren ze vaak gespannen, hun ademhaling onrustig, alsof ze verdwaald waren in het bos. Maar nu begonnen ze dankzij het oproepen van het verleden hun kinderen en kleinkinderen een paar minuten te herkennen en konden ze zelfs een enigszins samenhangend gesprek voeren, ook al herhaalden ze dan vaak hetzelfde verhaal. Het geheugen was er, het moest simpelweg opnieuw worden geactiveerd.

'Degenen die vooruitgang boeken kunnen tenminste rustig slapen, zonder zich zo verloren te voelen als pap.'

Luna dacht dat ze misschien verder terug moesten om hun geheugen terug te krijgen, een of twee decennia verder, maar naar sommige delen van de geschiedenis wil niemand terug. Het is beter als die herinneringen onderdrukt blijven, dacht ze. Terwijl ze naast elkaar in de lift stonden, wilde ze Elizabeth vragen of ze hadden geprobeerd Franz een foto van hemzelf in nazi-uniform te laten zien. De binnenkant van de lift was bedekt met panelen van donkere formica en er hing een gigantische bruine telefoon waarop naast de knoppen handgeschilderde cijfers stonden.

'Het is hier net Oost-Duitsland,' zei Nadine.

'Dat is ook het idee,' antwoordde Elizabeth.

Elizabeth vertelde dat het personeel de vijfde verdieping de 'laatste halte' noemde, aangezien hier de bewoners met de meest acute dementie woonden. De lift kwam tot stilstand en de deur schoof schokkerig een stukje open. Elizabeth moest hem met de hand verder openduwen.

De vijfde etage was in duisternis gehuld, waardoor de muren grijs leken. Er hing tl-licht aan het einde van de gang: een lange, kale buis. Alle ramen en deuren waren dicht. De schimmelige geur van vocht was overweldigend. Nadine hoorde een gedempte kreun van ergens op de verdieping komen, die werd herhaald als een verschrikkelijke echo.

Luna stelde zich alle mogelijke manieren voor waarop de ontmoeting kon verlopen. Zou de oude man slapen, of de hele tijd zijn ogen dicht houden, of zijn blik gericht hebben op het raam, zonder naar hen te kijken? Luna was ervan overtuigd dat ze hem zou herkennen. Ze zou het gezicht proberen te identificeren dat haar oma in fragmenten van haar gedichten had beschreven. Ze zou de decennia wegvegen die hem waren overkomen en de echte Franz zou weer tevoorschijn komen. Ze zou hem graag een van de gedichten voorlezen, maar dat was nutteloos. Elizabeth had uitgelegd dat Franz de buitenwereld niet meer registreerde. Het was alsof zijn brein slag leverde met een wervelwind die hem volledig verzwolg.

Ze bereikten het einde van de gang. Elizabeth vroeg of ze even wilden wachten, zij zou eerst naar binnen gaan om het Franz comfortabel te maken en de kamer een beetje te luchten. Toen ze in de deuropening stonden, werden Nadine en Luna belaagd door de geur van urine en natte lakens. Van de kamer konden ze niet meer zien dan een raam, waarvoor de gordijnen waren gesloten. Het bed moest aan de linkerkant staan. Elizabeth probeerde het raam te openen, maar dat zat vast. Ze keek achterom naar Luna met een gepijnigde uitdrukking op haar gezicht en probeerde over te brengen dat ze haar best deed, dat ze niet wilde dat ze van hem zouden walgen als ze haar vader zagen.

'Ik ga een verpleegkundige zoeken om zijn katheter te verwisselen en schone lakens te brengen,' zei Elizabeth terwijl ze zich met gebogen hoofd de kamer uit haastte.

Nadine en Luna keken haar na. Ze wist precies waar ze de verpleegkundigen kon vinden. Ze kende de vijfde verdieping op haar duimpje. Verderop in de gang werd ze opgeslokt door de duisternis.

Nadine en Luna hielden elkaars hand vast en bleven staan. Luna voelde de hartslag van haar moeder en wilde zich losmaken, om haar eigen ritme te volgen. Nadine liet haar los. Luna stapte de kamer binnen, haar ogen op het raam gericht. Midden in de kamer kwam ze tot stilstand, en alvorens naar het bed te kijken, keek ze om naar haar moeder. Nadine schuifelde iets dichter naar de deur en kwam uiteindelijk ook binnen om een meter achter haar te blijven staan. Luna sloot haar ogen twee tellen, en toen ze ze opende, draaide ze zich om en keek naar Franz.

Het eerste wat ze zag was het gezicht van de oude man, dat in het kussen was weggezakt alsof hij alleen nog maar een hoofd had, zijn lichaam opgeslokt door de lakens en het matras. Hij had geen haar meer. Geen wenkbrauwen of wimpers. Zijn glanzende schedel zat vol levervlekken. Zijn neus was lang, zijn lippen dun; zijn oogkassen waren donkere plekken. Luna wilde de minnaar van haar overgrootmoeder zien, de hoogdravende dichter. Ze wilde de bevelende stem van de officier horen die bij de ingang van gebouw nummer 32 had gestaan. Ze wilde hem arm in arm met Ally Keller in de regen over Unter den Linden zien lopen.

Plotseling voelde de kamer krap, de lucht was dik geworden. Franz deed langzaam zijn ogen open. Toen hij zijn gerimpelde oogleden optilde, werd zijn ademhaling onrustig. Die ene beweging verbruikte het kleine beetje energie dat hij had, dat werd geleverd door het infuus in zijn arm. De naald leek direct zijn bot in te gaan, niet in staat het te voorzien van de noodzakelijke vloeistof. In de verduisterde kamer viel al het licht uit de gang op Luna, waardoor het rood van haar gabardine jas en de gouden tonen in haar haar meer opvielen.

Even voelde Luna zich uit het lood geslagen door Franz' lege ogen. Zo is het genoeg, dacht ze. Misschien had ze naar haar ouders moeten luisteren en had deze ontmoeting nooit moeten plaatsvinden. De Franz die nu voor haar lag was niet de Franz uit de gedichten. Deze was verdronken in zijn eigen urine en uitwerpselen en bestond eigenlijk niet meer. Luna wilde haar blik van hem losrukken maar kon dat niet. Ze voelde een verbinding met Franz; hij hield haar blik vast.

Franz' ademhaling werd steeds onrustiger. Met elke hap lucht die zijn longen bereikte schokte zijn hele lichaam. Luna probeerde zijn blik te lezen. Zijn irissen waren bevlekt met bloedvaatjes, die zich met elkaar verweefden tot een eindeloze landkaart. Franz opende zijn ogen zo wijd als hij kon, en Luna sloot die van haar. Ze voelde zich uitgeput, al haar energie was weggevloeid en ze stond op het punt weg te lopen en de afgetakelde oude man met rust te laten.

Luna hoorde de naam van haar overgrootmoeder. 'Ally.'

De stem was zwak, maar het was niet de stem van een oude man. Ze opende haar ogen en zag voor het eerst Franz' gezicht onder de schaduwen en rimpels.

'Ally,' kwam de stem vanuit de lakens. 'Vergeef me.'

Luna keek naar Franz, toen naar haar moeder, en toen weer naar Franz, alsof hij haar niet losliet. Nadine had beide handen voor haar gezicht geslagen en begon te huilen.

'Vergeef me,' zei de oude man, luider dit keer.

Luna wist niet of ze naar hem toe moest gaan, de verpleegkundige of Elizabeth moest roepen, of in haar moeders armen moest vluchten. Droomde ze? Vóór hen lag de man die hun familie had verraden. Ze werd plotseling misselijk. Wie was zij om hem vergeving te schenken? Wie was zij om het te weigeren? Ze stond als aan de grond genageld tot Franz begon te jammeren, een luide, eindeloze kreet van pure smart.

Nadine pakte Luna's hand en ze haastten zich de kamer uit, de lege gang in. Ze liepen naar de trap omdat ze niet op de oude lift wilden wachten. Voordat ze naar beneden gingen, zagen ze nog net Elizabeth aan komen rennen met een verpleegkundige. Franz' geschreeuw was als een sirene die niet tot zwijgen gebracht kon worden.

Buiten, in de vredige tuin, bleef zijn gejammer in hun hoofden echoën.

32

Een jaar later
Havana, mei 2015

Luna Paulus had geen woord meer geschreven sinds de dag dat ze Franz in het verzorgingstehuis had bezocht. Ze bracht in haar eentje slapeloze nachten door waarin ze de brieven en gedichten van haar overgrootmoeder ordende. Er viel niets meer op te lossen. Het leek erop dat Franz vijfennegentig was geworden zodat hij Ally Keller nog een laatste keer kon zien en haar om vergeving kon vragen. De ochtend na hun bezoek werd hij levenloos gevonden, overleden aan een hartstilstand.

Elizabeth vertelde Nadine dat hij vredig was gestorven, met een glimlach op zijn gezicht, en dat hij niet had geleden. Dit is altijd een troostende gedachte bij een overlijden. Maar tegen de tijd dat ze hem vonden had hij al naar zijn laatste adem gehapt. Het was onmogelijk te weten hoeveel hij had geleden. Er was geen wake, geen rouwadvertentie, geen processie van vrienden langs zijn kist. Hij werd naast zijn ouders begraven op begraafplaats Friedrichsfelde. In de grafsteen werden zijn echte naam, Bouhler, en zijn geboortedatum en sterfdatum gegraveerd. Luna vond dat ze de traditie hadden moeten volgen en alles erbij hadden moeten schrijven wat de overledene in zijn leven was geweest: soldaat, nazi, gevangene, dichter, student, bibliothecaris, overlevende. Elizabeth koos in plaats daarvan voor de bondige zin: 'Hier ligt een goede vader.' Er stonden geen engelen of kruisen op de grafsteen. Niemand legde bloemen of steentjes op het graf.

Nadine belde Mares om haar het nieuws te vertellen.

'Nu kan hij Ally Keller en Bruno Bormann, en God weet hoeveel anderen persoonlijk zijn excuses aanbieden, daar in de hemel,' concludeerde Mares.

Maar Nadine wist dat Mares niet in de hemel of het paradijs geloofde, en al helemaal niet in de hel. God was een lastig concept om uit te leggen, omdat ze zo had geleden door toedoen van het communisme en haar echtgenoot. Hoe ze ook haar best deed, ze kon niet geloven. Voor haar was het te abstract. Geloof was iets waarmee je werd geboren.

Tante Elizabeth vertrok op dezelfde manier als ze was gekomen, zonder inleiding of afscheid. Nadine sprak nog een paar keer met haar af. Ze gingen eten in een saai restaurant in Weissensee, en omdat ze zich schuldig voelde dat ze haar niet thuis had uitgenodigd flapte Nadine er tijdens een ongemakkelijke stilte uit dat Elizabeth naar Luna's bruiloft moest komen als die dag zou aanbreken. Anton had Elizabeth nooit in een goed daglicht gezien. Hij zei dat er diep vanbinnen altijd iets van de nazi in haar zou zitten, in haar vader, en haar grootmoeder. Nadines aanbod was ook alleen maar een beleefd gebaar, aangezien ze er zeker van was dat Luna nooit zou trouwen. Al van kleins af aan was Luna duidelijk geweest dat ze nooit in een witte jurk door het gangpad van een kerk zou lopen, laat staan bij een altaar zou staan en beloven zichzelf voor haar hele leven exclusief aan één persoon te binden.

Na dat etentje moest Elizabeth het gevoel hebben gehad dat ze door de familie was geaccepteerd, want ze biechtte Nadine op dat ze al jaren tegen een ziekte streed en dat de tijd was gekomen om de strijd op te geven. Elizabeth had de chemokuren en bestralingen ondergaan omdat ze het niet kon verdragen haar vader alleen achter te laten in het verzorgingstehuis. Maar nu hij er niet meer was en na zijn hele lijdensweg naast zijn ouders rustte, werd het tijd dat ze de handdoek in de ring gooide. Nadine bood aan haar te bezoeken, maar Elizabeth sloeg dat aanbod af. Ze kon in dit stadium geen medelijden verdragen. Ze zou in het ziekenhuis worden opgenomen en als ze stierf, zou iemand Nadine bellen. Dat beloofde ze.

Het was Elizabeths advocaat die belde. De vrouw die ze nooit tante had genoemd was gestorven en liet haar volledige bezit – een bescheiden bankrekening en een somber appartement – na aan haar achternichtje, Luna Paulus.

Acht maanden nadat ze Elizabeth voor het eerst hadden ontmoet, keerden Luna en haar moeder terug naar het appartement. De eerste keer had het klein en donker geleken, maar nu kwam het hen gigantisch voor. Ze openden de ramen en lieten frisse lucht binnen.

'Ik ben er nog niet aan toe om lades open te trekken,' zei Luna. 'Ik denk dat we het beter een tijdje zo kunnen laten.'

Bij de aanblik van haar verloren dochter die geen troost meer kon vinden in schrijven, verzamelde Nadine al haar moed en zei tegen Anton dat ze eindelijk de belofte zou nakomen die ze Luna had gedaan toen ze tien was. Ze zouden in het vliegtuig stappen en naar Havana gaan.

'Voor een weekendje. Langer kan ik niet vrij nemen.'

Drie dagen zouden genoeg moeten zijn om het graf van haar ouders te bezoeken, bloemen neer te leggen en het huis te zien waar ze was geboren, zei ze tegen Luna. Ze wilde gewoon de lucht van het eiland opsnuiven, de tropische zon op haar gezicht voelen. Ze zou ook naar de haven gaan om de baai te zien waarin de oceaanstomer die haar moeder naar Cuba had gebracht een week voor anker had gelegen.

'Verder heb ik niets te doen in Havana,' zei ze tegen Anton. 'Het wordt geen toeristisch bezoekje, eerder een...'

Ze maakte de zin niet af. Ze ging niet terug voor haar dochter. Ze zag haar eigen angst onder ogen, of liet hem achter. Dat was de echte reden.

Luna vroeg haar moeder of ze er werkelijk klaar voor was zo'n lange vlucht te maken, en Nadine herinnerde haar eraan dat afstand een illusie was en dat ze de tijd al had overwonnen. Er was niets meer om naar te zoeken in het verleden, verzekerde Nadine haar. Ze wilde alleen maar eer bewijzen aan de herinnering aan haar moeder.

De ontmoeting met Franz had Nadine een vreemd soort rust bezorgd. Ze had er genoeg van om schuldigen te zoeken. Uiteindelijk was iedereen schuldig, als je maar diep genoeg groef.

De dag dat ze naar Cuba vlogen ging Anton met hen mee naar de luchthaven. Nadine was goedgemutst. Ze was niet meer in haar geboorteland geweest sinds de dag dat ze in haar eentje in een enorm vliegtuig naar een leven bij volslagen onbekenden was gereisd. Nu ging ze terug, hand in hand met haar dochter.

'Jij bent mijn talisman,' zei ze tegen Luna toen ze in het vliegtuig zaten dat op het punt stond om te vertrekken. 'Als klein meisje had ik het nooit zo op volwassenen,' vertelde Nadine. 'Volwassenen leken me altijd droevige, eenzame wezens. Ik had nooit gedacht dat ik weer in een vliegtuig zou stappen, laat staan met mijn dochter. Bedankt dat je met me meegaat.'

De vlucht was korter dan sommige treinreisjes die ze hadden gemaakt. Ze besefte dat tijd afhankelijk van je leeftijd anders aanvoelt. Als driejarige had de reis een eeuwigheid geleken, alsof ze decennia van haar leven was kwijtgeraakt. Deze keer staken ze de Atlantische Oceaan in een oogwenk over. Ze sloot haar ogen niet lang na het opstijgen en toen ze ze opende, was Havana een stip op een lang, smal eiland dat zich onder hun voeten uitstrekte.

Ze waren als eersten de vliegtuigtrap af. 'Als het in mei al zo heet is, hoe moet het dan midden in de zomer zijn?' zei Luna tegen haar moeder. Nadine kon geen antwoord geven, want ze werd overweldigd door de geur van benzine die hen overviel toen ze in de terminalbus stapten.

Bij de douane sloten ze achter een lange rij aan. Een klein, donkerharig mannetje met grote ogen ondervroeg hen.

'Bent u Cubaanse?'

'Ik denk het niet,' antwoordde Nadine, en ze had meteen spijt van haar antwoord. Je bent iets of je bent het niet. Ze was geen Cubaanse. 'Ik ben op Cuba geboren, maar in de Verenigde Staten opgegroeid. We wonen nu in Berlijn.'

'In de "RADA" of de "RAFA"?' vroeg de man. Hij gebruikte de Spaanse afkortingen voor de voormalige twee Duitslanden. Hij keek haar met een vragende blik aan.

Nadine begreep de vraag niet. Ze dacht dat ze nog moest wennen aan hoe ze op het eiland spraken, omdat haar Spaans zo Europees was geworden.

De beambte keek steeds weer van haar paspoort naar haar, alsof hij haar niet geloofde. De blanke vrouw met de lichte ogen, het blonde haar, en een dochter met een donkere huid, allebei met dezelfde buitenlandse achternaam. En het was de moeder die volgens haar paspoort in Havana was geboren.

'Mam, hij heeft het over West-Duitsland en Oost-Duitsland,' fluisterde Luna.

'O, er is nu al bijna vijfentwintig jaar maar één Duitsland.'

'Maar u hebt mijn vraag niet beantwoord.'

'Mijn dochter is in West-Duitsland geboren. Mijn moeder... Nou, mijn moeder is daar geboren toen er nog maar één Duitsland was, voor de oorlog.'

'Maar als u in Havana bent geboren, bent u wat ons betreft een Cubaanse, en zult u dat altijd blijven. In welk jaar hebt u Cuba verlaten?'

'Heel lang geleden, ik denk dat u toen nog niet was geboren.'

'Geeft u gewoon antwoord.' De man leek geïrriteerd.

'In 1962. Ik was drie jaar oud.'

'En toen ging u naar Duitsland?'

'Ik reisde naar Miami.'

'Ah, met de *gusanos.*'

Luna's ogen werden groot. Ze herinnerde zich wat Mares had

gezegd. Mares was een *gusano*, een worm, en haar moeder nu dus ook. Betekende dat dat zij dat ook zou worden?

'Mijn moeder was Duitse. Ik ben vanuit Miami naar New York gereisd, en daarna zijn we in Duitsland gaan wonen. Ja, West-Duitsland, uw "RAFA".'

Het gebruik van het woordje 'we' voelde vreemd. De man bladerde door pagina na pagina van haar paspoort alsof hij het aan stukken wilde scheuren om een of andere fout te ontdekken. Het schaarse licht in de terminal, de hoge luchtvochtigheid en haar ongelooflijke dorst gaven Nadine een ongemakkelijk gevoel. Ze was niet geïntimideerd door de vragen van de man. Er is geen reden om nerveus te zijn, zei ze tegen zichzelf.

'We kunnen zo wel wat drinken,' zei ze hard tegen Luna zodat de beambte het zou horen.

'Ik heb geen dorst, mam.'

Nadine wist dat dat klopte. Zij was degene wier benen waren begonnen te trillen. Maar wat was het ergste wat er kon gebeuren? Zelfs als ze haar naar een cel brachten en urenlang ondervroegen, zouden ze haar uiteindelijk toch terug naar Berlijn moeten laten gaan, op hetzelfde vliegtuig als waarmee ze waren gekomen. Weer negen uur opgesloten tussen de wolken.

Zonder een woord te zeggen verliet de douanebeambte zijn hokje met beide paspoorten. Ze wachtten een minuut, toen twee, drie. Voor Nadine voelden ze als uren.

De man kwam terug, maar deze keer ging hij achter hen staan.

'Komt u met mij mee.'

Ze liepen door een gang met betere airconditioning, en aan het einde daarvan zagen ze in een deuropening een lange, slanke man met een door de zon verweerd gezicht op hen wachten.

Hij gebaarde dat ze moesten gaan zitten en gaf hen elk een flesje water. Ze dronken. De slanke man was één en al glimlach.

'Hoe is uw reis verlopen?' vroeg hij in het Engels.

'Snel,' antwoordde Nadine opstandig.

'Fijn om te horen. Hier zijn uw paspoorten. Welkom in Havana.'

Nadine en Luna wisten niet of ze nu de kamer moesten verlaten of moesten wachten tot iemand hen zou vergezellen bij het oversteken van de grens tussen hier en daar, verleden en heden. Nadine wilde weten wanneer ze zich zelfverzekerd kon gaan voelen.

De man stond op, vroeg hen hem te volgen, en bij de bagageband wees hij hun een vrouw in een militair uniform met een minirokje en visnetkousen, die op hen wachtte met hun kleine koffers.

Terwijl ze naar de uitgang liepen, naar het licht, zagen ze een mensenmassa aan de andere kant van de glazen deuren. Eenmaal door de deuren zag Nadine hun namen op een handgeschreven bordje staan dat iemand vasthield: *Señora y Señorita Paulus.* Eronder stond: *Hotel Nacional.*

De man met het bordje leidde hen naar een busje waar ze zich bij andere toeristen voegden. De meesten van hen waren Duitsers, en ze leken geagiteerd, misschien omdat ze hadden moeten wachten. Nadine wist niet wat ze bij deze groep toeristen deed, op het eiland waar ze was geboren.

Ze sloot haar ogen en wenste dat als ze ze opende, ze weer in Berlijn zou zijn. Met haar ogen stevig dichtgeknepen probeerde ze zichzelf wijs te maken dat ze Duitsland niet had verlaten, dat ze gewoon een van haar vele nachtmerries had waarin ze weer terug was in het grote huis in Vedado waar ze was geboren, of de straten van Maspeth, de rechtszaal in Düsseldorf, of de kerstmarkt in Bochum-Linden. Nadine wist dat Luna alle minuscule details van de reis in zich opnam, van het licht tot de geuren. Ze zag haar met blozende wangen en wijd open ogen zitten, gegrepen door elk gebaar, elke zin.

***

Havana was net een soort miniatuurstad, een stad vergeten door de tijd. Hotel Nacional stond op een heuvel aan de kust. Ze hadden een kamer met zeezicht.

De begraafplaats was een paleis waar alles wit en glanzend was. De tombe van de familie Bernal was nog intact, alsof hij goed was onderhouden. Maar marmer is dan ook onverwoestbaar, er zou toch al tientallen jaren niemand meer bij in de buurt zijn geweest, laat staan dat er iemand was neergeknield om een kaars aan te steken. Ze legden witte lelies op de steen. Lelies worden in de lente geplant: deze lelies verspreidden een bedwelmende geur, wat betekende dat ze bijna dood waren. Ze hadden ook begraafplaats Guanabacoa bezocht, om eer te bewijzen aan Alfred en Beatrice Herzog, het Joodse echtpaar dat Lilith had gered. Daar legden ze wat glanzend zwarte steentjes op hun graven.

Ze gingen ook naar de haven en staken de baai over. In Kasteel Morro, aan de voet van een gigantische, door de tijd en water aangetaste stenen muur, keken ze uit over Havana. Zo hadden de mensen die met haar Duitse moeder hadden gereisd het gezien, degenen die niet van boord van de St. Louis mochten gaan. Plotseling leek Havana heel ver weg, onbereikbaar. Nadine voelde zich een van de 937 passagiers, alsof ze niet in Havana was geboren. Waarom was ze teruggekomen? Je kunt niet terug naar een plek waaraan je geen herinnering hebt.

Nu kwam het moment om het huis te bekijken waar ze was geboren, en waarvan ze altijd had aangenomen dat haar moeder zich daar van het leven had beroofd. Toen ze bij het huis in Vedado kwamen, stapten Nadine en Luna uit en maakten er een paar foto's van. Het was veel kleiner dan Nadine het zich had voorgesteld, nagenoeg een poppenhuis. Een bejaarde vrouw kwam uit het huis ernaast en keek naar hen toen Nadine en Luna het ijzeren hek naar de tuin openden en de voordeur naderden. Ze klopten aanhoudend, en toen er niemand opendeed, draaiden ze zich om om weg te lopen. Op dat moment haastte de bejaarde buurvrouw zich met verbazingwekkende snelheid over de stoep naar hen toe om hen te onderscheppen.

De tranen stroomden over haar wangen terwijl ze Luna's handen vastpakte.

'Jij moet Nadine zijn,' zei ze in het Spaans.

Voordat Luna haar kon verbeteren, vroeg Nadine: 'Hebt u mijn moeder gekend?'

'Wat dom van me. Natuurlijk, lieve schat, jij bent te jong om Nadine te kunnen zijn, maar ik moet zeggen dat de jongedame me enorm aan señora Bernal doet denken.'

De oude vrouw omhelsde nu Nadine. Een paar seconden later, met de armen van de vrouw nog om haar heen, gebaarde Nadine naar haar dochter wat ze moest doen. Luna haalde even verbijsterd haar schouders op.

'Laten we naar mijn huis gaan,' zei de oude vrouw. 'Ik heet María. Ik heb vele jaren naast je moeder gewoond.'

De twee liepen zonder vragen met haar mee. María loodste hen een huis binnen dat waarschijnlijk erg veel op dat van Lilith leek, nodigde hen uit om te gaan zitten en excuseerde zichzelf. De muren waren bedekt met meerdere lagen ondefinieerbare verf. Afhankelijk van het licht konden ze geel of roze zijn. De meubels waren van donker hout en riet. Midden op de muur tegenover de straatzijde hing een familiekiekje van een jongedame naast een man in een pak met een kind in hun armen. Op de vergeelde foto kon Nadine zien dat de jongedame de oude vrouw was die ze zojuist hadden ontmoet. In de hoek van de kamer stond een klein altaar met een Mariabeeldje en een kandelaar.

María kwam terug met een zilveren dienblad met twee glazen water erop. Ze zette het dienblad op de salontafel, gaf hun ieder een glas en haalde een witte kaars en een doosje lucifers uit haar zak.

Ze stak de kaars bij het Mariabeeldje aan en sloeg een kruis. Het leek erop dat ze tot het beeldje bad. Ze konden niet horen wat María zei.

'Ik bad elke middag de rozenkrans voor je moeder,' zei ze toen ze naast Nadine was gaan zitten. 'Je hebt geen idee hoe vaak ik mijn Caridad del Cobre Virgin heb gevraagd om een wonder zodat Lilith kon worden herenigd met haar dochter. Op de dag dat we je moeder naar het verzorgingstehuis brachten, beloofde ik haar dat je op een dag zou komen om haar op te zoeken. Niemand vergeet zijn echte moeder.'

Nadine kon haar oren niet geloven. 'Er is me als kind verteld dat mijn moeder zelfmoord pleegde kort nadat ik was weggestuurd,' zei ze met een brok in haar keel. 'Als ik had geweten dat ze nog tot op hoge leeftijd had geleefd, zou ik zo snel mogelijk hiernaartoe zijn gekomen. Ik heb nooit durven hopen...'

'Hoe kom je daar in hemelsnaam bij?' zei María ontzet. 'God heeft ons gezegend. God luistert altijd naar onze gebeden... Nadine, je moeder leeft nog.'

Nadine sloeg beide handen voor haar gezicht en barstte in tranen uit.

'Weet u dat zeker?' vroeg Luna. 'Hebben we het over dezelfde vrouw?'

'Señora Lilith Bernal. Wie anders? Je hebt geen idee hoeveel Lilith heeft geleden. Eerst verloor ze haar man, en daarna jou. Dat is wat een revolutie doet, die vernietigt families. Kijk naar mij, een weduwe met een zoon in de gevangenis. Ik heb dit vervloekte land niet verlaten omdat ik mijn zoon niet in de cel kan achterlaten. En weet je waarom hij daar zit? Alleen maar omdat hij anders denkt.'

'Kunnen we nu meteen naar haar toe? Wilt u ons erheen brengen? Er staat buiten een taxi te wachten.'

'Luister, *mija*, ik wil je geen valse hoop geven. Lilith is oud en soms in de war. Ze is niet gek, maar ze leeft in haar eigen realiteit. Ze kan niet meer lopen, maar godzijdank zorgen de nonnen in Santovenia goed voor haar.'

'Is ze ziek?' vroeg Nadine.

'Niet ziek, we zijn gewoon oud. Daar is geen medicijn tegen. Ze heeft vanaf jonge leeftijd zeer veel te verduren gehad. Ik zag haar elke zondag na de mis; nu ga ik nog maar eens per maand. Het is heel lastig om daar met de bus te komen. Maar morgen is het zaterdag. We kunnen vroeg op de dag op bezoek gaan.'

‘En wie woont er in het huis van mijn oma?’ vroeg Luna.

‘Een stel communisten. Zodra ze de kans krijgen, bezetten ze onze huizen en gaan niet meer weg. Ze zijn nu op reis, ik weet niet waarnaartoe. Hij is soldaat, volgens mij, of diplomaat, wie zal het zeggen.’

María kwam overeind van de bank en verliet zonder enige uitleg de kamer.

Ze kwam terug met een verkreukelde plastic tas. Daarin zat een envelop.

‘De dag dat je moeder bijna het huis liet afbranden, had ze deze brief in haar hand,’ zei ze en ze gaf Nadine de tas. ‘Geschreven vlak voor je achtste verjaardag.’

Nadine nam de tas aan. Ze durfde hem niet open te maken. Haar hartslag was zo luid, dat ze María amper hoorde.

‘We gaan morgen naar oma,’ zei Luna. ‘Ik denk dat we beter terug kunnen gaan naar het hotel zodat je wat kunt rusten.’

‘Wat zal Lilith blij zijn,’ zei María. ‘En godzijdank spreken jullie allebei Spaans.’

Ze namen afscheid met nog een langdurige omhelzing. Op de terugweg naar het hotel durfde Nadine de brief niet te lezen. Eenmaal daar nam ze een lange douche en wachtte tot Luna sliep zodat ze haar moeders woorden in haar eentje kon lezen.

Onder het raam, met uitzicht op zee, las ze de brief hardop.

33

Zevenentwintig jaar eerder
Havana, januari 1988

Vanaf 1 januari 1967, toen haar dochter acht jaar zou zijn geworden, was Lilith begonnen Nadines verjaardag in haar eentje te vieren. Er was geen taart met brandende kaarsjes, eentje voor elk levensjaar van haar dochter. Elk jaar hield Lilith één enkele kaars in haar hand en zat met haar blik erop gericht midden in de schaarsverlichte eetkamer. Ze dacht: hoe kan ik de verjaardag van mijn dochter vieren met één kaars?

Op tafel lag een kleine roze envelop zonder opschrift waarin een brief zat die ze eenentwintig jaar geleden had geschreven. Ze keek ernaar en glimlachte, maar werd onmiddellijk overvallen door verdriet. Ze had het indigoblauwe doosje er niet bij.

De hele nacht lang had ze zich afgevraagd hoe ze had kunnen wennen aan een leven zonder haar dochter. Vanaf die dag, bijna dertig jaar geleden, had ze in duisternis geleefd. 's Nachts dwaalde ze door de stad, waarvan de stoepen waren gescheurd door de sterke wortels van kapokbomen en vlambomen. Overdag schreef ze ongeadresseerde brieven.

Ze had op een eiland gewoond met een nieuwe identiteit en een nieuwe familie. Ze had een nieuwe taal geleerd. Ze had het verleden weggevaagd als iemand die een beslagen spiegel schoonveegde. Sinds ze haar dochter kwijt was, betekende het allemaal niets meer voor haar.

Niet lang nadat ze Nadine naar New York had gestuurd, waren de nonnen van het klooster van de Santa Catalina de Siena het land uitgezet. Nadine ging naar het registratiekantoor van het klooster en kreeg te horen dat er niets was vastgelegd over het vertrek van een driejarig meisje met de naam Nadine, of iets wat Operatie Pedro Pan werd genoemd. Ze keken haar aan alsof ze hallucineerde.

Uiteindelijk onderhield ze het mausoleum van de familie Bernal op begraafplaats Colón, dat ze elke vrijdag bezocht. Ze kocht bloemen en maakte in het Duits ruzie met de bloemenverkoper omdat ze beweerde dat de bloemen verwelkt waren, en ze bloemen met wortels wilde.

Lilith was wederom een buitenlander op Cuba. Ze sprak Duits in zichzelf en de buren dachten dat ze gek was geworden. María, die naast haar woonde, kwam in de middagen bij haar op bezoek en deed boodschappen voor haar bij de kruidenier. Als Lilith al at, was dat dankzij María, die haar met religieuze toewijding elke avond een bord warm eten bracht en met gedempte stem, zodat de buren het niet zouden horen, de rozenkrans voor haar bad. Als ze klaar was, verborg María de rozenkrans in haar blouse. Op de vraag hoe ze zich voelde antwoordde Lilith in het Duits.

Lilith schreef brieven en bracht ze naar het postkantoor. Eerst legde de postbeambte haar nog uit dat hij de brief niet kon aannemen omdat hij niet was geadresseerd. Ze liet ze evengoed elke week achter op de balie tot de beambte ze uiteindelijk maar aannam en ze zelfs in haar bijzijn stempelde om haar te zien glimlachen en te zorgen dat ze zo snel mogelijk weer vertrok.

Op een dag ging ze naar het postkantoor en zag dat dat was gesloten.

'Niemand op dit eiland geeft om brieven,' zei een oude vrouw tegen haar. 'Sinds de communisten aan de macht zijn willen ze niet dat we op de hoogte zijn van de rest van de wereld. Het is al jaren geleden dat ik voor het laatst een brief van mijn dochter in Miami heb ontvangen.'

Lilith keerde om, sloot zichzelf op in het huis in Vedado en bleef jarenlang brieven schrijven. De kamers raakten overspoeld met vlekkerige vellen papier met onleesbare zinnen. De deuren begonnen los te raken uit hun scharnieren, en stof en spinnenwebben namen alle hoeken over alsof er al jarenlang niemand in dat huis woonde.

María had medelijden met haar buurvrouw. Ze had zelf een zoon die in de gevangenis was gezet door de communisten van wie ze hem niet eens mocht bezoeken. Toen Lilith ongeveer vijftig was, besloot María naar Calzada del Cerro te gaan en het proces in gang te zetten om Lilith, die geen familie had, in verzorgingstehuis Santovenia te krijgen.

'Als ze mentale problemen heeft, hoort ze in een psychiatrische inrichting thuis,' kreeg ze van een van de directeuren van het verzorgingstehuis te horen.

'Ze is niet gek,' zei María. 'Ze heeft haar ouders verloren, haar echtgenoot, en haar dochter. Ze is verdrietig en kan niet voor zichzelf zorgen.'

Een jaar later kreeg ze met de kerst, die tien jaar daarvoor was afgeschaft door de regering, van het verzorgingstehuis te horen dat er een bed was vrijgekomen en dat ze haar buurvrouw kon gaan aanmelden.

María vulde alle formulieren in, maar besloot dat ze zou wachten tot nieuwjaar en Lilith begin januari naar het tehuis zou brengen.

Rond twaalf uur 's middags op 1 januari 1988 zag María een rookzuil uit Liliths huis komen. Tegen de tijd dat ze het huis bereikte, hadden andere buren de deur al opengebroken en de brand geblust met emmers water.

'Wie haalt het dan ook in zijn hoofd om in dit huis een kaars te branden?' zei een man, die drijfnat het huis uit kwam met een lege emmer en een lading verschroeid papier.

Lilith stond in de hal met een envelop in haar hand. María leidde haar naar de woonkamer.

'Wacht hier op me,' zei María. 'Ik heb een plek gevonden waar ze voor je zullen zorgen, en daar zul je ongestoord zo veel brieven aan je dochter kunnen schrijven als je wilt. Je zult daar alleen geen kaars mogen aansteken.'

Lilith glimlachte. Toen haar buurvrouw vertrok, sloot ze haar ogen en deed alsof ze een hapje van de taart nam die ze nooit in staat was te bakken, met de acht kaarsjes die ze niet had kunnen halen of uitblazen. Wat zou ze deze keer wensen? Waarom moest ze het overleven als haar wensen toch nooit uitkwamen? Verlating had altijd een dag en tijd gehad.

María kwam terug en samen zaten ze zwijgend in de woonkamer.

'Ze komen je zo ophalen,' zei ze. 'Ook al is het een beetje ver weg voor me, ik beloof dat ik je in de weekenden kom opzoeken.'

Twee uur later reed er een auto de oprit op en werd er geclaxonneerd.

'Daar zul je ze hebben,' zei María en ze stond op. 'Je zult het daar erg naar je zin hebben.'

María ging als eerste naar buiten en Lilith volgde haar.

Die avond, op de drempel van haar huis, met de roze envelop zonder opschrift in haar hand, reciteerde Lilith uit haar hoofd het gedicht dat haar moeder haar op haar achtste verjaardag had gegeven. Voordat ze in de auto stapte, geflankeerd door twee mannen, eentje in olijfgroen en de ander in het wit, draaide Lilith zich om naar María, die naar haar toe rende. De buurvrouw nam de envelop aan die Lilith haar aanreikte en omhelsde haar.

'We moeten gaan,' zei de man in het wit. 'U kunt 's zondags bij haar op bezoek komen,' zei hij tegen María. 'Nadat u haar even de tijd heeft gegeven om te wennen.'

De auto kwam in beweging en met het raampje open voelde het voor Lilith alsof de wind haar zou bevrijden. Toch, alsof het nooit uit haar herinnering was gewist, was de lucht zwaar van buskruit, as, leer en metaal. Er was voor haar niets veranderd. De stad was nog steeds bedekt met gebroken glas. 'Men droomt over vrijheid zoals men over God droomt,' zei ze tegen zichzelf in het Duits. Wiens stem was dit? Ze herkende haar eigen stem niet eens meer.

Dromen en God waren opnieuw een raadsel voor haar geworden. Ze dacht graag dat ze op haar pad een spoor achterliet dat zou leiden naar waar ze haar ook mee naartoe namen. Zodat op een dag, wanneer haar dochter terugkwam – want ze was ervan overtuigd dat ze terug zou komen – ze haar kon vinden. Vol hoop en met een glimlach plengde ze een traan: de laatste.

Op dat moment sprak ze hardop de inhoud uit van de brief die ze aan María had gegeven, de brief die ze aan haar Nadine had geschreven in het Duits, haar moedertaal, en liet de wind de woorden zo ver mogelijk weg dragen, zoals wanneer je een flessenboodschap in zee gooit:

Havana, 1 januari 1967

Lieve Nadine,

Je vader en ik droomden al van je voordat we je kregen. De nacht van ons trouwen streelde Martín over mijn buik en voorspelde hij dat we een meisje zouden krijgen.
Dus al voordat je in me groeide, noemde ik je Nadine, mijn Nadine. Ik stelde je me voor met grote, nieuwsgierige ogen die alles binnen je bereik wilden ontdekken. De eerste keer dat ik je voelde bewegen, dat je voor het eerst schopte, dat je bewoog alsof je eruit wilde en je aan me vastklampen, rende ik naar je vader om het hem te vertellen. Je bracht ons zo veel geluk.
Toen je op nieuwjaarsdag werd geboren hadden we geen champagne of muziek nodig. Jij was ons feestje. Ook al was er onrust in de stad en stond de wereld op zijn kop, jij bracht ons vrede, mijn Nadine. Vanaf het moment dat ik je in mijn armen hield, klampte ik me aan je vast. Die dag hield ik nog meer van je vader toen ik hem met jou zag. Het was alsof jullie

elkaar al jullie hele leven kenden. Jij en hij waren één en je greep zijn vinger vast. Op dat moment deed hij een belofte: op een dag zouden jullie samen vliegen, jullie met z'n tweetjes.
Ik bad dat die nacht eeuwig zou duren, en we keken hoe je sliep, we telden je ademhalingen, en telkens wanneer ik je voedde was ik de gelukkigste vrouw ter wereld.
Ik wil dat je alleen die gelukkige herinnering aan ons hebt, want ja, Nadine, je vader en ik waren gelukkig met jou.
En nu moet ik je om vergeving vragen. Vandaag, op de dag dat je acht jaar wordt, dezelfde leeftijd dat ik mijn acht kaarsjes in Berlijn uitblies en een wens deed die niet uitkwam: dat ik nooit van mijn moeder gescheiden zou worden, dat we samen de hel zouden ontvluchten. Op die leeftijd stuurde mijn moeder me met twee vreemden naar een eiland aan de andere kant van de oceaan en ik begreep maar niet hoe ze dat haar enige dochter kon aandoen. Ik vervloekte haar, ik wilde haar vergeten, ik zwoer dat ik nooit meer Duits zou praten. Ik wilde mijn acht jaar met haar uitwissen.
Jij moest geboren worden opdat ik mijn moeder kon begrijpen. De nacht dat de weeën begonnen, voordat ik ook maar je eerste huiltje had gehoord, heb ik mijn moeder vergeven, omdat ik wist dat ik leefde en dankzij haar de kans had om moeder te worden. Ik leerde dat je datgene waar je van houdt soms alleen maar kunt redden door het los te laten.
Lieve Nadine, ik moest jou ook loslaten, en ik weet dat dit moeilijk te begrijpen is op jouw leeftijd. Als ik de pijn dat jij niet elke dag bij me bent kan dragen, is dat omdat ik weet dat je leeft en gelukkig bent, ook al ben ik niet degene die jou elke ochtend wakker kust.
Op een dag zul je volwassen worden, misschien zul je me vervloeken, maar ik hoop dat je me zult begrijpen wanneer je moeder wordt. Een moeder vergeet haar dochter nooit, zelfs niet als ze haar nooit meer in haar armen kan houden.

Hier, op dit eiland dat nu vast heel ver weg lijkt, wacht ik op jou. Ik bewaar mijn adem, mijn laatste, tot de dag dat jij arriveert. Vandaag is dat mijn enige wens.
Vergeef me, mijn Nadine.

Ik hou met heel mijn hart van je.
Je moeder,
Lilith

34

Zevenentwintig jaar later
Havana, mei 2015

Vroeg op zaterdagmorgen vertrokken Nadine en Luna samen met María per taxi naar verzorgingstehuis Santovenia. De Calzada del Cerro was een heksenketel. De zon scheen op het wegdek dat rook spuwde alsof het op het punt stond te smelten. Verkeerstekens negerende automobilisten sneden hen midden op de weg af; voetgangers schoten voor hen langs en belandden bijna onder de auto. De taxichauffeur schreeuwde naar iedereen op zijn pad. De drie passagiers zwegen echter. Voor Nadine leek dit deel van de stad in staat van oorlog te verkeren. Er stonden gewapende politieagenten op elke straathoek en lange rijen bij de winkels. Het oorverdovende geraas van vrachtwagens en volle bussen deed haar trillen. De chauffeur trapte telkens wanneer hij een van de enorme gaten in de weg ontdekte op de rem en bij gebrek aan autogordels moesten ze zich vastklampen aan het dak en de deurgrepen.

Plotseling sloegen ze een hoek om, een rustige straat in met bomen aan weerszijden. De taxi stopte voor een paleisachtig gebouw, nu schijnbaar verwaarloosd, van een heel huizenblok.

'Deze villa was van de graaf van Santovenia,' zei María. 'Nadine, Havana was ooit een zeer elegante stad.'

Luna en María stapten uit. Nadine sloot haar ogen en ademde even diep in om kalm te worden. Ze was de hele nacht op gebleven en had herhaaldelijk de brief van haar moeder herlezen die ze nu in haar tas bewaarde.

María had naar het verzorgingstehuis gebeld om te laten weten dat ze zaterdagochtend vroeg met mevrouw Bernals dochter en kleindochter langs zou komen. Er was haar verteld dat ze op hen zouden wachten met een Lilith die in bad was geweest en gekleed voor bezoek.

Ze gingen door het enorme traliehek en werden verwelkomd door een non in een roze habijt.

'Het is een godswonder,' zei de non. 'Een wonder van de heilige maagd.'

In de hal met witte en grijze marmeren tegels stonden hier en daar lege leunstoelen tegen de muren. Ze werden naar een binnentuin gebracht waar een fonteintje borrelde.

'Ze praat niet veel, maar ik weet dat ze je zal begrijpen,' legde de non uit. 'Ze zit graag in de schaduw.'

Nadine zag haar moeder aan de andere kant van de binnenplaats. Op dat vroege tijdstip was er verder niemand in de tuin. Van veraf leek haar moeder klein, zo klein alsof ze een achtjarig kind was. Nadine dacht dat ze zenuwachtig zou zijn, dat haar knieën zouden knikken, maar op dat ogenblik bruiste ze van de energie. Ze haastte zich naar voren en was als eerste bij haar moeder.

In de schaduw golfde de geur van viooltjes haar neusgaten binnen. Liliths haar was kort en wit. Haar huid was soepel, vrij van rimpels, maar haar armen waren bedekt met donkere vlekken. Met haar handen omvatte ze haar dijen en ze staarde in het niets. Toen Nadine naderbij kwam draaide Lilith haar hoofd naar haar. Haar ogen schoten over Nadines gezicht. Nadine pakte haar beide handen vast en haar moeder glimlachte. Plotseling voelde ze Liliths handen beven. Ze dacht dat haar moeder haar herkende.

'Haar handen beven,' zei Nadine met een blik op Luna.

Luna begon te huilen.

'Er is niets om om te huilen,' zei Nadine, hoewel haar eigen ogen vochtig waren.

Luna boog zich voorover en gaf haar oma een kus. Nadine probeerde haar voorzichtig te omhelzen. Lilith voelde klein aan, broos. Ze werd omgeven door de geur van viooltjes.

Met trillende handen begon Lilith het gezicht van haar dochter van haar voorhoofd tot haar wang te strelen. Ze herhaalde het gebaar steeds weer, als een blinde wier vingertoppen haar zouden vertellen hoe haar dochter eruitzag. Haar handen zijn zo zacht en warm als die van een pasgeborene, dacht Nadine bij zichzelf.

Daarna hoorden de anderen Nadine lange tijd in het Duits tegen haar moeder prevelen. Ze vertelde haar over haar leven in New York, haar studie in Berlijn, over de dag dat ze Anton ontmoette en stapelverliefd werd. Over Luna, die het talent van haar overgrootmoeder Ally had geërfd. Ze vertelde haar alle leuke verhalen.

'We hebben nog een dichter in de familie,' zei ze.

'Net als mijn moeder,' fluisterde Lilith in het Duits. 'Ik wist dat we elkaar op een dag weer zouden zien, ook al zou ik dan al heel oud zijn.'

'Had ik het maar eerder geweten!' zei Nadine.

'Lieve schat, ik heb altijd hoop gehouden. Er zijn zo veel vragen zonder antwoord. Je weet niet hoe moeilijk het voor mij was om mijn moeder te begrijpen, dat ze me in mijn eentje naar Cuba had gestuurd. Kun je het je voorstellen?'

'Het kwam door de oorlog, mam. We zijn allemaal slachtoffers van de oorlog.'

'De oorlog... We zijn alles kwijtgeraakt, maar ik heb jou en mijn kleindochter. Nu kan ik rustig sterven. Ik heb mijn best gedaan, lieve Nadineke. Het was nooit mijn bedoeling om je in de steek te laten.'

De daaropvolgende uren spraken ze afwisselend eén paar minuten en zaten vervolgens in stilte, gewoon genietend van elkaars nabijheid.

'Ga met ons mee naar Berlijn,' zei Nadine.

'Nee, lieverd. Ik kan me niet eens meer bewegen. Bovendien ligt je vader hier begraven. Het is mijn beurt om bij hem te blijven.'

Lilith hield haar dochters hand vast en kneep erin als om zich ervan te verzekeren dat ze niet droomde.

Plotseling begon Lilith te knikkebollen, alsof ze in slaap viel.

'Het wordt tijd dat ze gaat rusten,' zei de non, die in de buurt was gebleven. 'Het was veel voor één dag.'

Ze waren maar een paar uur in het verzorgingstehuis geweest, al had het voor Nadine aangevoeld als een zalig jaar.

Nadine wilde weer teruggaan, maar de volgende dag zouden ze terug naar Berlijn vliegen. Ze moest een manier bedenken om zo snel mogelijk weer naar Havana te komen. Ze droomde ervan haar moeder mee te nemen naar Berlijn, al was ze bang dat die de oversteek over de Atlantische Oceaan in haar broze toestand niet zou overleven.

Toen ze weer in het hotel waren, omhelsde Luna haar moeder.

'Mag ik de brief ook lezen?'

'Net als Ally's gedicht,' antwoordde ze, terwijl ze Luna de roze envelop aanreikte, 'is deze brief van jou.' Ze zweeg even. 'Ga jij maar terug naar Berlijn. Ik blijf nog een poosje bij mijn moeder.'

35

Zes maanden later
Berlijn, november 2015

De nacht dat Lilith stierf, trok Luna de rode gabardine jas aan, zei haar ouders gedag, verliet het appartement en liep tot zonsopgang door de straten van Berlijn. De stad kwam haar nu anders voor, alsof ze een uitbreiding was van de plekken die ze op Cuba had achtergelaten. In zowel Havana als Berlijn voelde ze het verleden onder haar voeten.

De nacht dat Lilith stierf, kwam het bij Luna op dat door haar, Franz en Elizabeth te 'redden', ze hen alle drie de kans had gegeven om, ten goede of ten kwade, de mensen van wie ze het meest hadden gehouden vaarwel te zeggen. Misschien hadden ze afscheid genomen van de wereld in de wetenschap dat hun leven niet zo hopeloos was geweest als ze hadden gedacht. 'Je mag het leven niet verlaten met een zware last op je schouders,' had ze haar oma Ernestine meermaals horen zeggen. 'Om naar de andere kant te gaan moet je zo licht mogelijk reizen.'

Het nieuws had hen in de vorm van een kort telefoontje van María bereikt. Luna en haar ouders waren bezig een reis naar Cuba te plannen in december. Ze wilden de kerst bij Lilith doorbrengen.

De maand die Nadine in Havana was gebleven had Anton en Luna bezorgd gemaakt. Ze kon maar eens per week met hen praten. Anton moest naar de Cubaanse ambassade in Berlijn om Nadines verblijf te verlengen. Daar behandelden ze hem alsof hij een misdrijf had begaan. In Havana lieten ze Nadine elke avond naar de receptie van Hotel Nacional komen, waar ze haar verblijf met tegenzin slechts per dag verlengden tot de avond dat ze een document ontving van de Cubaanse regeringsambtenaar waarin stond dat haar verblijf niet langer kon worden verlengd.

Nadine had het gevoel dat Lilith met het verstrijken van de dagen vervaagde. Ze brachten de middagen samen door in de centrale tuin van Santovenia alsof ze nooit gescheiden waren geweest. Lilith sprak over haar vader, de muzikant, alsof ze hem had gekend. Ze zei dat zij en haar moeder met hem samen in Berlijn hadden gewoond. Eerst leek Lilith helderder dan ze zich had kunnen voorstellen, maar na verloop van tijd besefte Nadine dat haar gedachten met haar aan de haal gingen en ze zo haar eigen geschiedenis herschreef.

'We hebben hier altijd gewoond,' zei Lilith een keer. 'Ik was hier heel gelukkig met mijn ouders.'

De dag dat Nadine terug naar Berlijn moest, adviseerde María haar dat ze gewoon afscheid van haar moeder moest nemen alsof ze de volgende dag terug zou komen.

'Mevrouw Bernal heeft geen tijdsbesef,' legde María haar uit. 'Voor haar ligt elke dag in het verleden.'

Sinds ze terug was uit Cuba belde Nadine elke zondag met María na haar bezoek aan Lilith in Santovenia. Ze betaalde nu María's ritjes naar de Cerro en stuurde medicijnen naar haar en haar moeder, pogingen ondernemend elke hindernis om een pakketje naar Cuba te krijgen te omzeilen. Soms was het via Madrid, soms via Miami. Nadine deed een donatie aan verzorgingstehuis Santovenia via een katholieke organisatie in Galicië. Eens per maand belde ze het verzorgingstehuis, waar een van de nonnen de telefoon bij Liliths oor hield. Nadine sprak dan Duits met haar moeder, vertelde haar dat er binnenkort een laag sneeuw zou vallen in de stad, dat haar kleindochter net als Ally schrijfster was geworden. Het enige waarover ze zweeg was het bestaan van een zus, Elizabeth, die onlangs was overleden. Waarom zou ze haar leed bezorgen met verhalen die zelfs

Nadine en Luna nog niet helemaal bevatten.

Luna vermoedde dat dit haar oma's laatste kerst zou worden, en toen de telefoon ging, wist ze dat het slecht nieuws was zodra ze María's stem hoorde. Haar moeder trok haar nerveus de telefoon uit handen toen ze haar naam noemde.

Nadine luisterde aandachtig naar María, en Luna zag dat ze haar lippen tuitte. Haar moeders ogen vulden zich met tranen. Anton liep naar zijn dochter en omhelsde haar, daarna ging hij naar Nadine toe. Toen het gesprek was beëindigd liet Nadine zich in de armen van haar man vallen en stortte in. Luna schrok van haar gejammer. Het was voor het eerst dat ze Nadine om haar moeder zag rouwen, besefte ze. Als tiener had het nieuws dat Lilith op Cuba was gestorven voor Nadine nooit echt gevoeld. Nu was Lilith echt voor haar.

Nadine vertelde Luna op fluistertoon wat María had gezegd. Lilith was waarschijnlijk rond middernacht overleden. Ze hadden haar bij zonsopgang gevonden. María verzekerde haar dat sinds de hereniging met haar dochter en kleindochter haar ogen vol licht waren geweest.

'Lilith leefde nog omdat ze nooit was opgehouden te dromen van die hereniging,' zei ze tegen Nadine.

Het verzorgingstehuis had al alle informatie omtrent het mausoleum van de familie Bernal op begraafplaats Colón. Het zou een eenvoudige uitvaart worden; er zouden bloemen zijn en er zou gebeden worden. Nadine beloofde dat ze zo snel mogelijk naar Cuba zou komen. Ze wilde María een knuffel geven, dat zou zijn alsof ze haar moeder voor het laatst omhelsde. Nadine was nu de nieuwe beheerder van het familiemausoleum.

Nadat Luna haar ouders gedag had gezegd en het appartement had verlaten, doolde ze doelloos door de stad en kwam terecht in een van de straten die naar Tiergarten leidden. Ze ging op een bankje zitten, sloot haar ogen en liet haar fantasie de vrije loop.

Terwijl de zon opkwam was Tiergarten een bankje, een straatlantaarn, een boom, en een klein meisje dat rende en altijd weer terugkeerde naar haar moeders armen. Ze zag Ally en Lilith in de zonneschijn. Ze hoefden zich niet langer te verbergen.

In gedachten nam Luna op Tiergarten Strasse de nummer vier en passeerde open ramen en deuren, antiekwinkeltjes. Ten zuiden van de Brandenburger Tor stonden rijen rijtjeshuizen tegenover het park. Ze ging de lampenwinkel van de Herzogs binnen. Tegenwoordig was er eentje in elke hoek van de stad, een stad die baadde in het licht. Het belletje rinkelde toen ze binnenkwam; verwonderd keek ze naar het plafond dat verlicht werd door honderden lichtperen in verschillende kleuren. Ze hoorde Beatrice en Albert haar verwelkomen: *Shalom*. Achter de toonbank hielp hun knappe zoon Paul een klant.

Luna verliet de winkel en vervolgde haar weg, terwijl wolken met fijne motregen zich boven haar verzamelden op Unter den Linden. Ze trok haar rode gabardine jas strak om zich heen en keek naar de bloeiende lindebomen.

Ze moest zich haasten; er werd op haar gewacht. Ze drukte haar oogleden nog stijver dicht en een ogenblik later bevond ze zich in de Anklamer Strasse, bij het gebouw met het groenbronzen nummer 32. De zware houten voordeur was pas geverfd, de kasseien van de stoep brandschoon. Luna opende met gemak de deur en ging naar binnen. Links van haar, bij appartement 1B, streek ze met haar hand over de mezoeza die schuin boven de deurpost hing, en ging de trap op.

Luna volgde de door haarzelf getekende plattegrond. Op de tweede verdieping liep ze naar het einde van de gang, en het licht verplaatste zich met haar mee. Ze opende de deur van een appartement en de geur van leer en perkament kwam haar tegemoet. Herr Professor zat in een fluwelen leunstoel en las hardop. Luna deed een paar stappen dichterbij zodat ze hem kon horen. 'Wat voorafging is proloog.' Onderuit gezeten op de bank, zijn torso ontbloot en glimmend als een Grieks standbeeld, probeerde Franz te slapen, in slaap gesust door de stem van zijn maestro.

Luna verliet het appartement en opende de deur ernaast. Toen ze naar binnen ging zag ze Ally Keller met haar echtgenoot, Marcus, bij het raam staan. Ze hoorde dat Lilith hen riep. Ze reageerden niet. Het kleine meisje herhaalde 'mama', deze keer luider. Daarna, na een korte stilte, zei ze 'papa'. Marcus rende naar haar toe en gooide haar in de lucht. Ally draaide zich om. Ze glimlachte. De kaarsen op de eettafel brandden. Aan de ene kant van de tafel zaten Lilith en Martín, met een baby in hun armen. Daar vlak naast stonden Nadine en Anton te kletsen. Luna probeerde hun gesprek op te vangen, maar alles begon nu te draaien. De muren vervaagden. Luna keek op. Het plafond was verdwenen. Ze barstte in tranen uit alsof ze tegelijkertijd om haar oma en om haar overgrootmoeder huilde zoals je huilt om de doden, met wanhoop. Ze zocht naar een spiegel omdat ze moest weten wie ze was.

Ze realiseerde zich dat het weer nacht was: misschien was die wel nooit geëindigd. Vanuit het raam van haar appartement zag ze een stelletje de Anklamer Strasse oversteken. Toen ze de hoek bereikten, draaiden de onbekenden zich om en keken naar haar op. Luna zag zichzelf, zittend in het hoekje bij het raam van haar eigen appartement.

De volgende paar nachtelijke uren was ze bezig de vergeten brieven en gedichten van haar overgrootmoeder te ordenen. Er viel niets meer op te lossen. De vergeelde brieven die vanuit Sachsenhausen waren gestuurd en de roze envelop zonder opschrift lagen nu op de houten vloer. Lege vellen papier bedekten de tafel. Leegte had haar altijd geïntrigeerd. Ze moest beginnen maar wist niet waar.

Luna's ogen vulden zich met tranen die niet de hare waren. Een van haar vele levens ving aan. Ze begon op het blanco vel te schrijven. Iemand anders vormde de tekens voor haar, zij bewoog alleen maar haar hand. Ze probeerde te ontcijferen wat ze hiervoor had geschreven, de losse woorden, maar dat lukte niet. Ze las het hardop. Ze hoorde alleen maar stilte. Midden in de stilte vormden zich woorden die één voor één tot haar kwamen. Ze verloor elk gevoel voor tijd; ze wist niet welke dag van de week het was. Zelfs niet welk jaar.

Ze las wat ze had geschreven. Kalm, beschermd door de schaduwen, hoorde ze nu de stem die haar leidde. Plotseling ontwaarde ze: *In het donker hebben we allemaal dezelfde kleur…*

De dag brak aan, licht en helder.

Opmerking van de auteur

Rasverbetering

De Duitse wetten voor de bescherming van het Duitse bloed werden in 1933 ingevoerd en Adolf Hitlers regering voerde vervolgens het beleid van gedwongen sterilisatie in. Zo'n twintig procent van de populatie zou genetische of raciale gebreken hebben. De nazi's begonnen met het steriliseren van de geesteszieken. Daarna waren de Mischlings aan de beurt: mensen van een Arische ouder en een niet-Arische ouder, voornamelijk een zwarte of Joodse. In 1935 werden de Burgerschapswet en de Wet ter Bescherming van het Duitse Bloed en de Duitse Eer unaniem door de regering aangenomen, waarin burgers volgens hun raciale erfenis werden onderverdeeld.

Rasverbetering is het streven naar een superieur ras door middel van de versterking van erfelijke eigenschappen. Het rasverbeteringsbeleid in Duitsland was geïnspireerd op onderzoek dat vanaf het einde van de negentiende eeuw in de Verenigde Staten en over de hele wereld werd uitgevoerd. Nazi's zetten het Aktion T4-programma op om meer dan 275.000 mensen te doden of te steriliseren. Vrouwen werden gesteriliseerd met röntgenstraling en mannen door middel van een vasectomie, vaak zonder verdoving. Vele Afrikaans-Duitse kinderen, ook wel Rijnlandbastaarden genoemd, werden van school gehaald of van de straat geplukt en naar een medische faciliteit gebracht om te worden gesteriliseerd. Rassenvermenging, met name met koloniale Afrikanen, werd als een raciale overtreding gezien.

De Duitse raszuiveringswetten waren specifiek gebaseerd op het onderzoek van artsen uit Pasadena, Californië. In de eerste helft van de twintigste eeuw leidde de methode die deze artsen ontwikkelden tot de gedwongen sterilisatie van zo'n 70.000 mensen in de Verenigde Staten. In bepaalde staten, inclusief Virginia en Californië, werden deze sterilisaties uitgevoerd tot 1979.

MS St. Louis

Op de avond van 13 mei 1939 vertrok de trans-Atlantische oceaanstomer St. Louis van de Hamburg-Amerikalijn (HAPAG) vanuit de haven van Hamburg met bestemming Havana, Cuba. Zo'n negenhonderd passagiers waren aan boord, de meerderheid Duits-Joodse vluchtelingen. Een aantal kinderen reisden zonder hun ouders.

De vluchtelingen hadden allemaal een vergunning om in Havana van boord te gaan, afgegeven door Manuel Benítez, de directeur-generaal van de Cubaanse immigratiedienst, met steun van legercommandant Fulgenico Batista. De inreisvergunningen waren verkregen bij rederij HAPAG. Echter, een week voordat de oceaanstomer uit Hamburg vertrok, publiceerde de president van Cuba, Federico Laredo Brú, Verordening 937 (vernoemd naar het totale aantal passagiers aan boord van de St. Louis), waarin de vergunningen die Benítez had ondertekend ongeldig verklaard werden.

Het schip kwam op 27 mei aan in de haven van Havana. De Cubaanse autoriteiten gaven geen toestemming aan te meren in het gedeelte dat van het bedrijf HAPAG was, dus moest het in Havana Bay voor anker gaan. Er mochten slechts vier Cubanen en twee niet-Joodse Spanjaarden van boord, samen met tweeëntwintig vluchtelingen die de vergunning om aan land te gaan hadden ontvangen van het Cubaanse ministerie van Buitenlandse Zaken, eerder dan die afgegeven door Benítez.

De St. Louis voer op 2 juni richting Miami. Toen ze de kust van Florida naderde, ontzegde de regering van Franklin D. Roosevelt haar de toegang tot de Verenigde Staten. Deze weigering werd in Canada herhaald door de regering van Mackenzie King.

Daardoor moest het schip terug naar Hamburg. Een paar dagen voor aankomst sloot het European Committee for Joint Distribution (JDC) een overeenkomst met een aantal landen om de vluchtelingen op te nemen. Groot-Brittannië wilde er 287 opnemen, Frankrijk 224, België 214 en Nederland 181. In september 1939 begon Duitsland de oorlog, en werden de landen van het Europese vasteland die de passagiers hadden geaccepteerd al snel bezet door de legers van Adolf Hitler.

Alleen de 287 passagiers die door Groot-Brittannië waren opgenomen waren veilig. Het merendeel van de overgebleven voormalige passagiers van de St. Louis leed onder de gruwelen van de Duitse bezetting of werd vermoord in concentratiekampen.

Operatie Pedro Pan

Tussen december 1960 en oktober 1962 verlieten zo'n 14.048 kinderen Cuba zonder hun ouders, in commerciële vliegtuigen, als onderdeel van een operatie die werd gecoördineerd door de katholieke kerk en gesteund door de regering van de Verenigde Staten. Het Amerikaanse ministerie van Buitenlandse Zaken gaf Brian O. Walsh, een jonge katholieke priester in Miami, toestemming Cubaanse kinderen zonder visum het land binnen te laten. Veel van de ouders die hun kinderen naar de Verenigde Staten stuurden vreesden politieke vervolging onder het regiem van Fidel Castro, die op 1 januari 1959 met geweld aan de macht kwam. Anderen waren betrokken bij geheime activiteiten en waren bang dat ze uit de ouderlijke macht zouden worden gezet, of dat hun kinderen op school slachtoffer zouden worden van politieke indoctrinatie. De communistische regering sloot katholieke scholen, legde beslag op al het onroerend goed van de kerk en nam particuliere bedrijven over.

Operatie Pedro Pan dankt zijn naam aan de klassieke roman van J.M. Barrie over een jongen die nooit volwassen wordt en in het mythische Nooitgedachtland woont. Het was de grootste politiek gedreven massale exodus van kinderen op het westelijk halfrond in de moderne geschiedenis.

In oktober 1962 werd als gevolg van de Cubacrisis, waarbij de Verenigde Staten, Cuba en de Sovjet-Unie betrokken waren, alle luchtverkeer tussen Havana en Miami gestaakt, waardoor veel kindervluchtelingen zonder hun ouders in Amerika strandden. Veel van die kinderen werden naar verschillende steden gestuurd. Sommigen bleven onder de hoede van de katholieke kerk, anderen werden opgenomen door gezinnen, in huizen voor jeugddelinquenten geplaatst of naar weeshuizen gestuurd. Een groot aantal van hen vergat hun Spaanse moedertaal en sommigen hebben hun ouders nooit meer teruggezien.

Dankwoord

Ik heb vier jaar gedaan over het schrijven van *Dochters van de tijd*, maar aan wat begon met *Het Duitse meisje* en daarna *De verloren dochter*, drie losstaande romans die door de MS St. Louis met elkaar zijn verbonden, gingen tientallen jaren van research vooraf. Bepaalde hoofdstukken van *Het Duitse meisje* schreef ik al in 1997.

Ik hoorde voor het eerst over de MS St. Louis via mijn grootmoeder van moederskant, Tomasita, de dochter van Galiciërs die aan het begin van de twintigste eeuw naar Cuba waren gekomen. Mijn oma was in verwachting van mijn moeder toen het schip voor anker ging in de haven van Havana. Van kleins af aan kreeg ik te horen dat Cuba nog honderd jaar zou boeten voor wat het de Joodse vluchtelingen uit Duitsland had aangedaan.

Mijn diepe dankbaarheid gaat uit naar mijn oma.

Tijdens een van onze vele brunches in Manhattan vroeg Johanna Castillo, die toen redactrice was voor Atria Books bij Simon & Schuster, me waarom ik nooit een roman had geschreven. Ze had het eerste boek van mijn hand gelezen dat in de Verenigde Staten zou verschijnen, *In search of Emma*, een soort memoire, en vertelde me dat ze dacht dat ik ook goed fictie zou kunnen schrijven. Mijn antwoord was dat iedere schrijver ergens weggestopt in een lade een roman heeft liggen. Die dag begon *Het Duitse meisje* vorm te krijgen. Bij een volgende brunch liet ik haar alles zien wat ik over de MS St. Louis had verzameld, inclusief documenten en originelen van foto's. Enkele dagen later tekende ik een contract voor de roman.

Dank aan Johanna, vriendin, redactrice en nu literair agent, omdat ze in me geloofde. Dat mijn drie romans bestaan is aan haar te danken.

Als ik in het tweede bedrijf van *Dochters van de tijd* Batista's Cuba tot leven heb gebracht, me heb toegelegd op het bestuderen van zijn boeken, zijn bijdragen en zijn fouten, is dat dankzij mijn opa aan moederskant, Hilario Peña y Moya. Mijn opa was een fanatiek Batista-aanhanger, zelfs tijdens de revolutie van 1959. Hij heeft zijn overtuigingen nooit proberen te verbergen voor familie of vrienden, of zelfs voor vreemden. Overtuigingen waarvoor hij in die tijd in de gevangenis had kunnen belanden. Ik herinner me uit mijn kindertijd dat toen Batista in ballingschap stierf, de vrienden van mijn opa in groten getale langskwamen om hem te condoleren.

Dank aan het hele team van Atria Books, en Simon & Schuster, mijn uitgeverij, voor alles wat ze doen om ervoor te zorgen dat mijn boeken elke dag weer nieuwe lezers bereiken.

Veel dank aan Daniella Wexler, mijn trouwe redactrice, en haar assistente, Jade Hui, bij Atria Books. Bedankt dat jullie me beter laten klinken in het Engels.

Dank aan Peter Borland, mijn geweldige nieuwe uitgever, voor je visie. Ik weet dat met jou mijn boeken zichzelf zullen overstijgen. Dat onze gezamenlijke reis lang mag zijn!

Dank aan Libby McGuire, voor haar vertrouwen en haar passie voor mijn boeken.

Dank aan Wendy Sheanin, voor haar passie voor boeken en dat ze mijn boeken vele lezers helpt bereiken.

Mijn oprechte dank aan Gena Lanzi, Katelyn Phillips, Tamara Arellano, Sean deLone en het hele team van Simon & Schuster.

Dank aan Annie Philbrick, voor haar passie voor boeken, voor het lezen van mijn boeken, voor haar vriendschap. Een vriendschap die ontstond tijdens een veelbewogen reisje naar Cuba, waar we op onze eerste dag in Havana toevallig tegenover elkaar zaten in een restaurant aan de rivier. Sinds dat moment is Annie de "madrina" (peetmoeder) van mijn romans geworden.

Dank aan het redactieteam van Simon & Schuster Canada, in het bijzonder uitgeefster Rita Silva, voor hun steun.

Dank aan het redactieteam van Simon & Schuster Australia, met name Dan Rufino, Anna O'Grady en Anthea Bariamis. Bedankt voor jullie redactionele input en voor de kans om naar jullie prachtige land te reizen en mijn lezers daar te ontmoeten.

Aan de Australische auteur Thomas Keneally, voor zijn steun aan *Het Duitse meisje* en omdat hij me in zijn huis in Sydney uitnodigde.

Dank aan Berta Noy, mijn Spaanse redactrice, die altijd in me heeft geloofd en de rechten voor *Het Duitse meisje* voor Spanje en Latijns-Amerika kocht.

Dank aan het hele team van Ediciones B, Penguin Random House, met name mijn redactrice, Aranzasu Sumalla, in Barcelona; Gabriel Iriarte, Margarita Restrepo en Estefanía Trujillo in Colombia; en David García Escamillo in Mexico.

Dank aan Louise Bäckelin, mijn redactrice bij Förleg in Zweden; aan mijn redacteuren bij Boekerij, Nederland; Gyldendal Norsk, Noorwegen; Simon & Schuster, VK; Czarna Owca, Polen; Dioptra, Griekenland; 2020 Editora, Portugal; Politikens Forlag, Denemarken; Matar, Israël; Alexandra, Hongarije; Topseller, Portugal; Bastei Lübbe, Duitsland; Presses de la Cité, France; Chi Min Publishing Company, Taiwan; Casa Editrice Nord, Italië; Jangada, Brazilië; Epsilon, Turkije.

Dank aan Nick Caistor, mijn Engelse vertaler. Naast dat hij een briljant vertaler is, is Nick ook een uitstekende redacteur.

Dank aan Alexandra Machinist, die, als mijn literair agent, voor

De verloren dochter en *Dochters van de tijd* de onderhandelingen voerde met Atria Books.

Dank aan Esther María Hernández, die alles wat ik in het Spaans schrijf bijschaaft. Dankzij haar klink ik beter in mijn moedertaal, die soms te lijden heeft onder het feit dat ik al tientallen jaren in de Verenigde Staten woon.

Dank aan María Antonia Cabrera Arús, voor haar precieze proeflezen van het Spaans en haar kritische blik.

Dank aan Cecilia Molinari, een uitstekende redacteur, proeflezer en vertaler, en goede vriendin. Ook bedankt dat je samen met Faye hebt bijgedragen aan de Engelse vertaling van *Dochters van de tijd*.

Dank aan Néstor Díaz de Villegas, auteur, essayist, schilder, dichter, omdat hij me dichter bij Batista heeft gebracht, en voor zijn scherpzinnige opmerkingen. Voor onze gesprekken over boeken en schrijvers.

Dank aan Zoé Valdés, auteur en hartstochtelijk Batista-aanhanger. Bedankt voor je voortdurende steun.

Dank aan schrijver Joaquín Badajoz, voor het nog een laatste keer doorlezen van mijn Spaanse versie voordat die naar mijn uitgever in Barcelona ging. Het was een luxe om gebruik te mogen maken van zijn aanbevelingen.

Aan de schrijfster Wendy Guerra, een scherpe en gepassioneerde lezeres van mijn manuscript, voor haar mooie woorden.

Dank aan Andrés Reynaldo, wijs auteur en lezer. Ik zal jouw opmerkingen bij alles wat ik heb geschreven nooit vergeten.

Dank aan Mirta Ojito, omdat ze geduldig mijn kladversies las en naar mijn ideeën luisterde, en voor haar advies, vriendschap en passie voor lezen.

Dank aan María Morales, die altijd iets weet toe te voegen aan mijn personages en hun verhalen.

Dank aan Carole Joseph, die altijd geduldig luistert naar mijn literaire projecten, zelfs wanneer ze niet meer dan een idee zijn.

Dank aan Laura Bryant, omdat ze onvermoeibaar alles promoot

wat ik schrijf. Dankzij jou ontvingen we het eerste aanbod om *Het Duitse meisje* naar het grote doek te brengen.

Dank aan Clemente Lequio, omdat hij in mijn boeken gelooft.

Dank aan het team van Hollywood Gang Productions: Gianni Nunnari, Andre Lemmers en Jacqueline Aphimova.

Dank aan Katrina Escudero, mijn film- en tv-agent.

Dank aan Verónica Cervera, een uitmuntende lezer en vriendin die altijd bereid is mijn manuscripten te lezen.

Dank aan Herman Vega, voor zijn vriendschap en voor de coverontwerpen die me hielpen schrijven.

Dank aan Yvonne Conde, schrijfster en een van de meisjes van Operatie Pedro Pan, voor het beantwoorden van al mijn vragen over de exodus van Cubaanse kinderen, en voor haar observaties bij het lezen van het manuscript.

Dank aan Ania Puig Chan, die me hielp Berlijnse straten te herscheppen, en eveneens het bejaardentehuis.

Dank aan María del Carmen Ares Marrero, de inspiratie voor een van de personages: Mares.

Dank aan Ana María Gordon, Eva Wiener, Judith Steel en Sonja Mier, de echte meisjes van de St. Louis, omdat ze een inspiratie zijn bij alles wat ik schrijf. Bedankt dat jullie de herinnering in leven houden.

Dank aan mijn familie, die me als eerste steunen bij elk van mijn boeken.

Dank aan mijn moeder, omdat ze mijn eerste lezer is en haar liefde voor lezen en films aan me heeft doorgegeven.

Dank aan Emma, Anna en Lucas, die me altijd helpen namen voor mijn personages te bedenken. Bedankt voor jullie geduld terwijl ik me opsloot om te schrijven.

Dank aan Gonzalo, omdat hij me al meer dan dertig jaar steunt.

Inhoud

Eerste bedrijf 9
Tweede bedrijf 111
Derde bedrijf 241

Opmerking van de auteur 385
Dankwoord 389

LEES MEER VAN

Armando Lucas Correa

Voordat alles veranderde had de Joodse Hannah Rosenthal een heerlijk leventje. Maar nu, in 1939, zijn de straten behangen met rood-wit-zwarte vlaggen; de bezittingen van haar familie worden in beslag genomen en ze zijn niet langer welkom op plekken die vroeger een tweede thuis waren. Dan dient zich een uitweg aan: de MS St. Louis, een oceaanstomer die Joden een veilige overtocht vanuit Duitsland biedt. Het lukt de Rosenthals een plaats te bemachtigen en ze vertrekken richting Havana. Maar al snel zorgen onheilspellende geruchten ervoor dat de voorzichtige hoop van de passagiers plaatsmaakt voor angst. Het schip dat hun redding leek te zijn, wordt hun noodlot.

Zeventig jaar later, in New York, ontvangt Anna Rosen voor haar twaalfde verjaardag een pakketje van haar oudtante Hannah. De inhoud van het pakketje zorgt ervoor dat Anna en haar moeder naar Havana reizen om de waarheid te achterhalen over het mysterieuze en tragische verleden van hun familie.

LEES MEER VAN

Armando Lucas Correa

Berlijn, 1939. Na het overlijden van haar man vlucht Amanda Stenberg met haar twee dochters naar Frankrijk. Maar ze komt slechts met één van hen op de plaats van bestemming aan. En zelfs dan is hun vrijheid niet van lange duur.

New York, 2015. Toen de Française Elise Duval na de Tweede Wereldoorlog in New York aankwam, liet ze haar verleden achter zich. Inmiddels is ze tachtig en heeft ze al jaren niet meer aan de oorlog of haar geboorteland Frankrijk gedacht. Dan staat er een vrouw op de stoep met een stapel brieven van Elises moeder, geschreven tijdens de oorlog. Na zeventig jaar blijkt welke gruwelijke keuzes iedereen moest maken om de oorlog te overleven, en hoe die keuzes nog decennialang hun schaduw werpen.